EDUCAÇÃO *que é* CRISTÃ

EDUCAÇÃO *que é* CRISTÃ

CPAD
Rio de Janeiro
2ª Impressão
2010

O clássico best-seller com novas idéias por James E. Plueddemann para as famílias de hoje, igrejas e instituições educacionais

LOIS E. LEBAR

Título do original em inglês: *Education that is Christian*
Cook Communication. Colorado Springs, Colorado, EUA
Primeira edição em inglês: 1995
Tradução: James Monteiro dos Reis

Preparação dos originais: Gleyce Duque
Revisão: Elaine Arsenio
Capa: Alexsander Diniz
Projeto gráfico e editoração: Natan Tomé

CDD: 370 – Educação
ISBN: 978-85-263-0977-7

As citações bíblicas foram extraídas da versão Almeida Revista e Corrigida, edição de 1995, da Sociedade Bíblica do Brasil, salvo indicação em contrário.

Para maiores informações sobre livros, revistas, periódicos e os últimos lançamentos da CPAD, visite nosso site: http://www.cpad.com.br

SAC — Serviço de Atendimento ao Cliente: 0800-21-7373

Casa Publicadora das Assembléias de Deus
Caixa Postal 331
20001 970, Rio de Janeiro, RJ, Brasil

2ª Impressão: 2010

Augusto e Priscila

Sumário

INTRODUÇÃO

Por James E. Plueddemann

Os educadores cristãos precisam de um novo sentimento de esperança. No atribulado mundo em que vivemos, os pais precisam ser incentivados a educar seus filhos na disciplina e nos caminhos do Senhor. Outros valores, contrários ao cristianismo, exercem grande pressão sobre as famílias, as igrejas e as escolas. O professor de Escola Dominical dá um suspiro de alívio quando a aula finalmente acaba. O responsável pelos jovens, não raro, secretamente se pergunta se houve alguma mudança verdadeira nos participantes do último acampamento. O principal objetivo passa a ser a sobrevivência e não um ensino cristão eficaz. Muitos educadores cristãos em seminários, editoras e organizações paraeclesiásticas também sentem desânimo, insatisfação e um crescente desejo de renovo.

Nesses últimos tempos, a teoria e a prática da educação cristã quase não experimentaram progresso algum. Há pouco tempo, certo professor declarou que: "A educação cristã não é nem uma coisa nem outra"; ou seja, nem é cristã nem é educação. Outro educador cristão sustenta que a Escola Dominical é o período de tempo mais inútil na semana. É preciso que haja melhorias tecnológicas e inovações no programa utilizado, mas tais avanços não têm promovido maturidade espiritual na educação cristã básica, a qual é oferecida à família, à igreja e à escola.

Algumas pessoas defendem a necessidade de uma revolução pacífica na educação cristã. Dizem que tentar melhorar o que fazemos atualmente é o mesmo que dar feno a cavalo morto. Outros sustentam que devemos "implodir" a Escola Dominical e a maior parte das outras instituições de ensino cristão. Se isso é verdade, por que estamos examinando um livro que foi escrito há mais de quarenta anos? Lois LeBar nos dá esperança. Ela afirma que não precisamos jogar fora as estruturas da educação cristã, mas apaixonadamente implora por uma revolução dentro dessas estruturas.

Lois LeBar é uma revolucionária. Há quarenta anos ela se levantou contra o ensino bíblico tradicional que "mantinha as pessoas famintas, soterrando-as com fatos bíblicos". Ela escreveu: "Um evangelho revolucionário, em uma era revolucionária, exige um ensino revolucionário que revolucione vidas".[1] Ela, porém, também se opôs ao ensino supostamente progressivo que ignorava a autoridade da Palavra de Deus e o poder do Espírito Santo.

Ainda assim, seu propósito não era apenas rebelar-se. Ela tinha uma visão estratégica para um ensino bíblico vibrante que tornaria as pessoas semelhantes a Cristo. "A solução para os problemas de nossa época não é termos comunicadores mais carismáticos nas igrejas, mais parafernálias eletrônicas ou mais concursos com prêmios cada vez maiores, mas líderes cristãos em quem Cristo possa trabalhar segundo seus próprios planos no poder do Espírito."[2]

Ela percebeu que a educação cristã evangélica estava enfrentando um momento de crise. Quando escreveu: *A Educação que é Cristã*, o cristianismo antievangélico estava se alastrando por inúmeros seminários, editoras e denominações. O liberalismo religioso não cria na autoridade do ensino bíblico e não ensinava o pecado e a salvação pessoais. Os efeitos foram devastadores para a educação cristã. Em vez de ensinar a Bíblia, os líderes de Escola Dominical organizavam debates tendo por objetivo criar uma consciência social, enquanto desprezavam a necessidade do poder de Cristo para transformar vidas e mudar o mundo.

Os conflitos na educação cristã evangélica foram influenciados pelas disputas na educação secular. Tradicionalistas e progressistas debatiam o que era mais relevante: ensinar às crianças os versículos ou o seu significado.[3] LeBar discordava dos educadores progressistas que enfatizavam uma abordagem voltada para a criança. Asseverava que ensinar o conteúdo da Bíblia era uma necessidade absoluta. Também discordava dos educadores tradicionais, afirmando que a mera transmissão do conteúdo bíblico não fora o método de ensino de Jesus. Apenas mencionar fatos bíblicos não configurava uma filosofia de ensino bíblico.

Embora a maioria dos evangélicos estivesse reagindo contra os métodos progressivos de Dewey, muitos ingenuamente lançavam mão de técnicas comportamentais para ensinar o conteúdo bíblico e um comportamento adequado. LeBar desaprovava o uso de recompensas diversas para incentivar os estudantes a memorizarem versículos bíblicos. Ela sentia que o aprendizado devia ser estimulado de dentro para fora, pela capacidade de Deus em alcançar as necessidades mais íntimas de cada aluno por meio da Bíblia e do Espírito Santo. Ela era fortemente contra a mera transmissão cultural[4] de conhecimentos bíblicos dissociada da vida cotidiana. Quando seus alunos na faculdade davam exemplos de como a Bíblia era ensinada de forma irrelevante ou desagradável, sua tristeza quase a levava às lágrimas. Estava convencida de que um bom ensino bíblico deveria ser feito com verve, entusiasmo e exuberância.

Os educadores seculares, influenciados pelos psicólogos, procuravam evitar a todo custo qualquer frustração para a criança. Seus métodos promoviam liberdade e total independência para a criança, sem qualquer supervisão. LeBar compreendia a necessidade de ensinar a Bíblia e reagir contra tais teorias. Ela escreveu: "Somente quando os alunos encontram um conteúdo relacionado à vida, isso os enriquece e transforma".[5]

Os behavioristas ignoram os fatores internos do aprendiz e buscam promover uma mudança comportamental externa através do condicionamento. LeBar opunha-se a isso, argumentando que os métodos pedagógicos de Jesus promoviam um crescimento interno e não apenas uma mudança de comportamento. Ela escreveu que "a Verdade de Deus deve progressivamente controlar a vida interior".[6]

Os educadores desenvolvimentistas seculares enfrentavam o dilema do currículo centrado na criança *versus* o currículo centrado no conteúdo alegando que o desenvolvimento interno do estudante depende de suas interações com o mundo exterior. De forma semelhante, LeBar argumentava que o desenvolvimento espiritual ocorre quando há uma interação entre a situação de vida do aluno e a Palavra de Deus, viva e escrita.

Jean Piaget, respeitado psicólogo desenvolvimentista, concorda com algumas das preocupações de LeBar quando escreve: "Compreender é descobrir".[7] Ele estava interessado em que a educação fosse um processo ativo dentro do aluno. Piaget também argumentava que o professor deve conhecer a criança tão bem como a matéria lecionada.

Outro educador moderno, Paulo Freire, enfatiza um outro tema de LeBar: A necessidade de se começar o processo de ensino alcançando as "necessidades detectadas" nos alunos. Freire chama esse processo de "uma problematização da situação existencial".[8] LeBar escreve: "Ao trabalharmos com o Senhor para mudar o íntimo dos alunos, devemos começar por onde a mudança é necessária, com aquilo que já controla seu comportamento. O que estimula nossas ações? Nossas necessidades, nossos poderosos impulsos mais íntimos, que o próprio Deus colocou em nós".[9]

John Dewey, a partir de uma perspectiva ateísta, via-se às voltas com preocupações educacionais semelhantes às de LeBar. LeBar ressaltava que devemos começar a ensinar a partir das necessidades detectadas no aluno, só então passando às Escrituras. Dewey ensinava que os problemas são um estímulo ao raciocínio. "O problema se desenvolve a partir das condições do que se experimenta no presente, o que ocorre dentro da capacidade dos estudantes. Em seguida, isso faz surgir no aluno uma busca diligente por informações e pela produção de novas idéias."[10] Apesar de LeBar discordar de Dewey, ambos criticam o tipo de educação tradicional que se limita a transmitir grupos de informações. Dewey afirmava que o conhecimento é um meio de se promover o crescimento e não o propósito final da educação. Também escreveu que é um erro tratar a liberdade da criança como um propósito em si mesmo.

Embora existam muitas e importantes diferenças entre LeBar, Dewey, Freire e Piaget, esses exemplos ilustram que suas preocupações também estavam sendo abordadas por educadores seculares. Adaptar a teoria educacional desenvolvimentista a uma filosofia bíblica é o que se faz atualmente na educação cristã. Lois LeBar já defendia uma interação entre fatores internos e externos na educação, muito antes dos educadores cristãos começarem a ler as obras dos desenvolvimentistas seculares. Por causa de seu compromisso com a autoridade da Bíblia e com o desenvolvimento do caráter cristão nas pessoas, ela enunciou teorias pedagógicas desenvolvimentistas cristãs quase 25 anos antes de qualquer outro educador cristão evangélico.

Quando estudei Educação Cristã no Wheaton College com Lois e Mary LeBar, em meados da década de 1960, não tínhamos acesso a quase nenhum livro de estudo sobre essa matéria. *Educação que É Cristã* era um dos poucos que nos eram disponibilizados. A maioria de nossos trabalhos era feita com consultas particulares na biblioteca.

Comprovadamente Útil

Após a graduação no Wheatton College, minha esposa e eu fomos aceitos como missionários junto às Missões para o Interior do Sudão e para trabalhar junto à igreja na Nigéria, que se encontrava em rápido crescimento. Fui incumbido do Departamento de Educação Cristã para as Igrejas Evangélicas da África Ocidental, que atendia a mais de 1.200 congregações. Sentia que a tarefa era muito grande para um novo missionário e, frustrado, comecei a pesquisar em minhas anotações e livros sobre educação cristã. Quase nada me foi útil, até que comecei a reler *Educação que É Crist*ã. Nessa obra encontrei grande auxílio, à medida que comecei a reescrever todo o material das escolas dominicais e a preparar seminários de treinamento para as lideranças das igrejas locais. Muitas vezes, quando me encontrava desanimado, voltava a ler o capítulo sobre: "O Mestre Humano Trabalhando em Conjunto com o Mestre Divino". A maioria dos supostos cursos práticos de educação cristã que havia feito anteriormente se mostrou inaplicável, em razão das diferenças culturais. Já o curso de Filosofia da Educação Cristã, lecionado por Lois LeBar, juntamente com a leitura de *Educação que É Cristã*, acabaram formando o mais prático curso que poderia ser oferecido a um missionário de primeira viagem.

A Contínua Necessidade de uma Educação que Seja Cristã

Embora estivesse à frente de seu tempo em sua visão de um renovo na educação cristã, a revolução por que LeBar ansiava ainda está por vir. Hoje em dia, se observarmos aleatoriamente uma centena de escolas dominicais, perceberemos essa mesma necessidade de renovo na educação cristã. Raramente vemos a Bíblia ser integrada de forma dinâmica à vida. As preocupações de LeBar continuam válidas nos dias de hoje.

Atualmente, as necessidades espirituais do mundo são maiores do que jamais foram no passado. Três quartos do mundo, ou mais de três bilhões de pessoas, não professam o cristianismo. Ainda assim, a Grande Comissão de Mateus 28.18 é para todos os educadores cristãos espalhados por todo o mundo. Recebemos a ordem de fazer discípulos por todo o mundo, mas como? Por meio do ensino; ou seja, ensinando as pessoas a obedecer a tudo o que Cristo nos ordenou. Viemos, há demasiado tempo, fazendo uma distinção irreal e antibíblica entre evangelismo e educação cristã. Alguns especialistas em missões supõem que são os "verdadeiros" missionários que evangelizam. Assim, quando os educadores cristãos entram em cena, todo o trabalho duro já foi feito e falta apenas confeitar o bolo. A Grande Comissão é um chamado a educadores cristãos com atuação intercultural.O ensino bíblico relacionado à vida é uma valiosa ferramenta de evangelismo. Por todo o mundo, pequenos grupos de estudo bíblico e de ensino interativo são utilizados como eficazes ferramentas de evangelização e pré-evangelização. *A Educação que É Cristã* pode ter um importante impacto no evangelismo mundial.

Além da monstruosa fatia da população que ainda não foi alcançada, há um segundo tipo de pessoa. De 25% a 30% da população afirma ser cristão. Aproximadamente um bilhão de pessoas são, ao menos nominalmente, cristãs. Esse número, porém, inclui quase todas as Américas, do norte e do sul, além de grande parte da África e da Europa.[11] Como ex-missionário na África e ex-líder de equipe na América do Sul, compreendo o quão difícil é estimar o número de pessoas que firmaram um compromisso pessoal com Deus. A maioria daqueles que se autodenominam cristãos é freqüentemente apenas nominal. É muito provável que apenas 10% ou 20% das pessoas oriundas de países supostamente cristãos sejam realmente seguidoras de Cristo. Como se não bastasse, provavelmente menos de 5% da população mundial efetivamente nasceu nas regiões acima. Ainda assim, indivíduos ao menos culturalmente cristãos são muito mais abertos ao ensino da Bíblia. Há uma necessidade urgente de um ensino bíblico transformador, vital para bilhões de cristãos nominais.

O terceiro tipo de pessoa compreende os cristãos verdadeiros que estão realmente crescendo fortes em sua vida espiritual. Mais uma vez, é difícil estimar quantos cristãos renascidos estão efetivamente crescendo em Cristo. Qual a porcentagem de cristãos verdadeiros que levam uma vida cada vez mais controlada pelo Espírito e pela Palavra de Deus? Há pouco tempo propus essa questão a um grupo de estudantes graduados. Pastores, líderes de jovens, diretores de acampamentos e missionários chegaram ao consenso de que a fatia de cristãos que realmente cresce em Cristo fica provavelmente entre 10% e 25%. Se for verdade, isso significa que apenas 0,5% da população mundial está cumprindo a Grande Comissão de ensinar às nações a obediência a todos os mandamentos de Cristo. Como podemos ser tão complacentes? Nos planos de Deus, a maior prioridade vai para o resgate de vidas e a conformação dessas vidas ao caráter de Cristo. Por que não nos incomodamos com o fato de a Grande Comissão ser tão esporadicamente cumprida? Por que tanta educação cristã nas escolas e igrejas produz tão poucos professores que realmente fazem diferença na vida das pessoas? É extremamente necessário termos uma revolução na educação cristã e Louis LeBar tem nos ajudado a prepará-la.

Carl Henry faz-nos atentar para a crise a ser enfrentada pelo cristianismo. "Nossa geração está afastada da verdade de Deus, da realidade de sua divina revelação, da essência de sua vontade, do poder da sua redenção e da autoridade da sua Palavra. Por tal perda o preço é alto e envolve uma rápida recaída ao paganismo. Os bárbaros estão mais uma vez em ação. É possível ouvi-los murmurando e conspirando no ritmo de nossos dias."[12] Com essa "rápida recaída ao paganismo", não é possível continuarmos a meramente ensinar como se não houvesse nada errado.

O livro *Educação que É Cristã* foi considerado revolucionário quando foi inicialmente editado há quase quarenta anos. Ainda assim, não temos prestado a devida atenção ao que ele tem a dizer. Temos, mesmo hoje, a necessidade urgente de uma educação verdadeiramente cristã.

O ensino bíblico, tanto na teoria como na prática, precisa ser reavaliado em todos os organismos da educação cristã. Pais, líderes de jovens, professores universitários e de seminários, conselheiros, missionários, professores de Escola Dominical, diretores pedagógicos, professores de escolas cristãs e líderes de grupos pequenos serão grandemente beneficiados por esse livro. Trata-se de uma obra para todos aqueles que têm interesse em revitalizar o ensino bíblico.

Como Utilizar esse Livro

Esse livro incentivará e sustentará aqueles professores de Escola Dominical que não estão muito satisfeitos com suas turmas nas últimas semanas. Animará orientadores prestes a enfrentar enormes turmas de meninos e meninas que, com idades entre nove e dez anos, descem gritando dos ônibus. Esse livro servirá de apoio àqueles professores de seminário que procuram um novo texto para enriquecer suas aulas e àqueles professores de escolas cristãs que querem ir além de apenas despejar fatos bíblicos na mente de seus alunos. Pais que procuram melhorar a orientação dada aos filhos ou edificar um casamento mais de acordo com os princípios bíblicos encontrarão grande encorajamento nessas páginas.

Este livro abre uma oportunidade para debates em grupo. Cada capítulo termina com aplicações práticas para famílias, igrejas e escolas. Em acampamentos, este livro pode ser discutido em reuniões de treinamento para conselheiros.[13] Professores de Escola Dominical podem procurar relacionar os conceitos básicos de cada capítulo à lição que vão ensinar no próximo domingo. Já uma classe de adultos que trate da educação dos filhos pode debater suas implicações na educação das crianças. Os conceitos deste livro, se aplicados, têm o potencial de aumentar dramaticamente a eficácia educacional nos acampamentos, nas casas, nas escolas e nas igrejas.

Meus comentários ao fim de cada capítulo demonstram que as idéias de LeBar continuam relevantes para a educação cristã nos dias de hoje. Algumas das minhas idéias podem parecer diferentes das apresentadas por Lois LeBar, mas tais diferenças parecem-me o desenvolvimento lógico dos conceitos por ela apresentados e não discordâncias. Princípios pedagógicos derivados das Escrituras não devem ser influenciados e distorcidos por modismos na teoria educacional.

NOTAS

[1] Veja (referência original: cap. 9, p. 287)

[2] Ibid.

[3] John Dewey, "The Child and the Curriculum", em *Curriculum and Evaluation*, editado por A.S. Bellack e H.M. Kliebard. Berkeley: McCutchan, 1977.

[4] Essa "transmissão cultural" é mais detalhadamente abordada por Lawrence Kohlberg e Rochelle Mayer, no artigo "Development as the Aim of Education". Harvard Educational Review n.º 42, 1972.

[5] Veja (referência original: cap. 8, p. 2437)

[6] Veja (referência original: cap. 6, p. 173)

[7] Jean Piaget, *To Understand is to Invent*. Nova York: Grossman, 1973, p. 20.

[8] Paulo Freire, *Cultural Action for Freedom*. Harvard Educational Review Reprint, 1970. [Publicado no Brasil sob o título Ação Cultural para a Liberdade e Outros VEscritos. Rio de Janeiro: Paz e Terra, 1976. (N. do T.)]

[9] Veja (referência original: cap. 6, p.173)

[10] John Dewey, *Experience and Education*. Nova York: Collier Books, 1938.

[11] Ralph D. Winter, "The Task Remaining: All Humanity in Mission Perspective", em *Perspectives on the World Christian Movement*, editado por Ralph D. Winter e Steven C. Hawthorne. Pasadena: William Carey Library, 1981, pp. 321-328.

[12] Carl F. H. Henry, Twilight of a Great Civilization: The Drift Toward Neo-Paganism. Westchester, Illinois: Crossway, 1988, p. 15.

[13] Muitos dos princípios de LeBar acerca do ensino bíblico em acampamentos são tratados por Jim Plueddmann em *Ready! Set! Grow!* (Wheaton, Illinois: Harold Shaw Publishers, 1987) e *Keeping Cool in a Crazy World* (Wheaton, Illinois: Harold Shaw Publoishers, 1988).

1

A Necessidade de Fundamentos para a Educação Cristã

Qual é a natureza de uma educação verdadeiramente cristã? Nas palavras de Daniel Marsh:

> A educação deveria fazer-nos viver com entusiasmo, ânimo e em abundância. Ainda assim, muito do que se passa como educação despoja a vida de seu encanto e, de forma temerária, expõe-nos ao perigo das coisas nomeadas e classificadas. Muito do que se passa por educação é apenas fumaça de um fogo inútil, que nada faz além de consumir a vida. Isso acontece porque falta o ingrediente principal a muito do que se passa por educação.
>
> O materialismo leva ao sensacionalismo, a palavras vãs e a uma atitude de fastio. Torna a vida banal, rotineira e desinteressante. Já o tipo certo de educação, que se fundamenta em conceitos espirituais e preserva o lugar de Deus, resgata o homem das armadilhas que estupidificam e amortecem a alma.
>
> A religião é, portanto, vital para uma educação completa. Ela abre o caminho para a educação. Acrescenta um senso de responsabilidade à liberdade acadêmica. Traz uma lufada de reverência à busca pela verdade. Institui um tino de autoridade moral na vida dos indivíduos. Transmite valores. Glorifica o trabalho árduo e contínuo. Torna a vida plena por meio de uma paz dinâmica.
>
> Obtenha toda a educação que lhe for possível. Procure dominar todas as áreas do conhecimento que estiverem ao seu alcance, mas juntamente com tudo isso, obtenha sabedoria. Lembre-se sempre de que o temor do Senhor é o princípio de toda a sabedoria.

> Conheça a história e experimente a história da redenção.
>
> Estude geografia e aprenda o caminho para o Rio da Vida e para a cidade cujo Construtor é Deus.
>
> Estude geologia e firme seus pés na Rocha que é Jesus Cristo.
>
> Estude zoologia e curve-se perante a majestade do Leão da tribo de Judá.
>
> Estude biologia e comece, agora mesmo, a viver a Vida Eterna.
>
> Estude botânica e renda-se ao aroma suave da Rosa de Saron e do Lírio dos Vales.
>
> Estude astronomia e descubra a resplandecência da Brilhante Estrela da Manhã que surgiu trazendo cura em seus raios.
>
> Estude psicologia e sente-se aos pés daquEle que conhece a essência do homem.
>
> Estude as leis e acenda sua tocha na chama que queima sobre o monte Sinai.
>
> Estude medicina e entre em sintonia com o Médico dos médicos.
>
> Estude artes e pratique a arte de uma vida agradável a Deus.
>
> Estude filosofia e jamais esqueça de que a mais sublime filosofia é a fórmula de uma vida perfeita.[1]

"A educação deveria fazer-nos viver com entusiasmo, ânimo e em abundância." O ensino de nossas escolas bíblicas transmite entusiasmo, ânimo e abundância? Nossas lições evangélicas vibram e pulsam em harmonia com a vida? O Senhor Jesus, que é em si mesmo vida e a única fonte de vida, está presente e real em nossas aulas, a ponto de termos vidas transformadas a cada semana? O ensino é considerado uma grande aventura na companhia do Mestre dos mestres? Nossos jovens mais promissores são incentivados a praticar com excelência o ensino, visto terem eles mesmo experimentado a emoção de trabalhar com o Senhor?

O ensino cristão atua na vida como um todo. Qualquer coisa aquém disso é menos que cristão. A vida cristã, a plenitude de vida, a vida em abundância abarca todos os aspectos da vida humana, tanto para o presente como para a eternidade.

Como estão os nossos jovens ao saírem da Escola Dominical pela manhã? Saem eles com os olhos brilhando, com novas visões e entendimentos? Saem eles seriamente determinados a cumprir a vontade de Deus? Saem eles animados e dispostos a enfrentar um mundo que não crê no poder do Espírito? Saem eles com profundas dúvidas a respeito do próprio Deus? Com demasiada freqüência eles ficam felizes em serem liberados de uma aula maçante e tediosa.

Em vez de Vida, Rotina

Em vez de seguir em harmonia com a vida, não raro as aulas da Escola Bíblica procedem mais ou menos assim:

> Você, o professor, chega à Escola Dominical com a aula bem preparada. Estudou tudo muito bem. Acredita que poderia falar sobre o assunto por mais que quarenta minutos destinados a ele. A lição trata da cura cristã e sua aplicação também é bastante interessante. Você espera que a classe fique tranqüila e ouça atentamente cada palavra, pois sem isso não será capaz de dizer o que precisa ser dito.
>
> Os alunos chegam e eles estão ainda mais "eriçados"! Um de seus colegas de escola foi parar no hospital, após envolver-se em um acidente de automóvel. Um garoto que viu o acidente tem a absoluta necessidade de contar tudo o que sabe para todo mundo. Você começa a aula, mas eles não dão atenção — continuam a cochichar. Por fim, você os manda ficarem quietos. Param de falar, mas você fica com a sensação de que não estão realmente ouvindo. A aplicação da aula é maravilhosamente explicada, mas parece fazer pouco efeito. Você tenta provocar uma troca de idéias. Ninguém tem nada a dizer, apesar de não ter sido fácil fazê-los silenciar um minuto atrás.
>
> Você sai da Escola Dominical se sentindo um derrotado. O que deu errado? Você disse cada palavra que planejava dizer. Se eles ao menos tivessem ouvido! (Zoe Bason)

O texto a seguir é o relato da visita de um jovem a uma aula da Escola Dominical para adultos:

> A postura dos professores foi uma das coisas que mais me impressionou nessa Escola Dominical. Eles demonstravam uma genuína dedicação ao Senhor e a seus alunos. O professor que observei irradiava seu amor. Também notava-se uma grande ênfase na Palavra de Deus.
>
> A Bíblia, porém, era ensinada segundo uma perspectiva celestial e distante, perdendo grande parte de sua aplicação para a vida prática e cotidiana. A tradição tinha uma influência tão forte na escola que seus líderes pareciam ignorar as necessidades de um grupo de jovens que estava desesperadamente faminto por uma realidade espiritual. Um dos rapazes disse de pronto que vinha à Escola Dominical por obrigação. Não havia nenhuma expectativa, oportunidade para se expressar ou afinidade entre professores e alunos. Parecia imperar a filosofia de que os professores precisavam apenas falar palavras de

> vida eterna. Não era transmitida, em nenhuma das fases do programa para jovens, qualquer orientação quanto à aplicação daquelas verdades.
>
> Os jovens possuíam certo grau de conhecimento espiritual, mas pouca experiência prática em função de tal conhecimento. Sabiam como uma oração devia ser e sabiam a quem orar, logo eles proferiam as palavras, mas sem evidência alguma de verdadeira comunicação com Deus. Os livros e o material de ensino utilizado eram bons, mas eram usados como um fim em si mesmos e não como meios para se alcançar um crescimento na vida espiritual. Os líderes davam o melhor de si, mas desanimavam ao ver poucos resultados.
>
> Para ser sincero, fiquei condoído por aquela Escola Dominical. Tínhamos ali professores dedicados a suas classes, mas falhando miseravelmente com elas. Ninguém lhes havia mostrado a forma bíblica de trabalhar. Eles detinham as gloriosas Boas Novas de Deus, mas não sabiam como comunicá-las aos outros. (Paul Robert Palmer)

A rotina sempre tem o efeito de embotar, e isso também vale para a rotina bíblica. Para o ser humano, realizar a obra de Deus do modo como Ele quer é tão antinatural quanto descobrir por conta própria o caminho de Deus para a Salvação. Seus caminhos são mais elevados e melhores que os nossos. Em nossas ações, sempre há algum tipo de método envolvido e não podemos dizer que não estamos interessados em métodos. Se não trabalhamos segundo o método de Deus, seguimos nosso próprio método natural. Se o Espírito de Deus não está no controle, nós assumimos o controle. Nossa própria vida está sempre gritando para se envolver nas atividades espirituais.

Em um livrinho bastante pertinente, *A Procura de Deus*[2], A. W. Tozer, da Aliança Missionária Cristã, analisa a atual situação de forma bastante perspicaz:

> Hoje em dia, não há falta de professores que estabeleçam corretamente os princípios das doutrinas de Cristo. Contudo, muitos deles se sentem satisfeitos em ensinar os fundamentos da fé ano após ano, curiosamente desapercebidos de que não há em seus ministérios a presença manifesta de Deus, nem nada de incomum em suas vidas pessoais. Constantemente, ministram a fiéis que trazem no peito um anseio que suas aulas simplesmente não conseguem calar.[3]

> Uma exposição bíblica sólida é uma necessidade imperativa na Igreja do Deus Vivo. Sem isso, igreja alguma pode ser considerada uma igreja do Novo Testamento em nenhuma acepção do termo. A exposição pode, porém, ser realizada de modo a privar a audiência de qualquer alimento espiritual. A nutrição da alma não é provida apenas por palavras, mas sim pelo próprio Deus. A menos que tenha uma experiência pessoal com Deus, a audiência não sai transformada da sala de aula apenas por ter ouvido a verdade. A Bíblia não é um fim em si mesma, mas um meio de levar os homens a um conhecimento mais profundo e satisfatório de Deus. Isso deve ocorrer para que o homem entre na pessoa de Deus e se deleite em sua presença, provando e conhecendo, no fundo de seu coração, a intimidade do próprio Deus.[4]

Essa mesma falta de realidade e poder espiritual, que é proporcional à doutrina evangélica, é observada por outros líderes. Entre eles, Vance Havner, que escreve artigos com os seguintes títulos: "Você ensina o que vive?" e "Você possui uma experiência cristã pessoal?". Ele afirma:

> Muitos crentes jamais se esforçam por uma experiência pessoal que os envolva em uma vida cristã mais profunda. Vivemos de ensinos e experiências de segunda-mão, as quais foram vividas e transmitidas por santos de outras épocas. Vivemos pelas palavras e atos de pregadores populares, mas isso tudo não passa de comida enlatada. Não plantamos nosso próprio alimento.[5]

Em um dos mais sólidos e poderosos púlpitos dos Estados Unidos, um dedicado homem de Deus estava a derramar seu coração perante sua congregação em uma manhã de domingo. Ele apelava para que seu povo vivesse a vida de Cristo, uma vida mais profunda e cheia do Espírito. No andar de baixo, naquele mesmo momento, um jovem conduzia um culto para as crianças. Ele as conduzia — crianças normais e cheias de energia — em consecutivos hinos adultos sem qualquer significado para eles, pois o grupo mal percebia as palavras que cantava. O jovem tão somente se preocupava em fazê-los cantar bem. Vez por outra, parava para repreender alguma criança que descuidava da melodia. Ao chegar no último hino, ele disse: "Agora, vamos lá! Vamos cantar esse bem alto". O hino escolhido foi: "Jesus, eu te amo, sei que tu és meu". Aquelas crianças entoaram o hino alto e com vigor, tentando suplantar uns aos outros.

Essa mesma rotina estereotipada, e não um ensino dinâmico, também caracterizava a Escola Dominical daquela igreja. Os membros mais jovens daquela comunidade cristã estavam desenvolvendo uma "forma de piedade, negando-lhe, entretanto, o poder" já a partir de seus primeiros e mais importantes anos. Os mesmos males que o amado pastor lamentava eram inerentes à educação das crianças de sua igreja!

Não há nada que possa ocupar o lugar de uma doutrina sólida e dos fatos da Palavra de Deus. Entretanto, é possível manter as pessoas privadas de alimento ao entupi-las de fatos bíblicos. É possível substituir a realidade espiritual por doutrinas e falhar com nosso povo, impedindo-lhes uma experiência pessoal com o próprio Senhor, que é o Único capaz de satisfazer os mais profundos anseios do coração humano.

Gastamos muitos recursos e energia recrutando, preparando e enviando missionários aos confins da terra a fim de pregar o evangelho. Isso é correto e devemos fazê-lo cada vez mais. Eles devem ser treinados para servir em uma cultura estrangeira, com um idioma que lhes é estranho. Por que não temos missionários suficientes para evangelizar o mundo? Por que não temos dinheiro suficiente para enviar aqueles que querem ir? Não conseguimos alcançar o ímpio que jaz à soleira da nossa porta, que poderia ser evangelizado em nosso próprio idioma, em nossa própria cultura e com muito menor esforço. Milhares de pessoas que já foram *expostas* à verdade em nossas Escolas Dominicais nunca foram *recrutadas* por Cristo. Eles têm feito parte da multidão que se aglomera em torno de Cristo, mas que jamais conseguiu tocar a orla de suas vestes por conta própria (Mc 5.24-34).

A Utilização de Sistemas Educacionais Inventados pelo Homem

O principal motivo da falta de vida, poder e realidade em nossas aulas sobre o evangelho deve-se ao fato de termos nos contentado em tomar emprestado sistemas de educação elaborados pelo homem em vez de descobrir o sistema de Deus. Os educadores seculares não enfatizam a inigualável revelação da Palavra de Deus que é comunicada pelo Espírito. Nosso conteúdo especial pede por um tratamento especial.

Um grupo de estudantes universitários fez a análise do programa de uma igreja evangélica que se destacava no treinamento de professores para essa área. Como a maioria de seus professores exibia certificados conseguidos em seis cursos de treinamento, os estudantes esperavam que fossem extremamente bem preparados. Em sua análise, ficaram surpresos ao descobrir que o treinamento recebido tinha feito pouquíssima diferença no ministério da igreja e foram atrás dos motivos de tal fato.

Ao observarem cada departamento e atividade da igreja, descobriram que os professores haviam lido seus manuais, discutido seu conteúdo e respondido a questões factuais, gerais e abstratas relacionadas ao assunto. Eles ou não enxergavam a relação entre suas aulas e o que haviam estudado, ou não sabiam como transformar em procedimentos os princípios do que sabiam. Os manuais ensinavam a teoria e a prática da filosofia de Herbart,[6] com sua metodologia sistemática para o conteúdo, que se baseia em uma associação psicológica e na tradução automática de conhecimento em sensação, motivação e ação. Tal filosofia não trazia resultados satisfatórios, visto que os professores não haviam experimentado quase nenhuma melhora após a conclusão dos cursos.

Por que motivo os cristãos deveriam adotar um sistema educacional do mundo secular? Por que não extrair nossa própria filosofia da revelação de Deus? Por que não utilizar os métodos do próprio Deus, os quais são inerentes à estrutura do universo? É claro que sempre haverá uma correlação entre o secular e o espiritual, uma vez que ambos lidam com o mesmo aluno, o homem. Os educadores seculares já estudaram esse aluno com muito mais profundidade que os cristãos. Se a educação cristã, no entanto, é verdadeiramente cristã, seus fundamentos e orientação são distintos. Todas as áreas da vida que são penetradas pelo evangelho acabam transformadas.

Como alguns evangélicos não se preocuparam em buscar sua filosofia na Palavra de Deus, falta-lhes a uniformidade de propósito e método que poderia fortalecer sua causa. Em uma mesma convenção de líderes de Escolas Dominicais, não é incomum encontrar dois palestrantes em completo desacordo quanto ao método prático de ensino sugerido, apesar de ambos buscarem a direção do Espírito. Em um tempo no qual muitos grupos evangélicos produzem sua própria literatura e material audiovisual, a filosofia implícita nesses materiais é a mais variada, pois cada líder faz o que acha certo segundo seus próprios conceitos. À medida que crescemos na compreensão da verdade e aproximamo-nos dEle, que é a verdade e a vida, passamos a nos aproximar uns dos outros. Podemos então nos dedicar mais ao apoio mútuo, em vez de competirmos entre nós.

O Ensino que não Passa de uma Pregação Malfeita

Em uma época na qual a pregação da Palavra está produzindo resultados, o ministério de ensino da igreja está ficando para trás. Nas Escrituras, esses dois ministérios não são o mesmo, apesar de às vezes supormos que são. São utilizadas duas palavras diferentes. Cristo Jesus veio para pregar a Palavra, pois Ele primeiramente proclamou a quem pudesse ouvir que o Reino de

Deus estava próximo. Então, após escolher seus discípulos e quando já era procurado pelas pessoas que haviam testemunhado suas pregações e sinais, passou a dedicar a maior parte de seu tempo ao ensino. Ele é chamado com mais freqüência Mestre que Pregador.

Qual a diferença entre pregar e ensinar? Há alguma razão para o ensino não ser tão inspirador quanto a pregação? Pregamos e ensinamos tanto para salvos como para ímpios. Por que motivo os alunos geralmente se dividem em pequenos grupos em sala de aula? Ensinar é fazer alguém aprender — termo via de regra utilizado com um objeto indireto: "Ensinar a alguém". Pregar é anunciar as Boas Novas e é acompanhado por um objeto direto: "Pregar a Palavra". Não que o Senhor não tenha ensinado *conteúdo* às pessoas, ou que Ele não tenha pregado *às pessoas*, mas há uma ênfase diferente em cada caso. O ensino possui a característica peculiar de envolver um número menor de pessoas, onde a interação é possível.

Precisamos tanto de pregação como de ensino, sendo que cada qual segue um método próprio. Pastores são chamados e treinados para pregar. Professores também deveriam ter um chamado e serem treinados para ensinar. É incrível que um pastor permita que professores despreparados preguem para sua congregação na Escola Dominical, apenas uma hora antes de ele mesmo pregar. A essa altura, todos estão exaustos e prontos a ir para casa, não se sentar e ouvir mais um sermão.

Muitos adultos que cresceram na igreja confessam, pesarosos, que sua paciência foi tão duramente testada durante as horas em que eram obrigados a ouvir um falatório interminável, que agora, ainda que desejem ouvir, suas mentes automaticamente desligam quando alguém começa a falar. Treinamos nossos fiéis para serem ouvintes profissionais, não líderes. As Escrituras declaram que ensinar, embora às vezes envolva falar, não se resume apenas nisso.

A Falta de uma Liderança Evangélica Madura

No difícil tempo em que vivemos, líderes cristãos são necessários em todos os aspectos da vida. A Igreja de Cristo deveria estar desenvolvendo esses líderes por meio de um programa de treinamento que se estendesse do nascimento à morte. Todo crente recebeu um dom do Espírito Santo para a edificação do Corpo de Cristo. Nossos talentos ou capacidades são um presente de Deus para nós; a hábil utilização dessas capacidades é o nosso presente para Ele. Jamais conheceremos a emoção de realizarmos o propósito para o qual nascemos até termos desenvolvido nossos dons. A vida em sua plenitude nos será desconhecida até que nos coloquemos no centro da vontade de Deus, dando nossa contribuição pessoal à Igreja do Deus vivo.

Se os potenciais de todos os cristãos fossem desenvolvidos a partir da infância, os adultos em nossas igrejas seriam extremamente produtivos. Teríamos fiéis profícuos na produção de literatura, artes, música e todas as vocações que são dignas de um discípulo do Filho de Deus. Exibiriam um viver cristão, dando bom testemunho de Cristo. Cada igreja seria um mini-instituto bíblico. Laboratórios para o descobrimento e implementação da verdade eterna. Cada igreja transpiraria vida, com estudos, projetos e programas de expansão.

Então, quando os líderes fossem convidados às convenções, a fim de conduzir grupos de discussão e demonstrar metodologias bíblicas, nossos membros estariam prontos a dar sua contribuição. Quando saíssem à procura de jovens talentos da literatura e das artes, os editores encontrariam alguns bem promissores. Quando procurássemos por Escolas Dominicais que estivessem fazendo um ótimo trabalho em suas comunidades, acharíamos algumas em cada área geográfica.

Em um editorial da revista *Eternity*, Donald Grey Barnhouse analisa as diferenças entre a Convenção Inglesa de Keswick e outros congressos semelhantes nos Estados Unidos. Ele diz:

> Sem dúvida alguma, temos na Inglaterra uma profundidade espiritual que não é conhecida aqui. Líderes britânicos em visita aos Estados Unidos confessam encontrar certa superficialidade. Admitem que se deparam com uma falta de profundidade espiritual que os deixa desconcertados. Por outro lado, tenho também conversado com líderes americanos que, ao visitar a Inglaterra, deparam-se com uma terrível falta de conhecimento bíblico.[7]

Por que motivo o conhecimento bíblico não pode andar lado a lado com a profundidade espiritual? Como justificaremos a falta disto ou daquilo perante a face do Senhor.

Implicações e Questões para Discussão em Grupo

Há trinta e cinco anos, Lois LeBar descreveu um ensino fraco. Hoje em dia, os estudantes fazem observações semelhantes acerca da Escola Dominical. Ensinar "rotina, em vez de vida" é comum em nossos dias. Embora seja possível encontrar exemplos de um ensino bíblico vibrante e transformador, muitos estudantes ainda "passam fome, embora soterrados por fatos bíblicos".

Atualmente, um outro problema se torna cada vez mais comum em nossas igrejas. Grande parte dos educadores rejeita a mera transmissão do conhecimento bíblico, cansados da "rotina, em vez de vida", mas acaba indo longe demais, usando todo o tempo de aula para refletir sobre experiências de vida. Eles simplesmente desistiram de ensinar o conteúdo da Bíblia. Os tediosos "sermões suplementares" da Escola Dominical foram substituídos por relatos de experiências de vida sem qualquer relação com a Palavra de Deus. Os dois extremos são perigosos. O primeiro se limita a ensinar o conteúdo bíblico, o segundo ensina aplicações pessoais sem fundamentos bíblicos. O ensino do conteúdo bíblico é necessário, mas não basta para produzir o crescimento espiritual. Da mesma forma, refletir sobre experiências de vida é uma atividade válida, mas não basta para produzir crescimento espiritual. É essencial haver uma interação dinâmica entre as duas atividades.

LeBar não nega que "toda verdade é uma verdade de Deus".[8] Ela tão somente afirma que os filósofos educacionais seculares não estabelecem a Palavra e o Espírito como prumo. Os sistemas seculares têm muito a nos ensinar sobre o desenvolvimento humano e sobre os processos de ensino e aprendizado. Embora úteis, tais fatores jamais bastarão para a filosofia educacional cristã. Com freqüência, os educadores cristãos balançam de um modismo educacional para outro, sem jamais refletir sobre os princípios teológicos que fundamentam a tendência da vez. Por falta de fundamentação bíblica, os professores acabam sendo sutilmente influenciados por filosofias seculares que ofendem até mesmo os princípios teológicos mais básicos. Até mesmo nas igrejas evangélicas, princípios comportamentais são freqüentemente utilizados para que as crianças fiquem quietas ou aprendam versículos bíblicos. Técnicas de esclarecimento de valores, que partem do princípio que valores são relativos, são utilizadas de forma inconsciente em algumas igrejas para ajudar os alunos a compreender seus valores. Embora esses métodos sejam eventualmente válidos, não podem jamais ser usados de forma impensada. Hoje em dia, os educadores cristãos têm a necessidade premente de "voltar ao básico" dos fundamentos bíblicos para a educação.

Para podermos renovar a educação cristã, precisamos repensar o significado do ensino. Quase sempre consideramos que ensinar é transmitir verbalmente. LeBar destaca a necessidade de grupos menores, mais íntimos, em que a interação seja evidente. Atualmente, grande parte do ensino bíblico deixa de intencionalmente relacionar as necessidades do aluno à viva e poderosa Palavra de Deus. Podemos ser enganados pela idéia de que, se utilizarmos os métodos mais "avançados", como computadores, vídeos e projetores, teremos um ensino relevante e transformador. Grupos menores e mais íntimos, que estimulam uma interação mais significativa entre a verdade absoluta e os problemas da vida, são tão antigos quanto os métodos utilizados por Jesus e tão modernos quanto as últimas tendências.

A Igreja, por todo o mundo, enfrenta uma falta crítica de líderes e formadores de discípulos capazes de ensinar e estimular um crescimento espiritual. Em partes do mundo onde a Igreja cresce rapidamente, há a necessidade de centenas de milhares de professores, profissionais e voluntários, para dar continuidade ao processo de discipulado. Se não desenvolvermos líderes com uma mentalidade espiritual, a Igreja acabará caindo na indiferença. Em partes do mundo onde o número de cristãos é reduzido, existe a necessidade de formadores de discípulos que possam ensinar as Boas Novas no contexto de outras culturas. A igreja local é a principal desenvolvedora de líderes para todos os aspectos da vida. O que ela pode fazer para melhor desenvolver líderes que conduzam as pessoas em vidas cristãs sólidas, sejam homens de negócios, profissionais liberais ou trabalhadores qualificados?

A Família

Os pais cristãos se preocupam com o crescimento espiritual, físico, social e intelectual de seus filhos. A Bíblia os orienta a ensinar a Palavra de Deus aos filhos. Não raro, porém, "rotina, em vez de vida" é a regra nos lares cristãos, a exemplo do que ocorre em escolas e igrejas. Pais cristãos jamais sonhariam em deixar seus filhos com fome. Ainda assim, é possível que amorosos pais cristãos levem seus filhos à inanição ao soterrá-los de fatos bíblicos — fatos isolados da vida.

Leia Deuteronômio 6.1-9. Que conselho poderíamos extrair desses versículos para os pais que deixam seus filhos famintos ao apresentar apenas fatos sem relação alguma com a vida? Por outro lado, alguns pais acreditam que seus filhos não são capazes de aprender o conteúdo bíblico. O que esse trecho de Deuteronômio sugere aos pais que imaginam não dever esperar, por parte de seus filhos, uma compreensão do conteúdo bíblico?

Só por diversão, descreva como seria um culto familiar em um lar que não vincula as doutrinas bíblicas às questões da vida. Que mudanças

LeBar recomendaria? A partir de sua experiência pessoal, dê exemplos de como a Bíblia foi ou não ensinada em associação com situações da vida cotidiana. Faça um plano de aula para seu lar, associando o conteúdo bíblico à vida.

A Igreja

Neste capítulo, foram apresentados diversos exemplos de um ensino lamentável. Atente agora para a lição que você ou seus colegas lecionarão na próxima semana. Use sua imaginação e dê um exemplo de como um professor poderia passar essa lição de forma errada. Então reveja a lição e imagine formas de como ela poderia ser mais bem ensinada, com relações claras entre a vida do aluno e a verdade da Bíblia.

Observe uma aula da Escola Dominical e faça anotações sobre como funciona essa interação entre o *conteúdo bíblico* e as *necessidades dos estudantes* — se ela existe ou não. A partir de seu conhecimento pessoal sobre os alunos, faça uma lista das características pessoais de cada um, relacionando suas preocupações, interesses e problemas, que poderiam ser mais facilmente relacionados ao conteúdo bíblico.

A Escola

LeBar termina o capítulo perguntando: "Por que o conhecimento bíblico e a profundidade espiritual não podem andar juntos?" A questão resume o velho debate que já foi ter iniciado com Platão e Aristóteles, entre o idealismo e o naturalismo. Tal debate ocorre entre visões da realidade. A realidade consiste em verdades abstratas e ideais mentais, ou no dia a dia do mundo que nos cerca? O mundo mental está quase sempre em conflito com o mundo natural e material.[9] Alguns professores procuram primeiro desenvolver no aluno uma "vida mental", enquanto que outros perseguem habilidades práticas que façam diferença na sociedade. Alguns professores afirmam que sua tarefa é ensinar o conteúdo bíblico, enquanto que a aplicação espiritual é de competência da igreja. LeBar discorda.

Alguns dos melhores e piores exemplos de ensino podem ser encontrados em faculdades ou seminários. Por vezes, quando separam algum tempo para auxiliar os alunos na compreensão das implicações práticas do conteúdo, os professores sentem estar "diluindo" um conteúdo acadêmico sólido. Alguns professores são famosos por fazer os estudantes ruminarem longas listas de fatos. Nesse tipo de ensino, "você pode passar das anotações do professor para as anotações do aluno sem descobrir o que cada um pensa". O ensino de fatos isolados não passa de uma forma um tanto cara de preparar alguém para jogos de perguntas e respostas. Há, contudo, um grande número de professores que ensina disciplinas acadêmicas de um modo que transforma a vida das pessoas.

Descreva o exemplo de um professor que, além de ajudar a compreender a questão acadêmica, ajudou, ao mesmo tempo, a entender as implicações práticas. Dê exemplos de como esse professor ou professora ensinava. O que tornou tal praticante da arte de ensinar tão eficaz? Se você for um professor ou professora, o que mudará em suas aulas? Sendo estudante, o que você poderia fazer por conta própria para estabelecer uma relação mais produtiva entre as disciplinas acadêmicas e suas necessidades ou as necessidades do mundo?

NOTAS

[1] Daniel L. Marsh, "The Place of Religion in Education", em *Personal Growth Leaflet* n.º 150. Washington: National Education Association, pp. 14-16. Reimpressão autorizada.

[2] Editado no Brasil sob o título *A Procura de Deus*. Belo Horizonte: Editora Bethânia, 1985.

[3] A.W. Tozer, The Pursuit of God. Harrisburg, Pennsylvania: Christian Publications Inc., 1948, p. 8. Reimpressão autorizada.

[4] *Ibid.*, pp. 9,10.

[5] Vance Havner, "Are You a Firsthander?" *Christian Life*, Abril de 1954, p. 27.

[6] N.do T.: Johann Friedrich Herbart. Filósofo e pedagogo alemão que é considerado um dos fundadores da pedagogia moderna.

[7] Donald Grey Barnhouse, "Keswick", Eternity, Setembro de 1954, p.10.

[8] Lois LeBar tem sido criticada por defender que a verdade é encontrada apenas nas Escrituras. No entanto, na página 197 do capítulo 7, ela diz: "Toda verdade pertence a Deus; quer seja encontrada na Bíblia, na natureza ou pela experiência. E, a menos que o falso seja misturado à verdade, essas fontes jamais se contradizem".

[9] Um bom resumo das questões atualmente discutidas na filosofia da educação, a partir de uma perspectiva cristã, pode ser encontrado em *Philosophy of Education: Issues and Options*, de Michael L. Peterson. Downers Grove, Illinois: InterVarsity Press, 1986.

2

Padrões Elevados de Educação

Por que motivo algumas classes são vibrantes e exibem crescimento, enquanto outras atolam em um lamaçal de indiferença? Ou pode até acontecer de os alunos utilizarem toda sua energia em oposição ao professor. Por onde devemos começar a atacar os problemas da educação? Visto que a educação sempre foi um problema universal, os educadores, ao longo dos séculos, têm proposto uma miríade de reformas. Se atentarmos à ênfase dada por cada sistema de ensino aos fatores internos e externos do aluno, poderemos examiná-los e compará-los com mais clareza.

Os fatores internos dos alunos dizem respeito aos sentimentos deles em relação à situação como um todo. Por causa de suas experiências anteriores nessa ou em outras classes, eles virão de bom grado à aula de hoje ou terão de ser pressionados? Eles participam de boa vontade em trabalhos de grupo, são indiferentes ou apressam-se em inventar interesses próprios? Como essa classe se encaixa nos valores e ambições de cada aluno? A classe consegue suprir as necessidades psicológicas pessoais de cada aluno quanto a afeto, segurança e reconhecimento, proporcionando novas experiências e livrando-o de sentimentos de culpa? Qual a atitude de cada aluno em relação ao professor, aos colegas, à sala de aula e ao equipamento? Eles se encontram fisicamente confortáveis e em boas condições de saúde?

Durante a fase das brincadeiras, na creche ou no jardim de infância, descobrimos que esses fatores são os mais importantes. Ali, as próprias crianças decidem para onde voltar sua atenção, por quanto tempo permanecerão naquela atividade, o que farão com o que têm à mão e se brincarão sozinhas ou com outras crianças. Ali, expressam livremente seus sentimentos em relação a pessoas e objetos, aprendem o que querem aprender e experimentam sucesso ou fracasso conforme a avaliação que têm de si mesmas. Embora interajam continuamente com outros fatores no ambiente em que se encontram, elas mesmas determinam o que acontece ao seu redor. As atividades podem ser educativas ou não, a depender de suas próprias escolhas e da supervisão externa que recebem. Via de regra, os professores estão sempre dispostos a introduzir orientações externas quando necessário.

Os fatores externos ao aluno são, principalmente, o professor, a matéria ensinada, os colegas de classe e a sala de aula. Logicamente, a posição dos professores é intrinsecamente estratégica. Eles se consideram como ditadores benevolentes ou como membros mais experientes do grupo? Eles podem liderar de modo que tudo dependa do que eles querem, de como eles querem e de quando eles querem. Ou então podem incluir o grupo no planejamento, na execução e na avaliação. Os professores definem se o método de ensino deve girar em volta de si mesmos, seus livros e de suas apresentações orais. Definem se maquetes, amostras e outros dispositivos audiovisuais devem ser trazidos para a sala de aula. Definem se os alunos devem interagir entre si ao longo da aula ou se devem apenas falar com o professor. O professor pode não ter controle completo sobre o ambiente físico, mas, via de regra, pode regular a temperatura, a iluminação e a disposição dos móveis em sala de aula. O programa de ensino pode ser rigorosamente definido ou pode apenas sugerir uma área de interesse mais ampla. Os alunos podem ser livres para contribuir uns com os outros ou pode haver um grande espírito de competitividade entre eles.

É mais fácil manipular os fatores externos que os fatores internos, pois o professor pode sentar à sua escrivaninha e decidir o que exatamente acontecerá em sala de aula — ou ao menos o que almeja ver acontecer. Tenta lidar com apenas um dos tipos de fatores envolvidos. Se o professor ou professora permitir que os alunos se envolvam integralmente, tudo pode acontecer. O professor pode não se sentir capaz de lidar com os fatores internos que trouxer à baila, logo, sente-se mais seguro concentrando-se nos fatores externos, que pode controlar. O método mais simples é organizar o programa de ensino de forma lógica, transmitir de pouco em pouco e solicitar que lhe respondam da mesma forma. Ademais, se a intenção do professor for apenas transmitir o conteúdo, ele não sentirá a menor necessidade de se preocupar com fatores internos.

O que, porém, acontece nas muitas situações de ensino em que a atitude dos alunos não é levada em conta? Como o professor sabe que os alunos sentarão quietos, estudarão o conteúdo e responderão à matéria? O que, via de regra, acontece no íntimo dos alunos quando eles são chamados a estudar e reproduzir o que aprenderam? Quando os fatores internos se contrapõem ao processo externo, como isso afeta o professor? Por outro lado, o que acontece quando os fatores internos assumem o controle sem uma correta orientação? O que, então, parece ser o principal problema na educação?

A Ênfase em Fatores Externos

Um rápido exame da história da educação demonstra que, na natureza humana, predomina uma tendência de supervalorização dos fatores externos. Nas antigas nações da Assíria-Babilônia, Egito, Índia e China, os elementos externos eram praticamente os únicos a serem considerados. O panorama geral era mais retrógrado que progressivo, sendo que o principal objetivo era preservar o passado e o *status quo*, não aprimorá-lo. Em um autoritário sistema de transmissão de conteúdo, destaca-se como principal método a memorização e a imitação. Como o estudo não era interessante, a disciplina era severa. Como a individualidade era suprimida, a arte e a ciência eram primitivas. A literatura era improdutiva e guiava-se por fórmulas pré-estabelecidas. A religião era politeísta e impessoal. Visto que a religião não apelava a uma inspiração e vontade internas, a moralidade era superficial e a ética não influenciava o comportamento corrente. Os textos sagrados eram geralmente tradições passadas verbalmente, com pouca atenção ao significado e à aplicação. Mesmo quando a educação dava um treinamento prático para que sacerdotes e artesãos assumissem seu lugar na sociedade, tal preparação era mecânica e estereotipada. Com uma obrigatória conformidade a padrões externos, derivava uma grande pressão.

A educação que o Senhor Deus deu ao povo judeu, o qual Ele mesmo escolheu para seus propósitos, era teocêntrica e prática, com um saudável equilíbrio entre fatores internos e externos. Eles deviam glorificá-lo tanto como nação como individualmente. O Senhor ensinou-os por preceitos e por exemplos, na teoria e na prática, questionando-os e repreendendo-os, fazendo-os memorizar e sentir. A adoração ao Senhor e a moralidade cotidiana do povo estavam intimamente vinculados. Esses também foram os métodos de Cristo Jesus, o Mestre dos mestres, os quais serão mais detalhadamente discutidos ao longo do próximo capítulo.

A educação apostólica também era dinâmica e individual. A Palavra de Deus era estudada e praticada pela graça e pelo poder do Espírito Santo. O conhecer, o sentir e o fazer eram equilibrados na doutrina, na adoração e na vida em santidade. Os fiéis se multiplicavam quando se reuniam, edificavam uns aos outros na fé e testemunhavam onde quer que fossem. O Novo Testamento estabeleceu um padrão para uma Igreja santa e poderosa através das eras.

Em pouco tempo, porém, a instrução da Igreja Primitiva decaiu para palestras formais e uma catequese com perguntas e respostas. A teologia se desenvolveu no sentido de relacionar a doutrina cristã à filosofia pagã, ou para demonstrar o contraste entre elas. A autoridade e a organização da Igreja se desenvolveram a fim de estabilizá-la. Essas tendências levaram diretamente ao formalismo ascético e eclesiástico da Idade Média. Como nas nações da antiguidade, o método de ensino voltou a ser uma mera transmissão de conteúdo, feita de forma autoritária, repressiva e estereotipada. Os invasores bárbaros se convertiam apenas exteriormente, por meio de uma cerimônia e uma profissão de fé proferida de forma mecânica.

O Renascimento viu o reavivamento de um espírito inquisitivo e de um horizonte mais amplo para o aprendizado. Em pleno auge, os estudiosos imaginaram ter chegado a um acordo perfeito entre a fé e a razão, sistematizando a doutrina que ainda hoje é a base da igreja romana. O pensamento dessa era, no entanto, desandou em controvérsias sem sentido e acabou em um autoritarismo que nem ampliava nem aplicava conhecimento algum.

Os abusos da Igreja e o espírito científico do Renascimento levaram à Reforma, com seu retorno à autoridade das Escrituras, à Salvação pessoal e ao juízo. Uma vez mais, os fatores internos e externos estiveram equilibrados durante algum tempo. Isso se deu principalmente por causa da leitura da Bíblia no vernáculo, a responsabilidade dos pais pela educação dos filhos em casa, o vínculo entre conhecimento e virtude e a relação entre fé e liderança cívica.

Já no fim da Reforma, o método mais rápido da pregação começou a substituir o método mais lento do ensino, a memorização do catecismo substituiu o estudo pessoal das Escrituras. Na América Colonial, o objetivo da educação era promover vida e morte piedosas, com a religião no centro do currículo escolar. As crianças, contudo, eram consideradas adultos em miniatura. Os professores obrigavam os alunos a recitar longos trechos bíblicos e literários, faziam testes de memorização e mantinham a ordem com severidade em uma atmosfera repressiva e formal.

Com o surgimento da Escola Dominical na segunda metade do século xviii, o objetivo da educação cristã vem sendo geralmente enunciado como a promoção da conversão e do conhecimento bíblico. A conversão vem sendo compreendida como uma conseqüência natural do conhecimento bíblico. A maior parte dos professores de Bíblia vem trabalhando segundo a idéia de que, ao ensinarem os fatos bíblicos, o Espírito Santo fará a obra interna da regeneração do aluno. Não consideram necessário estudar a natureza humana ou conhecer os estágios de desenvolvimento a serem atravessados pelo aluno.

No início, os alunos estudavam o catecismo. Depois, veio o período em que eles eram exortados a decorar grandes porções das Escrituras. Em disputas nas Escolas Dominicais, os alunos repetiam mecanicamente o que haviam aprendido a fim de receber prêmios. Por fim, os líderes do século xix passaram a atentar para a seleção das passagens bíblicas, para as anotações das lições, para a separação dos alunos em diferentes classes, para o treinamento de professores, para a construção de igrejas com estruturas para o ensino e para a organização das Escolas Dominicais. Mesmo durante o auge do estudo bíblico, no período que foi de 1860 a 1880, os alunos estudavam fatos da Bíblia sem uma profunda compreensão, mal discernindo os valores espirituais ali transmitidos e praticamente sem estabelecer qualquer relação entre os textos e os problemas da vida cotidiana.

Vemos, portanto, que os professores, ao longo da história, têm freqüentemente entendido que sua tarefa consiste em expor os fatos aos alunos e exigir-lhes a confirmação oral de seu conhecimento teórico. Têm contado quase que exclusivamente com a apresentação verbal de fatos.

Quanto do conhecimento teórico que *você* absorveu no Ensino Médio ainda faz parte de seu conhecimento pessoal? Por quê? Que parte de sua formação escolar é mais relevante em sua vida agora? Por quê? O que não significa nada para você hoje em dia? Como essas matérias poderiam ter sido mais significativas em sua vida naquela época? Você pode sugerir alternativas que pudessem ter tornado seu Ensino Médio mais proveitoso em sua vida?

Você efetivamente "aprendeu" todos os fatos que lhe foram passados na igreja e na Escola Dominical? Atualmente pratica todas as verdades espirituais que "conhece"? Seus alunos praticam toda a verdade espiritual que "conhecem?" Por qual motivo ouvimos com tanta freqüência o lamento: "Ele sabe que isso está errado. Por que ele age assim?" Em que interessa aos professores dar explicações ao léu, sem que ninguém preste atenção?

Johan Friedrich Herbart (1776-1841)

No século xx, quando a educação cristã procurava aprimorar o ensino bíblico, ninguém havia ainda formulado uma filosofia caracteristicamente cristã a partir das Escrituras. Tão poucas eram as pessoas realmente preocupadas com os problemas da Escola Bíblica, que ninguém tinha nada a oferecer a partir de um ponto de vista bíblico. Por 1.900 anos, desde que Cristo trouxera as Boas Novas de Deus, nenhum grupo evangélico havia se reunido para estabelecer uma filosofia pedagógica cristã. Assim, quando se fez necessário um método que regulasse o uso aleatório de textos bíblicos e da memorização de versículos, os líderes pesquisaram e encontraram o sistema que, à época, desfrutava de grande prestígio no mundo secular: o método de Herbart.

Herbart foi um intelectual que passou grande parte de sua vida lecionando filosofia e pedagogia em duas universidades alemãs. Ele exaltou a educação ao transformá-la em uma ciência e ao defender uma progressão formal baseada em uma filosofia cuidadosamente elaborada. Como ele apresentava um sistema lógico para o ensino de conteúdo e defendia padrões elevados de moralidade social e caráter pessoal, seu sistema foi aplicado ao ensino da Bíblia.

Herbart defendia que o conteúdo era o mais importante, pois acreditava que, ao relacionar conceitos, poderia realmente formar a mente a partir de uma perspectiva externa. A fim de transmitir esse conhecimento, o professor precisava despertar idéias antigas, pois o aluno ficaria interessado em conceitos que já conhecera. Essa interação entre idéias novas e antigas é uma das maiores contribuições de Herbart para a educação, a qual é conhecida como princípio da apercepção. Os cinco passos formais listados abaixo são a forma mais conhecida do sistema de Herbart, adaptada por seus seguidores:

1- *Preparação.* São recordadas as idéias passadas que tenham relação com o novo conceito. Somente relembrando o conteúdo aperceptivo o aluno ficará interessado em um novo conteúdo e atentará para ele. Se uma idéia não puder ser relembrada, será necessário começar por objetos familiares e extrair as idéias das percepções ali obtidas.

2- *Apresentação.* O professor explica a matéria nova na forma de uma idéia ou de um objeto.

3- *Associação.* O professor destaca semelhanças e diferenças entre o velho e o novo.

4- *Generalização.* Conceitos concretos são agora abstraídos pelo aluno, visto que este é o trabalho da mente no auge de sua capacidade.

5- *Aplicação.* O estudante agora lança mão da generalização para resolver problemas relacionados àquela área do conhecimento, como na solução de problemas de geometria ou na tradução de frases em um idioma estrangeiro.

Com esse procedimento sistemático, o estudante haveria de receber novas idéias que pudesse utilizar. Esse processo construía muitas idéias novas e, portanto, produzia o interesse na construção de outras idéias novas. O interesse ao fim da lição superava o interesse inicial. A mente era efetivamente estruturada a partir do exterior, acreditava Herbart.

Para Herbart, o principal talento pedagógico era a capacidade de relacionar idéias novas e antigas. Nessa tarefa, a psicologia associativa veio em auxílio do professor, pois uma vez na mente, as idéias continuavam a voltar, afirmava ele. Conceitos semelhantes tendem a se reforçar mutuamente, até que chegam ao ponto de retornar à consciência. Idéias distintas tendem a se repelir mutuamente. O benefício está no resultado da associação de idéias relacionadas entre si. A psicologia associativa, hoje em dia, perdeu grande parte de sua credibilidade, pois a maioria de nossas idéias tende a escapar e jamais retornar.

"E como as novas idéias intelectuais de Herbart produziriam seus objetivos quanto ao caráter moral?", podemos perguntar. Ele explicava esse processo denominando-o como um "círculo de pensamentos". Uma vez que o saber é a principal função do cérebro, sentir, desejar e fazer derivam automática e inevitavelmente do saber. Quando as idéias se reforçam mutuamente em seu esforço para voltar à consciência, o resultado é prazeroso. Quando são diferentes a ponto de repelirem umas as outras, o resultado é deprimente. A totalidade das idéias forma a vontade que, por sua vez, expressa-se em ação. Idéias que exigem atenção total resultam em ação. Assim, ao controlar as idéias dos alunos, o professor é capaz de definir como eles sentirão, escolherão e agirão.

Logicamente, as idéias corretas haveriam de levar obrigatoriamente a um caráter reto. Se ao menos a formação do caráter fosse assim tão fácil, como seria simples! Mas é realmente assim? Se todos nós agíssemos automaticamente de acordo com as idéias corretas que possuímos, que tipo de lugar seria esse mundo? É claro que precisamos conhecer as idéias corretas, mas será que o saber garante o fazer? O conhecimento é uma virtude? Ademais, Herbart preocupava-se com a educação secular — ele não tinha em mente o contexto cristão.

Grande parte do ensino bíblico de hoje em dia é fundamentado no método de Herbart. A abordagem mais comum — se é que há algum tipo de abordagem — é fazer a pergunta: "O que fizemos no último domingo?" Isso provoca nos alunos algum desejo de estudar a Palavra de Deus? Por que essa pergunta, via de regra, é deixada sem resposta? Porque a lição do domingo anterior começou dessa mesma forma. Enquanto o professor apresenta, associa, generaliza e até mesmo aplica a matéria nova, a mente de seus alunos divaga por onde mais lhe aprouver, levando-os a lugares em que podem efetivamente buscar seus próprios interesses.

O que a Bíblia diz sobre o saber, o sentir, o querer e o fazer? Se Herbart estivesse correto, o primeiro mandamento diria "Conhecerás" e não "Amarás". Conhecer é essencial, não há a menor dúvida disso, mas saber nem sempre resulta em amar e fazer. O amar, por sua vez, baseia-se no conhecer e muito mais provavelmente redunda no fazer.

> Ó terra, terra, terra! Ouve a palavra do SENHOR! (Jr 22.29)
> Eu sei, ó SENHOR, que não cabe ao homem determinar o seu caminho, nem ao que caminha o dirigir os seus passos (Jr 10.23).
>
> O temor do SENHOR é o princípio da sabedoria; bom entendimento têm todos os que lhe obedecem (Sl 111.10).
>
> Aquele, pois, que sabe fazer o bem e o não faz comete pecado (Tg 4.17).
>
> Pois o que quero, isso não faço; mas o que aborreço, isso faço [...] o querer está em mim, mas não consigo realizar o bem. Porque não faço o bem que quero, mas o mal que não quero, esse faço (Rm 7.15,18,19).

O saber não é nem o início nem o fim da transformação do caráter. O conhecimento não é uma virtude, mas sim a sabedoria em usá-lo. Nós, cristãos, precisamos de mais do que a filosofia de Herbart se quisermos liderar as pessoas, passo a passo, rumo "à medida da estatura completa de Cristo" (Ef 4.13).

A Ênfase nos Fatores Internos

Ao longo da história da educação, as capacidades e os propósitos dos próprios educandos receberam muito menos atenção do que o conteúdo a ser transmitido. Em pouquíssimos casos, os professores tentaram orientar o progresso dos estudantes estudando o desenvolvimento físico, as capacidades, as necessidades, os interesses e as inclinações dos alunos.

A educação dada em Atenas, na Grécia antiga, é um importante exemplo de desenvolvimento pessoal. O objetivo dos gregos era o desenvolvimento harmônico da pessoa como um todo. Tentavam direcionar a energia natural dos jovens em atividades úteis e artísticas, introduzindo-os gradualmente na vida da comunidade. Não se tratava de um processo fundamentalmente intelectual ou teórico, mas moral. O jovem ateniense tinha um pedagogo supervisionando-o pessoalmente a cada passo. Ele era observado em suas ações, sua conduta, sua ética e comportamento. Bons hábitos eram regularmente praticados, a fim de firmar o caráter. A todo o tempo, era oferecida a oportunidade de a criança expressar seus sentimentos, exercer sua curiosidade e criar coisas belas e boas. Externamente, apenas um currículo bem simples era imposto à criança. Via de regra, a matéria lecionada consistia em leitura, escrita, literatura, religião, cidadania, música e educação física. O tempo que o aluno gastava "debruçado sobre os livros" era relativamente curto.

A posição mais radical já proposta por um defensor das capacidades inerentes ao homem foi a assumida por Jean-Jacques Rousseau (1712-1778). "O homem nasce livre, mas está sempre acorrentado"! foi o grito de indignação de um vagabundo com a convicção de um mártir. "Tudo que vem das mãos do Criador é bom; nas mãos do homem, tudo degenera."

Rousseau colocava a infância no centro da educação. "Os autores dos livros didáticos se dedicam àquilo que o homem deve saber", protestava ele, "sem se perguntar sobre o que uma criança é capaz de aprender. É um erro tentar atrair sua atenção para assuntos que não lhe despertam a menor curiosidade, como seus interesses futuros ou sua felicidade quando crescido". A infância deixava de ser considerada como inferior à idade adulta. As fases da criança precisavam ser estudadas e compreendidas.

Rousseau objetivava produzir mudanças no homem e não apenas promover a transferência de conhecimento de uma forma superficial. Seu personagem, Emilio, teria a mente aberta não por intermédio do conhecimento, mas pela sua capacidade em adquiri-lo. Ninguém faria pela criança o que ela pudesse fazer por si mesma.

Rousseau penetrou fundo no coração do processo educacional quando proclamou que a curiosidade e a utilidade deviam ser a força motriz por trás do aprendizado. Se o desejo de aprender fosse cultivado no aluno, qualquer método funcionaria. A orientação deve respeitar o caráter e os interesses naturais do aluno. A moralidade e a disciplina são aprendidas quando o aluno vivencia as conseqüências de seu comportamento.

De Rousseau, Johann Heinrich Pestalozzi (1746-1827) recebeu os primeiros conceitos que reformularam o ensino primário. Pestalozzi rejeitava o ensino de meras palavras e fatos, em favor da formação das habilidades intelectuais e morais do aluno. As impressões apreendidas no contato com objetos reais formavam a base de toda instrução. Sua educação era "um desenvolvimento natural, simétrico e harmonioso de todas as faculdades da criança" — definição semelhante à utilizada pelos gregos. Ele defendia que a criança é um organismo vivo que revela sua vida interior segundo leis naturais que os professores devem descobrir e utilizar. Ele fez inúmeras observações sobre o crescimento das crianças.

Friedrich Froebel (1782-1852) fez ainda mais observações e relatos de fatos acerca de atividades naturais às crianças. Ele concluiu que a educação envolve uma evolução tanto individual quanto racial, constituindo um processo pelo qual o homem desenvolve plenamente suas capacidades em relação à natureza e à sociedade. Para Froebel, a educação era o direcionamento da energia do próprio aluno, não a imposição de conteúdos externos. Tratava-se mais de *extrair* do que *inculcar* cada vez mais conteúdo no indivíduo. Nascido com todo o potencial da raça, a criança pululava de energia para expressar a vida e a capacidade de sua natureza. O aluno não devia ser apresentado a um novo assunto sem antes sentir uma necessidade intrínseca dele. A partir desses fundamentos, Froebel fundou um jardim de infância onde eram incentivadas as brincadeiras e a auto-expressão; no ritmo da criança, com atividades construtivas e cooperação social.

John Dewey (1859-1952)

O maior educador e filósofo dos Estados Unidos também foi um grande defensor do enfoque na experiência do aluno. Ainda jovem, Dewey declarou aceitar o ensino religioso em que fora criado e juntou-se à igreja. Suas crenças, porém, jamais foram suficientemente relevantes a ponto de suprir suas necessidades emocionais. Posteriormente, ele descobriu na filosofia de Hegel, que combinava estímulos à mente e ao coração, que tinha se equivocado no passado. Se ao menos seus pais e professores da Escola Dominical o tivessem ajudado a ter uma experiência pessoal com o Senhor da Vida antes que ele se tornasse um dos maiores inimigos do cristianismo!

Hoje em dia, nós, professores, não sabemos quais crianças em nossas igrejas e ruas serão os mais influentes líderes de amanhã. É até mesmo possível que eles estejam presentes em nossas classes da Escola Dominical. Temos nós a certeza de estar suprindo-os integralmente para o Senhor?

O início da vida escolar de Dewey foi maçante para ele. As coisas que realmente fizeram diferença aconteceram fora da sala de aula. Ele, portanto, tentou trazer a vida real para dentro da sala de aula. Ele abriu a janela da escola para que uma lufada de ar fresco penetrasse naquele ambiente asfixiante, transformando-a numa sociedade em miniatura em que as pessoas podiam lidar com problemas reais.

Dewey discordava da teoria do interesse de Herbart, que era mais intensa ao fim da lição que no início e partia de um conhecimento anteriormente aprendido. Dewey defendia que aprendizado era essencialmente solução de problemas, sendo composto de uma contínua reconstrução de experiências. O papel da escola seria o de prover oportunidades para que a criança desempenhasse atividades normais. Ao longo de suas atividades, ela enfrentaria problemas e estes criariam uma situação de aprendizado, pois levá-la-iam a pensar. A criança deveria definir o problema com clareza, reunir os dados a respeito da situação e experimentar as diversas soluções que acreditasse serem possíveis. Ela estaria lidando com problemas reais da vida.

A educação, para Dewey, era a vida e não uma preparação para a vida. Somente vivendo hoje em sua plenitude o aluno estaria preparado para dar o próximo passo amanhã. No processo de utilizar materiais e idéias, a criança consegue compreendê-los. Ela não precisa conhecê-los antes de utilizá-los. O aluno aprende fazendo, o que envolve não apenas sua mente, mas todo seu ser, pois agir é algo intrínseco à natureza humana. Tal atividade não consiste em ficar pulando de um interesse para outro, nem em enterrar-se até o pescoço em trabalhos inúteis, mas em uma investigação inteligente e direcionada a um propósito que possui significado para o aluno. Já em tenra idade, a criança começa a usar o espírito do método científico.

Dewey, então, mantém o foco da educação na experiência do próprio aluno. É lógico que o aluno, com freqüência, sente a necessidade de consultar livros de história, experiências passadas ou informações de terceiros a fim de solucionar o problema que tem em mãos. O conhecimento, porém, é apenas um meio necessário para que a criança atinja seus próprios objetivos. O aluno necessita continuamente exercitar seu juízo e inteligência em função de propósitos práticos. Cabe à escola prover os recursos necessários a essa experiência e não apenas apresentar o conteúdo a ser aprendido.

Se a escola, na qualidade de uma sociedade em miniatura, promover um ambiente e uma atmosfera social saudáveis, os professores conseguirão guiar os alunos em uma convivência em que predominará a cooperação social e o auxílio mútuo e não a competitividade. Em um empreendimento conjunto, no qual todo o grupo está pessoalmente envolvido, a interação entre as pessoas é tranqüila. O professor não precisa agir como um intruso para manter a ordem, mas como um membro mais respeitável do mesmo grupo que compartilha responsabilidades e conceitos com os demais. Enquanto o ensino antigo treinava os alunos em virtudes mais passivas como obediência e submissão, a escola de Dewey procurava desenvolver a iniciativa e a responsabilidade.

A filosofia do naturalismo humanístico, que contava com o homem e sua inteligência, fundamentava todo o sistema de Dewey. Não existem absolutos, nem fatores sobrenaturais. Dewey acreditava que a religião institucionalizada era o maior inimigo da civilização e que Deus deveria ser apagado do pensamento humano. Se fosse para conservar o termo "Deus", que ele fosse utilizado para denominar o relacionamento entre o real e o ideal.

A experiência do aluno é efetivamente relevante no sistema cristão? Os fatores internos são necessários ao aprendizado? A experiência de regeneração ocorre no íntimo do indivíduo. O objetivo da educação cristã está mais adequadamente expressa nas palavras de Efésios 4.13: "Até que todos cheguemos à unidade da fé e ao conhecimento do Filho de Deus, a varão perfeito, à medida da estatura completa de Cristo". Assemelhar-se a Cristo é a manifestação exterior de uma experiência interior.

> [...] nos gloriamos nas tribulações, sabendo que a tribulação produz a paciência; e a paciência, a experiência; e a experiência, a esperança. E a esperança não traz confusão, porquanto o amor de Deus está derramado em nosso coração pelo Espírito Santo que nos foi dado (Rm 5.3-5).

> Porque qualquer que ainda se alimenta de leite não está experimentado na palavra da justiça, porque é menino. Mas o mantimento sólido é para os perfeitos, os quais, em razão do costume, têm os sentidos exercitados para discernir tanto o bem como o mal.

> [...] aquele que não é da parte de Deus não nos ouve. Nisto reconhecemos o espírito da verdade e o espírito do erro. Amados, amemo-nos uns aos outros, porque o amor procede de Deus; e todo aquele que ama é nascido de Deus e conhece a Deus. Aquele que não ama não conhece a Deus, pois Deus é amor (1 Jo 4.6-8 – ARA).

John Amos Comenius (1592-1670)

John Amons Comenius foi um cristão que, apesar de ter vivido no século xvii, é freqüentemente considerado o primeiro educador moderno da história. Por ter sido iluminado tanto pela revelação escrita de Deus, a Bíblia, como por seu segundo livro, a natureza, foi capaz de enxergar a verdade educacional muito além de seu tempo. Embora sua teologia não tenha sido sempre consistente, visto que ele escreveu sem contar com a vantagem do estudo sistemático que se desenvolveu após seus dias, manteve uma fé sincera, voltada para a glória de Deus. Sua obra sobre a educação contém inúmeras referências às Escrituras e às doutrinas cristãs.

Ainda em tenra idade, ele perdeu o pai, a mãe e duas irmãs, possivelmente pressagiando o sofrimento e a privação que caracterizariam toda a sua vida. Somente aos dezesseis anos ele passou a estudar latim, o idioma dos estudiosos.

Nessa época, ele já contava com mais idade que os outros garotos e era capaz de perceber os terríveis abusos praticados naquele tempo. As escolas eram locais de tortura que ele denominava "matadouros de mentes". Esses problemas deviam-se mais à ineficiência dos professores que à indolência dos alunos. A disciplina precisava ser severa, pois não havia avaliações, não havia interesse e quase nenhum sentido. Quando percebeu o quanto o entusiasmo da juventude estava sendo embotado e desperdiçado, Comenius sentiu-se motivado a buscar alternativas, pois cria piamente que a educação era capaz de elevar o nível das pessoas comuns.

Após estudar em duas universidades, ele voltou à Morávia aos vinte e dois anos de idade. Como os jovens não podiam ser ordenados ao ministério até os vinte e quatro anos de idade, ele começou a trabalhar como diretor de uma escola primária e secundária. Foi lá que começou a formular um método mais fácil para o ensino do latim. Dois anos mais tarde, quando foi ordenado, passou a acumular ao pastorado a função de coordenador em uma escola. Ele então se casou e viveu os dois anos mais felizes de sua vida.

Em 1621, quando irrompeu a perseguição aos protestantes que desencadeou a Guerra dos Trinta Anos, sua cidade foi saqueada e incendiada e ele perdeu tudo o que tinha, incluindo seus livros e manuscritos. No ano seguinte, sua esposa e seus dois filhos pereceram em uma epidemia que varreu a Morávia. Ele passou o resto de sua vida no exílio, mas sempre sonhou em voltar para casa e fazer o que lhe fosse possível para melhorar os métodos de ensino. Ainda mais fortes eram seu interesse teológico e sua preocupação com o sofrimento de seus irmãos. Algum tempo mais tarde, foi alçado a bispo de sua igreja.

Em 1628, quando todos os evangélicos foram obrigados a sair da Morávia, Comenius rumou para Lissa, Polônia, onde ele teve a oportunidade de desenvolver suas teorias pedagógicas e colocá-las em prática, desempenhando a função de diretor em uma escola do Ensino Médio. Ele sentia que, se as crianças aprendessem suas lições com maior facilidade e rapidez, o tempo poupado poderia ser utilizado para dar aos alunos uma melhor formação moral e religiosa.

Seus livros de latim para a escola primária e seus livros a respeito de como melhorar o ensino do latim foram tão difundidos, que traduções foram produzidas em diversos idiomas europeus e asiáticos. O sucesso de sua obra rendeu-lhe convites de diversos países, apesar de ele ter lutado contra a pobreza durante grande parte de sua vida. Ele foi convidado à Suécia, a fim de reestruturar as escolas daquele país, mas recusou, pois considerou a tarefa por demais grandiosa para um único homem. O parlamento inglês convidou-o para planejar uma universidade, mas a guerra civil pôs fim ao projeto. Chamado para levar a cabo uma reforma geral no sistema escolar da Hungria, foi impedido de prosseguir após fundar uma escola naquele país.

De volta à Polônia em 1654, quando Lissa foi novamente saqueada e incendiada, Comenius mais uma vez perdeu sua biblioteca, dinheiro, preciosos manuscritos ainda inéditos e anotações de toda uma vida de estudos. Ele então partiu para Amsterdã, onde os diretores de escolas alimentavam grande inveja dele.

Apesar de toda uma vida de tristezas e decepções, Comenius via a mão de Deus na destruição das escolas da Europa, a fim de que novas escolas fossem corretamente estabelecidas. Embora não tivesse interesse algum em ser radical, não desejava ficar preso a tradições, ignorando a razão, o bom senso e as orientações do próprio Deus. Mais que a maioria dos pioneiros teóricos, Comenius construiu suas idéias de forma sólida, com experiências reais junto a escolas e crianças, o que complementou sua obra ao longo dos anos.

Comenius não se satisfazia em focar fatores externos ou internos. Ele via a necessidade de que ambos estivessem integrados. Seu objetivo era a piedade, a moralidade e o conhecimento. Abaixo, segue uma reprodução da folha de rosto de sua maior obra: *A Grande Didática*.[1]

A GRANDE DIDÁTICA

Apresentando
Toda a arte de ensinar todas as coisas
a todos os homens.

Ou

O argumento definitivo em prol da criação de tais escolas em todas as comunidades, cidades e vilarejos e todo o mundo cristão, a fim de que todos os jovens, de ambos os sexos, sem exceções, possam se tornar,

de forma plena, rápida e agradável,

Destros em ciências, moralmente puros, hábeis na piedade e, dessa maneira, instruídos em todas as coisas necessárias para o presente e em suas vidas futuras.

Que o principal assunto dessa obra, nossa *Didática*, seja da seguinte forma: A procura e a descoberta de um método de instrução, no qual os professores ensinem menos e os alunos aprendam mais, de modo que as escolas sejam locais com menos barulho, rancor e trabalhos inúteis; porém com mais lazer, diversão e um progresso sólido. Uma didática que, na comunidade cristã, dissipe as trevas, os escândalos e as discórdias; proporcionando, por outro lado, iluminação, ordem, paz e descanso.

Que implicações profundas somente essa primeira pagina nos apresenta! A educação da época era extremamente limitada, mas Comenius agora propunha ensinar todas as coisas a todos os jovens de ambos os sexos, no que seria uma educação verdadeiramente liberal que ampliaria a visão e as perspectivas desses jovens.

É realmente possível ensinar de uma forma agradável que, ao mesmo tempo, seja rápida e completa? A maioria das escolas daquela época jamais teria concebido tal idéia. Essa educação precisava ser "para o presente e em suas vidas futuras". "No qual os professores ensinem menos e os alunos aprendam mais" era um pensamento absolutamente revolucionário! Como os alunos aprenderiam mais se os professores ensinassem menos? Aqui a ênfase sai do professor e passa ao aluno, que deveria se envolver mais ativamente em seu próprio aprendizado. Uma educação assim teria efeitos saudáveis até mesmo no ambiente, na organização, na paz e no sossego da comunidade. Ainda enfrentamos esses mesmos problemas em nossos dias e Comenius já apontou a direção para que as respostas sejam encontradas.

Os Fatores Internos na Obra de Comenius

Ao buscar por informações relativas ao ensino na Palavra Escrita de Deus e nos atos do Criador no mundo natural, Comenius verificou muitas coisas absolutamente contrárias à prática de seu tempo. Ele descobriu que os fatores internos estavam sendo quase que completamente ignorados. As escolas despejavam sobre os alunos uma verborréia com os clássicos latinos, mas não os treinavam para observar ou pensar.

"O desenvolvimento vem de dentro", disse ele ao observar esse processo na natureza. "A natureza não força o desenvolvimento de nada que não seja impelido pela força de seu próprio amadurecimento." Ele tencionava trabalhar *com* o processo natural e não *contra* ele. Como o conhecimento psicológico era praticamente inexistente em sua época, Comenius exagerou no uso de analogias com a natureza, mas as Escrituras freqüentemente comparam o crescimento espiritual ao natural (Sl 1.3; 92.12, 14; Mt 15.13; Mc 4.4-8, 28; Jo 15.2) e ele apresentou muitas comparações válidas. A mais importante delas confirma o fato de que um ser cresce por conta própria. Livros e professores podem ajudar ou atrapalhar o crescimento, mas é o aluno que providencia seu próprio desenvolvimento. Transformações internas genuínas são essenciais para que haja qualquer tipo de progresso nos alunos. "Rituais exteriores sem uma verdade interior são abominação para Deus", dizia Comenius.

Para que uma criança se empenhe em atividades educativas proveitosas, ela precisa ter desejo de aprender, interesse pessoal e atenção ao assunto, não incentivos artificiais. A curiosidade natural da criança deve ser direcionada de forma construtiva e não reprimida. A criança aprenderá à medida que vir, ouvir e lidar com coisas que são novas para ela. Por que deveríamos usar os olhos dos outros em vez dos nossos? Por que não somos ensinados a aprender por nós mesmos? A sala de aula deve ser um local agradável, como um *playground*, e conter sempre coisas novas e interessantes. Os sentimentos da criança em relação à escola têm grande relevância no que diz respeito ao que ela aprende naquele local.

Comenius acreditava que a sabedoria do próprio Criador se manifestava no modo como um bebê aprende acerca do mundo, ainda antes que seus pais tentem lhe ensinar algo. Os cinco sentidos são as entradas da alma humana, o modo pelo qual as impressões chegam à mente. O conhecimento, portanto, deve ser fundamentado em experiências da criança com objetos reais e não com palavras, que não passam de símbolos desses objetos. A criança deve ser apresentada a coisas reais, coisas úteis que ela possa investigar, de forma que vários sentidos trabalhem em conjunto e se reforcem mutuamente para uma verdadeira compreensão. O professor deve constantemente lançar mão da percepção sensorial para conseguir a compreensão da criança. A sala de aula deve ser dominada por um espírito de indução. Objetos e exemplos devem preceder palavras e fórmulas, a fim de que o aprendizado proceda tranqüilamente do concreto para o abstrato, do que é mais fácil para o que é mais complexo, do que está próximo para o que está distante.

Partindo-se da experiência pessoal dos alunos, o processo de ensino envolveria fundamentalmente explicar e orientar, em vez de levá-los a decorar grandes quantidades de informação, como vinha sendo até então. É claro que a memorização é de grande importância na educação, mas apenas as coisas mais importantes devem ser memorizadas. Esse tipo de memorização, contudo, só deve acontecer após os sentidos terem experimentado impressões claras e verdadeiras que tenham levado à compreensão do conceito. O aprendizado ocorre tanto pela prática quanto por preceitos. Aprendemos a escrita ao escrever; a falar, falando; a cantar, cantando; a raciocinar, raciocinando. Em outras palavras, é fazendo que aprendemos a fazer. Desde tenra idade, a criança deve praticar as virtudes fundamentais e aprender o autocontrole, não apenas adquirir uma simples aparência de moralidade.

A pessoa, portanto, deve ser educada por inteiro. Em uma atmosfera positiva, deve-se buscar um equilíbrio saudável entre:

Os sentimentos e o intelecto
O saber e o fazer
O que é interno e o que é externo
A dedução autônoma e a indução externa

É preciso haver muitas brincadeiras e atividades físicas, pois esse é o caminho da natureza para o desenvolvimento de uma mente aguçada e um corpo forte. Como aprendemos mais de uma coisa por vez, os vários sentidos deviam ser continuamente utilizados em conjunto.

Comenius também percebeu a grande importância das características individuais. Se um aluno apresenta dificuldades de aprendizado, o problema não é inteiramente com ele. Em grande medida, a falha é do professor, que não se importou em descobrir os interesses do aluno, ou não soube como levá-lo a interessar-se pelo que realmente precisa. É particularmente fundamental apresentar as questões espirituais de forma a despertar nos alunos um genuíno amor por Deus, tomando cuidado para não deixar surgir alguma aversão para com as coisas sagradas.

À época em que Comenius freqüentava a escola, a regra era a recitação individual. Cada aluno precisava esperar sua vez e recitar para o professor. "Isso é perda de tempo", acreditava Comenius, imbuído de um espírito verdadeiramente democrático; o qual, via de regra, não era visto com bons olhos em uma época na qual imperava a política de imposição. Percebendo que os alunos tinham a necessidade de aprender a trabalhar em equipe e a comunicar seus pensamentos, ele formou classes nos moldes de uma república, ensinando-os a terem autonomia e vida social.

Os Fatores Externos na Obra de Comenius

Ao mesmo tempo em que tentou dar o devido espaço à atividade dos alunos e às necessidades individuais, Comenius não tentou reduzir o papel do professor e do conteúdo na educação. Seus objetivos de piedade, moralidade e conhecimento não poderiam ser atingidos por uma expressão pessoal sem orientação.

Para Comenius, porém, nem todo conhecimento era útil. O que era ensinado precisava ter aplicação prática para o dia-a-dia. O conteúdo devia ser selecionado a partir das áreas de interesse da criança. As escolas deviam ser lugares onde as crianças aprendessem a viver e trabalhar em união por um fim comum. Se a linguagem e a vida fossem ensinadas em conjunto, os alunos teriam algo que valeria a pena ser comunicado, perceberiam a necessidade dessa comunicação e usariam a linguagem para propósitos práticos.

Como o latim era considerado a matéria mais importante, sendo quase que a única matéria, Comenius tentou ensiná-la utilizando métodos especiais, textos preparados para o ensino e recursos visuais. Na época em que freqüentava a escola, Comenius e seus colegas levavam para sala de aula quaisquer textos que possuíssem em casa e utilizavam-nos nas aulas de latim, ou então enfrentavam longos e trabalhosos ditados. Agora ele insistia que cada aluno tivesse sua própria cópia de um texto comum. Ele mesmo separou os alunos em quatro níveis, conforme o desenvolvimento da criança, e produziu textos em latim para cada nível. Era um mestre em organização.

Foi Comenius que popularizou o livro ilustrado para propósitos educacionais, escrevendo o primeiro livro texto a utilizar figuras com fins pedagógicos. Sempre que não podia dispor em sala de aula do objeto que estava sendo discutido, Comenius utilizava figuras, gráficos, diagramas, mapas e maquetes.

Não é por acaso que ele é freqüentemente denominado o primeiro educador moderno, apesar de ter vivido há tanto tempo!

Como Comenius, os educadores de nossa época lutam para chegar a um equilíbrio entre os fatores internos e externos. Percebem as deficiências tanto da assim chamada educação tradicional obsoleta, que parece se satisfazer com alunos que repetem mecanicamente o que lhes é apresentado; como da educação progressiva, que se limita a proporcionar experiências sem a devida orientação e juízo de valores. Como os fatores internos e externos devem ser associados no processo de aprendizado? Qual conjunto de fatores deve ser prioritário e como deve o segundo conjunto se encaixar no primeiro?

IMPLICAÇÕES E QUESTÕES PARA DISCUSSÃO EM GRUPO

As questões tratadas nesse capítulo são tão atuais quanto a última edição do jornal matinal. As escolas devem voltar ao papel tradicional de transmitir nossa herança cultural às crianças, ou devem incentivar os estudantes a descobrir um significado pessoal em suas próprias vidas? As escolas devem tentar com mais afinco aumentar as notas de seus alunos, ou devem prepará-los com cursos vocacionais? Os professores devem se preocupar principalmente com o controle dos fatores externos, a fim de ensinar conteúdo e comportamento, ou devem encorajar os fatores internos que contemplam os sentimentos e interesses das crianças?

As tendências pedagógicas modernas dão grande ênfase aos fatores externos. Um recente *best-seller* de E. D. Hirsch condena a alienação cultural e defende que o objetivo fundamental da educação é "a aculturação; ou seja, transmitir à criança informações específicas que são compartilhadas pelos adultos do grupo ou da comunidade".[2] Ele supõe que, se colocarmos as "porções corretas" de conceitos ocidentais nas mentes das crianças, teremos uma boa sociedade. Ele escreve: "Nenhuma sociedade moderna pode esperar se tornar justa sem um alto nível de integração cultural".[3] Hirsch define essa cultura universal como grupos de informação que são "acumulados" pelas crianças americanas. "Em última análise, nosso objetivo devia ser o de alcançar uma elevada e intensa integração cultural, não apenas em prol de uma maior prosperidade econômica, mas também por mais justiça social e por uma democracia mais eficiente"[4] continua ele. Uma visão modificada dessa tese é comum em nossas igrejas. Freqüentemente supomos que, com muitas informações bíblicas e teológicas, as pessoas serão espiritualmente maduras. Herbart e Hirsch têm muitas coisas em comum e a educação moderna não sofreu muitas modificações desde Herbart. Muitos cristãos ainda supõem que conceitos corretos produzem justiça social e pessoas de caráter ético. LeBar discorda desse pensamento.

O equilíbrio saudável entre fatores internos e externos sugerido por LeBar é uma grande necessidade da educação cristã. Nós ficamos oscilando entre fatores internos e externos, entre o behaviorismo e o existencialismo. Skinner afirma que podemos ter uma sociedade "boa" simplesmente controlando os fatores externos. Ele escreve: "O que precisamos é de uma tecnologia do comportamento. Poderíamos resolver rapidamente os nossos problemas se pudéssemos controlar o crescimento da população mundial com a mesma precisão que controlamos o curso de uma espaçonave".[5] Skinner argumenta que não existem fatores internos.

O existencialismo, com sua ênfase exclusiva nos fatores internos, também tem um impacto significativo na educação cristã. Sartre e outros asseveram que não há nenhum significado absoluto fora do significado criado por cada indivíduo.[6] Tal ênfase leva a um relativismo emocional e egocêntrico. As influências do existencialismo podem ser verificadas nos programas e métodos de educação cristã que estimulam os alunos a analisar seus relacionamentos e sentimentos pessoais com o objetivo de alcançar realização pessoal. Os propósitos claros e objetivos da Palavra nem são levados em conta.

O equilíbrio adequado é alcançado com uma interdependência dinâmica entre a vida e a Bíblia. A estabilidade entre fatores internos e externos não é conseguida apenas com a inclusão de atividades educativas que contemplem os dois lados. Uma aula que, por exemplo, comece com 15 minutos de explicações sobre valores cristãos, passe para 30 minutos de apresentação do conteúdo bíblico e termine com 15 minutos de reflexões sobre o que foi ensinado não está dinamicamente equilibrada. Uma aula assim pode até parecer balanceada, pois 30 minutos são aplicados em fatores internos e 30 minutos são aplicados em fatores externos. É preciso, contudo, haver uma constante tensão dinâmica entre os pecados em nossa vida e os padrões absolutos da Bíblia. O professor de uma aula cristã dinâmica deve, intencionalmente, levar os alunos a considerar a diferença entre o que *é* e o que *deve ser*, entre o que somos e o que deveríamos ser.

A Família

A memorização de passagens bíblicas pode ser uma importante ferramenta para auxiliar as crianças a conhecer e aplicar os princípios bíblicos aos problemas da vida. O conhecimento de passagens bíblicas pode ajudar cada membro da família a lembrar da verdade cristã em situações do dia-a-dia. Ainda assim, a memorização de versículos bíblicos, via de regra, não compensa fatores externos e internos. Essa atividade só reflete fatores externos se as crianças forem "compradas", em troca de prêmios ou para evitar castigos. Esse tipo de aprendizado é geralmente "apagado" ou esquecido antes que o doce tenha sido digerido. Podem existir aqueles momentos emergenciais em que somos acudidos pelo Espírito Santo, que nos "traz à memória" versículos decorados de forma maquinal. A História, porém, está repleta de pessoas que, como John Dewey, memorizaram a Bíblia e se convenceram de que, para eles, ela era irrelevante e sem sentido.

A memorização de versículos não precisa ser maquinal ou sem sentido. Discuta sobre como a memorização de passagens bíblicas poderia ser utilizada em casa, tanto para atender as necessidades das crianças como para cobrir os outros fatores da Palavra de Deus. Como você poderia ensinar isso? Quais passagens seriam mais adequadas para as crianças nas diversas faixas etárias? Faça rápidas dramatizações com as passagens bíblicas decoradas, quer na escola, em casa, no trabalho ou na vizinhança.

A Igreja

Fique atento a indícios de que os fatores externos estão fazendo diferença na vida pessoal de seus alunos. Último domingo, por exemplo, um aluno do quinto ano primário atinou para o significado de um versículo anteriormente decorado: "Os céus declaram a glória de Deus". Seus olhos brilharam e ele rapidamente levantou a mão. Mal podia esperar para contar aos colegas sobre como era possível perceber a grandeza de Deus olhando o sol, a lua e as estrelas. O fator externo de um conceito bíblico havia se tornado um fator interno para ele.

Ao preparar a lição para a Escola Dominical, pergunte a si mesmo: O que vem acontecendo na vida de meus alunos? De que forma essa passagem das Escrituras poderia fazer diferença na vida deles? Se a passagem a ser estudada pode ser relevante na vida deles, quais seriam os indícios desse efeito? Como posso ajudá-los a enxergar a relação entre suas necessidades e os fatores externos que ensinarei?

Como não temos muito controle sobre a vida íntima de nossos estudantes, devíamos nos dedicar a orar com mais fidelidade por eles. Ore por seus alunos em sua sala, pedindo que o Espírito Santo controle os fatores internos presentes no coração de cada um deles.

A Escola

A tendência de se definir os resultados educacionais em termos de objetivos comportamentais considera que os fatores externos automaticamente afetam os fatores internos. Ou então supõe que, se o comportamento externo muda, o caráter interno também muda. Os educadores seculares defendem que os objetivos comportamentais eliminam ambigüidades e confusões. Eles escrevem: "Para se lograr conclusões claras, as metas devem ser divididas em objetivos nítidos que, vinculados a comportamentos concretos, tornem visíveis os alvos alcançados. Caso contrário, as conclusões precisarão ser fundamentadas em impressões subjetivas, as quais dependerão mais de inclinações pessoais que de fatos observáveis".[7] Esse enunciado parte do princípio de que os fatores externos são um fiel indicador do que há no coração. Skinner não acredita na existência de fatores internos e defende a filosofia das metas comportamentais. Ele escreve: "O problema não é induzir as pessoas a serem boas, mas a se comportarem bem".[8] A bondade, portanto, não seria definida pelo caráter da pessoa, mas tão somente pelo comportamento externo. Skinner continua: "Os comportamentos classificados como bons ou maus, certos ou errados, não o são por causa da maldade ou bondade inerente à pessoa, nem são assim classificados por causa de um caráter bom ou mau, ou mesmo pelo conhecimento do certo e do errado; mas por causa de contingências que envolvem uma enorme variedade de incentivos, como as frases 'Bom!', 'Ruim!', 'Certo!' e 'Errado!"[9]

Embora possa haver momentos em que o ideal é termos resultados previsíveis e mensuráveis, os fatores externos têm sido superestimados. É impossível prever o tipo de comportamento que traduz o transbordar de um coração movido pelo Espírito Santo. Podemos prever comportamentos totalmente controlados por fatores externos, mas não o tipo específico de comportamento que alguém exibirá quando convencido do pecado e do juízo. É impossível estabelecer metas comportamentais para fatores internos na educação. Quando o coração é transformado, o mesmo ocorre ao comportamento externo, mas não podemos prever que mudança será exatamente. Os educadores podem ficar atentos a sinais de mudança interior ou a "comportamentos indicativos", mas tudo isso não passa de indícios. Podemos perceber comportamentos indicativos, mas não somos capazes de prever qual comportamento específico brotará de um amadurecimento interior. Os resultados educacionais que são importantes a partir de uma perspectiva eterna são as mudanças no coração. Portanto, se um resultado pode ser externamente previsto e verificado, não se trata necessariamente de um resultado relevante para a vida eterna.

Leia as declarações de propósito que constam nos livros de Escola Dominical das diversas editoras. Se os autores foram influenciados pela teoria das metas comportamentais, o propósito do livro será descrito unicamente em referência a fatores externos. Palavras como "saber", "compreender", "avaliar" e "crer" são consideradas por demais vagas diante das metas comportamentais. Eles usarão palavras mais facilmente observáveis, como "escrever", "recitar", "identificar" ou "listar". Quais editoras têm sido mais afetadas pela teoria das metas comportamentais?

Outros educadores cristãos seguem uma filosofia diametralmente oposta em suas aulas. Enfatizam apenas os fatores internos, ignorando a necessidade de um equilíbrio dinâmico entre as Escrituras e a vida. Pesquisas recentes sobre estilos de ensino parecem indicar que algumas pessoas preferem enfatizar as sensações em detrimento do raciocínio. Alguns pedagogos afirmam que, se instruirmos regularmente o lado "intelectual" do cérebro, que seria o lado esquerdo; deveremos compensar as aulas com um currículo voltado para o lado emocional do cérebro, supostamente o lado direito. Tal estudo tem incentivado alguns educadores cristãos a preparar aulas alternativas, que encorajam os estudantes a explorar os próprios sentimentos. Eles são orientados a fantasiar, compor desenhos que expressem sentimentos ou criar obras de arte. Essas lições às vezes ignoram a necessidade de uma interação cuidadosa com as Escrituras. Não basta que os estudantes se limitem a entrar em contato com seus sentimentos, ainda que esses sentimentos tenham sido gerados pelas Escrituras. Deus não apenas formou os dois lados do cérebro, mas também ligou os dois hemisférios para que pudessem trabalhar juntos.

Em todas as oportunidades em que Bíblia é ensinada, tanto os fatores internos como os fatores externos devem interagir dinamicamente entre si.

NOTAS

[1] Editado no Brasil sob o título *Didática Magna*. São Paulo: Martins Fontes, 1997.

[2] E. D. Hirsch, *Cultural Literacy: What Every American Needs to Know* (Boston: Houghton Mifflin, 1987), p. xvi.

[3] *Ibid.*, p. 12.

[4] *Ibid.*, p. 2.

[5] B. F. Skinner, *Beyond Freedom and Dignity*. Nova York: Bantam, 1971, p. 3.

[6] Para uma discussão mais detalhada sobre o existencialismo e a educação, leia, de Michael L. Peterson, *Philosophy of Education: Issues and Options*. Downers Grove, Illinois: InterVarsity Press, 1986, pp. 63-71.

[7] Stephen Isaac e William B. Michael, *Handbook in Research and Evaluation*. San Diego, Califórnia: EdITS, 1971, p. 162. Outro exemplo de um forte defensor das metas comportamentais é Robert F. Mager, *Preparing Institutional Objectives*. Palo Alto, Califórnia: Fearon, 1962.

[8] B. F. Skinner, *Beyond Freedom and Dignity*. Nova York: Bantam, 1971, p. 63.

[9] *Ibid.*, p. 108.

3
O Professor que Veio de Deus

Em uma convenção da *Evangelical Press Association* (Associação das Editoras Evangélicas), A. W. Tozer, preocupado com o povo evangélico, recomendou quatro linhas de ação:

1- Os evangélicos precisam apresentar um cristianismo característico do século xx que seja manifestamente superior a qualquer outro estilo de vida. Somente a fé ancestral será capaz disso. Somente uma aplicação realista da fé aos dias de hoje pode torná-la eficaz.

2- Os evangélicos deviam fazer um chamado à "procriação espiritual" e ir além das fileiras denominacionais e teológicas tradicionais, a fim de alcançar novas e vivificantes linhas de ação e pensamento. Tal veio de poder está disponível através da comunhão com todos aqueles que crêem na divindade de Cristo e na infalibilidade e autoridade das Escrituras Sagradas.

3- Os evangélicos deviam parar de seguir tendências e começar a lançá-las. O mundo buscará nossa liderança quando avançarmos pelos campos da ação cristã com uma agenda nova e revigorada. Atrairemos os formadores de opinião a novos e elevados patamares de visão e realização e, juntamente com eles, a massa.

4- Os evangélicos carecem de uma nova ênfase na "interioridade" da fé cristã. Devem dar menos atenção às superficialidades e aos aspectos exteriores do cristianismo moderno, dedicando-se a uma vida mais profunda com Cristo e em Deus.[1]

Em que fonte os evangélicos devem buscar "além das fileiras denominacionais e teológicas tradicionais, a fim de alcançar novas e vivificantes linhas de ação e pensamento?" Onde, se não nas Escrituras? Quando pararmos de seguir as tendências mundanas, de onde extrairemos nossas próprias? De onde, se não das Escrituras? O que nos levará a novos e elevados patamares de visão e realização? O que, se não as Escrituras?

Embora o Senhor Deus nos tenha concedido sua Revelação escrita para principalmente nos revelar o grande Drama da Redenção, essa coleção de livros também traz conhecimentos relacionados a todos os aspectos da vida. Visto que o Criador/Redentor é o Senhor da vida, seus pensamentos e modo de agir estão implícitos ao longo das Escrituras. Toda ação é sempre realizada segundo algum método. Se não estivermos fazendo sua obra no Espírito e por seus métodos, a estaremos fazendo na carne por nossos próprios métodos. A obra do Senhor, realizada pelos métodos do Senhor, conta com a providência dEle.

Apesar de a Bíblia não ter sido escrita como um livro de métodos ou de filosofia pedagógica, o crente que buscar o "tesouro educacional escondido" será grandemente recompensado. Esses tesouros não estão agrupados em categorias e não são evidentes para um observador fortuito, mas "escondidos" para o fiel sincero que estiver disposto a procurá-los.

Todos os conceitos educacionais válidos já descobertos ao longo dos séculos deviam ter sido encontrados primeiro por cristãos que, como Comenius, atentassem ao Criador da verdade e da vida e não à equivocada humanidade. Foi Ele quem formou o aluno, o professor, a matéria a ser passada e o ambiente em torno de todos. No decurso da história, os ímpios têm continuamente feito descobertas fascinantes sobre o comportamento humano por conta de um árduo trabalho para estudar essa criatura de Deus. Anos após tais descobertas já serem amplamente aceitas pelas pessoas, os cristãos localizam esses mesmos princípios na Palavra de Deus e, um tanto atrasados, adotam-nos. Por que os próprios cristãos não dão início a tais progressos pedagógicos, em vez de serem ultrapassados pelos educadores seculares? Via de regra, tememos aceitar o que é claramente positivo apenas por ter vindo de fontes seculares. Muitas vezes, tememos tomar posse de nossa herança educacional porque o mundo tem "chegado na frente".

Cristo Jesus era, por excelência, o Mestre dos mestres; visto que Ele mesmo personificava a verdade com perfeição, entendia os alunos com perfeição e utilizava métodos perfeitos para transformar as pessoas. Ele mesmo era "o caminho, a verdade e a vida" (Jo 14.6). Ele conhecia cada ser humano individualmente e a natureza humana como um todo (Jo

2.24,25). Ele ensinou a verdade aos homens, "... segundo o que podiam compreender" (Mc 4.33). Já perto do fim de seu ministério, ele disse a seus discípulos: "Ainda tenho muito que vos dizer, mas vós não o podeis suportar agora" (Jo 16.12). Eles não estavam prontos para compreender e receber outras verdades. Somente após sua ressurreição foi escrito que "... começando por Moisés e por todos os profetas, explicava-lhes o que dele se achava em todas as Escrituras" (Lc 24.27).

Será que a perfeição absoluta de Cristo tende a desestimular aqueles que realmente desejam ser bons professores? Não devia ser assim. É claro que jamais deveríamos esperar imitá-lo, mas não é isso que ele pede de nós. Ele apenas pede que o deixemos viver e ensinar por nós. Pede que sua força seja perfeita em nossa fraqueza. Ele quer controlar-nos de modo a poder operar livremente por nosso intermédio e segundo seus próprios métodos. Após estudarmos diligentemente sua Palavra, Ele nos faz lembrar das partes exatas que devemos usar. Ao observarmos nossos alunos, Ele nos dá um discernimento extraordinário para os compreendermos. Seu Espírito Santo, operando por meio da Palavra e do professor; leva o aluno a tomar a Palavra, que lhe é exterior, e transformá-la em uma experiência interior! Não há quem se esquive de dedicar sua própria vida a um ministério tão sobrenatural!

Estudantes das Escrituras algumas vezes se perguntam sobre como podemos comparar o ensino de hoje ao ensino de Cristo, uma vez que o Mestre jamais ensinou em uma sala de aula e poucos já experimentaram ensinar fora dela. Que diferença fazem quatro paredes? Elas muitas vezes tornam o ambiente formal e mecânico, mas não precisa ser assim. O professor que percebe que mudar e amadurecer são processos individuais procura, a exemplo de Cristo, lançar mão de conversas pessoais e agir de maneira informal. Ele tinha sua própria classe, os doze discípulos, a quem Ele treinava mesmo quando falava para outras pessoas. Mesmo quando se dirigia a multidões, Ele ficava atento a seu grupo e falava pessoalmente a eles. Muitos dentre nós, que regularmente ensinam em salas de aula, sentem que grande parte do trabalho é realizado do lado de fora, em contatos pessoais não planejados.

Um estudo fascinante é a comparação entre o tratamento dispensado por Jesus à samaritana no capítulo 4 de João e a maneira como lidou com Nicodemos no capítulo 3. Ele utilizou o mesmo método com ambos ou foram métodos distintos? Ele usou o mesmo princípio para ambos ou foram princípios diferentes?

O Método Utilizado com a Mulher Samaritana João 4.1-42

Fazendo Contato com o Aluno

Em sua viajem da Judéia para a Galiléia, o Senhor Jesus Cristo sentou-se para descansar junto ao poço de Jacó. Seus discípulos haviam ido à cidade comprar comida. As pessoas não costumavam ir ao poço sob o sol do meio-dia, mas ainda assim uma mulher de Samaria chegou para tirar água, possivelmente para evitar as outras mulheres que deviam zombar de sua má reputação.

Se, "por acaso", surgisse a oportunidade de falar com uma mulher imoral, você já começaria lhe pedindo um favor? Qual foi o resultado do pedido de Jesus? Coloque-se no lugar da mulher. Como você se sentiria se um membro de uma etnia rival lhe pedisse um favor? O que você teria pensado? O que Jesus conseguiu ao começar sua lição com um pedido tão pessoal?

> Provocou dúvidas e curiosidade.
> Provocou o interesse da mulher em sua pessoa.
> Colocou-se em uma posição de dívida para com a aluna.
> Deu-lhe a oportunidade de responder ativamente.

Que começo para uma lição! Fazer tanto com tão poucas palavras! A mulher tinha um longo caminho espiritual a percorrer, mas ela ao menos já via o professor com interesse e atenção. "O que está acontecendo aqui", pensou ela. "Quem é esse homem e o que ele está pensando?" Uma abordagem errada a teria feito partir indignada e sem interesse algum.

Por que aquelas palavras específicas foram uma abordagem tão eficaz para a lição? De que modo as palavras "dá-me de beber" estavam cheias da sabedoria que vem da eternidade? A aluna era uma estranha, uma nova aluna, com pouca formação espiritual. Jesus começou com o momento que ela estava vivendo, com o propósito que ela tinha quando fora ao poço. Visto que ela estava concentrada na água, Jesus falou-lhe a respeito da água. Dado que ela tinha em mente seu relacionamento com os outros, Jesus demonstrou nessas poucas palavras que, ao contrário das outras pessoas, não desejava se afastar dela. Ele, pelo contrário, até queria um favor dela. Antes de referir-se a ela como uma samaritana e pecadora, Jesus aceitou-a como pessoa. Ela, sem a menor dúvida, abandonou suas reflexões e voltou-se para Ele com espanto e curiosidade. Aquele homem era diferente dos outros.

Será que nós, professores cristãos, começamos nossas aulas dessa maneira? Conseguimos captar o interesse e a atenção dos alunos de imediato? Partimos da perspectiva de nossos alunos, falando-lhes sobre as atividades com que estão mais familiarizados? Ou começamos dizendo: "O que tivemos no domingo passado?" Talvez imaginemos que ensinar é tão somente apresentar fatos bíblicos em um contexto formal. Não pensamos em ensinar as pessoas em situações reais de vida. Talvez não consigamos os mesmos resultados de Cristo por uma razão acima de todas as outras. Ele não precisava de uma sala de aula com quatro paredes para ensinar. Onde quer que fosse, ensinava a todas as pessoas e constantemente instruía seu próprio grupo especial.

Qual a importância de nossa abordagem em uma lição. A atitude dos alunos logo no início da aula é de grande relevância? Via de regra, é um fator decisivo. Se os alunos percebem estar diante de algo que pode suprir suas necessidades e começam com um profundo interesse e atenção, a força do momento leva-os adiante e eles se tornam ativamente envolvidos. Se eles começam indiferentes, o professor pode até apresentar uma lição primorosa, mas provavelmente já perdeu seus alunos.

Levando o Aluno a Envolver-se Ativamente

Após fazermos contato com o aluno em sua própria realidade, como podemos conduzi-lo até onde o desejamos? No capítulo 4 de João vemos o melhor e mais claro exemplo desse processo. De uma forma que só poderia ser justamente classificada como arte, Jesus levou a mulher samaritana de sua vida diária à vida eterna em alguns minutos. Muito pouco dessa lição teve a forma de uma palestra. É claro que aquEle que era A VERDADE personificada teria todo o direito de proferir uma palestra, mas Ele não o fez, mesmo após ter ganhado a atenção da mulher. Ele a levou a fazer a pergunta chave da lição, a pergunta que Ele queria responder! Trata-se realmente de um milagre pedagógico! Como Ele fez aquilo?

As palavras iniciais de Jesus incitaram tanto a curiosidade da mulher, a ponto de ela perguntar: "Como, sendo tu judeu, me pedes de beber a mim, que sou mulher samaritana?" (v. 9) O plano de aula foi tão sublimemente preparado pelo Mestre dos mestres, dirigindo a curiosidade da mulher para o objetivo da lição, que sua curiosidade não poderia ter sido despertada sem um propósito. A pergunta da mulher samaritana foi formulada de modo que Jesus, ao responder, declarasse a razão por que viera à Terra.

"Se tu conheceras o dom de Deus..." (v. 10), disse ele, atiçando a curiosidade da mulher, imediatamente antes de fazer um contraste entre a água física e a água viva: "... Tu lhe pedirias, e ele te daria água viva".

É claro que essa resposta suscitou outras perguntas. Ela quis saber como Ele poderia extrair água de um fluxo de água corrente no fundo do poço se Ele nem ao menos tinha como puxá-la. A resposta revelou um pouco mais de Jesus àquela mulher. Ela reconheceu que Ele estava fazendo uma afirmação extraordinária. "Quem é Ele? Ele é maior que nosso pai Jacó que nos deu esse poço?" Agora, essa pergunta vinha imbuída de muito mais seriedade.

Apesar de a mulher ter feito uma pergunta clara, o Filho de Deus respondeu à indagadora e não a indagação. Ela precisava realmente querer a água viva antes de obtê-la, logo Ele prosseguiu em sua descrição: "Quem beber desta água tornará a ter sede; aquele, porém, que beber da água que eu lhe der nunca mais terá sede; pelo contrário, a água que eu lhe der será nele uma fonte a jorrar para a vida eterna" (Jo 4.13,14).

Que poderoso contraste entre a água física e a água viva, entre voltar a ter sede e jamais voltar a ficar sedento! O novo conhecimento transmitido por Jesus estava intimamente relacionado ao que a mulher já conhecia e àquilo que ela estava fazendo naquele momento. Ele não prosseguiu com longas explicações a respeito da vida eterna, mas esperou por uma resposta. Sua resposta revelou em que ponto ela se encontrava naquele processo e a que velocidade ela era capaz de prosseguir.

Quando a mulher percebeu o valor, para sua própria vida, daquilo que lhe era oferecido pelo Professor, ela não hesitou em manifestar o desejo de obtê-lo. "Isso parece mágica e tornará a vida bem mais fácil", pensou ela. "Senhor, dá-me dessa água para que eu não mais tenha sede, nem precise vir aqui buscá-la." Ela não sabia o que estava pedindo, mas a pessoa de Jesus inspirou-lhe respeito quando falou de uma dádiva que saciava eternamente a sede e podia ser obtida sem esforço.

Uma vez que a própria mulher pediu por aquilo que o Professor queria comunicar, podemos ter a certeza de que ela estava pronta a ouvir a fim de consegui-lo. Ela mesma fez a pergunta que Ele desejava responder. Após perguntar a *respeito* da água da vida, ela foi levada a *pedir* por ela. Utilizando a deixa da mulher samaritana e fazendo que se envolvesse ativamente no processo, o Professor levou-a do físico ao espiritual, daquilo que ela imaginava necessitar àquilo que ela realmente necessitava.

Partir da necessidade que um aluno acredita ter não significa deixá-lo nessa condição. É, mais exatamente, uma oportunidade para fazê-lo sentir suas verdadeiras necessidades espirituais e ajudá-lo, em seguida, a buscar respostas na Palavra de Deus.

CONHECENDO A VERDADEIRA NECESSIDADE ESPIRITUAL

Depois de a mulher samaritana ter manifestado seu desejo de ter a água viva, o Senhor ajudou-a a enxergar que ela precisava desesperadamente daquilo e que não bastava desejá-la porque lhe era mais conveniente. Mesmo nessa parte da lição, há uma grande interação entre Jesus e a mulher.

Pode parecer que Jesus estava saindo pela tangente quando a mandou chamar o marido, mas não foi isso o que aconteceu. Ela havia expressado o desejo de receber água viva, sobre a qual ela nada sabia. Para fazê-la sentir essa necessidade, Ele sondou sua vida pessoal, que precisava tanto ser purificada como renovada, dizendo: "Vai, chama teu marido e vem cá" (v.16). Quando ela respondeu que não tinha marido, Jesus pôs às claras sua culpa moral. Isso lhe permitiu uma abordagem positiva, embora sem perdoá-la por suas ações: "Tiveste cinco maridos, e esse que agora tens não é teu marido [...]" Se essa ousada afirmação tivesse sido feita mais cedo, provavelmente a mulher teria se afastado. Agora, porém, ela estava tão envolvida e interessada que, em vez disso, percebeu que se encontrava na presença de um profeta de Deus! Quem mais poderia ter descrito sua vida de forma tão concisa!

O diálogo, contudo, estava ficando muito tenso para ser confortável. Ela precisava afastar quaisquer implicações pessoais, pois ainda não estava pronta para confessar sua culpa. Então passou a defender sua tradição, trazendo à baila sua própria experiência, tal qual fazem nossos alunos quando se sentem livres para entrar na conversa. Ela mencionou uma questão controversa, sobre a qual judeus e samaritanos frequentemente discutiam: se Deus devia ser adorado no monte Gerizim ou em Jerusalém. Quantas vezes não estamos prontos a discutir religião, em vez de nosso próprio pecado!

Em resposta a essa pergunta, Jesus apresentou o cerne de sua lição. A mulher havia mencionado a questão da adoração. Ao escolher o assunto a ser exposto, Jesus aproveitou a deixa e explicou que o local da adoração não era tão importante como a atitude do coração; apesar da salvação vir dos judeus, pois se fundamenta na Palavra de Deus. "Mas a hora vem, e agora é, em que os verdadeiros adoradores adorarão o Pai em espírito e em verdade, porque o Pai procura a tais que assim o adorem" (v. 23). Cristo dirigiu àquela mulher humilhada algumas das mais sublimes palavras, contadas entre as mais citadas na História: "Deus é espírito; e importa que os seus adoradores o adorem em espírito e em verdade". Jesus estava dizendo que a verdadeira adoração é pessoal. E lá estava ela, de volta às implicações pessoais.

As fantásticas respostas a seus comentários, tão precisas, concisas e simples, mas ainda assim profundas, foram algo realmente impressionante até mesmo para uma mulher com a sensibilidade embotada. Elas a fizeram pensar no Prometido que viria de Deus para tornar todas as coisas conhecidas. A conversa alcançou um novo nível de comunicação, quando ela expressou certa medida de fé, dizendo: "Eu sei que o Messias (que se chama o Cristo) vem; quando ele vier, nos anunciará tudo" (v. 25). Cristo respondeu de modo claro e direto: "Eu o sou, eu que falo contigo" (v. 26). Ele não havia falado tão claramente nem mesmo a seus discípulos, nem mesmo a seus apóstolos.

Como o Senhor levou essa mulher longe em uns poucos minutos! Ele não perdeu tempo, visto que partiu da situação em que ela se encontrava, estimulou comentários que revelaram seus pensamentos e levou-a até onde ela estava preparada para ir. Jesus começou aludindo à necessidade que ela acreditava ter, que era a água física. Em seguida, porém, passou a falar da água viva, que era sua verdadeira necessidade. Ele não abusou da simbologia com que começou a conversa. Ele não esticou a alegorização inicial para abarcar a lição inteira, mas manteve o assunto em um nível prático e realista, onde a mulher estava.

Quantas vezes nós, professores meramente humanos, falamos das preciosas verdades da Palavra de Deus para as paredes, porque ensinamos uma lição que nada tem a ver com o que os alunos estão fazendo ou pensando! Generalidades, até mesmo generalidades da Palavra de Deus, pouco significam para a maioria das pessoas. Se não selecionarmos a parte da Palavra que alcança a necessidade pessoal, nossos alunos desenvolverão o hábito de não ouvir ou distrair-se-ão com seus próprios assuntos.

Colocando a Verdade para Trabalhar

Quando a verdade de Deus alcança necessidades pessoais, algo acontece. O que esperamos que aconteça em função de nosso ensino da Palavra de Deus? É suficiente pedir aos alunos que repitam as palavras que acabamos de proferir? Cristo, nos evangelhos, alguma vez pediu para repetirem o que acabara de dizer? O que Ele pediu para as pessoas fazerem?

A mulher samaritana estava de tal forma convencida de que falara com o Messias, segundo as palavras do próprio Cristo, que ela esqueceu o que fora fazer no poço e abandonou seu cântaro. Ao voltar para a cidade, ela disse ao povo: "Vinde e vede um homem que me disse tudo quanto tenho feito; porventura, não é este o Cristo?" Seu testemunho foi de tal forma eficaz que o povo da cidade saiu para conhecê-lo. Muitos creram nEle por causa do testemunho da mulher, porém muitos mais creram por causa de suas próprias palavras.

Que lição! E é assim que o Supremo Mestre quer, hoje em dia, nos ensinar e ensinar por meio de nós!

A lição levou a uma ação imediata. Cristo não ensinou a mulher para que ela soubesse algo que pudesse usar no futuro ou para que fizesse algo no futuro, mas para que fosse transformada naquele dia e desse uma resposta clara e rápida. Tentar ensinar em função de um amanhã desconhecido é, via de regra, vago, genérico e ineficiente. Se uma pessoa tem suas necessidades supridas hoje pela Palavra escrita e Viva, ela estará pronta a voltar à mesma fonte amanhã.

O Método Utilizado com Nicodemos

Nicodemos era completamente diferente da mulher samaritana. Ele era um conhecido intelectual, que exercia uma posição de comando entre os judeus e desfrutava de uma formação religiosa tradicional, rígida e ritualística; ela era uma pária social, pertencente a uma etnia miscigenada que era vista com desprezo.

Enquanto o Senhor abordou a mulher por iniciativa própria, Nicodemos mostrou-se pronto a aprender quando procurou Jesus para uma explicação. Ao reconhecer quem Cristo era, em seu comentário inicial, Nicodemos foi direto ao cerne no problema "desse novo Mestre". Ele havia discernido corretamente a natureza e o propósito dos sinais divinos, entendendo que eles se destinavam a testificar que Jesus fora enviado pelo Pai (Jo 5.36). Então, com uma afirmação clara e radical, Jesus levou esse intelectual a pensar e a questionar, tal qual havia feito com a mulher samaritana, porém em um outro nível, bem mais elevado e esclarecido. Efetivamente, Ele disse o seguinte: "Você tem testemunhado sinais que ninguém poderia realizar se não tivesse vindo do alto. O que você quer e precisa ver é o Reino de Deus, mas não poderá vê-lo a não ser que nasça de novo. Você precisa ter um novo princípio de vida. Precisa de uma experiência pessoal com Deus".

O Senhor, portanto, reconheceu o discernimento do fariseu e concedeulhe o obséquio de falar no mesmo nível em que Nicodemos começara a conversa. Em todo o ministério de Cristo, poucas foram as pessoas que o ouviram falar sobre a transformação interna de vida que Ele mesmo tornara possível. Aproveitando as palavras de Nicodemos, Jesus continuou utilizando sua referência "ao alto", mas provavelmente chocou-o com a rápida análise da necessidade pessoal de uma nova experiência.

O fariseu admitiu o caráter maravilhoso desse novo conceito, tal qual o admitira em relação aos sinais de Jesus, mas não conseguia visualizar como um novo nascimento deveria ocorrer. Nesse ponto, Nicodemos viu-se limitado por sua formação tradicional, pois ele estava habituado a uma perspectiva materialista da religião, não espiritual. O que nascer do alto poderia significar? Ele não rejeitou o que foi dito por Jesus. Na verdade, esforçava-se para compreender, mas não era capaz de relacionar seus conceitos de Deus a essa idéia revolucionária.

Jesus então passou a explicar segundo a formação de Nicodemos. Para começar, Jesus repetiu a nova idéia em outras palavras, usando a água e o Espírito como meios de purificação. Nicodemos havia, sem dúvida, ouvido João Batista exortar as pessoas a serem batizadas com água para o arrependimento, além de afirmar que o Messias batizaria com fogo e com o Espírito Santo. Jesus continuou: "Não estou falando da carne, mas do Espírito. Esse Reino é do alto. É mais que uma idéia intelectual e exige mais do que uma reação intelectual. Mas vamos ilustrá-lo a partir do reino físico: não questionamos a existência do vento, mas só o conhecemos por intermédio de seus efeitos".

Nicodemos, contudo, não conseguia entender. Toda sua formação intelectual, com seu formalismo religioso e prestígio, impediam-no de compreender a necessidade crucial que Jesus estava apresentando. Ainda assim, na privacidade de sua audiência noturna, ele manifestou desejá-lo ao perguntar: "Como posso experimentar esse novo nascimento?"

Provavelmente com mais tristeza que humor, Jesus respondeu: "Você é um destacado líder religioso do povo de Deus e, ainda assim, não compreende essa experiência espiritual? Se não consegue entender a necessidade de um novo princípio de vida em um contexto terreno, como poderá entendê-la se eu explicar o mistério de como isso funciona em um contexto espiritual? Ajudaria uma ilustração com Moisés, visto que você confia tanto nesse legislador hebreu? Assim como Moisés levantou a serpente no deserto, como um símbolo do juízo de Deus contra o pecado, também o Filho do homem será levantado, a fim de que todo aquele que nele crer não perça, mas tenha a vida eterna" (Veja Jo 3).

A Palavra não registra mais nenhum comentário de Nicodemos, talvez por ele não ter feito mais nenhum.

Ao falar com aquele líder fariseu, que não era responsável apenas por sua alma, mas também pela vida do povo escolhido e, através deles, pelo mundo, Jesus ampliou o discurso para fazer observações mais gerais que um líder não poderia deixar de levar em conta. Os assuntos abordados eram de grande importância, envolvendo a condenação e o julgamento do mundo. Deus, contudo, havia providenciado a salvação por meio do amor e da luz que seu filho trouxera ao mundo!

Nicodemos se esforçou para realmente compreender o significado dessas palavras de autoridade. Acostumado como estava a rituais formais, quão assombrosas e portentosas elas devem ter soado! Além do mais, elas vieram daquele que havia exibido credenciais realmente divinas. Dessa vez, seu intelecto lhe falhara. Entretanto, ainda que não tivesse compreendido, como ele voltaria a ter tranqüilidade sem experimentar essa nova vida? Não sabemos como foi sua reação íntima a essas palavras inigualáveis, mas somos informados, em João 7.50-52 e 19.39, que ele mais tarde questionou a denúncia do Sinédrio e ajudou a preparar o corpo de Cristo para o sepultamento.

Assim, vemos nesse encontro com Nicodemos que, quando um intelectual o procurou buscando explicações, Ele não hesitou em explicar de forma lógica; partindo do que é conhecido e apresentando o que não é conhecido, como fazia Herbart. Ele apresentou uma nova idéia partindo de conceitos genéricos e bem conhecidos, aplicando-os ao novo assunto. Ainda assim, sua abordagem não era uma revisitação de um assunto antigo. Ele começou com a necessidade pessoal de Nicodemos e relacionou todos os passos da explicação a essa necessidade.

Observando de forma superficial, pode parecer que Cristo não tratou com Nicodemos da mesma maneira com que lidou com a mulher samaritana. Em ambos os casos, porém, os princípios básicos são os mesmos. Assim como fez com a mulher, Ele partiu da posição em que o fariseu se encontrava: utilizou a pergunta que se formava em sua mente antes que ele tivesse a chance de expressá-la. Despertou sua curiosidade e estimulou-o a fazer perguntas-chave. Atendeu sua necessidade espiritual pessoal e relacionou o assunto novo ao antigo. Como Nicodemos era um religioso intelectual, possuidor de sólida formação, não foi necessária uma grande interação pública; mas quem duvida que tenha havido uma enorme reação íntima com o decorrer do encontro?

O Método Utilizado com os Cegos

Outra forma interessante de estudar os métodos de Cristo é observá-lo trabalhar com os vários cegos que estão registrados nos Evangelhos. Existem quatro relatos envolvendo homens cegos, sendo que três deles ocupam um parágrafo inteiro e o quarto ocupa todo um capítulo. O quarto grupo de versículos refere-se a mais de um incidente, todos ocorridos nos arredores de Jericó; mas os acontecimentos são tão semelhantes que, para nossos propósitos, devemos agrupá-los, tal qual o fazem muitos comentaristas. Cada evento deve ser estudado em seu contexto ou, pedagogicamente falando, na devida ordem segundo o plano de aula.

Mateus 9.27-34	1 parágrafo	Tema da aula: fé.
Marcos 8.22-26	1 parágrafo	Tema da aula: quem era Jesus.
João 9	1 capítulo	Tema da aula: entendendo a obra de Cristo.
Mateus 20.29-34 Marcos 10.46-52 Lucas 18.35-43	1 parágrafo	Tema da aula: os primeiros serão os últimos e os últimos serão os primeiros.

Pode parecer estranho falar em plano de aula com relação aos Evangelhos, e logicamente não se pode ser dogmático quanto à divisão dos assuntos. Todavia, como Cristo mostrou-se profundamente interessado tanto pelas pessoas a quem ministrava quanto pela verdade eterna que Ele veio à Terra revelar, é de grande auxílio situar esses eventos em relação ao que cada um ensina, antes de começarmos a analisar cada situação.

Cristo tratou todos os homens cegos da mesma forma? Por ser o Senhor da vida, agiu soberanamente de modos que escapam à nossa compreensão? Porque podia fazer o que lhe aprouvesse, agiu de forma impensada? Ou mostrou-nos como ministrar ao próximo, por meio de valiosos exemplos e princípios? A atitude dos homens cegos fez alguma diferença? Qual foi a relevância dos conceitos transmitidos, ou, em outras palavras, da ênfase dada por Jesus? Em João 9, quando todo um capítulo é dedicado à descrição do que aconteceu ao cego, por que são tantos os detalhes inclusos?

Vamos examinar primeiro o último evento, pois foi o mais breve de todos. Em Marcos e Lucas, Jesus apenas falou e o cego foi curado. O que sabemos sobre esse cego? Ele era um mendigo e chamava-se Bartimeu, filho de Timeu, que significa "mui estimado". Esse é o único cego cujo nome é registrado. O que você acha que isso significa?

Quando Bartimeu ouviu uma multidão passando, perguntou o que estava acontecendo e clamou pelo Senhor: "Jesus, Filho de Davi, tem misericórdia de mim!" (Mc 10.46,47) Por esse conhecido título messiânico, ele reconheceu quem era Jesus. Quando a multidão o repreendeu por perturbar o Mestre, ele passou a gritar ainda mais alto. Quando Jesus mandou chamá-lo, ele alegre desfez-se de sua capa, levantou em um pulo e foi até Jesus. Quando Jesus perguntou-lhe: "Que queres que te faça?", ele respondeu: "Mestre, que eu tenha vista" (Mc 10.50,51).

Com tamanha disposição e fé, que mais era necessário? "Tua fé te salvou" (Mc 10.52) Então aquele mendigo, por quem Jesus havia parado a multidão, assumiu seu lugar dentre os que seguiam o Mestre. Pode-se concebê-lo aderindo tranquilamente a parte de trás daquele cortejo, ou um homem com tal iniciativa e sua nova visão seguiria na frente do grupo, glorificando a Deus? Quando as pessoas ouviram sua gratidão, que brotava do fundo do coração, também alçaram louvores a Deus. Então o mendigo cego, sempre desprezado, a quem a multidão considerava por demais medíocre para ser notado por Jesus, agora liderava o grupo! Os últimos serão os primeiros.

Observe que, antes desse incidente, Cristo havia parado para abençoar as crianças, ao contrário do que todos esperavam; mandara o príncipe rico embora, pois lhe faltava o que é mais necessário; predissera a crucificação do Senhor da vida; e censurara a ambição de Tiago e João de sentarem-se à sua direita e à sua esquerda no Reino. Depois desse acontecimento, Jesus seguiu para a casa do odiado publicano Zaqueu. Cristo, nesse plano de aula, parece estar ensinando principalmente que os primeiros serão os últimos e os últimos serão os primeiros.

Em Mateus capítulo 20.29-34, o cego também demonstrou grande ímpeto, mas não na medida verificada em Marcos capítulo 10 e Lucas capítulo 18. Aqui, Jesus apenas tocou seus olhos e ele recebeu a visão.

Um fato semelhante a esse é o que fala sobre dois homens cegos em Mateus capítulo 9. Nesse caso, eles seguiram o Senhor, clamando e dizendo: "Tem compaixão de nós, Filho de Davi" (v. 27). Eles na verdade o seguiram até dentro da casa. Quando Jesus perguntou-lhes: "Credes vós que eu possa fazer isto? Disseram-lhe eles: Sim, Senhor" (v.28). Muitas vezes Ele perguntou às pessoas sobre o que desejavam, antes de atendê-las. Em seguida tocou os olhos de ambos e disse: "Seja-vos feito segundo a vossa fé" (v. 29).

Em um período no qual o Mestre dos mestres estava enfatizando a fé como necessária para a obra de Deus, os homens cegos serviram como lições objetivas para demonstrar a fé ativa.

Aqueles que estudam a Bíblia muitas vezes questionam as ações do Senhor em Marcos capítulo 8.22-26. Em vez de curar imediatamente, como normalmente fazia, Ele curou os cegos em dois estágios. Por que motivo Jesus agiu assim, visto que era capaz de fazer qualquer coisa?

Atentemos primeiro ao contexto desse acontecimento, que é de excepcional relevância, pois precede a confissão de Pedro, que marca o ápice do ministério de Cristo até aquele momento. Ele havia explicado e demonstrado seus sinais, os propósitos de suas credenciais, a natureza do Reino e a necessidade de fé. Por fim, conduziu seus discípulos a um entendimento completo de quem Ele era. Depois de ter alimentado cinco mil homens, o povo estava a ponto de fazê-lo rei à força, quando se retirou sozinho para o monte. Os discípulos não conseguiam entender isso. Ele não queria ser aclamado pelo povo? Pouco tempo depois Ele repetiu o milagre, dessa vez alimentando quatro mil, sem nenhuma resposta positiva por parte dos discípulos. Eles não haviam aprendido com a experiência anterior. Quando discursou sobre o Pão da Vida, alguns de seus discípulos deixaram de acompanhá-lo, pois suas palavras eram ininteligíveis. Quando os alertou acerca do fermento dos fariseus, eles pensaram que Jesus estava falando sobre alimento físico.

Assim, em Marcos capítulo 8.17-21, temos algumas das mais entristecedoras palavras jamais proferidas pelo Senhor:

> Vós ainda não percebestes, nem compreendestes?
> Está vosso coração endurecido?
> Tendes olhos, mas não vedes?
> Tendes ouvidos, mas não ouvis?
> Não lembrais?

Quando os discípulos chegaram em Betsaida, trouxeram um cego para Jesus e lhe suplicaram que o tocasse, como tantas vezes fizera a outros (Mc 8.22,23). O que essa passagem nos fala sobre esse homem em questão, sua fé, sua disposição? Absolutamente nada. Ele não se achegou por sua própria vontade e não há registro algum de sua vida interior.

Naquele momento, Jesus estava preocupado tanto com o progresso espiritual de seus discípulos como com o cego. Jesus sabia que já era hora de eles começarem a ouvir sobre o sofrimento que sobreviria a Ele. Antes desse choque, porém, eles precisavam ser assegurados de que Ele era o Prometido de Deus. Eles tiveram grande dificuldade para entender os caminhos elevados do Cristo, mas aos poucos vinham desenvolvendo certa percepção espiritual.

Jesus, então, usou o homem cego que lhe trouxeram para mostrar-lhes como seus próprios olhos estavam sendo curados, de pouco em pouco e não de uma só vez. De início, haviam percebido as coisas espirituais muito vagamente, mas conforme caminhavam com Cristo, passavam a ver tudo com mais clareza. Jesus, então, levou-os a um local remoto e retirado, em Cesaréia de Filipe, onde poderia ficar a sós com eles. Lá, perguntou-lhes sobre quem achavam que Ele era e recebeu a resposta certa. A partir de então, começou a mostrar-lhes que haveria de ser morto e ressuscitado (Mt 16.13).

Considerando que o próprio cego não mostrou nenhum sinal de fé, o processo pelo qual ele passou com Cristo fez com que sua fé fosse fortalecida através do contato pessoal com o Senhor. Ele pegou o cego pela mão, levou-o para fora da cidade, passou cuspe em seus olhos, impôs as mãos sobre ele e fez algumas perguntas. Após a primeira fase da cura, Jesus voltou a impor as mãos sobre os olhos do cego e, por fim, deu-lhe uma ordem (Mc 9.23-25) Sem dúvida, a fé demonstrada pelos discípulos, ao trazerem o cego a Cristo, fez algo para despertar uma postura positiva nele.

Na parte dos Evangelhos que enfatiza a obra de Jesus, o apóstolo João usa todo um capítulo para contar seu relato sobre o mendigo que era cego de nascença. Dessa vez, ninguém pediu para o Senhor curar o homem; nem o próprio homem, seus amigos ou os discípulos. Todos o consideravam um caso perdido. Como os discípulos sabiam que o homem era cego desde o nascimento, o que eles queriam era sanar uma dúvida teológica: "Rabi, quem pecou, este ou seus pais, para que nascesse cego? Jesus respondeu: Nem ele pecou, nem seus pais; mas foi assim para que se manifestem nele as obras de Deus" (Jo 9.2). Usarei essa vida para mostrar que eu sou a luz do mundo. Incrível como o Mestre dos mestres aproveitava todas as oportunidades, Sempre que encontrava interesse e atenção genuínos, utilizava a situação para ensinar algo.

Jesus cuspiu na terra, fez lodo com a saliva e usou-o para untar os olhos do cego. Sua ação em favor do cego, mais o contato pessoal que tiveram, devem ter mexido com as emoções e a mente do homem. Ele então disse: "Vai, lava-te no tanque de Siloé". Isso obrigou o homem cego a obedecer as ordens de alguém que ele jamais vira. Havia algo no jeito, na voz e no toque do Filho de Deus que fez com que o homem fosse imediatamente. Quando se lavou, viu o mundo natural e seus habitantes pela primeira vez!

Essa cura não ocorreu em recompensa pela fé, ou pelo menos não por causa de uma fé muito forte. O homem nem ao menos sabia quem o tinha curado. Jesus, porém, não o deixou partir até que sua visão espiritual igualasse sua visão física, até que sua fé se desenvolvesse e produzisse um comprometimento genuíno. O homem precisava enfrentar a oposição da incredulidade para clarear seu próprio raciocínio. Depois de ficar por tantos anos em condições tão miseráveis e desesperadoras, precisava ser deixado por conta própria, a fim de desenvolver suas próprias convicções. Jesus então se retirou dele por um tempo, a fim de que ele passasse por tais experiências.

Quando seus vizinhos o viram caminhando normalmente, não puderam acreditar que fosse ele. Quando perguntaram sobre como seus olhos tinham sido abertos, ele relatou, de modo claro e preciso, tudo o que sabia a respeito de Jesus, embora não soubesse seu paradeiro. Ao ouvir os fariseus discutindo sobre como era possível que Jesus, considerado por eles um pecador, pudesse fazer tais sinais, o homem concluiu que Jesus devia ser um profeta e declarou isso aos fariseus. Os pais do cego de nascença tiveram medo dos judeus e se afastaram da situação. Os judeus, não satisfeitos, voltaram a questioná-lo. O homem respondeu: "Uma coisa sei, e é que, havendo eu sido cego, agora vejo" (Jo 9.25). Os judeus insistiram e voltaram a perguntar sobre como Jesus lhe tinha aberto os olhos. Isso irritou o homem e os judeus o insultaram. Ele então argumentou de forma lógica e ousada perante aquele grupo. "Nisto, pois, está a maravilha: que vós não saibais de onde ele é e me abrisse os olhos [...] Desde o princípio do mundo, nunca se ouviu que alguém abrisse os olhos a um cego de nascença. Se este não fosse de Deus, nada poderia fazer" (Jo 9.30-33). O homem havia adquirido um profundo entendimento da obra de Deus, mas os judeus o expulsaram.

Com um grande senso de oportunidade, o Senhor encontrou-o logo em seguida e perguntou se ele cria no Filho de Deus. Com ternura, o homem perguntou: "Quem é ele, Senhor, para que nele creia?" (v.36) Quando Cristo se revelou, o homem confessou sua fé e o adorou. Para aprofundar o entendimento dos discípulos quanto à sua obra, Jesus, antes dos sinais espirituais, deu sinais físicos ao cego.

Como é fantástico ver o Mestre dos mestres alcançar a necessidade pessoal de cada cego e, ao mesmo tempo, treinar seus discípulos para dar andamento à obra! Ele, de modo maravilhoso, utilizou cada situação que surgia para reforçar o assunto específico de que cada aluno carecia!

Por que motivo "o Professor que veio de Deus" tratou cada um de forma tão diferente? Ele recompensou a fé viva sem grande alarde. Quanto à fé incipiente, ele a desenvolveu até que estivesse forte o bastante para receber a cura, que ele de bom grado ofereceu. A cura sempre envolve a pessoa como um todo.

Quando comparamos os métodos utilizados com os diversos cegos, fica fácil perceber que o Senhor lançou mão de recursos físicos em apenas dois dos quatro casos. Quando os homens não estavam familiarizados com Cristo e seus poderes, era necessário que desenvolvessem a fé por intermédio de um contato pessoal com Ele. Os meios físicos foram utilizados porque *eles* precisavam, não por necessidade do próprio Cristo.

Os estudantes das Escrituras, por vezes, tentam imaginar o porquê de o Senhor fazer a mais óbvia das perguntas àqueles que precisavam ser curados: "Que queres que te faça?" Esse tipo de indagação evidencia a necessidade pessoal do indivíduo e coloca um pedido nos lábios de quem busca a bênção, revelando o relacionamento íntimo que é necessário entre o Senhor e aquele que é abençoado.

O Método Utilizado nas Parábolas Transmitidas Junto ao Mar (Mt 13.1-52; Mc 4.1-34; Lc 8.4-18)

A.T. Pierson já disse que "toda parábola de Jesus foi um milagre de sabedoria e cada um de seus milagres foi uma parábola educativa". Além do fato de as parábolas de Jesus serem o cumprimento de profecias veterotestamentárias, podemos ver muitos fundamentos educacionais para seu extenso uso. As situações relatadas transportavam os ouvintes às suas atividades cotidianas, retratando as verdades de Deus no contexto dessas experiências. Eram situações tão familiares, que os ouvintes não conseguiam deixar de se projetar em cada uma delas. Ao vivenciarem empaticamente cada experiência, não se esqueciam tão cedo da lição aprendida. Em vez de simples enunciados ou generalizações abstratas, as pessoas compreendem melhor as idéias concretas, exemplificadas e ilustradas. Ainda hoje, o Senhor freqüentemente usa a vida de outras pessoas como parábola para nós.

Como Cristo, via de regra, não esclarecia as implicações espirituais de suas parábolas, Ele levava seus ouvintes a analisar ativamente seus próprios problemas e a aprender a partir de suas experiências pessoais. A própria audiência tinha de definir a aplicação. Ao ouvirem ilustrações tão incisivas e intensas, que percebiam possuir significados mais profundos, continuariam pensando nelas continuamente.

Extraordinariamente adaptáveis a pessoas em todos os estágios de desenvolvimento espiritual, as parábolas podiam ser compreendidas por todos, conforme a capacidade espiritual de cada um. Se o ouvinte captasse o conceito principal de uma parábola, obteria uma clara impressão daquela verdade. Se fosse sincero em sua busca, mas não conseguisse compreender o conceito, o ouvinte certamente continuaria considerando o assunto ou perguntaria ao Senhor. Se não tivesse nenhum ou pouco interesse no Reino de Deus, provavelmente se afastaria sem rejeitar por completo a verdade em questão. Quando ajudamos algumas pessoas de um grupo a abrirem seus corações para a Palavra de Deus, não queremos ser responsáveis por levar os outros a endurecerem ainda mais seus corações.

Nas sete parábolas que Jesus contou junto ao mar, podemos ver alguns dos princípios fundamentais que Ele utilizou ao ensinar. Quando comparamos seu método de ensino ao utilizado por Herbart e com aquele que usamos hoje em dia, como Ele tratou esses assuntos? Essa parte das Escrituras pode ser esboçada da seguinte forma:

Jesus:	Apresenta a 1ª parábola.
Discípulos:	Por que parábolas?
	O que essa parábola significa?
Jesus:	As multidões não vêem nem ouvem.
	Você está começando a ver e ouvir.
	A 1ª parábola é explicada.
	Apresenta a 2ª, a 3ª e a 4ª parábolas.
Discípulos:	Explicam a 2ª parábola.
Jesus:	Explica a 2ª parábola.
	Apresenta a 5ª a 6ª e a 7ª parábola.
	"Vocês entendem todas essas coisas?"
Discípulos:	Sim.
Jesus:	Os discípulos do Reino produzem tesouros antigos e novos.

Essa experiência dos discípulos pode ser considerada um teste quanto à natureza do Reino de Deus. Até então, o Mestre dos mestres vinha demonstrando e explicando um conceito de Reino que era totalmente diferente do que eles esperavam. Eles vinham assistindo o próprio Rei em ação e, agora, era chegado o momento de seu aprendizado ser testado.

Que resultado o Senhor esperava obter com sua docência? Será que Ele desejava uma repetição literal da verdade ensinada, tal qual a maioria de nós? Não, Ele não queria que nada lhe fosse repetido. Ele afirmou que, àquele que tivesse algum entendimento, mais lhe seria dado. "Vede, pois, como ouvis, porque a qualquer que tiver lhe será dado, e a qualquer que não tiver até o que parece ter lhe será tirado" (Lc 8.18).

No entanto, como profetizado por Isaías, o povo de Deus ouvia sem compreender e via sem perceber, pois seu coração estava endurecido. Eles haviam fechado seus olhos e ouvidos para que não pudessem compreender e se voltar para o Senhor, a fim de serem curados. "Mas bem-aventurados os vossos olhos, porque vêem, e os vossos ouvidos, porque ouvem" (Mt 13.16). Essas palavras transparecem que Jesus estava buscando discernimento, percepção e entendimento espirituais.

Foi por esse motivo que Ele tomou tanto cuidado para, ao transmitir a verdade eterna a seus discípulos, fazê-lo "segundo o que podiam compreender" (Mc 4.33). O aprendizado é um processo, geralmente gradativo, mas algumas vezes marcado por momentos de um rápido avanço.

Nessa parte das Escrituras, Ele primeiro deu a seus discípulos uma parábola central, explicando-a quando lhe pediram. Em seguida, apresentou mais três parábolas. Os discípulos voltaram a pedir ajuda com a segunda parábola, mas não sabemos se eles precisaram ou não de explicações adicionais, pois em Marcos 3.34 diz: "Tudo, porém, explicava em particular aos seus próprios discípulos". Pelo menos, ao fim das parábolas, quando o Senhor lhes perguntava se haviam entendido todas essas coisas, eles respondiam: "Sim". Sua resposta e entendimento mostravam a Jesus o quão rápido estavam prontos para seguir em frente.

O entendimento almejado por Jesus era desenvolvido pelo próprio discernimento de cada aluno quanto ao significado de suas parábolas. Ele as contou uma após a outra, forçando-os a pensar. Quando precisaram de ajuda com a primeira parábola, Ele não desanimou e lançou mão de generalizações abstratas: usou outra ilustração e deu-lhes a chance de pensar por si mesmos.

Esse método é completamente distinto do sistema de Herbart, pois Herbart teria levado o processo o mais rápido possível para o nível abstrato, dando aos alunos muito menos chance de se envolverem ativamente. Herbart esperaria que a generalização levasse automaticamente à prática correta, mas Cristo continuamente combinava parábolas, generalizações e experiências pessoais. No incidente anterior, Ele havia generalizado a respeito de seus irmãos; no próximo evento, Ele lhes daria a experiência emocional de uma tempestade no lago.

O Método Utilizado simultaneamente com três Grupos (Lc 15.1-17; 16.11)

É tão comum termos, na mesma sala de aula, diversos tipos de pessoas com diversos tipos de necessidade! Podem ser pessoas que ainda não foram salvas; pessoas salvas, porém novos na fé; e salvos que se afastaram do Senhor. Às vezes ficamos baratinados, tentando suprir todas essas necessidades em um curto período de aula. Será isso possível? O que "o Professor que veio de Deus" fez nessas mesmas circunstâncias?

Durante seu ministério na Peréia, tanto publicanos e pecadores como escribas e fariseus se amontoavam em torno de Jesus e seus discípulos. Sentindo o grupo, notou que aqueles hipócritas líderes religiosos murmuravam contra Ele, pois recebia pecadores e até comia com eles. Como era de seu costume, começou a ensinar ali mesmo, a partir do próprio sentimento negativo deles. Ele ensinou os *dois grupos* com três parábolas; as quais eram *destinadas* aos Fariseus e *sobre* os publicanos e pecadores de quem desdenhavam. Essas três parábolas desenvolveram um sentimento de solidariedade pelos perdidos, os pecadores. Que pastor não deixaria noventa e nove ovelhas no aprisco para sair e buscar a que estava perdida? Que júbilo enche o coração da mulher que encontra uma moeda que estava perdida! Quão grande é o regozijo do pai quando seu filho perdido retorna ao lar!

Enquanto fariseus e pecadores digeriam essas histórias, diretamente relacionadas a eles, Jesus se voltou para os discípulos e deu-lhes uma parábola para suprir suas necessidades. Na história do filho pródigo, eles sem dúvida se identificaram com o irmão mais velho e não com o mais novo. Jesus então lhes diz: "Se nas riquezas injustas não fostes fiéis, quem vos confiará as verdadeiras? [...] Não podeis servir a Deus e a Mamom" (Lc 16.11).

Isso chamou a atenção dos fariseus, que eram amantes do dinheiro, e eles zombaram de Jesus. Jesus reagiu: "Vós sois os que vos justificais a vós mesmos diante dos homens, mas Deus conhece o vosso coração, porque o que entre os homens é elevado perante Deus é abominação" (Lc 16.15). Nessa hora, quase podemos ouvir os fariseus argumentando: "Mas nós somos os guardiões da lei".

Jesus respondeu: "A Lei e os Profetas vigoraram até João; desde esse tempo, vem sendo anunciado o evangelho do reino de Deus, e todo homem se esforça por entrar nele. Vós vos escondeis por trás da lei, mas não tendes em conta as palavras de Moisés" (v. 16). Em seguida, contou a história do mendigo Lázaro e do homem rico no Hades. Os fariseus haveriam de se identificar com o homem rico; os pecadores, com Lázaro. Na parábola, Abraão diz ao rico atormentado: "Se não ouvem a Moisés e aos Profetas, tampouco se deixarão persuadir, ainda que ressuscite alguém dentre os mortos" (v. 31).

Mais uma vez, Jesus se volta para os discípulos e fala-lhes sobre eles mesmos e sobre os fariseus. "Ai daquele por quem vierem! [os escândalos]. Melhor lhe fora que lhe pusessem ao pescoço uma pedra de moinho, e fosse lançado ao mar, do que fazer tropeçar um destes pequenos. Olhai por vós mesmos. E, se teu irmão pecar contra ti, repreende-o; e, se ele se arrepender, perdoa-lhe, e se pecar contra ti sete vezes no dia e sete vezes no dia vier ter contigo, dizendo: Arrependo-me, perdoa-lhe" (v. 1-4).

Os discípulos então fizeram um pedido de natureza espiritual que muito deve ter agradado o coração do Senhor. Foi a única vez em que fizeram um pedido acerca da obra de Cristo em seus corações. "Senhor, aumenta-nos a fé", disseram eles. Esse pedido foi bem mais profundo que quando pediram que lhes ensinasse a orar. O que provocou uma reação tão madura? Com certeza, foi o padrão de perdão ao próximo mais elevado que o Senhor acabara de estabelecer. Isso também não poderia ter sido provocado pela obtusidade dos fariseus, que não mostraram o menor discernimento espiritual? Por vezes, nós, criaturas humanas, vemos mais claramente nossa própria necessidade quando comparada a uma necessidade ainda maior na vida dos outros. Se é preciso termos pessoas com diferentes necessidades no mesmo grupo, o Senhor pode usar até mesmo essa situação para alcançar seus objetivos.

Após tal pedido, deve ter sido muito gratificante para o Senhor discutir a questão da fé com seus discípulos. Nada agrada mais a um professor de verdade que receber um pedido espiritual de seus alunos, pois isso demonstra que estão prontos para receber o Senhor em seus corações. Jesus respondeu: "Se tivésseis fé como um grão de mostarda, diríeis a esta amoreira: Desarraiga-te daqui, e planta-te no mar; e ela vos obedeceria". Mas se os servos do Reino se limitarem a suas obrigações, não serão muito proveitosos. Coisas maravilhosas são possíveis aos servos com fé que vão além de suas obrigações. Os discípulos então vivenciaram, ao lado de Jesus, os incríveis eventos da ressurreição de Lázaro e a purificação dos dez leprosos, como exemplos do que é possível à fé verdadeira.

Vemos, portanto, que Jesus ensinou três tipos de pessoas ao mesmo tempo, suprindo as necessidades de cada um. Com os fariseus e os discípulos, ele falou diretamente sobre as necessidades deles em relação às necessidades dos pecadores. Manteve os três grupos alertas e pensando. Que professor!

A mais Difícil Lição que Jesus Teve de Ensinar

Qual foi a lição mais difícil que Jesus teve de ensinar? O povo de Deus, ao longo dos séculos, vinha sendo orientado a esperar um tipo específico de rei, enquanto que, em sua primeira vinda, Ele veio para ser um tipo totalmente diferente de soberano. O povo desejava um rei poderoso segundo a carne, que os libertasse de todo sofrimento, inclusive dos de natureza política e econômica. Ele havia de vir, primeiramente, como um Salvador sofredor, livrá-los do pecado pessoal por meio de sua redenção e possibilitar-lhes vida espiritual vitoriosa.

Esse conceito de Reino espiritual era muito mais difícil de ser compreendido pelos discípulos de Jesus que por um indivíduo de nosso tempo, em pleno século XXI. Vivemos após o evento da Cruz, quando o Espírito Santo já nos foi enviado e tendo em mãos o texto completo das Escrituras. Vivemos em uma época na qual a cruz é até mesmo utilizada como peça de adorno pessoal. Não que nos seja fácil fazer as pessoas perceberem a necessidade e a importância da cruz em suas próprias vidas, mas ao menos já a temos como parte de nossa cultura. Quando Jesus veio à Terra, seu povo estava a espera de um monarca terreno sobre um trono.

O Mestre dos mestres, portanto, não introduziu de imediato esse novo e radical conceito, mas o desenvolveu com todo cuidado e, com grande habilidade, incluiu-o em seu currículo. Pode-se observar o modo como isso foi conseguido nas seguintes narrativas dos Evangelhos sinóticos: Mateus 15.32;17.23, Marcos 8.1; 9.32 e Lucas 9.18-45.

Esse trecho começa com a distribuição de alimento a quatro mil homens. Por que não está registrada, por parte dos apóstolos, nenhum tipo de reação visível a esse grande milagre? Eles apenas repetiram o que fizeram quando da alimentação dos cinco mil homens, sem evidência alguma de que tivessem aprendido algo com a experiência anterior. Quando Jesus comentou que se apiedava da multidão porque tinha permanecido com Ele, sem nada comer, por três dias, os discípulos deram a mesma resposta de antes: Como seremos capazes de dar pão a esses homens aqui, neste deserto? Eles então informaram a quantidade de comida que tinham, serviram a multidão e recolheram as sobras. E isso não foi tudo. Será que tamanho milagre não foi suficiente para impressioná-los? Como é possível explicar essa falta de reação?

Depois de ser alimentado, o povo, alvoroçado, dizia: "Este é, verdadeiramente, o profeta que devia vir ao mundo" (Jo 6.14). Eles estavam prestes a tomá-lo à força para fazê-lo rei. Em vez de aceitar o que o povo sugeria, Jesus retirou-se sozinho para o monte. Os discípulos ficaram perplexos. A aclamação popular era exatamente o que eles vinham esperando. Quando veio, Jesus recusou. Eles estavam embasbacados! Ademais, depois de Jesus explicar sobre o Pão da Vida, muitos de seus discípulos deixaram de segui-lo, pois eram incapazes de entender como poderiam comer a carne do Filho do homem e beber seu sangue.

Depois de alimentar os quatro mil e os cinco mil, além de realizar muitos outros milagres, fariseus e saduceus, que deviam ter liderado o povo na aceitação do Cristo, vieram instigá-lo em busca de um sinal do céu. Com um profundo suspiro Ele os deixou. Quando os discípulos chegaram ao outro lado do lago, Jesus lhes disse: "Adverti e acautelai-vos do fermento dos fariseus e saduceus. E eles, arrazoavam entre si, dizendo: É porque não nos fornecemos de pão" (Mt 16.6). Jesus de contínuo respondeu: Ó homens de pequena fé! Ainda não tendes discernimento espiritual? Não vedes? Não ouvis? Não vos lembrais? Eles então finalmente "atinaram" com as palavras de Cristo e aquilo que tinham passado. Enfim perceberam que estavam sendo alertados para terem cuidado com os ensinos dos líderes religiosos.

Nesse momento, chegaram ao fundo do poço em sua falta de discernimento. Certamente deviam estar bastante desgostosos com as perguntas um tanto pungentes de Jesus, que, por sua vez, esperava bem mais deles. Sim, os padrões de Cristo eram elevados, mas o que aborrecera a Cristo fora a incapacidade dos discípulos em alcançá-los. A dificuldade dos discípulos não é encorajadora para nós, que lecionamos nos dias de hoje, quando nos deparamos com alunos que não respondem de pronto à verdade? Até mesmo o Mestre dos mestres, na plenitude de sua divindade, teve de ajustar seu ritmo à rebelde natureza humana.

O incidente seguinte foi o do homem cego no capítulo 8 de Marcos. Como anteriormente explicado neste capítulo, o Senhor curou esse homem de pouco em pouco. Com isso, Jesus queria mostrar aos discípulos que o discernimento espiritual era um processo, o qual deveria progredir até alcançar visão clara.

Então, consciente de que chegara o momento de começar a falar sobre sua morte, Jesus levou os discípulos para um local retirado. No caminho, enquanto orava só (aliás, Ele parecia orar sempre só, pois seus discípulos não lhe faziam muita companhia nessa tarefa mais madura), perguntou-lhes: Quem o povo diz que eu sou? E então, quem vocês dizem que sou? Pedro, assumindo a função de porta-voz, respondeu em adoração: "Tu és o Cristo, o Filho do Deus vivo" (Mt 16.6).

Essas palavras podiam significar muitas coisas para muitas pessoas. Os discípulos já tinham colocado esse sentimento em palavras. No Evangelho de João capítulo 1, André, Felipe e Natanael confessaram que Ele era o Messias. Depois de Jesus e Pedro caminharem sobre as águas, os discípulos no barco o adoraram, dizendo: "És verdadeiramente o Filho de Deus" (Mt 14.33). Durante a crise provocada pelo discurso sobre o Pão da Vida, Pedro chamou-o de "O Cristo de Deus" (Lc 9.20).

O Senhor sabia que tal confissão, naquele momento, significava mais do que no passado, embora não tanto quanto significaria mais adiante. Jesus não hesitou em aprovar vigorosamente a declaração de Pedro e em identificar a Igreja que ele edificaria com essa confissão de fé. Como os discípulos devem ter se sentido quando ele falou: "Tudo o que ligares na terra será ligado nos céus, e tudo o que desligares na terra será desligado nos céus?" (Mt 16.19) Aliviados, então, do peso da derrota anterior e celebrados por essa nova vitória espiritual, eles ouviram aquelas conhecidas palavras: "Não digam a ninguém".

"Desde então" (Mt 16.21), Jesus começou a falar-lhes de modo franco (Mc 8.32) sobre sua morte e ressurreição. Essa primeira menção à sua paixão veio logo após um momento positivo, quando os próprios discípulos confessaram sua divindade e Ele pôde transmitir-lhes palavras de encorajamento. O entendimento de sua pessoa precisava preceder o entendimento de sua obra expiatória. Criaturas humanas jamais poderiam entender suas intenções sem antes obter visão de quem Ele é.

Os discípulos, porém, ainda não estavam preparados para estabelecer uma relação entre sua pessoa miraculosa e seu ministério de sofrimento pelo pecado; entre o texto que liam no Antigo Testamento e seu cumprimento na pessoa do Messias, que teria de morrer antes de poder retornar em força. Embora a idéia do sofrimento fosse totalmente estranha e repulsiva à mentalidade dos discípulos, foi necessário que o próprio Senhor lhes contasse confidencialmente sobre o que aconteceria. De outra forma, eles acreditariam mais tarde que a vida de Jesus lhe tinha sido tomada e não que Ele a dera livremente e por vontade própria. Como *nós* vivemos após a cruz, não enfrentamos situações de ensino que sejam sequer comparáveis a essa. Diante da "ultrajante" idéia da morte de Jesus, Pedro começou a repreendê-lo. O mesmo homem que acabara de confessar sua divindade, agora o contradizia. Apesar de Cristo ter dito antes: "Bem-aventurado és tu" (Mt 16.17), agora dizia: "Para trás de mim, Satanás" (Mt 16.23).

Jesus então se dirigiu à multidão e proferiu palavras duras: "Se alguém quer vir após mim, renuncie-se a si mesmo, tome sobre si a sua cruz e siga-me; porque aquele que quiser salvar a sua vida perdê-la-á, e quem perder a sua vida por amor de mim achá-la-á. Pois que aproveita ao homem ganhar o mundo inteiro, se perder a sua alma? Ou que dará o homem em recompensa as suas obras. Troca da sua alma? Porque o Filho do Homem virá na glória de seu Pai, com os seus anjos; e, então, dará a cada um segundo as suas obras. Em verdade vos digo que alguns há, dos que aqui estão, que não provarão a morte até que vejam vir o Filho do Homem no seu Reino" (Mt 16.24-28).

Embora tais palavras soassem trágicas, os discípulos ficaram gratos por pelo menos uma coisa: Ele enfim falara da Glória de seu Pai e da vinda do Reino de Deus em poder. Era por isso que eles vinham esperando e já imaginavam se algum dia o conseguiriam. Era sobre isso que tinham lido no Antigo Testamento. Antes, parecia que Ele tinha abandonado toda a idéia de glória e poder. Nesse contexto, porém, eles não tinham certeza da força dessas palavras. Jesus, na mesma frase, falara sobre negarem seu nome, perderem a própria vida e tomarem uma cruz! Que coisa confusa!

Por que o Mestre dos mestres, especificamente nesse momento, falou sobre cada um tomar sua cruz, uma avançada verdade espiritual? Será que os discípulos, para não contar a multidão, estavam prontos para isso? Nenhuma reação foi registrada após esse discurso. Eles provavelmente não entenderam nada do que ouviram.

Qualquer um que estivesse interessado em Jesus deveria compreender que teria de se identificar com Ele tanto no sofrimento como na glória. "Se tentar salvar sua vida nessa Terra, você a perderá; mas se estiver disposto a sofrer comigo, salvá-la-á no plano espiritual." Esse paradoxo afastaria aqueles que estivessem ali por mera curiosidade ou desejassem poder para este mundo. Estava na hora de preparar para o fim aqueles que levavam a sério. Seus seguidores precisariam se identificar com Ele em sua morte.

Uma semana depois, Jesus tomou consigo Pedro, João e Tiago e os levou, em particular, a um alto monte. Esses três homens provavelmente formavam um círculo interno dentre seus discípulos. Eles estavam mais preparados que os outros para experiências mais profundas. Aqui, mais uma vez, a união entre a Glória e a Cruz do Messias é vividamente demonstrada. Quando seu rosto foi transfigurado, Moisés e Elias, representando a Lei e os Profetas, apareceram ao seu lado em glória, conversando sobre a morte do Cristo que estava prestes a ter lugar em Jerusalém. Em seguida, ao serem cobertos por uma nuvem, os discípulos ouviram uma voz que dizia: "Este é o meu Filho amado, em quem me comprazo; escutai-o" (Mt 17.5). Desde o céu, o Pai estava confirmando seu ungido! Foi-lhes dito: "Escutai-o!" Eles não estavam dispostos a ouvir palavras que não desejavam ouvir.

Ao descerem todos do monte, Jesus ordenou que os três não falassem nada sobre a visão até que o Filho do homem fosse ressuscitado dos mortos. Lá estavam novamente aquelas terríveis palavras! Como seria possível que o Pai os quisesse ouvindo aquelas palavras? Mesmo após a visão de tamanha glória, Ele ainda falava de morte! O que deveria significar aquilo de ressuscitar dos mortos?

Os homens tentaram relacionar aquelas palavras à profecia veterotestamentária de que Elias deveria vir antes do Grande e Terrível Dia do Senhor. "Elias já veio", respondeu Jesus, e eles deduziram que Ele falava de João Batista. "E vocês não lembram que está escrito que o Filho do homem deve sofrer muitas coisas?"

No dia seguinte, quando desceram o monte, encontraram uma multidão reunida em torno de seus companheiros. Os outros discípulos não tinham sido capazes de repetir o que fizeram anteriormente e que o próprio Senhor lhes dera autoridade para fazer: expulsar demônios. Fica a impressão de que ali faltou a liderança de Pedro, Tiago e João. Mais uma vez, eles foram severamente admoestados. Jesus questionou o pai do rapaz atormentado, a fim de mostrar a urgência da situação e suscitar fé. Em seguida, repreendeu o demônio. A multidão que se aglomerava ao redor ficou absolutamente estupefata com a majestade de Deus!

Os discípulos não conseguiam entender o porquê de não terem sido capazes de expulsar o espírito imundo. "Esta casta não pode sair com coisa alguma, a não ser com oração e jejum" (Mc 9.29), disse ele. "Para fazer isso, você precisa estar em contato íntimo com Deus". É claro que Cristo foi capaz de solucionar aquele caso extremo, mas Ele continuava afirmando que morreria. Os discípulos comentavam entre si que Ele certamente não morreria, não obstante nada pudessem fazer a respeito disso. Poder em glória e morte! Ele continuava unindo essas duas idéias opostas!

Jesus então levou seus amigos em uma viagem secreta até a Galiléia, onde poderiam ter alguma privacidade. Em Lucas 9.43 diz que: "Todos pasmavam da majestade de Deus. E maravilhando-se todos de todas as coisas que Jesus fazia, disse aos seus discípulos: Ponde vós estas palavras em vossos ouvidos". No monte, a voz que saia da nuvem havia dito: "Escutai-o". O que Ele dirá agora? Dessa vez, foi ainda pior do que antes: "O Filho do Homem será entregue nas mãos dos homens, e matá-lo-ão, e, ao terceiro dia, ressuscitará. E eles se entristeceram muito" (Mt 17.23). Havia no ar que algo ruim aconteceria. Eles ainda não conseguiam entender suas palavras, estorvados por preconceitos há muito arraigados. Geralmente, eles se sentiam livres para questioná-lo, mas dessa vez estavam com medo de fazer perguntas. Em pouco tempo, porém, já discutiam entre si sobre quem era o maior entre eles.

Tal qual ocorrera após o discurso sobre o Pão da Vida, os discípulos suportaram essa crise porque estavam emocionalmente apegados à pessoa de Jesus, de forma que qualquer alternativa parecia menos viável. Não era sem esforço que o Mestre dos Mestres seguia conduzindo homens preconceituosos e teimosos a um discernimento espiritual. O treinamento dos doze apóstolos foi, em muitos aspectos, um de seus maiores milagres! Era bem mais fácil curar os enfermos e exercer seu poder sobre a natureza. Transformar a natureza pecadora do homem, antes de sua ressurreição, da vinda do Espírito Santo e da formação do Novo Testamento, era realmente algo impressionante!

Ele nos diz: "aquele que crê em mim também fará as obras que eu faço e as fará maiores do que estas, porque eu vou para meu Pai" (Jo 14.12). Será que nós estamos fazendo essas obras? Estamos vivendo na expectativa de que o Salvador, glorioso e triunfante, trabalhe por meio de nossa vida, com sua Palavra e seu Espírito, para transformar a natureza pecadora do homem em nossos dias?

Apesar de vivermos em um contexto diferente, nossos problemas básicos e doutrinas continuam os mesmos. Estamos seguindo os métodos de Jesus e ensinando sua mensagem?

Uma Análise dos quatro Evangelhos

Quando fazemos um estudo detalhado de cada um desses eventos nos Evangelhos, somos capazes de formar generalizações sobre o método pedagógico de Cristo como um todo. Não é maravilhoso que tantos detalhes de sua obra, com tantos diálogos pessoais, tenham sido preservados para nós nos registros sagrados? Sem dúvida, essa é a melhor forma de aprendermos; ou seja, ao assistirmos e analisarmos os métodos do Senhor em situações concretas.

A Abordagem do Método Pedagógico de Jesus

Quase metade das situações de aprendizado descritas nos Evangelhos foi iniciada pelas próprias pessoas. Após serem cativadas pela sua pessoa, pela autoridade das suas palavras e pela maravilha das suas obras, as pessoas acudiam a Ele com todos os tipos de necessidades pessoais. Como é mais fácil ensinar quando a lição parte de nossos próprios alunos! Quando a lição começa com eles, podemos ficar seguros de que haverá interesse, atenção e envolvimento pessoal. Quando nossas personalidades refletirem o Senhor da vida, a Palavra de Cristo habitar em nós — plena em toda a sabedoria, e o Espírito de Deus operar por meio de nossa vida; as pessoas também virão a nós e, então, consideraremos a tarefa de ensinar muito mais estimulante e frutífera.

Na metade em que Jesus deu início aos eventos, Ele quase sempre começou pelo lado pessoal. Ao encontrar Felipe, por exemplo, disse: "Segue-me" (Jo 1.43). Em outras ocasiões, fez "um azorrague de cordéis" a fim de expulsar os cambistas do Templo (Jo 2.15) e disse à mulher samaritana: "Dá-me de beber" (Jo 4.7). Via de regra, Ele começava pelo lado pessoal, pois os alunos relacionavam sua verdade eterna às suas próprias vidas. Nas poucas vezes em que começou pelo conteúdo em si, de pronto relacionava o conteúdo à vida dos presentes. Quando, por exemplo, falou sobre as bem-aventuranças em Mateus 5.3-11, os discípulos se identificaram com os pobres de espírito, os que choram e os mansos. Observe a quantidade de referências pessoais presentes no resto do Sermão da Montanha (Mt 5-7). Existe alguma parte do ensino de Cristo que não traga uma referência pessoal? Muitos dentre nós responderiam que não.

O Padrão do Ensino Transmitido por Jesus

Quando olhamos para os padrões de cada evento didático, salta aos olhos o fato de que eles não seguem nenhum estereótipo. Cada acontecimento foi único, pois cada aluno era diferente e cada qual tinha sua necessidade. Se Cristo pensasse apenas no conteúdo, todo seu ensino estaria compreendido em suas palavras. No entanto, a interação com o aluno é a regra e não a exceção. Exatamente por Jesus partir do contexto do aluno, deixando que suas reações e inclinações guiem o processo, o registro do evangelho está cheio de palavras e atos tanto de Jesus como de outras pessoas. O que Ele fazia era determinado pelo que os alunos faziam.

Para Cristo, não fez diferença ensinar as coisas de Deus utilizando a figura da água ou da serpente na vara, mas, para a mulher samaritana e para Nicodemos, fez uma grande diferença. A verdade de Deus era de tal modo parte de sua pessoa, que Ele podia relacioná-la a qualquer situação que vivenciasse. Sabemos muito sobre a cultura daquele tempo porque os Evangelhos estão repletos de referências ao cotidiano daquela época.

Os cenários dos discursos de Jesus são evidenciados tanto pelo texto como pelos costumes dos judeus. A alimentação dos cinco mil homens confirmou o ensino do Pão da Vida. No gazofilácio, onde Ele falou as palavras "Eu sou a luz do mundo", ficavam dois enormes candelabros repletos de candeeiros que eram acesos após o sacrifício da tarde. Em meio a tanta luz, ele falou as memoráveis palavras de João 8.12. No último e grande dia da festa, quando o sacerdote recolhia vasos d'água do riacho que corria por sob o templo e derramava sobre o altar, Jesus pôs-se em pé nalgum lugar provavelmente elevado e clamou: "Se alguém tem sede, que venha a mim e beba" (Jo 7.37).

Como Cristo encorajava questionamentos, utilizando-os muitas vezes Ele mesmo, vemos um espírito inquisitivo permeando os Evangelhos. Seu poder e autoridade estimulavam as pessoas a lhe trazerem seus problemas. Algumas vezes, Ele próprio extraía as dúvidas da mente das pessoas e apresentava questões, como: "Cuidais vós que esses galileus [cujo sangue Pilatos misturara com os seus sacrifícios] foram mais pecadores do que todos os galileus? [...] E aqueles dezoito sobre os quais caiu a torre de Siloé e os matou, cuidais que foram mais culpados do que todos quantos homens habitam em Jerusalém?" (Lc 13.4)

Suas perguntas de caráter prático tinham o propósito de esclarecer a necessidade e, relativamente a Ele, colocá-la sob o foco das atenções. Ele não pedia para as pessoas repetirem as respostas que Ele mesmo dava. Ele procurava proporcionar um entendimento espiritual e uma ação positiva com base em seus ensinos. Para envolver seus alunos pessoalmente na doutrina transmitida e para guiá-los à verdade, muitas vezes usou perguntas.

Ele também usava perguntas para repreender, testar e silenciar seus críticos. Não raro respondia perguntas com outras perguntas para fazer o educando pensar por si próprio. Quanto àquelas solicitações que muitos professores considerariam como interrupções, Cristo as via como oportunidades para aconselhar e orientar.

Jesus não esperava que o conhecimento intelectual produzisse resultados automáticos. Fosse essa sua filosofia pedagógica, os fariseus teriam sido seus melhores alunos. Nos Evangelhos, vemos muitos exemplos de pessoas que aprendem fazendo. Embora os doze apóstolos ainda tivessem muito para aprender, Cristo enviou-os a pregar e curar no segundo período de seu ministério na Galiléia (Mt 9.36-11.1). No início de seu ministério na Peréia, Ele enviou setenta discípulos em missão semelhante (Lc 10.1-24). Os discípulos, além de assistirem seu trabalho, eram também chamados a participar, como quando distribuíram e recolheram alimentos nas duas ocasiões em que multidões foram alimentadas. A multiplicação propriamente dita ocorreu nas mãos dos discípulos e não nas mãos do Senhor que efetuou a multiplicação. Muitas pessoas trouxeram amigos a Jesus e, na cerimônia de casamento, a água se transformou em vinho quando os servos executaram suas ordens (Jo 2). Pedro andou sobre a água (Mt 14) e, da boca de um peixe que tirou do mar, encontrou a moeda para o imposto (Mt 17). Foram os discípulos que rolaram a pedra que lacrava a tumba de Lázaro e depois o soltaram das faixas que o atavam (Jo 11). O Senhor muitas vezes exigiu que as pessoas obedecessem a sua palavra a fim de obterem cura. Isso aconteceu, por exemplo, em João 4, com o nobre cujo filho estava enfermo e, em Lucas 17, com os dez leprosos.

Ao ensinar, Cristo contava muito mais com atos do que nós, hoje em dia. Raramente seus atos não eram acompanhados por palavras, mas Ele muitas vezes ensinava apenas falando. Com demasiada freqüência, esperamos que apenas as palavras façam todo o trabalho. No entanto, nas palavras de Edgar Guest, as pessoas "sempre preferem assistir a um sermão do que ouvi-lo". Nenhum ato é mais poderoso que a operação da vida de Cristo em nós, pois o verdadeiro caráter cristão se expressa em atos de gentileza e sacrifício pelo próximo. Além disso, se tivéssemos mais fé, não veríamos mais dos milagres que Cristo realizou, mesmo nessa era em que a regeneração e a conformação à pessoa de Cristo são os maiores milagres?

Em muitas das situações que Jesus usou para ensinar, os fatores externos parecem ser equilibrados pelos internos. Visto que a pessoa de nosso Senhor, suas palavras e suas ações eram fatores externos fortíssimos, considera-se geralmente que quaisquer fatores internos seriam irrelevantes, embora Jesus tenha suscitado poderosas reações internas. Em uma boa parte dos casos, os fatores externos suplantaram os internos. Tal fato tem implicações na estrutura do currículo da educação cristã, como veremos no capítulo 8.

Uma das mais estupendas observações a serem feitas nos Evangelhos é o modo incrível como o Senhor conseguiu continuidade tanto na matéria transmitida como na experiência. Conforme lhe traziam as pessoas, Ele se deparava com os mais diversos tipos de necessidades individuais, alcançando-as com a verdade eterna que estava desenvolvendo passo a passo. Os registros dos Evangelhos não apresentam uma compilação aleatória de eventos, mas uma progressão contínua de conteúdo e experiências que culminam em dois pontos: quem é Jesus e o que Ele veio fazer na Terra.

Os Resultados dos Ensinos de Jesus

Que tipo de resultado buscamos com nosso ensino? Que tipo de resultado estamos conseguindo? Se tão somente pedirmos para os alunos repetirem o que ouvem, será pouco provável conseguirmos mais que palavras. É claro que sempre insistiremos na memorização de trechos bíblicos, mas com o propósito de transformar vidas. Se o nosso objetivo for a transformação de vidas, ensinaremos transformação, oraremos por transformação e não descansaremos até vermos transformação.

Cristo nem sempre via resultados imediatos e, algumas vezes, enfrentou uma violenta oposição por parte de seus inimigos, mas as pessoas não ficavam indiferentes ou aborrecidas em sua presença. As reações mais comuns eram deslumbramento e fé! Quantas vezes você já conseguiu isso? As pessoas também ficavam atemorizadas e silenciavam. Faziam perguntas, glorificavam a Deus, adoravam, reconheciam seu messiado e compreendiam o que lhes era ensinado. Levavam amigos até Ele, seguiam-no, espalhavam sua fama e o serviam.

Considerando que o Filho de Deus veio à Terra para que os homens tivessem vida, cada contato fazia seus alunos avançarem mais um pouco rumo a uma vida em abundância. Ele se preocupava com as pessoas como um todo, atentando para que cada uma tivesse corpo, alma e espírito santificados. Saúde, plenitude e santidade estavam intimamente relacionadas. Com a vinda do Espírito Santo, no dia de Pentecostes, aquele pequeno grupo de discípulos, que Jesus alimentara pacientemente durante os primeiros e árduos tempos, começou a virar o mundo de cabeça para baixo. "Na verdade, na verdade vos digo que aquele que crê em mim também fará as obras que eu faço e as fará maiores do que estas, porque eu vou para meu Pai." (Jo 14.12) Essas obras maiores são evidentes em nossa vida?

Ensinando de acordo com o Nível de nossa Vida Cotidiana

Como esses princípios bíblicos funcionam no ensino que ministramos hoje em dia? Ao planejarmos antecipadamente, começamos com o Senhor, a fim de captarmos sua perspectiva do todo da situação. Ele conhece as necessidades íntimas de cada aluno; Ele conhece nossas fraquezas e pontos fortes; Ele conhece as forças do mal que se opõem a nós.

Quando, porém, damos início à nossa aula, é com nossos alunos que começamos; ou seja, começamos do contexto em que se encontram: corpo, mente, emoções, desejos e espírito (que pode estar vivo ou morto). A educação tradicional, que almeja instruir apenas a mente, tem sua origem na Grécia antiga e não nas Escrituras. Os gregos acreditavam que a alma do homem, boa, encontrava-se encarcerada em um corpo maligno, de onde tentava escapar. Somente quando o conseguisse, essa verdade seria claramente compreendida. Esse conceito não é bíblico. O Criador, que fez o homem — corpo, alma e espírito — procura suprir suas necessidades em todos os aspectos da VIDA que criou.

Portanto, além do saber, nossos objetivos também incluem o sentir e o fazer. No Salmo 119, em que a Palavra de Deus é apresentada, muitos versículos nos exortam a estudar, compreender, meditar e lembrar dos preceitos de Deus. Também somos estimulados a amar a Palavra, a nos deleitarmos nela, a almejarmos por ela e a tê-la em alta conta. Acima de tudo, nos é ordenado conservá-la, obedecer-lhe, vivê-la e andar conforme seus mandamentos. Nós, cristãos, devemos ser reconhecidos por nossos frutos, por nosso comportamento (Mt 7.20). Apesar de reafirmarmos a necessidade de mudanças, será que nos importamos a ponto de empregarmos os esforços necessários a essas mudanças? Devemos fazer planos para mudar tanto nossas motivações como nossa prática de ensino.

Quem são aqueles que buscam conhecimento em nós? Como está nossa sensibilidade para discernir o tipo de pessoas que são? Como elas se sentem a respeito de si mesmas? Todos nós começamos a vida de modo relativamente egocêntrico, relacionando tudo a nós mesmos. Nossa autoimagem constitui nosso ponto de referência, o monitor por onde vemos tudo que nos chega. Não vemos as coisas como elas são, mas como nós somos. Será que cada aluno se vê como feito à imagem de Deus, especial, único, tal qual Deus o queria para seu próprio propósito? Se nos sentirmos bem, sentir-nos-emos suficientemente seguros para melhorarmos. É difícil pensar e agir corretamente quando não nos sentimos bem.

Se vierem para a Escola Dominical com questionamentos que possuam implicações espirituais, nossos alunos estarão prontos para receber a resposta de Deus. Se, porém, não sentirem necessidade alguma, não será perda de tempo se primeiro despertarmos uma. Devemos perguntar a nós mesmos: "Essas pessoas estão prontas para quê? O que é importante para elas aqui e agora? Como Deus quer tocar suas vidas? Como posso me comunicar com elas de forma mais profunda?"

A fim de trabalharmos com o Supremo Mestre nas questões práticas da vida, precisamos aprender como relacionar as necessidades dos alunos às porções das Escrituras que atendem tais necessidades. Damos início à aula com as necessidades de nossos alunos, onde transformações são indispensáveis. Concentramo-nos na necessidade pessoal até que ela capte a atenção de todos e os alunos estejam verdadeiramente preocupados com ela. Isso envolve tanto a emoção como a mente. Verificamos que eles sentem tal necessidade o suficiente para fazer algo a respeito. Conduzimos então o grupo para o trecho bíblico apropriado, que agora lhes fala em termos de vida prática.

Um bom professor também é hábil na formulação de perguntas pessoais que sejam facilmente compreendidas pelos alunos e respondidas pelo conteúdo da lição. As respostas não devem ser do conhecimento prévio da classe, nem devem ser respondidas por um simples sim ou não. Começando com esse tipo de indagação pessoal, a lição terá um bom início e será fácil de ensinar.

Como a natureza humana não mudou radicalmente ao longo dos séculos e a Bíblia fala acerca de situações humanas, ela lida com questões básicas a despeito das diferenças culturais. O estudo dos personagens bíblicos deve ser contextualizado, apenas por compartilharmos os mesmos problemas. Após um exame de como Davi ou Abraão resolveram seus problemas, podemos extrair os princípios envolvidos. O versículo a ser memorizado com a lição expressa, em termos gerais, o princípio que podemos aplicar em nossa vida. O professor pode proporcionar um cenário para os alunos e orientá-los na descoberta de verdades essenciais. É muito mais fácil e agradável pôr em prática aquelas idéias que descobrimos por conta própria. Se o tempo for limitado, caberá ao professor decidir com o que deve contribuir e qual a parte mais importante para os alunos encontrarem.

Um perspicaz formando escreveu:

> Considero-me um evangélico comprometido e, segundo o que entendo, isso significa que possuo uma fé no sobrenatural. Presto culto a um Salvador que já esteve morto, mas agora vive. Um Salvador que disse que, com a devida fé, eu seria capaz de mover montanhas. Mas o que isso significa? Não tenho como testificar de nenhuma experiência em minha vida, afirmando que, se não fosse a intervenção especial de Deus, aquilo não teria ocorrido. Nunca tive uma visão e jamais testemunhei um milagre. A ruptura das leis naturais, para mim, é algo teórico e não empírico. É possível declarar e defender uma fé sobrenatural, quando nossa experiência não ultrapassa o natural?

Muitos jovens cristãos têm esse mesmo sentimento. Vão à igreja, ouvem a Palavra de Deus e, ao saírem, não fazem nada a respeito. O professor não chega a realmente esperar que algo aconteça e os alunos não têm expectativa alguma. Devíamos, pelo contrário, proporcionar experiências espirituais para cada faixa etária, conforme sua própria realidade, e aproveitar as necessidades que surgem e são sucedidas por novas decisões e práticas espirituais.

Em Tiago 4.17 deixa claro que saber e fazer são duas coisas distintas. Quando ensinamos novas verdades sem promover sua aplicação, tornamos os ouvintes pecadores ainda piores. Devíamos reconhecer um cristão por seu estilo de vida (Mt 7.20,21). A obediência também é exigida para que haja maior compreensão (Sl 119.10).

Certo seminarista estava estudando para uma prova até tarde da noite. Repassava os atributos de Deus e suas referências bíblicas. Quando estava a ponto de desistir, veio-lhe a compreensão de que o Deus que estivera estudando era seu próprio Senhor pessoal e queria fazer parte de sua vida. Erguendo os olhos ao Todo-poderoso, ele renovou seu compromisso com o Mestre e continuou seus estudos, renovado e revigorado. Muitos jovens ainda não adquiriram o hábito de apresentar suas necessidades diárias diante do Criador.

Se, então, quisermos que o próprio Jesus ensine por intermédio de nossa vida, como deverá ser esse padrão de ensino? Começaremos com o contexto de nossos alunos, a partir de suas necessidades atuais, e os ajudaremos a encontrar a resposta de Deus nas Escrituras e a pôr em prática tal verdade naquela mesma semana. Referindo-se a Jesus, João 14.6 usa as palavras *caminho*, *verdade* e *vida*. As pessoas possuem muitas dúvidas a respeito do caminho que devem pegar para alcançar seus objetivos: o caminho da salvação, o caminho para suplantar a tentação, o caminho para ser cheio do Espírito, o caminho para dar bom testemunho. O livro de Deus contém toda a verdade que Ele mesmo escolheu revelar. A vida é o resultado disso tudo em nosso cotidiano.

Uma outra forma de pôr em prática esse padrão de ensino é colocar a *Pessoa* no contexto do *Livro* e o *Livro* no contexto da *Pessoa*. De início a Pessoa não possui nenhuma relação com o Livro. Ela precisa se envolver no estudo do Livro até que o último penetre o primeiro, até que a Pessoa viva o Livro e o Livro viva na Pessoa.

No que diz respeito aos nossos objetivos para o ser humano em sua integralidade, não começamos com *Conhecimento*, mas com *Experiência*. Se os alunos não sentirem necessidade, se não desejarem ouvir a Palavra de Deus, nosso discurso será ignorado. Se, no entanto, quiserem buscar a solução de Deus para um problema real, não teremos dificuldades. Depois da resposta de Deus, não será mais preciso pregar. Perguntaremos: "Que *ação* deve ser tomada? O que devemos fazer? Nessa semana, qual será nossa resposta para Deus? Você consegue se ver obedecendo-o? Que problemas você deverá enfrentar? Como o restante do grupo pode ajudar?" Estaremos prontos para orar de todo o coração.

Implicações e Questões para Discussão em Grupo

Jesus Cristo é o melhor exemplo de como os professores podem desenvolver uma relação dinâmica entre a verdade e a vida. Se os educadores cristãos pudessem atuar de forma mais consistente no sentido de, juntamente com o Espírito Santo, relacionar a Bíblia à vida, a Igreja experimentaria um agradável renovo. O modelo de LeBar de Caminho-Verdade-Vida tem sortido um grande impacto na educação cristã ao longo das últimas duas gerações. A maioria das editoras que publicam títulos voltados à educação cristã usa uma variação desse modelo em seus currículos para a Escola Dominical.

Mais recentemente, um outro modelo tem sido adaptado para descrever o relacionamento entre a Pessoa e a Palavra. Trata-se do modelo "cerca de trilhos e estacas".[2] A cerca de trilhos e estacas é formada por dois trilhos horizontais de madeira, unidos por diversas estacas. O trilho de cima é a verdade e o debaixo representa a vida. As estacas são tudo que ajuda a unir a verdade e a vida. Uma estaca pode ser um novo entendimento que, uma vez aprendido pelo aluno, estabelece uma nova relação entre determinada passagem bíblica e uma necessidade da vida. Muitos professores desejam erguer estacas em seus métodos de ensino. A reflexão crítica é um outro exemplo de estaca entre a verdade e a vida. O professor, ao trabalhar com o Espírito Santo, procura transmitir a verdade de forma a promover uma reflexão crítica entre as necessidades da vida do aluno e a verdade da Palavra de Deus.

Verdade sem vida leva a uma ortodoxia inócua. Vida sem verdade leva à heresia. Ensinar uma sem a outra não é bíblico e não traz o estímulo necessário ao crescimento espiritual.

Há, via de regra, uma tensão entre os padrões de Deus e nossa vida. Essa tensão influencia o intelecto, as emoções e o comportamento. Quando nossa vida está aquém dos padrões bíblicos, ocorrem problemas e frustrações. A falta de harmonia emocional é resultado dessa tensão. O processo do ensino, semelhantemente à cerca de trilhos e estacas, possui um ciclo com três fases. O professor geralmente começa ajudando os alunos em uma reflexão sobre seus problemas pessoais (o trilho de baixo), que podem ser estudados em relação às Escrituras. Em seguida, o professor auxilia os alunos na compreensão do que a Bíblia ensina (o trilho de cima). Na terceira fase, o professor convida, insiste e estimula os alunos a estabelecerem relações entre o conteúdo das Escrituras e os problemas da vida (as estacas). Pelo milagre da glória de Deus, as pessoas são capazes de amadurecer em Cristo por intermédio do poder da Palavra, do Espírito e de professores espirituais.

Nesse modelo, o trilho de cima é a verdade da Palavra de Deus. O trilho de baixo representa a necessidade da vida do aluno. As estacas entre eles são as oportunidades de ensino. Elas representam a graça de Deus que atrai os alunos de onde estão para onde deveriam estar. Professores cheios do Espírito são importantes canais da graça de Deus.

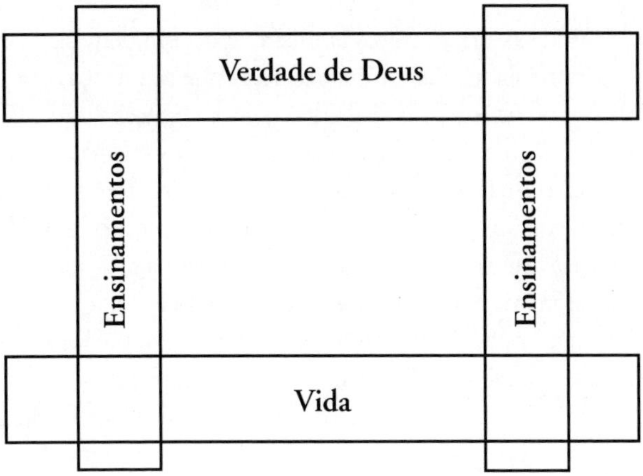

Na medida em que vivem sua vida por meio do poder do Espírito Santo e em obediência à Palavra de Deus, as pessoas amadurecem espiritualmente. Esse é o caminho para uma pessoa se tornar semelhante a Deus e é um importante método do Professor que veio de Deus. A maturidade espiritual engloba nossa mente, nossas emoções e nossas ações.

A Família

O lar é o melhor dos ambientes para se relacionar a verdade à vida. Os casamentos seriam fortalecidos se os cônjuges refletissem continuamente sobre as tensões que afetam o casamento à luz da Palavra de Deus. É tão comum um casal ler sobre quando Jesus lavou os pés dos discípulos e, poucos minutos depois, discutir sobre quem deverá lavar os pratos ou quem esqueceu de abastecer o carro. Estamos tão acostumados a dissociar o trilho da Palavra do trilho da vida, que mesmo quando a relação é obvia, conseguimos ignorá-la.

Quais são as pequenas rusgas que acrescem pressão ao casamento? Faça uma lista. Que passagens das Escrituras poderiam ter alguma relação com essas tensões? Faça uma encenação ou debates sobre tais situações. Monte uma representação com o marido e a esposa lendo uma passagem bíblica selecionada, primeiramente sem enxergar a correlação. Em seguida, encene os possíveis efeitos que a Bíblia poderia ter sobre a vida. O Espírito Santo e a Palavra de Deus podem operar milagres nos casamentos.

O lar também é o melhor cenário para, junto às crianças, relacionar a verdade à vida. Ainda assim, os cultos familiares são, com demasiada freqüência, curiosamente desvinculados dos problemas reais que as crianças enfrentam em casa, na vizinhança ou na escola. É fácil gritar com as crianças e usar a Bíblia como uma palmatória. Imagine uma situação em que irmãos e irmãs estão brigando. Agora imagine uma mãe berrando com os "pirralhos", exigindo que sejam "gentis e compassivos uns com os outros, bondosos e prontos a perdoar". Jesus não gritava ou berrava com as pessoas quando não viam a relação entre a verdade e a vida. Ele se esforçava por impeli-los a ver essa relação. Era bastante comum Jesus fazer mais perguntas e dar exemplos adicionais para ajudar os discípulos a descobrirem essa relação por si mesmos. Quando expressava de forma clara a relação entre a verdade e a vida, era quase sempre a pedido dos discípulos.

Os cultos familiares são uma excelente oportunidade para discutir problemas e questões da vida. Dependendo da idade da criança, a conversa pode ir do xixi na cama às drogas ou ao sexo antes do casamento. Imagine o poder da Bíblia, juntamente com o poder do Espírito, sendo aplicado aos problemas práticos da vida. Um estudo dos relatos veterotestamentários ou da epístola de Tiago ou de Colossenses é muito mais interessante se o relacionarmos às necessidades dos membros da família.

Discuta de forma específica sobre como os cultos familiares poderiam trazer esse tipo de vitalidade para sua família.

A Igreja

Muitas aulas da Escola Dominical começam com atividades destinadas a atrair a atenção dos alunos. A primeira parte da aula deve fazer mais que exclusivamente prender a atenção de todos. Não pode ser somente algo lúdico para se fazer antes de a verdadeira aula ter início. Freqüentemente, as aulas dominicais começam com hinos divertidos ou atividades artísticas. Raramente a aula começa a partir de uma preocupação real dos alunos. As atividades iniciais são muitas vezes uma perda de tempo, pois apenas mantêm os alunos entretidos até que todos estejam em sala de aula.

Examine as aulas que dará esse bimestre. Quais efetivamente começam com as necessidades sentidas pelos próprios alunos? Se foram concebidas apenas para captar a atenção, como você poderia modificá-las para melhor relacionarem a verdade das Escrituras à vida dos alunos? Lembre-se: o livro do professor, que você usa como roteiro para a aula, não foi inspirado por Deus. É sua obrigação fazer uma lição sob medida para seus alunos.

Já as classes dos adultos costumam enfrentar o problema oposto. Uma típica classe de adultos começa com o "trilho de baixo" do café, petiscos e confraternização. Quinze minutos depois, o professor precisa fazer algum barulho para alertar que é hora do estudo bíblico e, o grupo, com relutância, deixa a mesa do lanche. Durante os trinta minutos seguintes, a classe ouve um sermão sobre algum tópico do trilho de cima, que pode ser o estudo de algum livro da Bíblia ou de uma doutrina específica. Muitas classes de adultos então terminam com alguns pedidos de oração sobre o trilho de baixo e um período de orações. Os dois trilhos estão presentes, mas não há nenhuma estaca ligando um ao outro.

Volte a verificar a lição do trilho de cima que abordará com seus alunos na próxima semana. Deus garante que *toda* a Escritura não é apenas divinamente inspirada, mas também útil para o ensino, para a repreensão, para a correção e para a educação na justiça (2 Tm 3.16). Ao ensinar as Escrituras de forma bíblica, você deve induzir o aluno a ver a utilidade da passagem. Pense sobre os alunos em sua classe. Que problemas devem provavelmente enfrentar com suas famílias, em seus trabalhos e em suas comunidades? Como a passagem a ser estudada no Domingo pode lhes ser proveitosa em suas necessidades? Como você poderia estimular essa linha de raciocínio antes de começar a lição?

Alguns adultos vêem o ensino bíblico como uma interrupção em uma interessante aula da Escola Dominical. Em certa Escola Dominical, membros de uma classe para adultos contestaram a necessidade de ensinos bíblicos irrelevantes e decidiram aboli-los, a fim de se concentrarem na comunhão entre os partícipes. No entanto, assim como é antibíblica a verdade dissociada da vida, o mesmo vale para a vida sem a verdade, a qual também não promove crescimento.

A Escola

LeBar faz uma chocante afirmação, quando diz: "Todos os conceitos educacionais válidos já descobertos ao longo dos séculos deviam ter sido encontrados primeiro por cristãos que [...] atentassem ao Criador da verdade e da vida e não à equivocada humanidade".[3] Ela não está dizendo que os educadores seculares estão inteiramente equivocados, mas que, quando fazem descobertas válidas, estão na verdade descobrindo uma verdade de Deus. Em vez de criticar os educadores seculares, ela desafia os educadores cristãos a aprenderem mais sobre o processo de aprendizado, a tomarem a iniciativa em vez de copiar os outros.

O livro *Educação que É Cristã* é um exemplo de como uma pessoa pode estar à frente de seu tempo estudando os métodos pedagógicos de Jesus. Muito antes de James Fowler[4] ter estudado o desenvolvimento da fé, LeBar falou sobre as fases da fé nos episódios em que Jesus cura os cegos. Antes de Thomas Groome[5] ter popularizado o conceito de "práxis comum" na educação, LeBar já defendia que o educador deve partir da vida para a verdade e da prática para a teoria, não ao contrário. Ela exortava o professor a explorar as necessidades sentidas pelos alunos como um contexto para a comunicação da verdade absoluta. Seu paradigma "caminho-verdade-vida" foi um precursor do modelo "cerca de trilhos e estacas". Antes que a pesquisa de Piaget[6] se tornasse popular na educação cristã, LeBar já havia apontado a relevância do aprendizado interno, ativo e contínuo. Antes que os educadores falassem sobre o conceito de desequilíbrio de Piaget como um meio de promover o desenvolvimento cognitivo, LeBar já encorajava os professores a utilizar as tensões suscitadas pelas necessidades sentidas pelos alunos para promover crescimento espiritual. Ela ainda antecipou grande parte do método de problematização de Paulo Freire.[7] LeBar praticava o que pregava e os últimos trinta e cinco anos demonstraram o mérito de seu método. Podemos aprender mais de Cristo, o Mestre dos mestres, do que podemos imaginar.

NOTAS

[1] "Advice to Evangelicals", United Evangelical Action, 15 de Fevereiro de 1950, p.9.

[2] James E. PLUEDDEMANN, "The Disease of the Sunday School: Rail Fence Analogy for Curriculum Design", *Evangelical Mission Quarterly* n.º 7, p. 2, 1972. Veja também, do mesmo autor, "Dilemmas of an Evangelical Curriculum Educator", *Religious Education* n.º 7, 1984. Ted Ward e Sam Rowen foram os primeiros a desenvolver esse modelo de planejamento curricular para a educação cristã.

[3] Veja Capítulo 3, p.64 deste texto.

[4] James FOWLER, *Life Maps: Conversations on the Journey of Faith*, editado por Jerome Berryman. Waco, Texas: Word, 1978.

[5] Thomas Groome, *Christian Religious Education* (São Francisco: Harper de Row, 1980).

[6] Jean PIAGET e Bärbel INHELDER, *The Psychology of the Child*. Nova York: Basic Books, 1969.

[7] Paulo FREIRE, *Pedagogy of the Oppressed*. Nova York: Seabury Press, 1970. (Publicado no Brasil com o título *Pedagogia do Oprimido*. Rio de Janeiro: Paz e Terra, 1970).

4

Idéias Extraídas de outras Partes das Escrituras

Os métodos descobertos nos Evangelhos pertencem exclusivamente ao "Professor que veio de Deus", ou o restante das Escrituras corrobora o que encontramos aqui? Para uma ampla caracterização do resto das Escrituras, podemos selecionar e analisar a "escola do deserto" veterotestamentária, os principais sermões de Paulo no livro de Atos e suas epístolas posteriores. No Antigo Testamento, o próprio Deus ensinava diretamente toda a nação. O apóstolo Paulo é de especial interesse para nós porque ele era humano, chamado por Deus e cheio do Espírito Santo, tal qual todos os professores cristãos deviam ser. Embora tenhamos seu ensino em forma de cartas e sermões, seus escritos trazem princípios pedagógicos intrínsecos. Apesar dos sermões não permitirem uma interatividade e as cartas nem ao menos exigirem a presença do professor e dos alunos na mesma sala de aula, elas têm muito a nos ensinar em termos de método.

A Escola do Deserto[1]

A exemplo do que ocorre com o restante do Antigo Testamento, a escola do deserto dramatiza de forma vívida e colorida os métodos que Deus sistematicamente utilizou com o povo escolhido.

A distância entre o Egito e a Palestina é muito menor que a distância entre Rio de Janeiro e São Paulo. Os filhos de Israel, após serem libertos do jugo da escravidão pela poderosa mão de Deus, poderiam ter chegado a seu novo lar onde emanava leite e mel em no máximo uma semana de viagem tranqüila. O tempo e a distância consumidos nessa viagem ainda nos dizem muito sobre os caminhos de Deus. Ele, cuja palavra podia controlar as forças da natureza, tomar as vidas dos primogênitos egípcios, abrir o mar Vermelho e libertar aproximadamente dois milhões e meio de pessoas (Êx 7-15; Nm 1), tinha poder para levá-los diretamente à terra onde queria que vivessem.

Deus, contudo, há muito determinara que o caráter do homem seria desenvolvido e não apenas outorgado. O homem seria livrado de forças externas e a salvação lhe seria concedida, mas teria de cooperar voluntariamente com Deus para, em pensamentos e atos, assemelhar-se a ele (Rm 12; Ef 6). Sair da servidão, da degradação e da corrupção das nações gentílicas, a fim de adotar os ideais puros e sublimes que fariam a nação testificar do verdadeiro Deus, não era trabalho para apenas uma semana. Era algo que exigiria um ensino sábio e muito aprendizado. O povo de Israel, portanto, não foi para o deserto por acaso. Não foi por acaso que lá ficaram por quarenta anos. Antes que pudessem entrar na terra da promessa, para ser o centro das atenções do mundo e o pivô da história, havia duras lições a serem aprendidas. O povo chegou a Canaã quando estava pronto para se estabelecer ali, não antes.

A Escolha da Sala de Aula

A localização da escola era parte de um programa bem planejado. Aquele que traçou o currículo estava ciente de que o aprendizado está intimamente relacionado ao ambiente. O aluno é profundamente afetado pelo ambiente ao seu redor. Assim, a esterilidade do deserto, em contraste com o fértil Nilo, foi importante para fazer o povo calar a boca e se concentrar no que a voz de Deus estava dizendo em sala de aula. O Senhor então os orientou quanto ao aparelhamento da sala de aula. À sombra do Sinai, o acampamento devia ser erguido de forma organizada em torno do Tabernáculo, em cujo Santo dos Santos ficaria sua eterna presença.

O estudante, contudo, é mais profundamente afetado pelas pessoas ao seu redor que pelo ambiente físico. Com freqüência, são elas que impregnam a atmosfera com os atributos emocionais que moldam o coração e a vontade. As mesmas lições que haviam sido ensinadas no Egito poderiam ter sido neutralizadas por forças antagônicas que fascinassem seus olhos, seus ouvidos e seu coração pecaminoso. O mesmo ocorre na Escola Dominical, quando a lição do professor pode enfrentar forte oposição mundana no lar, na escola e na comunidade. Deus procurava afastar qualquer influência negativa, ao afastar seu povo da confusão do Egito e isolá-lo onde sua voz fosse preponderante. Quatrocentos anos de paganismo tornaram o deserto uma necessidade.

Como, porém, a separação não foi completa, os estrangeiros misturados aos israelitas ainda exerciam uma atração que levava os israelitas, mesmo após quase um ano de estudos na escola de Deus, a clamar pela carne do Egito (Nm 11.4). Segundo os propósitos de Deus, o isolamento era, naquele momento, mais relevante do que poderia ser em qualquer outra fase da vida; pois o mundo estava profundamente enraizado no coração do povo e a natureza humana, decaída, respondia rapidamente à sua afinidade com o mal.

O Curso de Treinamento de Professores que É Dado por Deus

Oitenta anos não é tanto tempo assim quando se fala de preparar um professor para essa portentosa tarefa. Ele deve dominar os fundamentos da matéria que ensinará e seu conhecimento deve ser tanto intelectual como pessoal. Quando as verdades sagradas estão no currículo, pode haver certa ambigüidade no ar, a menos que o professor traga em sua alma uma chama ardente. Como se não bastasse, o professor que influencia o espírito dos alunos deve viver a verdade para que suas palavras tenham peso. Se o currículo for formulado para cobrir o homem por inteiro — corpo, alma e espírito — o professor deve receber treinamento nessas áreas.

Após ter assegurado que Moisés recebesse a melhor educação secular possível, Deus providenciou para que sua infância, durante a qual são formados os hábitos e o caráter, fosse passada ao lado de sua mãe, em um lar que, apesar de pobre, possuía as riquezas de sua herança espiritual. Os tesouros encontrados no livro de Gênesis são, sem a menor dúvida, as histórias de infância que foram implantadas na mente e no coração do menino ainda impúbere. A história de sua própria vida, que até parece um conto de fadas, e a exuberante perspectiva de viver em um palácio não poderiam ofuscar as promessas de Deus outrora dadas a Abraão, que alcançavam as estrelas e antecipavam a vinda do Rei dos céus e da terra. Os valores aprendidos na pequena choupana às margens do Nilo serviram como um farol a guiá-lo no dia de sua decisão, levando a uma escolha que só seria lúcida à luz do treinamento recebido bem cedo em sua vida. O jovem príncipe que "escolhendo, antes" (Hb 11.23-27) não baseou sua decisão na simpatia que sentia por um movimento. O fundamento havia sido estabelecido nos anos mais importantes de sua formação.

Moisés agora se sentia, em sua mente, preparado para aquela obra de libertação. Sua grande escolha havia sido feita: ele sairia no auxílio de seu povo. Todavia, as lições mais dolorosas ainda estavam por vir. A escola do mundo, com seu conhecimento e desenvolvimento mental, deixara de ensiná-lo a insuficiência da carne; de modo que, na escola de Deus, ele tivera que desaprender sua autoconfiança. Na afobação das emoções que ele teria de enfrentar, sua coragem viria da confiança em um Deus Onipresente e Onipotente, que o manteria fiel à verdade em meio a abusos, insultos e infindáveis murmurações.

Moisés precisava ser treinado na mesma escola em que ensinaria e pelo mesmo período de tempo. O curso ministrado por Deus ainda não admitia ensino supletivo. Moisés precisava aprender, em um relacionamento pessoal com Deus, a verdadeira natureza do coração humano, *seu* coração, e a verdadeira natureza de Deus, *seu* Deus. Essas são lições a serem transmitidas de forma lenta, cujos frutos são a humildade pessoal e a fé em Deus. A paciência e o amor que Moisés demonstrava por seu povo não foram desenvolvidos da noite para o dia.

Até mesmo o lado prático de seu aprendizado é evidenciado pelo conhecimento que adquiriu sobre a geografia do deserto e pela experiência de viver em tendas, como os pastores. Quando pensamos nos quarenta anos de comunhão pessoal com Deus, que vieram após uma excelência intelectual anteriormente alcançada, podemos entender o jeito simples e tranqüilo com que Moisés procedeu ao longo daqueles quarenta extraordinários anos de serviço.

As Situações Normais da Vida

A fim de levar todos os aspectos da vida a um plano espiritual, o método de Deus utiliza a vitalidade espontânea da vida real. Quando os anseios mais íntimos são utilizados, quando o material usado em aula é básico e direto, não há necessidade alguma de se estimular artificialmente o interesse dos alunos. É verdade que a experiência é o melhor professor, contanto que seja o tipo certo de experiência e que seja corretamente orientada. A educação dos filhos de Israel estava intimamente ligada a questões fundamentais do dia-a-dia. Em nenhum ponto vemos a utilização de abstrações confusas. O aprendizado surgia das necessidades que se apresentavam e, a partir de então, passavam a fazer parte da conduta do povo. As lições apresentadas ao povo eram tão naturais e informais, que nem percebiam se tratar de fases cuidadosamente planejadas no currículo de Deus.

O Uso dos Sentidos

O aprendizado era enriquecido e intensificado pelo uso pleno dos sentidos. Que soberba coleção de formas e cores os impressionava continuamente!

O povo de Deus viu o maná aparecer do nada e, de uma rocha, viu água jorrar e correr pelo deserto para dessedentar uma multidão. Viu uma montanha tremer e sacudir com fogo. Os israelitas viram uma majestosa nuvem que parava e se movia, brilhava e ficava opaca para protegê-los do sol do deserto. Viram as mãos de Moisés, erguidas em oração, trazer vitória.

Viram a organização do acampamento e o lugar da habitação de Deus entre eles. No bezerro de ouro com suas orgias e no sangue derramado pelo pecado, eles puderam visualizar de forma concreta a maldade de seus corações.

Seus ouvidos ouviram a trombeta anunciar a partida para mais um dia de viagem, o chamado para a batalha e a alegria das festas. Ouviram os trovões no Sinai e a voz de Deus, que os fez tremer. Ouviram dos lábios de seu resignado líder, censuras e repreensões que tiveram de admitir merecer. Seus ouvidos perceberam o silêncio da santidade no descanso do Sábado e, em vão, tentaram ouvir o maná.

Até mesmo o sentido do paladar passou a ter uma importante relação com o coração e a mente, ajudando a despertar as emoções adequadas. Havia água doce e água amarga. O maná tinha o gosto de mel e azeite fresco. Sentiram também o gosto das cinzas do bezerro de ouro dissolvidas em água. Os sacrifícios e ofertas ao Senhor eram comidos com satisfação.

Eles constantemente tocavam o pão que vinha do céu e as ofertas materiais que exprimiam a gratidão em seus corações. Impunham suas mãos sobre as ofertas pelo pecado, identificando-se com o sacrifício. Com suas mãos, formavam artesanalmente os pertences sagrados do Tabernáculo. Eram proibidos de tocar a montanha e os pertences dentro da tenda de Deus. O odor contínuo do incenso que subia a Deus, juntamente com a fumaça dos sacrifícios, era uma lembrança perpétua de fatos espirituais.

Todas as entradas para o homem interior eram assediadas externamente pelas lições a serem aprendidas no deserto. Cada lição era reforçada, enfatizada e solidificada pelos sentidos. Nenhuma porta para a alma era deixada de fora.

Repetições com Variações

Quanto mais longe o homem remido anda em novidade de vida, mais ele percebe sua própria impotência e menos ele condena os israelitas por sua inépcia em aprender. Os milagres da graça de Deus foram repetidos várias vezes, não de forma vã, mas segundo a admoestação bíblica: "Mandamento sobre mandamento, mandamento e mais mandamento; regra sobre regra, regra e mais regra" (Is 28.10). Se o ensino espiritual exige repetições, seria de se esperar que as lições espirituais, antagonizadas pelo coração humano, exigissem menos? A presença do maná declarava: "Deus suprirá". A água em Refidim declarava: "Deus suprirá". A terra de Elim declarava: "Deus suprirá". Os sacrifícios declaravam: "Deus suprirá". Não eram repetições vãs, pois veja a marcha através do rio Jordão, onde não se achou barco nem ponte, em plena época das enchentes, sem quaisquer questionamentos ou reclamações. Veja a marcha em torno das muralhas de Jericó por sete dias; algo sem pé nem cabeça, mas sem questionamentos ou reclamações.

Tal repetição, contudo, não foi jamais tola, pois o princípio da variedade era sempre expresso a cada situação. A santidade de Deus foi ensinada e aprendida com os limites estabelecidos ao redor do monte, com o altar do sacrifício e a bacia no Tabernáculo, com o isolamento do lugar santo e do Santo dos Santos, por meio das vestes especiais e consagradas dos sacerdotes, através de alertas e preceitos diretamente transmitidos e, também, por intermédio da morte de Nadabe e Abiú.

Quando o povo, em obediência à palavra do Senhor, lançou o tronco sobre as águas em Mara, o resultado desejado foi alcançado. Quando, obedecendo, recolhiam maná suficiente para um dia, não havia falta de alimento; mas, se desobedeciam e colhiam mais que o necessário, o maná estragava e criava bichos. A exceção feita ao Sábado promovia ainda mais reverência e obediência. A obediência em ofertar e edificar o Tabernáculo trouxe o gozo de uma clara aprovação por parte de Deus. A obediência em seguir a nuvem trouxe a segurança de estarem sendo guiados; mas quando desobedeceram e não entraram em Canaã no tempo do Senhor, isso lhes custou quarenta anos de peregrinação pelo deserto. A obediência ao caminho de salvação dado pelo Senhor trouxe perdão aos pecados, pois olhar para a serpente de bronze trazia a vida.

Todas as grandes verdades ensinadas por Deus no deserto foram apresentadas de tantas formas e por tantos ângulos, que ninguém poderia deixar escapar sua relevância.

Diferenças Individuais

A variedade era uma das formas de se lidar com as diferenças individuais. Alguém que tivesse uma mentalidade espiritual poderia enxergar que o caminho da vida estava sendo demonstrado com o golpe na rocha e, com os olhos da fé, poderia compreender a expiação vicária. No entanto, nem o mais empedernido coração poderia ignorar o significado da imposição de mãos sobre o animal vivo, que morria com tais pecados lhe sendo imputados.

Havia um planejamento para suprir tanto as diferenças materiais como as espirituais. Os valores das ofertas trazidas ao Tabernáculo variavam bastante; iam do boi, oferecido pelo rico, à rolinha, ofertada pelo pobre. O dízimo era proporcional à renda de cada um.

Diferenças entre os líderes, no que diz respeito à capacidade de liderança, eram supridas pela nomeação de chefes sobre dezenas, centenas e tribos inteiras. A seleção de juízes para julgar as disputas solucionava a desigualdade na sabedoria. As diferentes habilidades manuais eram demonstradas naqueles a quem Deus capacitara para edificar o Tabernáculo. Até mesmo as diferenças quanto à necessidade dos corações eram levadas em conta na escala de sacrifícios: transgressão, pecado, pacíficos, holocaustos e manjares. As particularidades de cada idade eram consideradas e as crianças recebiam um ensino especial e individualizado, cada qual em sua casa.

PROVAS

"Depois, fez Moisés partir os israelitas do mar Vermelho, e saíram ao deserto de Sur; e andaram três dias no deserto e não acharam água" (Êx 15.22). Assim, a grande escola do deserto começou com um teste de avaliação.

O professor moderno também dá valor a testes de avaliação. O pedagogo eficiente começa analisando a situação de seus alunos antes de levá-los em qualquer direção. Ele precisa avaliar o conhecimento já adquirido para se decidir pelos materiais e métodos mais adequados. É de grande importância deixar o aluno ciente de suas necessidades.

O teste de avaliação, porém, não é uma invenção moderna. Já na primeira experiência de seu povo no deserto, Deus levou-os diretamente ao lugar onde haveria de prová-los (Êx 15.25). Para o bem deles e visando sua própria justificação, Deus determinaria onde o povo se encontrava em sua vida espiritual. Poucos dias antes, eles viram o poder de Deus se abater sobre seus inimigos e experimentaram a graça divina ao serem libertados do Egito. Que mais poderia ser necessário para provar o poder, o amor e a orientação de Deus? Qual seria a reação do povo, quando, sob sua orientação, voltassem a se deparar com situações além da capacidade humana? Certamente se voltariam para Ele sem demora. Apegar-se-iam a Ele e esperariam em sua graça e misericórdia, fazendo menção de suas promessas. Mas foi assim que agiram?

A resposta a essa pergunta é motivo de grande desapontamento. "E o povo murmurou contra Moisés, dizendo: Que havemos de beber?" (Êx 15.24). Apenas três dias depois de festejar junto ao mar Vermelho, eles revelavam sua instabilidade, seu caráter, que era deploravelmente incompatível com a graça que lhes fora dada.

Seu professor humano, no entanto, havia aprendido aquela lição. Moisés clamou ao Senhor (Êx 15.25). Assim começou o processo de crescimento pelo exercício da fé: uma constante demonstração de graça, paciência e dos amplos recursos de Deus. Seu povo começara a trilhar o caminho em que a tribulação produz a paciência; e a paciência, a experiência; e a experiência, a esperança; a qual não traz confusão, porque o amor de Deus é derramado em nosso coração (Rm 5.3-5).

Então, aproveitando um momento em que seus corações estavam obviamente envergonhados por causa da incredulidade, o Mestre divino os exortou a agirem corretamente no futuro, acrescentando uma promessa de saúde como incentivo para aqueles mais claramente carnais. Seus pensamentos, até então, concentravam-se apenas em escapar do sofrimento. Pois bem, eles escapariam das enfermidades do Egito por meio da obediência e fazendo o que era reto (Êx 15.26). A promessa e a bênção foram imediatamente sucedidas pela agradável experiência com fontes e palmeiras em Elim, a fim de que o prazer fosse acrescentado à promessa e à provisão de Deus. Mas será que eles aprenderam a lição?

O segundo teste estava intimamente relacionado ao primeiro. A partir de uma perspectiva atual, parecia quase impossível que o povo não tivesse como certo que aquEle que podia transformar água amarga em doce também poderia suprir todo o alimento necessário; que aquEle que tomou para a si a tarefa de guiar, se sentiria responsável por eles; que aquEle que é amor jamais se esqueceria daqueles a quem ama. Entretanto, a incredulidade, o egoísmo e a ingratidão não são removidos do coração humano de uma hora para a outra.

Em pouco tempo, faltou água e o povo começou a repreender Moisés, acusando-o de tê-los tirado do Egito a fim de matá-los. A misericórdia de Deus então lhes abriu uma fonte de água a partir de uma rocha (Êx 17.1-7). No Sinai, o povo revelou que ainda não conhecia a si mesmo, ao se oferecer prontamente para fazer tudo que o Senhor ordenasse (Êx 19.8).

As provas, então, continuaram, de uma ou de outra forma, sempre evidenciando a magnitude da necessidade e um progresso contínuo. O processo de diagnóstico chegou a seu ápice com as tábuas de pedra (Êx 20) que, desde então, e ainda hoje, são o critério pelo qual todo coração humano tem sido capaz de compreender sua total insuficiência perante Deus. Poucos são aqueles que encararam este fato sem passar por alguma amarga prova na escola do deserto!

Mas uma prova que exponha fracassos não é o objetivo final de Deus para homem algum! O conhecimento de si mesmo é apenas um prelúdio do conhecimento da salvação. O diagnóstico de Deus sempre promove a cura da necessidade revelada (Rm 6.23). Em sua escola, só fracassa quem quer.

A construção do Tabernáculo também foi um teste (Êx 25-40). Quão grande foi a alegria produzida pelo bem-sucedido cumprimento das instruções de Deus! Quão grande foi a comunhão e o desfrutar da presença divina! Israel pôde provar a vitória e a aprovação de Deus, bem como sua graça. A aplicação de testes é uma técnica positiva tanto para professores como para alunos.

INSTRUÇÕES DIRETAS

A maioria das experiências dos filhos de Israel foi acompanhada por alertas ou instruções diretas, fosse para enfatizar a lição ou mesmo apontar seus princípios para uma orientação futura. As Tábuas da Lei, que foram dadas no monte Sinai, são, contudo, o que talvez melhor corresponda às palestras ou livros-texto de hoje em dia. Uma breve análise de sua apresentação deixa claro que foi um método de sucesso (Êx 19-40).

De início, vale notar que sua aceitação foi cuidadosamente preparada. As pessoas tiveram a oportunidade de aceitar ou rejeitar a Lei de Deus. Sua aceitação colocou-as em um estado de espírito submisso e receptivo. Elas estavam preparadas para ouvir a palavra de Deus com a intenção de praticá-la. Sua própria escolha fez com que ouvir e fazer se tornasse uma questão pessoal. Tinha-se um ambiente emocional favorável à atenção.

O homem natural também foi semelhantemente preparado, de modo a intensificar a receptividade de cada indivíduo. As pessoas foram instruídas a lavar seus corpos e suas roupas, antes de comparecer perante o monte. Três dias foram separados para essa preparação, a fim de que todos estivessem, além de limpos, descansados.

Limpos, vestidos e na expectativa de uma revelação divina, a serenidade do povo foi sacudida por tremores, trovões, fogo e nuvens que anunciavam a presença de Deus. Aqueles que já tinham visto as terríveis pragas sobre o Egito e as maravilhas de Deus agora tremiam diante de sua voz. O terror e o medo prepararam suas mentes para que não recebessem as palavras de Deus de forma inconseqüente, mas como as palavras do próprio Todo-poderoso, cujos juízos são tão reais como sua misericórdia.

A santidade de Deus foi duplamente enfatizada em suas mentes pelo alerta para guardarem certa distância do monte. Não é de surpreender que a Lei de Deus tenha assumido uma importância que sobrevive há eras. Percebe-se que tamanha presteza era absolutamente essencial, quando consideramos que cada aspecto da vida estava prestes a ser regulamentado e elevado a níveis jamais conhecidos; acima dos fortes laços do hábito e da forma de vida que os olhos acostumaram à alma.

Tal renovação não era nada fácil, como podemos ver no deslize ocorrido na ausência de seu líder. Naquele momento, tudo o que tinham visto ao longo da infância e da juventude mostrou sua força: o bezerro de ouro surgiu em seu meio, trazendo consigo os hábitos e práticas a ele associados.

O sucesso da Lei também se deve ao seu caráter. Sua importância era vital. Era aplicável a todas as fases da vida, de modo direto e cabal. Não ter outros deuses significava não fazer mais ídolos. Guardar o Sábado significava não trabalhar. A cobiça foi claramente definida. Os alunos freqüentemente falham na aplicação de princípios novos ou na generalização de uma experiência específica, mas Deus evitou essas falhas ao transmitir amplas generalizações com aplicações específicas. Havia a lei moral, para dirigir o coração, a mente e o espírito; havia a lei civil, para a comunidade e a vida social; havia a lei cerimonial, para questões de adoração.

A Lei não era uma lição a ser decorada e repetida quando necessário, mas para ser utilizada diariamente e a cada momento. Certo homem, após colher gravetos no Sábado, morreu por demonstrar desprezo pelos decretos recém proclamados. O efeito desse primeiro exemplo foi a proibição de ações, até então, triviais. O povo de Deus devia ser santo. Todo homem podia encontrar satisfação ao alcançar a justiça por meio de sacrifícios, mas também podia esperar por castigos severos ao falhar voluntariamente.

A Completude do Ensino

Apesar de, hoje em dia, o cumprimento das promessas acrescentar uma profundidade ilimitada às experiências no deserto, os próprios israelitas devem ter experimentado uma grande quantidade de ensinos associados. Cada verdade produzida por uma experiência traz consigo outras verdades incorporadas; pois, tal qual a mentira, as verdades também tendem a vir acompanhadas, de outras verdades, como as duas metades de um zíper.

Muito provavelmente, o principal ensino do maná (Êx 16) estava relacionado à fé e à dependência em relação a Deus; mas, além disso, a cobiça foi restringida, a tolice do acúmulo em proveito próprio foi impedida, o orgulho foi estancado, a temperança foi ensinada, e a diligência e a dedicação foram encorajadas.

A batalha contra os amalequitas ensinou mais que o poder da oração como fonte da vitória, pois Israel também aprendeu que o ódio prolongado se apega ao coração humano; que haveria uma guerra contínua contra determinadas forças; que alguns males devem ser erradicados, não tolerados; que ser separado do mundo para estar com Deus significa estar ao seu lado contra seus inimigos e ser perseguido por causa do seu nome.

As regras para os leprosos curados iam além da higiene e alcançavam questões de fé, pois quem, além de Deus, poderia curar o leproso? A união da limpeza corporal com a santidade do espírito fazia diferença na unidade entre corpo, alma e espírito. Era a influência do físico sobre o espiritual. O aprendizado é uma transformação que afeta a pessoa por inteiro: hábitos e atitudes são apreendidos juntamente com as lições.

PROJETOS

A construção do Tabernáculo (Êx 35-40) foi um ótimo exemplo do método com projetos. Poucos projetos escolares atingem o êxito desse exemplo ancestral. A construção do Tabernáculo foi aceita pelos filhos de Israel com o coração aberto e total empenho, como um projeto pessoal de cada um. Isso é evidenciado pelas doações do povo e pela execução rápida e sem falhas.

A atividade, sob a orientação de seu líder, foi realizada pelos alunos com ótimos resultados. Reforçou valores positivos, forçou-os a raciocinar, ensinou-os a perseverar e ajudou-os a formar hábitos de conduta saudáveis. Será que o povo não sentiu a necessidade de manter o foco na adoração e, por causa disso, fez o bezerro de ouro? As mãos dedicadas, ao ajuntarem ofertas para a casa de Deus, não são evidência de que as experiências anteriores realmente ensinaram maior fé e alegria no Senhor? Sua obediência, rápida e precisa, não indica que eles aprenderam a importância de obedecer? Que magnífica experiência tanto para professores como para alunos!

Muitos eram os valores educacionais implícitos no projeto. Foram necessárias inúmeras habilidades, tanto de homens como de mulheres, para a realização de inúmeras tarefas. Tecer linho fino e costurá-lo; tingir o tecido de azul, escarlate e púrpura; preparar pelos de cabras e peles de carneiros e texugos; encontrar madeira de cetim e entalhá-la; prensar azeitonas e extrair seu óleo; misturar especiarias e produzir incenso segundo uma fórmula específica; lapidar pedras preciosas; fundir e moldar metais.

A lista de ocupações representadas demonstra grande abrangência e alcança diversos interesses e capacidades. Havia os trabalhos tranqüilos e os fisicamente exigentes; os que tratavam do lado estético e os que cuidavam do lado prático.

Havia ofertas caras e baratas; ofertas preparadas rapidamente e ofertas que demandavam grande quantidade de tempo. Havia os trabalhos altamente especializados e aqueles que podiam ser realizados por qualquer pessoa.

Com o envolvimento pessoal de todas as pessoas do acampamento na construção da tenda, estabeleceu-se uma relação ainda mais íntima com aquele para quem a tenda estava sendo construída. Deve ter havido grande alegria e empolgação no meio do povo, quando viram que Deus se agradara e enchera a tenda com sua glória, sua shekiná.

Quantas dúvidas acerca do propósito e do significado de tudo aquilo devem ter povoado a mente daqueles que preparavam peles de texugo para esconder, dos olhos dos homens, toda glória e beleza do santuário interno! Enquanto trabalhavam no santuário interno, devem ter ponderado sobre o porquê de Deus começar com a parte interna e depois cuidar dos ambientes externos. As crianças devem ter feito muitas perguntas, levando os adultos a ponderar sobre o propósito de Deus em exigir uma porta, e apenas uma, para todas as pessoas do acampamento, a qual levava primeiro a um altar onde o sangue devia ser constantemente derramado! Um povo inteligente e questionador deve ter procurado e encontrado a glória de Deus, além de alguns dos profundos significados que o Senhor Jesus revelou serem inerentes àquela edificação, apesar de enxergarem de modo turvo, como que por um espelho.

Que atividade seria melhor para levá-los a meditar e pesquisar os caminhos e o caráter de Deus? Afinal, não formaram um conceito mais amplo de Deus, como um ser que ama o que é belo; que não se nega a receber a débil obra das mãos e do coração do homem, cujo amor e cuidado confiou-lhes verdades eternas? Não é verdade que, dessa forma, Deus abriu suas mentes e corações, fazendo-os perceber que ainda nem tinham começado a desvendar seus mistérios?

O Tabernáculo não foi a única obra expressiva realizada por Israel sob a liderança de seu líder. Houve o censo, com a atuação dos matemáticos e dos possuidores de uma mente científica, além da própria organização do acampamento. Essas duas tarefas também foram bem-sucedidas, com diversos ensinamentos sendo transmitidos ao mesmo tempo. Ver aquelas setenta pessoas que desceram ao Egito se transformando nessa grande e crescente nação só poderia inspirar temor em relação ao Deus que os tomou para si. Os trabalhos realizados enfatizavam que o caráter de Deus exigia que todas as coisas fossem feitas com ordem e decência. Também ficava claro que o Senhor, de forma magnânima, concedia que eles o ajudassem em seu trabalho.

A Utilização das Perguntas Apresentadas

O fato de Deus exigir obediência rigorosa e voluntária não significa que Ele seja um professor repressor. As freqüentes reclamações do povo demonstram a liberdade que sentiam para manifestar seus sentimentos. A punição vinha sobre a incredulidade e o pecado que se escondiam por trás das murmurações. Eles clamavam: "O que beberemos?", "O que comeremos?", "Deus está realmente entre nós?" Assim, Moisés conheceu o verdadeiro estado espiritual daquele povo, de modo a poder conduzi-lo dali em diante. Deus começou dialogando antes de introduzir a lei. As freqüentes conversas entre Deus e Moisés estabeleceram um paradigma de como seria o relacionamento entre Deus e seu povo; não como a relação entre um feitor e os escravos, mas semelhante à existente entre um professor amoroso e seus confiantes alunos.

As crianças podiam fazer perguntas ao assistirem as cerimônias, os rituais e as festividades. No lar, não se esperava que a criança "visse e ficasse calada". Na Páscoa, o primeiro feriado instituído, as crianças certamente perguntavam: "Que culto é este vosso?" (Êx 12.26), de modo que os pais receberam a resposta antecipadamente. Quando o primogênito fosse redimido pelo cordeiro, o filho provavelmente perguntaria: "Que é isto?" (Êx 13.14). Em algum momento futuro, o filho poderia perguntar: "Que significam os testemunhos, e estatutos, e juízos que o SENHOR, nosso Deus, vos ordenou?" (Dt 6.20), e a resposta seria dada de forma clara e precisa.

A canção de despedida de Moisés sugere que até mesmo os adultos deviam perguntar aos mais velhos sobre as obras do Senhor no passado (Dt 32.7). Os pais deviam estar preparados para responder o que lhes fosse perguntado. Um coração pleno do amor e do conhecimento de Deus fica feliz ao ser indagado sobre o Altíssimo. O espírito, que deve discernir, precisa ter suas faculdades exercitadas pelo uso (1 Co 11.31).

Disciplina

Os israelitas rapidamente aprenderam que a libertação do cativeiro egípcio não significava total falta de limites. Era-lhes permitido ter liberdade de escolha até mesmo em situações que envolvessem risco (Êx 19.5; 15.26), mas não eram deixados para fazerem suas escolhas ignorando as conseqüências. Se eles dessem ouvidos à Lei, guardassem seus mandamentos e se convertessem a Deus, tudo lhes iria bem (Dt 30.10).

Exortações e apelos eram acrescentados às provas de amor, misericórdia e paciência. O próprio amor que enchia o coração de seus líderes, o terreal e o celestial, levava-os a repreender, admoestar e punir com maior severidade. A falta de autoconhecimento sempre ludibriou as pessoas, levando-as a crer que liberdade completa pode assegurar felicidade.

Um dos melhores exemplos de treinamento em autodisciplina veio com o maná. Por causa dele, o povo aprendeu o que significava levantar cedo e trabalhar; e trabalho diário, não em ímpetos isolados conforme a vontade de cada um. E até mesmo esse hábito diário devia ser mantido sob controle, de modo que o dobro fosse recolhido na sexta-feira e nenhum trabalho fosse realizado no Sábado. Havia regras a serem seguidas para o trabalho, pois nenhuma comida podia ser guardada para o dia seguinte, com exceção da sexta-feira. Os incrédulos que testaram essa regra descobriram sua veracidade.

A questão da teimosia era constantemente revisitada. Não é fácil restringir a natureza caída. A primeira experiência que tiveram após entrar no deserto, com as águas amargas em Mara, terminou com a promessa de saúde física em troca da obediência, o que só seria possível através de autocontrole.

O Tabernáculo exigia-lhes ofertas voluntárias, o que significava um coração disciplinado. Quando a Lei foi dada ao povo, os limites estabelecidos em torno da montanha serviam para conter a curiosidade humana. A revelação, em sua completude, podia ser vista como uma forma de disciplina que buscava conformar a mente e o coração do homem a caminhos mais elevados que os caminhos humanos. As leis morais, cerimoniais e civis promoviam a disciplina em todos os aspectos da vida. Tal disciplina, segundo os planos de Deus, destinava-se a aperfeiçoar a nação em santidade, a fim de torná-la uma testemunha perante o mundo. Nenhuma disciplina unilateral, que atentasse apenas para a conformidade exterior, seria capaz disso; mas sim o controle e o direcionamento de cada fase da vida com o objetivo de um desenvolvimento harmonioso de todas as forças.

A disciplina, no sentido de punição e castigo, também era necessária. As serpentes ardentes pareceram um castigo bem adequado para um povo que falava contra Deus e Moisés, reclamando e murmurando após anos seguidos de graça e milagres (Nm 21.5-9). Quando deste castigo, é encorajador ver que aquela geração tinha ao menos aprendido a reconhecer a relação existente entre causa e efeito, ao contrário de seus pais que saíram do Egito. "Havemos pecado", disseram a Moisés, "... porquanto temos falado contra o Senhor e contra ti; ora ao Senhor que tire de nós estas serpentes" (v.7). Eles também aprenderam como encontrar a solução para seus problemas. As lições dos últimos trinta e nove anos não foram em vão.

Aqui termina o padrão humano de punição retributiva. O homem impõe o que considera ser justiça e só reconsidera sua posição se essa justiça for questionada. Deus, porém, demonstra o desenrolar da justiça divina. O povo pecou e sofreu o juízo, mas reconheceu seu pecado e pediu por misericórdia. Deus concedeu misericórdia porque a lição foi aprendida e o prosseguimento do castigo de nada aproveitaria ao propósito da escola; a saber, o aprimoramento dos alunos.

Resultados

A escola do deserto parece ter oferecido um currículo selecionado para o desenvolvimento completo e equilibrado de cada fase da vida. Cada experiência de ensino e aprendizado era parte da vida real, com propósito e significado. Basta uma rápida olhada nas Escrituras para nos certificarmos de que eles tinham tudo o que era necessário para um desenvolvimento completo do homem — espiritual, mental, moral, emocional, físico e social.

Visto que o homem espiritual é o principal objetivo de todo esse currículo, seu desenvolvimento é a base de quase tudo o que foi dito até agora. A mente do homem também era totalmente atendida. Nenhum homem de mente preguiçosa conseguiria acompanhar as datas e as formas das festas, nem quando, como e onde cada uma das leis deveria ser aplicada na vida cotidiana. O lado moral do homem tinha seus estatutos e mandamentos que tanto regulamentavam sua vida como não deixavam espaço para a permissividade.

A ênfase da educação moderna no homem emocional salta aos olhos. Aqui também Deus providenciou o necessário. A árdua lição em Mara foi sucedida pela paz e pela tranqüilidade de Elim, onde o descanso pôde contrabalançar a moral em baixa, encorajar os mais ansiosos com a providência divina e nutrir o povo com coragem para seguir em frente. O descanso do Sábado também era um notável promotor da saúde mental e emocional. As festividades eram uma oportunidade para manifestações de alegria e louvor. Até mesmo o lamento pelo pecado era canalizado para o Dia da Expiação, o qual terminava em perdão e paz. O trabalho no campo trazia a bênção da saúde física, além da satisfação de uma realização digna e afastada das tensões da competitividade. Os juízos e as atemorizantes maravilhas despertavam o temor do Senhor, o que evitava o pecado, embora equilibrados pelas constantes manifestações de seu amor e graça. O homem emocional dispunha de formas de expressar os sentimentos mais comuns.

O homem físico, além de diariamente ter o encargo dos rebanhos, das manadas e das tendas, tinha também um papel ativo na adoração quando participava na construção do Tabernáculo e levava suas ofertas ao altar. Nas festas, ele tinha um papel ativo quando o drama da Páscoa era representado ou quando as primícias eram sacrificadas ao Senhor. Tinha um papel ativo no recolhimento do alimento diário, na jornada sob a coluna de nuvens e fogo e nas batalhas.

O homem social começou a desenvolver sua vida doméstica em um contexto no qual uma família grande era a bênção do Senhor. Ele prestava culto ao Senhor na companhia de seu povo, trabalhava ombro a ombro pelo pão de cada dia, celebrava as festas em união e cooperava nas tarefas para Deus. As leis econômicas e trabalhistas lhe ensinavam novos ideais em relação a seus compatrícios. O cuidado com os pobres, os estrangeiros e os escravos, bem como os dízimos, as ofertas e o serviço do Senhor, desenvolviam um profundo senso social. A igualdade de privilégios nessa nação mantinha a cidadania responsável e com respeito pelo próximo. Embora fosse chamada de nômade, possuía uma vida social.

Além do desenvolvimento integral do homem, a escola do deserto procurava estabelecer e enfatizar um ponto em torno do qual essa personalidade em desenvolvimento poderia estar integrada. O Senhor era o centro em torno do qual todo o resto girava. Os aspectos morais e espirituais precisam controlar as facetas mentais e físicas.

Avaliando-se à luz dos padrões modernos de objetivo e método, a escola do deserto foi um grande sucesso. Moisés tinha a vantagem de não estar confinado entre quatro paredes, nem limitado por costumes e currículos imutáveis. Ele, portanto, podia fazer o que os professores de hoje em dia adorariam, mas raramente podem: tratar das necessidades diárias conforme elas fossem aparecendo. Portanto, não é de se espantar que os resultados desejados fossem, em certa medida, alcançados. O que espanta é que não tenham sido alcançados resultados mais imediatos, completos e absolutos. Que fator seria o responsável por tantas falhas?

Ao analisarmos todas as falhas, acabamos com o dedo em cima da mesma ferida. O problema não estava no ensino, mas nos próprios alunos. As lições, direcionadas principalmente ao espírito do homem, eram sempre mal recebidas pela natureza decaída. Todas as grandes provas dadas à raça humana na escola de Deus redundaram em grandes fracassos. O homem deve reconhecer suas limitações e sua incapacidade em ter um controle completo de si mesmo. Orgulho e auto-suficiência são os maiores obstáculos ao progresso educacional.

Ainda assim, as orientações oferecidas no Sinai efetivamente engrandeceram e transformaram uma multidão de escravos em uma nação culta e coesa, cuja vida se desenrolava em um plano moral e espiritual bem mais elevado que o de todos os outros povos. Quando paramos para pensar na oposição oferecida pelo coração humano, na força de hábitos enraizados e de experiências preexistentes, o que temos é um enorme sucesso. Uma multidão ignorante e simplória deixou o Egito. Quando chegaram em Canaã, eram o povo de Deus (obedeciam suas Leis, criam em sua Palavra e formavam um exército obediente a Ele) e foram vitoriosos.

E o que é mais importante: os fundamentos para uma cooperação com Deus tinham sido estabelecidos. O Senhor estava em primeiro lugar na nação.

O Principal Sermão de Paulo em Atos

Aquele que estuda o método de ensino utilizado nas Escrituras tem interesse especial na obra de Paulo, visto que sua situação pode ser comparada à que vivemos hoje em dia. Ele era um professor humano que foi chamado e poderosamente utilizado por Deus. Apesar de termos o ensino de Paulo principalmente na forma de sermões e epístolas, é possível extrair seus métodos de ensino dessas fontes. Embora não seja possível observar a interação entre aluno e professor nessa forma de ensino, é possível descobrir até que ponto seus leitores e ouvintes fizeram diferença em suas palavras.

De modo consciente ou inconsciente e considerando que todo homem necessita do evangelho da graça de Deus, alguns obreiros cristãos supõem que nossa responsabilidade se limita a transmiti-lo do modo mais puro possível e deixar o Espírito Santo fazer seu trabalho no coração do ouvinte. Visto que o Espírito conhece o coração e nós não, podemos pregar o mesmo sermão e ensinar as mesmas coisas a todo tipo de pessoa em todas as circunstâncias. Nossa responsabilidade seria a de apresentar a Palavra de Deus de forma clara e lógica.

Paulo agiu assim? Essa pergunta pode ser respondida após uma comparação entre seus principais sermões no livro de Atos, conforme a tabela mais abaixo. Embora possamos observar grandes variações de expressão e abordagem, o grande anseio de Paulo era testificar do poder do Salvador ressurrecto para o perdão de pecados. O conteúdo transmitido também é diferente em cada caso, com exceção dos dois últimos (At 22; 26), quando ele usa os mesmos fatos de sua conversão, ainda que em circunstâncias completamente distintas. Até que ponto ele apresentava a pura essência do evangelho em seus sermões? Até que ponto seus ouvintes eram determinantes para o conteúdo, a abordagem e a forma de expressão em seus sermões?

	Atos 13.16-41	Atos 17.22-31
Audiência	Principalmente judeus, além de alguns gentios convertidos ("os que temeis a Deus").	Filósofos gregos e cidadãos proeminentes.
Local	Uma sinagoga em Antioquia da Pisídia (Galácia)	Atenas, a capital intelectual e artística do mundo, na parte oeste da acrópole, perante o concílio de nobres no Areópago.
Objetivo	Mostrar como os profetas e os salmos se cumpriram na pessoa de Jesus, em quem há perdão para os pecados.	Apresentar o Deus vivo em contraste com o politeísmo grego.
Tom do discurso / forma de expressão	Respeitoso para com as tradições e valores judaicos, embora firme e contundente.	Com autoridade, embora diplomático.
Abordagem	"Todos concordamos que Deus sempre tratou de modo especial com seu próprio povo."	"Como vocês têm fome de novas idéias e são bastante religiosos, anuncio a vocês a natureza de seu 'Deus desconhecido."
Conteúdo do sermão	As ações redentoras que Deus fizera no passado em favor de seu povo. O novo favor de Deus na profecia de um Salvador que os remiria do pecado e um alerta para que não o rejeitassem.	Deus como: Criador, distinto de sua criação. Soberano dos céus e da terra, que não habita em templos feitos por mãos humanas. Pai do primeiro homem, de quem todos descendemos (e não do solo de Ática, como diziam os Gregos). Justo juiz do mundo por meio de seu Varão, a quem ressuscitou dos mortos.
Características	Após a habitual leitura dos Profetas, a explicação de seu cumprimento e, também, do livro de Salmos. A inclusão dos gentios em "todo aquele que crer". Utilização da fraseologia encontrada na Septuaginta (Antigo Testamento), com que a audiência estava mais familiarizada. O cristianismo como um desenrolar lógico da história dos próprios judeus.	A indignação de Paulo para com os ídolos gregos, suplantando o encanto de sua arte. A impossibilidade de se representar Deus em imagens. Paulo proclama o Deus vivo com autoridade, em vez de fazer especulações filosóficas.

	Atos 20.17-35	Atos 22.1-21	Atos 26.2-23
Audiência	Os anciãos da Igreja em Éfeso.	Uma multidão de judeus enfurecidos.	O rei Agripa, sua irmã Berenice, o governador romano Festo e sua corte.
Local	Mileto, na costa da Iônia, aproximadamente 60 quilômetros ao sul de Éfeso.	Em Jerusalém, nas escadas da fortaleza romana, quando Paulo estava sendo resgatado pelo comandante da guarnição.	Em Cesaréia, em uma recepção formal com grande pompa na corte do governador romano.
Objetivo	Exortar os anciãos a se dedicarem totalmente ao cuidado e à edificação da Igreja.	Defender-se da acusação de apostasia contra a fé judaica.	Explicar a hostilidade de seu povo e testemunhar junto à corte.
Tom do discurso / forma de expressão	Prático e gentil.	Em tom de cumplicidade e apologético.	Grandioso e magnificente.
Abordagem	"Não lhes peço para fazer nada que eu mesmo não tenha dado exemplo."	Em hebraico: "Sou um de vocês. Costumava me sentir exatamente como vocês".	"Sou afortunado por poder me defender perante um rei com tamanho conhecimento dos costumes e problemas judaicos."
Conteúdo do sermão	Um exemplo do altruísmo e da dedicação de Paulo. Expectativa de aflições para Paulo e tempos difíceis para a Igreja. Exortação para apascentar e edificar a Igreja pela palavra da graça de Deus. Alerta contra falsos profetas no futuro.	A rígida formação judaica de Paulo. Sua maravilhosa experiência pessoal na estrada para Damasco. Sua severa perseguição contra os do "Caminho". A ordem do Senhor para deixar Jerusalém e pregar aos gentios.	A causa do furor: a crença de Paulo de que as promessas de Deus a seus pais foram cumpridas. Sua oposição radical ao nome de Jesus. A grandiosa visão celestial. Sua prisão por obediência a essa visão.
Características	Os hábitos pessoais de Paulo entre eles. A atmosfera de afeição e admiração mútuas em sua despedida. A revelação de seus anseios pessoais e de premonições. Uma grande preocupação com seu futuro.	O silêncio da turba quando Paulo começou a falar em hebraico. Apelo às emoções e não ao intelecto. Apelo ao que era caro ao nacionalismo religioso do povo. Um novo rompante de fúria à menção de levar o evangelho aos gentios.	Raciocínio e expressões mais intelectualizadas. Conteúdo semelhante ao de Atos 22, porém mais racional. Uma perspectiva mais ampla, com ênfase na autoridade e nas profecias judaicas. Maior ênfase nos gentios. Ênfase na necessidade de arrependimento, luz e poder.

A audiência com menos formação cultural para absorver as Boas Novas de Cristo foi o imponente conselho de filósofos gregos em Atenas. Que tolice seria usar aquele sermão em qualquer comunidade judaica! Na capital intelectual e artística do mundo antigo, Paulo ficou impressionado com a religiosidade e com a erudição daquele povo, bem como com sua ignorância religiosa. Ele, portanto, teve de voltar lá atrás e começar bem do início, identificando Deus como Criador, Soberano e Pai, em contraste com os muitos deuses da mitologia. Ele foi somente até onde a capacidade deles o permitia e limitou-se a conceituar Deus como o Justo Juiz, o que estava alinhado com o contexto de um tribunal que o sermão transmitia. Paulo proclamou que Deus julgaria o mundo por meio de um Homem que Ele ressuscitou dentre os mortos. Até mesmo o conceito da ressurreição era repulsivo, tanto para materialistas gregos como para judeus ritualistas.

Esse sermão na colina de Marte foi, sem dúvida, uma amostra da abordagem paulina da cultura pagã. Da mesma forma, sua mensagem em Antioquia da Pisídia foi uma amostra de sua abordagem nas sinagogas e sua mensagem aos Efésios demonstrou sua mensagem aos cristãos. Em Atenas, Paulo citou poetas gregos e não profecias judaicas, embora sua argumentação e expressões estivessem, como sempre, firmemente fundamentados na revelação divina.

O sermão de despedida de Paulo para os anciãos de Éfeso é especial, considerando que nos traz o primeiro registro de suas palavras para a Igreja de Cristo. Nesse discurso, ele não perdeu tempo explicando os fundamentos da libertação das obras da carne para aqueles que já haviam recebido todo o conselho de Deus, mas exortou-os a dar o próximo passo e a ficarem alertas contra os perigos que viriam.

Os sermões em Atos 13, 22 e 26 são dirigidos a um povo com formação judaica que carecia do evangelho. O público na sinagoga em Antioquia era, muito provavelmente, de judeus típicos e alguns poucos gentios convertidos, que Paulo toma o cuidado de incluir em sua apresentação. A turba em Jerusalém, que estava prestes a fazer o traidor em pedaços, experimentara os magníficos eventos que acompanharam a morte e a ressurreição de Cristo. Agripa era um político volúvel que, em sua juventude, tinha afirmado ser judeu. Paulo disse que Agripa conhecia os costumes, as questões, as profecias judaicas e que ele cria nos profetas (At 26.2, 27).

Na sinagoga, após a usual leitura da Lei e dos Profetas, Paulo falou objetivamente acerca da gloriosa história de seu povo e sobre o cumprimento das profecias. Começando pelas graças que Deus dera a seu povo no passado, ele se identificou com a audiência e levou-os a concordar com ele. Não indo muito rápido, nem muito longe, pôde mencionar o novo favor de Deus sem provocar discórdias. O Santo de Deus, a quem ele não permitira ver a corrupção, podia justificá-los de cada acusação, algo que a lei de Moisés não poderia fazer jamais. Deixando-se guiar pela propensão do povo, Paulo fez com que muitos se questionassem e continuassem a ouvi-lo.

Apesar de a turba em Jerusalém possuir a mesma formação da congregação na sinagoga, Paulo não usou o mesmo método com eles. Estavam tão agressivos, que Paulo tentou acalmar os ânimos falando que, no passado, já tivera os mesmos sentimentos e sobre como somente o próprio Deus o havia transformado. Seu apelo a tudo que lhes era caro e familiar permitiu que ele ao menos falasse brevemente.

O assunto de Atos 22 e 26 é praticamente o mesmo, apesar de cada um ter seu estilo e foco adaptados ao público alvo. Aos furiosos judeus que o cercavam nas escadas da fortaleza, o apóstolo, ferido, falou em hebraico sobre a lei do "Deus de nossos pais", mencionando Ananias como um homem devoto conforme a Lei e bem afamado entre os judeus que viviam em Damasco. Falando para seus raivosos compatriotas, Paulo destacou sua educação segundo a tradição, ali mesmo em Jerusalém, aos pés do eminente mestre Gamaliel. Também falou que seu zelo na perseguição dos seguidores do Caminho não era menor que o de seus mestres, mencionando o testemunho do sumo sacerdote e de todos os anciãos.

Na corte do governador romano, Paulo deu esse mesmo testemunho com um floreado dramático apropriado à elegância do ambiente. Dessa vez, ele utilizou o idioma grego; um grego mais polido e erudito, oportuno para a audiência. Para os governantes que se dispuseram a ouvir sua defesa em uma recepção oficial, ele explicou a lógica e o propósito de suas ações em uma seqüência clara e lógica. Em um crescendo, ele apresentou seu caso até um clímax. "Ao meio-dia, ó rei, vi no caminho uma luz do céu, que excedia o esplendor do sol" (At 26.13). A voz, dos céus, dizia: "Porque te apareci por isto, para te pôr por ministro [...] e para lhe abrires os olhos e das trevas os converteres à luz [...] Pelo que, ó rei Agripa, não fui desobediente à visão celestial [...] Por causa disto, os judeus lançaram mão de mim no templo e procuraram matar-me [...] Permaneço, dando testemunho, [...] não dizendo nada mais do o que os profetas e Moisés disseram que devia acontecer, isto é, que o Cristo devia padecer e, sendo o primeiro da ressurreição dos mortos, devia anunciar a luz a este povo e aos gentios" (vv.16,18,19, 21,22). Após identificar-se com a rígida seita dos fariseus e com a autoridade dos sumos sacerdotes, Paulo mostrou que estava apenas sendo obediente a uma autoridade maior que a dos judeus.

A partir dos resultados alcançados com seus sermões, podemos deduzir o que ia no coração de Paulo enquanto ele falava. Após falar com a turba em Jerusalém sobre sua comissão para pregar aos gentios, eles não o deixaram prosseguir. Não sabemos se ele já havia terminado seu discurso em Atenas, quando os filósofos começaram a zombar de sua referência à ressurreição de Cristo. Os anciãos de Éfeso choraram e abraçaram Paulo. Os judeus em Antioquia ficaram tão impressionados com seu sermão, que o comentaram ao ponto de quase toda a cidade comparecer para ouvi-lo no sábado seguinte. Sua defesa perante os governantes romanos foi tão contundente que todos se sentiram pessoalmente desconfortáveis.

Os sermões de Paulo ficaram tão próximos das experiências pessoais de seus ouvintes que as reações pessoais foram inevitáveis.

As Epístolas de Paulo

(O livro de Hebreus não está incluído entre suas epístolas. Apesar de muitos estudiosos o atribuírem a Paulo, sua autoria é incerta.)

Vinte e um dos vinte e sete livros do cânon do Novo Testamento são cartas! Quase todos são cartas, com exceção dos cinco primeiros e do último; ou seja, os Evangelhos da vida de Cristo, os Atos do Espírito Santo na formação do novo corpo da Igreja e a revelação final do Filho de Deus na consumação dos séculos.

O próprio Jesus apenas mencionou que edificaria sua Igreja, deixando que a verdade fosse comunicada ao mundo por seu servo fiel que, tanto com sua vida como com suas palavras, demonstrou que "para [ele, Paulo] o viver é Cristo" (Fp 1.21). A maior parte das epístolas neotestamentárias foi escrita por Paulo, a quem o Senhor preparou de forma extraordinária para dar pleno cumprimento à sua revelação escrita (Cl 1.25). Ele era versado tanto em grego como em hebraico, foi chamado pela voz do próprio Deus que lhe veio dos céus (At 22.6-11), foi instruído pelo próprio Senhor na Arábia, onde Moisés também tinha aprendido (Gl 1.15-2.6; Ef 3.2-4; 2 Co 12.1-4).

Não é curioso que o Senhor tenha optado por dar ao seu povo todo o conjunto das verdades da Igreja em forma de cartas? A maior parte das cartas de Paulo não é constituída de ensaios cuidadosamente estruturados, mas de mensagens informais com elementos bastante pessoais. São, via de regra, dirigidas a igrejas ou pessoas específicas, muitas vezes em resposta a cartas recebidas. Cada uma delas, talvez com a exceção de Efésios, foi escrita para em primeiro lugar suprir necessidades locais reais, bem como, com o tempo, alcançar necessidades de toda a era da Igreja. As exposições doutrinárias advêm da natureza das circunstâncias locais.

No caso de algumas cartas, fica difícil esboçar a seqüência de assuntos, pois Paulo apresenta suas idéias conforme elas lhe ocorrem. Ele passa de uma para outra, tal qual fazemos em uma conversa, certamente visualizando o leitor e respondendo a perguntas e comentários que este naturalmente faria. Seu coração é tão cheio que suas idéias muitas vezes tropeçam umas nas outras e freqüentemente culminam em exclamações emocionadas, em vez de dogmas intelectualmente definidos. Sua eloqüência deriva de seu vigor espiritual e da elevação de sua alma, não de sua elegância artística.

Veja os motivos específicos pelos quais as epístolas de Paulo foram escritas:

Romanos: Como Febe está viajando a Roma, mando com ela o recado de que eu, o apóstolo dos gentios, espero em breve visitar o centro do mundo gentílico. Preparo-os para minha visita mandando-lhes este enunciado lógico do cerne do Evangelho: a salvação pessoal pela graça por meio da fé.

1 Coríntios: Fico feliz de responder-lhes as perguntas propostas em sua última carta, mas a "família de Cloe" relata haver problemas mais graves do que estes na conduta da igreja.

2 Coríntios: Tendo em vista o relatório de Tito sobre vocês, deixem-me encorajar aqueles que ficaram magoados com minha primeira carta, além de justificar meu caráter e apostolado junto àqueles que ainda não me aceitam.

Gálatas: Surpreende-me ter de defender, após tão pouco tempo, minha autoridade apostólica e a diferença entre o verdadeiro Evangelho da justificação pela fé e as obras da lei.

Efésios: Transmitindo-lhes uma nova visão da posição elevada da Igreja em Cristo, nos lugares celestiais, oro para que vocês sejam cheios de toda a plenitude de Deus, em uma caminhada digna de sua vocação.

Filipenses: Agradeço-lhes pelo auxílio material e oro para que vocês avancem espiritualmente e rejubilem no Senhor, a despeito de todas as dificuldades.

Colossenses: Previnam-se para que os filósofos não os impeçam de dar a Cristo a proeminente posição de cabeça da Igreja.

1 Tessalonicenses: Mando-lhes Timóteo para fortalecê-los em suas aflições e para transmitir-lhes maiores informações acerca da vinda do Senhor.

2 Tessalonicenses: Não fiquem apreensivos com falsas notícias de que o Dia do Senhor já veio. Antes de tudo, o homem do pecado deverá ser revelado. Sejam edificados em toda boa palavra e obra.

1 Timóteo: Permaneça em Éfeso para ensinar. Exorte-os a serem fiéis em toda caridade e em toda doutrina pura, prescrevendo-lhes as responsabilidades das diversas classes sociais.

2 Timóteo: Faça o possível para voltar rápido. Enquanto isso, não se envergonhe do Senhor ou de mim, mas continue a ensinar e pregar a palavra com fidelidade.

Tito: Com toda a autoridade, saneie a organização da igreja e exorte-os nas boas obras.

Filemon: Estou lhe enviando Onésimo de volta. Receba-o como receberia a mim mesmo. Se ele ficar lhe devendo algo, lance tudo em minha conta.

Dentre as epístolas mais longas, Romanos é amplamente doutrinária, enquanto que 1 e 2 Coríntios são fundamentalmente práticas. Romanos pertence a uma categoria especial, pois é formal, cuidadosamente estruturada com habilidade e precisão lógica, chegando aos píncaros da eloqüência. A igreja de Roma precisava de uma argumentação intelectual e sistemática que satisfizesse a mente; ou seja, uma explicação fundamentada para a verdade crucial de que a justificação perante Deus não está no cumprimento da Lei, mas nos méritos da morte de Cristo em expiar o pecado do homem. Ainda assim, o Livro de Romanos possui trechos bastante pessoais: Capítulos 6—8, 12—16.

As outras epístolas são basicamente práticas, com poucos capítulos predominantemente doutrinários: 1 Coríntios 9; 2 Coríntios 3, 10-12; Gálatas 1—4; Efésios 2 e partes dos capítulos 1 e 3; Colossenses 1.

Nas epístolas de Paulo, encontramos o mesmo equilíbrio e combinação entre fatores internos e externos que temos no registro dos Evangelhos. A abordagem da verdade eterna é geralmente feita em um contexto de necessidades e problemas cotidianos. Sem dúvida alguma, as igrejas para onde Paulo escreveu leram entusiasmadas suas respectivas mensagens, pois estas foram compostas especialmente para elas. Cada parágrafo pulsava com o entranhável anseio de Paulo pelo progresso da igreja, independente de qual fosse o próximo passo, e pela derrota de Satanás, independente de como este último estivesse se manifestando.

As cartas de Paulo eram tão pessoais que quase podemos ouvi-lo respondendo perguntas e comentários de seus leitores enquanto escreve. Nos capítulos de 9 a 11 de Romanos, ele interrompe sua argumentação para dirimir dúvidas acerca da salvação da nação de Israel em relação aos gentios. Em 1 Coríntios 15.35, ele diz: "Mas alguém dirá: Como ressuscitarão os mortos?" Depois de afirmar com firmeza ao jovem Timóteo: "Manda estas coisas e ensina-as", ele, a fim de encorajá-lo, acrescenta: "Ninguém despreze a tua mocidade" (1 Tm 4.11,12).

Também observamos que Paulo espera que o discernimento e a compreensão da verdade de Deus leve a ações fundamentadas nessa verdade. Paulo espera que uma vida espiritual flua da visão e da apropriação do fiel: a visão da plena provisão de Cristo para nossa salvação, de sua ascensão ao posto de nosso Sumo Sacerdote; e da apropriação das riquezas do crente em Cristo, do poder do Espírito que habita em nós. Ele espera que a clara compreensão da verdade seja acompanhada por um caminhar cristão exemplar.

Ainda assim, Paulo não supõe que uma doutrina sadia resulte automaticamente em uma vida reta. Ele não deixa o assunto da vida cristã fora de nenhuma de suas cartas.

É impressionante ver como ele sempre exorta seus leitores a não se conformarem com este mundo, a fazerem tudo para a glória de Deus, a caminharem dignos da vocação que possuem, a sobejarem mais e mais em amor e a ensinarem a sã doutrina! Na maioria das epístolas, os conceitos doutrinários estão entrelaçados às mensagens pessoais; apesar de, muitas vezes, os dois elementos serem completamente distintos.

A ênfase em uma vida cristã pessoal também é contrabalançada por suas manifestações exteriores. Enquanto que Efésios e Colossenses enfatizam a exaltação do corpo de Cristo juntamente com sua ilustre Cabeça, as epístolas pastorais (1 Timóteo, 2 Timóteo e Tito) mostram como esse corpo funciona em sua organização nessa terra. Os trechos finais de Efésios e Colossenses deixam as alturas celestiais e passam a tratar das relações práticas entre maridos e esposas, pais e filhos, empregados e patrões. Em 1 Coríntios, o apóstolo supre tanto as necessidades percebidas quanto as necessidades reais das pessoas: ao falar sobre problemas e desordens à mesa do Senhor, bem como sobre confusões com o dom de línguas, ele escreve um sensível poema sobre a natureza do amor cristão.

Paulo está sempre motivando seus leitores a aceitarem a autoridade das Sagradas Escrituras, bem como sua própria autoridade como porta-voz de Deus.

Em sua mente, jamais há dúvida alguma sobre nenhuma das duas coisas. Seus leitores, porém, precisam ser continuamente exortados a intensificar sua reação à Palavra de Deus. Ao estimular os filipenses a colocarem Cristo no centro de suas vidas, ele usa o exemplo de Cristo, outros homens e, por sete vezes, exemplos de sua própria vida. Ele também mostra que Deus age neles, que possuem a paz de Deus, que são luz em um mundo perverso, que deseja se orgulhar deles e quer vê-los ganhando créditos junto ao Senhor. Cada incentivo se destina a produzir fortes reações internas que resultem em vidas exteriores radiantes.

Ao fim de suas epístolas, Paulo freqüentemente acrescenta saudações e advertências individuais. Por vezes, essas referências pessoais são bastante extensas, como em Romanos 16, 1 Coríntios 14, Colossenses 4 e 2 Timóteo 4. Os nomes de todas essas pessoas foram incorporados ao cânon das Escrituras por causa das palavras pessoais de Paulo para cada uma delas! Como deve ter sido gratificante para aquelas que foram elogiadas! Como deve ter sido terrível para as que receberam reprimendas! Como é emocionante ler em 2 Timóteo 4.13: "Quando vieres, traz a capa que deixei em Trôade, em casa de Carpo, e os livros, principalmente os pergaminhos!"

Assim, ao estudarmos a escola veterotestamentária do deserto e as epístolas do apóstolo Paulo, fica claro que o que encontramos nos Evangelhos é corroborado pelo resto das Escrituras. Em sua infinita sabedoria, o Senhor começa suas lições a partir das situações em que as pessoas se encontram, com suas necessidades e problemas. Ele as ajuda a adquirir o discernimento e a compreensão da verdade eterna que soluciona seus problemas, relacionando essa verdade à vida diária.

Implicações e Questões para Discussão em Grupo

Uma grande fraqueza na educação cristã é a falta de integração entre a verdade e a vida. Como alguém pode esperar que o conhecimento seja transferido para a vida quando há falta de integração no ensino? A metáfora que melhor descreve o ensino bíblico de hoje em dia é a "metáfora do banco". No entanto, depositar conteúdo bíblico na mente do aluno raramente leva a uma integração entre fé e vida. Os professores podem ensinar a verdade e, ao mesmo tempo, contender com o Espírito Santo em sua metodologia. O crescimento espiritual vem pela graça de Deus. Três importantes meios da graça são a Palavra, o Espírito e outros cristãos espirituais. O crescimento espiritual será dificultado se esperarmos que os alunos simplesmente absorvam sabedoria como se fossem esponjas passivas.

A escola do deserto foi um ótimo exemplo de educação. Os estudantes não eram peças passivas em uma linha de montagem. Eram, mais exatamente, ativos peregrinos em uma difícil jornada. As pessoas que ajudam peregrinos devem conhecer tanto suas necessidades como o mapa das Escrituras, que mostra para onde o peregrino deve ir e como chegar lá. Peregrinos não estudam mapas apenas para obter informações. Não memorizam versículos apenas para conseguir prêmios e gomas de mascar. Peregrinos só ficam aborrecidos quando são obrigados a ouvir palestras que nada têm a ver com os problemas do caminho. Peregrinos estudam o Mapa para aprenderem onde estão, para onde ir e sobre como evitar pântanos e outras dificuldades ao longo do caminho. A peregrinação é uma poderosa metáfora para enxergarmos a integração entre a verdade e a vida.

Alguns professores de Bíblia se gabam: "Eu apenas ensino a Bíblia. Que a semente caia onde tiver de cair". Tais professores não encontram esse modelo de ensino em Jesus. Cristo constantemente relacionava a vida à verdade em seu ensino. Alguns professores afirmam que Paulo apresentava a verdade em sua forma pura, não "diluída" em situações específicas. LeBar, porém, está correta. Mesmo os trechos mais pesadamente doutrinários de Romanos foram escritos para alcançar necessidades específicas. Algumas vezes, Paulo começava pelos problemas na igreja local e relacionava-os à verdade de Deus. Outras vezes, começava pela verdade e a relacionava à vida prática. Em parte alguma, porém, Paulo ensina algum conteúdo sem relacioná-lo às necessidades e problemas do dia-a-dia. Ainda assim, a maior parte do ensino de hoje em dia se resume à verdade desvinculada da vida, ou à vida desvinculada da verdade.

É até difícil visualizar o tremendo impacto que essa verdade poderia ter sobre a Igreja. Se os professores levassem a sério a necessidade de principiar o ensino com os problemas cotidianos do aluno, e relacionassem esses problemas à verdade eterna da Palavra de Deus no poder do Espírito, haveria um renovo e um avivamento raramente visto nesse mundo.

A Família

Algumas vezes, o lar pode ser um verdadeiro "acampamento no deserto". O lar é o local mais natural para relacionarmos o ensino bíblico às situações da vida. Quando os filhos brigam para usar o mesmo brinquedo, os pais ensinam conceitos abstratos como "compartilhar" em uma situação-problema concreta. As dificuldades da paternidade tornam imperativo que os pais levem em conta as características individuais de cada criança ("Você já tem idade suficiente para arrumar sua cama!") O "método do projeto" é o mais comum nos lares ("Desligue a televisão e vá lavar os pratos!").

Examine os subtítulos na parte deste livro que trata da Escola no Deserto e pense em exemplos específicos de como os pais freqüentemente utilizam esses princípios na criação dos filhos. Dê exemplos positivos do lar como escola, mencionando situações cotidianas. Você conhece pais que ignoram alguns dos princípios expostos neste capítulo? Sem mencionar nomes, dê exemplos específicos. Discuta formas de utilizar os princípios da escola do deserto em casa. Por que é difícil usar sistematicamente esses princípios? Como esses princípios poderiam ajudar a solucionar alguns dos problemas dos pais?

A Igreja

Reexamine os princípios de aprendizado e ensino extraídos dos exemplos de Moisés e Paulo. Depois, reflita sobre as atividades da igreja que estão sob sua responsabilidade. Paulo e Moisés estabeleceram padrões elevados para a relação entre a verdade e a vida. Que iniciativas específicas poderiam ser promovidas em sua igreja para melhor relacionar o que é ensinado em sala de aula à escola da vida? O que poderia ser feito para melhor relacionar as doutrinas ensinadas em sala de aula às experiências dos alunos durante a semana? Existem atividades extraclasse que pudessem ser mais bem utilizadas para o ensino de conceitos bíblicos em situações comuns?

A Escola

O currículo da maior parte das escolas é dividido entre atividades acadêmicas e práticas. Essa diferenciação não é adequada a peregrinos. As disciplinas acadêmicas não devem ser separadas dos problemas da peregrinação. Nem todo curso acadêmico precisa começar com questões da vida, mas, em algum ponto de todo e qualquer curso, o aluno precisa compreender a importância da matéria estudada para tais questões. Você já estudou algum assunto que relacionou de forma adequada a verdade à vida, ou a vida à verdade? Alguns professores estão tão acostumados a apenas transmitir conjuntos de informações, que ignoram completamente as implicações da matéria na vida prática. Algumas vezes o estudante precisa tomar a iniciativa de fazer essa conexão. Pense nos assuntos mais "irrelevantes" que você já estudou. Rememore algumas das coisas que ouviu. Como você poderia aprimorar o ensino desses assuntos identificando possíveis aplicações? Seja criativo.

O ambiente possui um efeito profundo no crescimento das pessoas, mas controlar o ambiente não garante crescimento. Por alguma razão, o Senhor deu, ao seu povo, liberdade para escolher obedecer a ele ou ao pecado. Deus se recusou a *manipular* Israel para obter obediência à sua vontade. O Senhor, contudo, também não parte do princípio de que uma *liberdade completa* produz o melhor no coração do homem. O princípio aprendido na escola do deserto envolve o ambiente e a vontade do povo. As pessoas não são folhas em branco, esperando passivamente para serem preenchidas pelo ambiente em que se encontram. Ainda assim, Deus utilizou o ambiente para incentivar e testar sua fé. Os cristãos desenvolvimentistas compreendem a interação dinâmica que existe entre o aluno e o ambiente. O estudante não controla completamente o ambiente e o ambiente não controla completamente o aluno. O ambiente influencia o ser, mas não o controla.

Algumas de nossas classes podem ser muito controladas ou ter excesso de liberdade. Converse sobre o exemplo de ambas com tranqüilidade. Reflita os princípios educacionais da escola do deserto. Como Deus influenciou o ambiente sem controlar as pessoas? Como Ele equilibrou disciplina e liberdade? Quais seriam os resultados de um curso ideal em sua escola?

NOTA

[1] Esse trecho sobre "A Escola do Deserto" foi escrito pela irmã da autora, Mary E. LeBar.

5

O Uso da Bíblia no Ensino

A Bíblia! Realmente não se trata de um livro comum! Odiada e perseguida como nenhum outro livro; mas, ainda assim, indestrutível. Desprezada, mas honrada. Ridicularizada, mas também tida em alta conta. Considerada morta, mas ainda viva. Poderosos imperadores, reis e sacerdotes não pouparam esforços na tentativa de exterminá-la. Homens sábios e eruditos já fizeram todo o possível para refutá-la. Hoje, quando os críticos já a usurparam em todos os aspectos e a ciência acabou com seu prestígio, ela se espalha por toda a terra com uma rapidez incrível. São milhões de cópias em centenas de idiomas e ela é lida e pregada do pólo norte ao pólo sul. Por causa da fé e da Palavra, africanos estão sendo queimados vivos e armênios e chineses são torturados até a morte. Oh, críticos e eruditos... escrevam um livro assim e creremos em vocês!

> Completa em si mesma — maldito o homem que tirar ou acrescentar qualquer coisa a esse livro — imutável e inalterável, esta Bíblia permanece há séculos, indiferente ao apreço ou à reprovação do homem. Ela não se adapta ao progresso nem volta atrás em uma única palavra. Segue sendo grandiosamente simples e divinamente dominante. Diante dela, todos os homens são iguais e podem sentir sua impotência.
>
> Sublimemente livre, ela caminha a passos largos pela história da humanidade, descartando nações inteiras com rápidos comentários, a fim de despender grandes quantidades de tempo com os atos de um pastor [...] A respeito deste Livro, testificaram milhares dos melhores e mais capacitados homens e mulheres; não apenas de que jamais cansaram de lê-lo e estudá-lo, mas que ele se tornou cada vez maior, mais rico e insondável para eles. Quantas vezes uma palavra aparentemente insignificante, a qual você já leu centenas de vezes, subitamente

> desabrocha, revelando um sentido profundo que lhe é desconhecido! [...] De capa a capa, o Grande Arquiteto engendra o glorioso drama da redenção, no qual frágeis criaturas formadas do pó são alçadas aos locais celestiais sem mérito algum.
>
> No começo de sua Palavra, Deus sai de sua eternidade, grandiosa e resplandecente, o fundamento, o princípio, e cria o universo. O Criador da criação. Ele, em sua incompreensível onipotência, cria e não há quem lhe possa dizer: Por que o fizeste? O encerrar de sua Palavra, quando tem início uma nova criação eterna, principados e poderes celestiais lançam suas coroas a seus pés, dizendo: "Digno és, Senhor, de receber a glória, e honra, e poder, porque tu criaste todas as coisas, e por tua vontade são e foram criadas" (Ap 4.11). Aleluia, pois o Senhor Deus onipotente reina![1]

Nós, evangélicos, concordamos sinceramente quanto ao *lugar* da Bíblia no ensino, mas pouco temos pensado quanto à sua *utilização*. Temos resolutamente defendido a inspiração das Escrituras e a infalibilidade de sua autoridade contra aqueles que preferem julgar a Palavra de Deus em vez de deixá-la julgá-los. Afirmamos que, nos princípios transmitidos pelas Escrituras, Deus se revelou de forma objetiva; sendo isso também válido para seus relatos, narrativas e poesias. Nossas experiências mais subjetivas com Cristo derivam das doutrinas da Palavra. Sustentamos que "a fé é pelo ouvir, e o ouvir pela palavra de Deus" (Rm 10.17).

A força da posição evangélica reside na manutenção dessa visão elevada das Escrituras. Ensinamo-la como a verdade, a despeito das opiniões humanas. Temos tentado compreendê-la e transmitir sua mensagem com fidelidade. Cremos que ela é a Palavra de Deus, que realiza a obra de Deus, por meio do Espírito de Deus e do professor. Citamos 2 Timóteo 3.16,17 sem piscar, mas nem sempre obedecemos a esses versículos: "Toda a Escritura divinamente inspirada é proveitosa para ensinar, para redargüir, para corrigir, para instruir em justiça, para que o homem de Deus seja perfeito e perfeitamente instruído para toda boa obra". Além de trazer doutrinas, as Escrituras também devem ser utilizadas para repreender e corrigir a vida cotidiana. A Bíblia deve ser utilizada para ensinar, orientar e disciplinar em santidade, a fim de que o crente amadureça a cada estágio de seu desenvolvimento, expressando a vida de Cristo em toda boa obra que seja apropriada à sua faixa etária.

Em vez de nutrir os alunos com vistas ao amadurecimento, ficamos muitas vezes brincando de jogar versículos de um lado para o outro na Escola Dominical. Tentamos aquecê-los, lançando versículos bíblicos para que eles os joguem de volta para nós. Quando o jogo começa, lançamo-lhes um punhado de fatos bíblicos, mas, quando eles vão para casa e tiram sua "roupa de domingo", continuam sendo essencialmente a mesma pessoa. Em outras palavras, não experimentaram a presença do Senhor e nem ao menos o conheceram. Quando isso acontece, nós não fomos usados para transformar vidas e desperdiçamos nosso tempo brincando. Passamos todo o tempo de aula repetindo as mesmas palavras e insistindo para que nossos alunos façam o mesmo. Raramente fomos além da ignorância e do imaginário, "sobre os quais deslizamos em uma lâmina de palavras". Quando há um acúmulo de palavras imaginárias, todo o processo acaba fundamentado em algo que não é real. Quando seus alunos rompem essa fina lâmina de gelo em que vinham deslizando, mergulham na água gelada e, geralmente, acabam perdidos para sua classe e para o evangelho.

A realidade do mundo em que vivemos bastaria para converter o mundo, se todos nós agíssemos segundo a verdade que mentalmente compreendemos e aceitamos. No entanto, a Bíblia que temos ensinado não se mostrou a dinamite que esperávamos. Que tipo de classe você teria se cada aluno obedecesse à Escritura conforme o que compreende? Que tipo de igreja seria a sua se cada membro vivesse de acordo com aquilo que professa? O Senhor nos atribui a responsabilidade de vivermos segundo a luz que possuímos. A Bíblia sempre relaciona a doutrina à prática.

A maior parte de nossos alunos não memoriza as Escrituras como gostaríamos que eles fizessem, porque não vêem necessidade alguma de fazê-lo. Eles não buscam orientação na Bíblia porque não enxergam que diferença ela poderia fazer em suas próprias vidas; ou seja, não vêem a relevância da doutrina em suas vidas. Como raramente se depararam com a Palavra Viva por meio da Palavra escrita, não sentem a expectativa de lidar com o Senhor da Glória quando pegam o Livro nas mãos. Ninguém jamais os guiou na busca de um alimento espiritual pessoal que é mais revigorante que qualquer comida ou bebida material.

Assim, nosso principal problema no uso das Escrituras é atravessar a Palavra escrita para chegar à Palavra Viva, traduzindo doutrina em vida prática.

> Não basta conhecermos a respeito de Deus, precisamos *conhecê-lo.*
> Não basta termos nossas crenças, precisamos *crer nEle.*
> Não basta compreendermos que a Palavra pertence a Deus, precisamos *compreender a Deus em sua Palavra.*

Os Recursos Essenciais à Finalidade Pretendida

O objetivo do ensino é levar o aluno a escutar o que Deus lhe fala, para que haja uma reação pessoal. O Senhor sempre toma a iniciativa e, em amor, revela sua vontade e a si mesmo. Nós, professores, trabalhamos com o Senhor no sentido de preparar o aluno para ouvir a mensagem do evangelho no contexto de sua vida cotidiana, que é a única situação que possui algum sentido para ele. A revelação exige uma resposta. Deus diz: "Preparei tudo isto para você e, em troca, espero isso de você". Deus quer estabelecer relacionamentos pessoais com os alunos, relacionamentos cada vez mais íntimos. O cristianismo é um relacionamento pessoal.

Você já pensou sobre a seguinte questão: Qual é a coisa mais importante na vida? Não seriam os relacionamentos? Ou seja, primeiramente com o Centro do universo, em seguida estar bem consigo mesmo e, por fim, alcançar as outras pessoas? Depois que nos acertamos com nosso Criador e nos sentimos confortáveis em nosso íntimo, sentimo-nos livres para nos relacionarmos com as outras pessoas. O objetivo de nossa vida é possuirmos relacionamentos satisfatórios.

Freqüentemente, porém, somos desviados para objetivos menos nobres. Confundimos o meio com o fim. No ensino da Bíblia, ficamos concentrados em palavras, programas e métodos. O Espírito Santo é o Professor ideal, que não fala de si mesmo, mas recebe o que é de Cristo e no-lo anuncia (Jo 16.14). Devido ao alto valor que os evangélicos dão às Escrituras, às vezes apresentamos ao aluno a Palavra escrita, mas deixamos de levá-lo à Palavra Viva. Fazemos de tudo para que eles entendam a doutrina bíblica, decorem porções do texto e completem seus cadernos de exercícios, mas sem lidar pessoalmente com o Deus vivo. Palavras, doutrinas e conceitos são degraus para se chegar à Pessoa do Senhor. Em outras palavras, são meios para se alcançar a realidade espiritual.

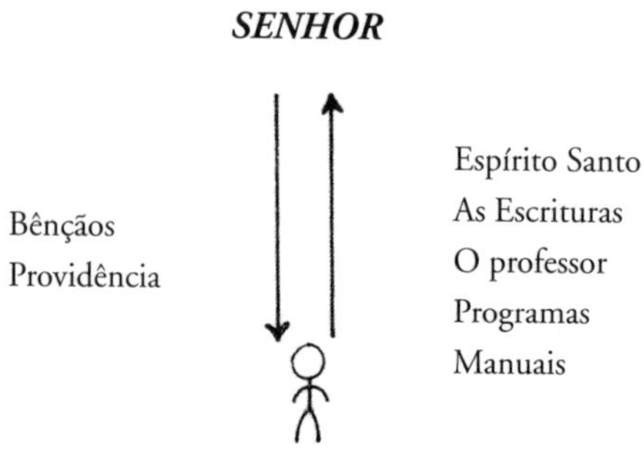

A própria Bíblia emprega ilustrações bastante significativas para demonstrar o modo como deve ser utilizada. Ela fala de si mesma como:

> A semente que produz fruto (Lc 8.11).
> A chuva e a neve que regam a terra (Is 55.10,11).
> Alimento nutritivo (Jr 15.16).
> Leite e alimento sólido (Hb 5.12-14).
> Ouro e mel (Sl 19.10).
> Lâmpada que ilumina (Sl.119.105).
> Espelho que reflete (Tg 1.22-24).
> Bálsamo que limpa (Sl 119.9).
> Espada que penetra e discerne (Hb 4.12).
> Fogo que consome e martelo que esmiúça (Jr 23.29).

Tais ilustrações não são um fim em si mesmas, mas meios para se alcançar uma interação com o Senhor da vida.

Como a semente, a Palavra é aparentemente insignificante, pois são palavras e frases que podem ser impressas e reimpressas sem significado algum. É apenas um livro dentre milhões de outros; todavia, possui um grande potencial vivificador encerrado na dura casca de suas capas. Quando, porém, essa casca é rompida em um ambiente acolhedor e receptivo, esse imenso potencial é liberado para produzir todos os tipos de frutos. As sementes existem para um propósito: produzir frutos. A semente da Palavra na vida do crente deve se multiplicar pela terra, reproduzir-se segundo sua espécie e disseminar a vida de Cristo.

As Escrituras também servem como comida, água e luz espirituais. Esses são fatores essenciais ao aprendizado, à disciplina e à nutrição diária; ou, em outras palavras, a "instrução em justiça" de 2 Timóteo 3.16. Por mais bela e primorosa que seja a mesa de um banquete, ela jamais é preparada apenas para ser exibida e admirada, mas para ter seus atrativos consumidos, mastigados e digeridos para o fortalecimento de tecidos vivos. O alimento não produz vida se não for internamente assimilado pela carne e pelo sangue de quem o ingere. Em sua Palavra e por intermédio de sua Palavra, Deus preparou uma mesa farta para aqueles que têm fome e sede de justiça. Quando estes se levantam da mesa, Deus lhes entrega uma lâmpada para alumiar seus passos na caminhada diária.

Para a recriminação e a correção descritas em 2 Timóteo 3.16, Deus nos entrega um espelho que revela nosso verdadeiro estado. A Palavra, esse espelho, mostra o quão distantes estamos daquilo que devíamos ser em Cristo, a fim de que sintamos a necessidade de sermos limpos onde "o sangue de Jesus Cristo, seu Filho, nos purifica de todo pecado" (1 Jo 1.7). Não é, contudo, fácil para a alma humana, nascida em pecado, ver a si mesma como Deus a vê. A Palavra precisa ser sempre uma espada afiada de dois gumes que, penetrando profundamente, alcança aquelas motivações e intenções mais secretas. Motivações que jamais seriam admitidas conscientemente, mas que, ainda assim, determinam ações. Como a espada do Espírito, a Palavra deveria ser um instrumento ativo na guerra espiritual, mas sua lâmina é freqüentemente cegada pelo manuseio inábil! A Palavra de Deus não nos foi dada para ser apenas repetida, mas para edificar a vida espiritual, dar cabo do homem carnal e fazer em pedaços a disposição teimosa de não colocar Cristo em primeiro lugar.

Os programas de ensino também podem se tornar fins em si mesmos, em vez de meios para atrair as pessoas para Cristo. Podemos nos sentir satisfeitos com nossos esforços quando implementamos programas interessantes e consistentes. Queremos que nossos alunos nos amem como professores e, por meio de nós, que amem ao Senhor. Os manuais servem ao seu propósito quando conduzem ao comportamento desejado.

Algumas vezes, o Senhor precisa até reter bênçãos que gostaria de conceder porque nós as tornaríamos fins em si mesmas. Envolvemo-nos com as boas coisas que ele nos dá e esquecemos daquEle que as dá. Ficamos de tal forma enredados no serviço, que acabamos por fazê-lo por nós mesmos e para nós mesmos.

O Exemplo de Isaías 55

Ocasionalmente, o povo de Deus, com a melhor das intenções, protesta: "Mas você está tornando o ensino complicado demais! Deus apenas nos manda semear a Palavra. Seu Espírito faz o resto. Ele promete que sua palavra jamais voltará vazia".

Somos eternamente gratos pela maravilhosa promessa de Isaías 55.11, mas devemos examiná-la em seu contexto. Antes de ler qualquer comentário sobre esse magnífico capítulo, por que você não separa algum tempo para estudar por conta própria as seguintes questões? Essa passagem lhe será ainda mais significativa se, por si mesmo, você descobrir seus princípios básicos.

Que grande promessa Deus nos dá no versículo 11?
Qual o contexto dessa promessa?

Por que os 10 versículos anteriores levam a essa culminante declaração do versículo 11?
Quantos imperativos você consegue contar nos 10 primeiros versículos?
Qual o significado desses imperativos?
Nos versículos 12,13, o que é dito sobre os resultados do trabalho com a Palavra?
Que lição é apresentada nesse capítulo das Escrituras?

O versículo 11 nem mesmo é o início de uma frase, mas a conclusão de uma comparação iniciada no versículo 10. O versículo 10, por sua vez, é um dos quatro versículos iniciados pela conjunção "porque". Para encontrar o sentido desta palavra, precisamos voltar aos primeiros versículos, em que estão os principais pontos do capítulo. Ao observarmos atentamente a estrutura da primeira metade do capítulo, percebemos o efeito impressionante que é produzido com o uso sucessivo de imperativos: vinde, vinde, comprai, comei, deleite-se, inclinai, vinde, ouvi, buscai, invocai-o. Esse planejamento didático não começa com as Escrituras, mas com o aluno. Ele é primeiramente preparado e motivado para ouvir a verdade. Os imperativos mostram sua necessidade do Senhor e de sua Palavra. Por que os caminhos do próprio homem já não são suficientes? *Porque* os caminhos de *Deus não* são os caminhos do homem; *porque* os caminhos de Deus são infinitamente mais elevados que os caminhos do homem; *porque* a Palavra de Deus suprirá as necessidades básicas do homem; *porque* Deus trará paz e alegria.

Em resumo, podemos dizer que o versículo 11 não promete que, sob quaisquer circunstâncias, a Palavra realizará o propósito de Deus sempre que for proferida. O objetivo da primeira parte do capítulo é fazer com que todas as pessoas que precisam do Senhor *sintam* essa necessidade e o busquem, a fim de que tais necessidades sejam atendidas. Não é esse um outro problema que temos de enfrentar em nossas aulas? Quando as pessoas estão famintas e sedentas da Palavra da verdade, elas a sorvem avidamente. A maioria das pessoas, contudo, está presunçosamente satisfeita com seus próprios caminhos egoístas, de modo que deixam de buscar os caminhos mais elevados de Deus. Cristo disse: "Pedi, e dar-se-vos-á; buscai e encontrareis; batei, e abrir-se-vos-á" (Mt 7.7).

A comparação utilizada no versículo 10 é grandemente esclarecedora. A Palavra de Deus é como a chuva e a neve que descem do céu. Esses elementos não voltam para o céu na mesma forma em que vieram à Terra, ou deixariam de cumprir seu propósito. Deus os envia para regar a terra e fazê-la germinar e florescer, a fim de dar semente ao semeador e pão ao que tem fome. Deus não envia sua Palavra para que ela retorne tal qual foi dada, mas para renovar a terra espiritualmente e conceder poder e reavivamento espiritual diários. Quando a Palavra é usada para isso, o povo de Deus cresce em paz e alegria. Em vez dos espinhos e galhos retorcidos que impedem o crescimento espiritual, haverá arbustos e árvores frondosas para o benefício da humanidade. Usar a Palavra conforme as orientações do próprio Deus produzirá os frutos de justiça que todos ansiamos ver.

Por vezes, ocorre exatamente o contrário, como na seguinte experiência:

> Ainda recordo a Escola Dominical de meus tempos de criança, quando a professora asseverava que só teria aprendido um versículo bíblico se pudesse recitá-lo de cor. Em nossa sala, tínhamos freqüentemente competições para ver quem havia decorado mais versículos. Eu decorei dezenas deles, de modo que geralmente ficava em primeiro lugar. Muitos anos se passaram desde então. Já não consigo lembrar da maioria daqueles versículos. Aliás, já não poderia citar dez deles. Será que realmente os aprendi algum dia?
>
> A maioria dos versículos trazia palavras desconhecidas para mim e a professora nunca parou para explicar o que significavam. Aqueles versículos eram apenas palavras e frases que soquei em minha mente, mas que jamais chegaram ao meu coração. Em conseqüência, eles jamais tiveram qualquer efeito em minha vida, além de trazer algum orgulho a cada competição vencida (Ronald Wiebe).

O Uso Dado por Cristo às Escrituras

O Filho de Deus era o Mestre dos mestres, não apenas porque era um com o Pai ou porque conhecia o homem em sua essência, mas também porque a Palavra de Deus permeava todo o seu ser. Jesus utilizava a Palavra de forma direta e indireta, formal e informal. Ele utilizou versículos de todas as partes do Antigo Testamento. Não raro, entrelaçava essas passagens em suas conversas com indivíduos e em seus discursos para a multidão. Ele considerava o homem responsável por conhecer e cumprir a vontade de Deus.

As Escrituras impregnavam de tal modo o seu ser que Ele as utilizava para muitos propósitos e de diversas formas. Ele as utilizou para derrotar Satanás e para revelar sua própria identidade. Ele utilizou as Escrituras para dar autoridade às suas palavras e ações, demonstrar o cumprimento de profecias, estimular o raciocínio, responder perguntas, instruir na justiça de Deus e corrigir práticas e conceitos errôneos. Ele sempre demonstrava a relação entre o assunto tratado e o Antigo Testamento. Ele resumiu todos os Dez Mandamentos veterotestamentários em dois, que demandavam amor em vez de conhecimento — apesar de este amor ser, logicamente, baseado no conhecimento.

O pecado dos fariseus estava no fato de que, apesar de conhecerem a lei, deixavam de captar seu espírito e relacioná-la à sua vida íntima. Embora conhecessem as palavras das Escrituras, não conheciam aquEle de quem as Escrituras falavam. O conhecimento que tinham das Escrituras levava-os ao orgulho e à presunção, mas não realizava o propósito para o qual elas foram oferecidas. Quando repreenderam Cristo por comer com pecadores, ele lhes disse para aprenderem o significado das palavras de Deus em Oséias 6.6: "Porque eu quero misericórdia e não sacrifício; e o conhecimento de Deus, mais do que holocaustos".

Para um grupo maior de judeus, Ele disse: "Examinais as Escrituras, porque vós cuidais ter nelas a vida eterna, e são elas que de mim testificam. E não quereis vir a mim para terdes vida" (Jo 5.39,40). Eles não tinham conseguido perceber a voz de Deus através das palavras (Jo 5.37). Para os judeus que creram nEle, Jesus disse: "Se vós permanecerdes na minha palavra, verdadeiramente, sereis meus discípulos e conhecereis [tanto por experiência como intelectualmente] a verdade, e a verdade vos libertará" (Jo 8.31,32). Para assegurar o poder de Deus em nossa vida, é preciso mais que sua Palavra em nossa boca.

Um exemplo claro do método de Jesus pode ser encontrado em Lucas 4.16-30, quando Ele lê as Escrituras na sinagoga em Nazaré. Ele entrou na sinagoga como era de seu costume no Sábado e levantou-se para ler. O livro do profeta Isaías lhe foi passado e Ele selecionou uma passagem em particular. Não começou o livro do princípio, nem deu prosseguimento ao que já fora lido, mas selecionou o trecho exato que seus ouvintes necessitavam. Com aquelas pessoas Ele fora criado, de modo que aquele foi o grupo mais difícil de convencer sobre quem Ele era. Escolheu uma passagem que, redigida na primeira pessoa do singular, descrevia seu ministério com clareza, mas não ofereceu uma única palavra de explicação. A audiência devia estar esperando uma rotineira leitura das Escrituras, mas suas palavras foram tão agudas e pessoais que, quando Ele sentou, todos na sinagoga tinham os olhos fixos nEle. Maravilhavam-se de que tais palavras de graça pudessem vir do homem que sempre imaginaram ser o filho de José. Algo aconteceu quando Ele leu as Escrituras.

Em seguida, Jesus utilizou os argumentos que povoavam a mente da audiência e respondeu-lhes com duas contundentes ilustrações das Escrituras. Cristo comentou que, embora houvesse muitas viúvas em Israel, quando da seca no tempo de Elias, ele foi enviado para longe de sua própria terra para uma viúva em Sidom. Imediatamente, apontou que Elias curou a lepra de um sírio e não a de seus próprios compatriotas que sofriam daquela terrível enfermidade. Tais ilustrações foram tão incisivas que a multidão levantou-se e, irada, tentou jogá-lo de uma ravina.

Quando a Palavra de Deus é aplicada a necessidades reais, ela produz reações, como deve ser. Nem sempre são reações positivas, mas jamais deixa de transformar as coisas. As pessoas não podem ouvir a Palavra de Deus sem serem transformadas. Elas estariam adquirindo hábitos desastrosos se isso acontecesse!

Teoria ou Vida?

Nos evangelhos gregos, duas palavras são traduzidas por "saber". Merrill Tenney, em *The Genius of the Gospels* (O Gênio dos Evangelhos), diz:

> Em João, "conhecimento" representa tanto convicção como experiência. O uso de duas palavras para "saber" nos evangelhos — *ginosko* e *oida* – sugere que a primeira significa o conhecimento produzido por uma experiência pessoal, enquanto que a segunda diz respeito a um entendimento intuitivo. Nem todos os exegetas concordam quanto a isso, mas permanece o fato de que *ginosko* aparece naquelas passagens em que o conhecimento é mais empírico que teórico, enquanto que o oposto não ocorre. A ocorrência dessa palavra em João 17.3 demonstra que o conhecimento empírico tem seu lugar no pensamento teológico e que a teologia teórica tem o objetivo de promover experiências espirituais. Sem a norma, a experiência não pode ser verificada; sem a experiência, a norma não passa de teoria. João mostra como ambas podem ser reunidas em uma sólida fé cristã. A teologia precisa ser prática para ser eficaz. Já as crenças, para sobreviverem à geração que as originou, precisam ser tanto lógicas como vitais.[2]

Por vezes, as epístolas neotestamentárias usam uma palavra ainda mais forte que *gnosis* para expressar a idéia de conhecimento: *epignosis*, que significa um conhecimento pleno adquirido pela experiência. Kenneth Wuest, acerca de Filipenses 1.9, diz:

> O conhecimento pleno que aqueles filipenses precisavam adquirir por experiência era uma melhor compreensão da Palavra de Deus, que fosse

> convertida em experiência pessoal, e uma visão mais clara do Senhor Jesus em toda beleza e essência de sua pessoa. Um cristão pode possuir uma "compreensão" da Palavra, ou seja, saber explicar seu significado aos outros — sem ter uma experiência pessoal com essas mesmas verdades. Quando, porém, esse cristão coloca a Palavra de Deus em prática na sua própria vida, ele obtém aquilo de que Paulo fala nessa passagem.[3]

Em Filipenses 1.9, Paulo ora para que o amor desses crentes abunde mais e mais, tanto no conhecimento prático como no discernimento espiritual. Precisamos conhecer uma pessoa antes de a amarmos. Nós, cristãos, precisamos saber "em quem [temos] crido" (2 Tm 1.12), como também *em que* temos crido. O objetivo de todo nosso ensino cristão é bem expresso em Efésios 4.13: "Até que todos cheguemos à unidade da fé e ao conhecimento [prático] do Filho de Deus, a varão perfeito, à medida da estatura completa de Cristo".

Trata-se de um ideal elevado, bastante elevado. É claro que é elevado. Tão elevado quanto os céus estão elevados acima da terra, estão os caminhos de Deus acima dos nossos caminhos. Tais caminhos só são possíveis àqueles que alcançaram plenitude de vida e que são apaixonadamente dedicados ao Senhor, visto que conheceram, na prática, sua Pessoa, o poder da sua ressurreição e a comunhão dos seus sofrimentos (Fp 3.10).

Nas palavras de Raymond Calkins, "O cristianismo jamais foi experimentado e considerado insuficiente, mas reputado como árduo e deixado de lado".

> A Bíblia não traz verdade alguma que seja meramente teórica. Na Bíblia, a verdade está vinculada aos atos. Vemos esse princípio ser sublimemente expresso na expiação. Se fosse apenas teórica, a expiação, por mais verdadeira que fosse, não poderia salvar uma única alma. Para que a expiação tivesse eficácia salvífica, Ele, que é a verdade, teve de "efetuá-la" em sua obra redentora no Calvário. O mesmo vale para todas as verdades bíblicas, que devem ser relacionadas à vida para serem reconhecidas como o que realmente são.[4]

Qualquer coisa que embote a pungência da expiação, permitindo que a cruz pareça algo corriqueiro, ou impeça que nossas emoções disparem ao meramente pensarmos no evento que coroa a história da humanidade, é um grande crime!

Andrew Murray, ao longo de seu clássico *The Spirit of Christ* (O Espírito de Cristo), menciona constantemente o fato de que as Escrituras foram feitas tanto para a vida como para o entendimento. Mais profundas e elevadas que qualquer pensamento, elas penetram o cerne da personalidade, onde o Espírito de Deus tem acesso. "O conhecimento espiritual não é um pensamento profundo, mas um contato vivificante. Significa fazer parte da verdade e ser um com ela, a exemplo de Jesus. É algo real e substancial".[5]

> Apenas a Presença Viva produz a Palavra Viva. Portanto, o Reino não nos vem apenas em palavras, mas em poder. É por esse motivo que há tanta leitura e pregação da Palavra que rende poucos frutos; tanto esforço e oração pela fé, com tão pouco resultado. As pessoas lidam mais com a Palavra que com o Deus Vivo. A fé tem sido corretamente definida como "receber a Deus conforme sua Palavra". Para muitos, isso significa apenas admitir que a Bíblia é a palavra de Deus; deixam escapar a força desse conceito, de que é preciso aceitar a Deus conforme sua Palavra. Uma chave e uma maçaneta não servem para nada se não forem consideradas em relação à porta que desejo abrir. É somente por meio de um contato direto e vivificador com o próprio Deus que a palavra pode operar com eficiência e abrir o coração para Deus. A fé recebe a Deus segundo sua Palavra, mas só pode fazê-lo quando e na medida em que o próprio Deus se dá a conhecer. Eu posso ter, no livro de Deus, todas as suas preciosas promessas completas e inequívocas; posso ter aprendido e compreendido claramente que basta crer na promessa para tê-la cumprida em minha vida; e, ainda assim, não conseguir alcançar a tão almejada promessa. A fé que leva à herança é à disposição espiritual em aguardar o próprio Deus. Aguardá-lo, primeiro, falar sua palavra e, então, cumprir o que falou.[6]

Murray lembra-nos que, no jardim do Éden, dois caminhos foram colocados perante Adão e Eva para que chegassem à semelhança de Deus; a saber, dois caminhos tipificados pelas duas árvores: a árvore da vida e a árvore da ciência do bem e do mal. Deus desejava que, ao longo da vida, eles chegassem ao conhecimento e à semelhança de Deus. Satanás, porém, assegurou a Adão que apenas por meio do conhecimento o homem se tornaria semelhante ao Altíssimo.[7] Desde então, o homem tem dificuldades para colocar o conhecimento em seu devido lugar.

Hoje em dia, muitas pessoas possuem um grande conhecimento sobre o Senhor Jesus, mas sem realmente conhecê-lo. Chamam-no "Senhor, Senhor", enchem os locais de adoração e podem até estar bastante envolvidas na "sua obra". Todo nosso conhecimento, entendimento e doutrina serve para nos ajudar a conhecer Cristo melhor, pois Ele é uma realidade espiritual. Todos os nossos métodos deviam nos ajudar a alcançar essa realidade, a alcançar a Cristo, não serem empecilhos ou substitutos para Ele. Cristo deve ter a preeminência em todas as coisas (Cl 1.18).

Uma mulher de meia idade descreve seu primeiro domingo na Escola Dominical em uma nova cidade:

> Tive dificuldades em me preparar para ir à igreja naquele primeiro domingo, mas sentia que precisava de alguns minutos de paz e tranqüilidade longe de casa. Era tão bom em Allentown[8], quando eu diminuía o ritmo e passava a manhã de domingo divagando enquanto o professor seguia com sua cantilena. Ele geralmente falava sobre as profecias, pois esse era seu maior interesse na Bíblia. Como eu já conhecia as profecias bíblicas, não precisava ficar muito atenta. Lembro-me de ter participado umas poucas vezes, como quando o professor afirmou que o próprio Jesus governaria a Jerusalém terrenal. Disse-lhe que ele estava errado, pois escutara um evangelista dizer que Jesus governaria a Jerusalém celestial.
>
> Desde o instante em que entrei naquela nova igreja, pude ver que minha nova Escola Dominical era bem diferente da antiga. As pessoas pareciam fazer parte de um complô para impedir que eu relaxasse e tivesse paz. Eram quase que excessivamente amigáveis e ficavam perguntando tudo sobre minha vida. Todos carregavam suas Bíblias e insistiam para que eu também usasse uma — até tinham Bíblias extras para recém-chegados como eu.
>
> Comecei a imaginar se havia realmente um professor e se teríamos alguma lição bíblica, pois um homem chamado senhor Baker pediu para a classe orar por seu filho, que vinha andando em más companhias recentemente. Então um homem, que depois observei ser o professor, pediu para a classe também orar por uma jovem que havia fugido para a cidade. Era um momento de oração tão pessoal que mal consegui segurar minhas lágrimas ao lembrar dos problemas que minha própria irmã vinha passando com sua filha.
>
> Depois da oração, uma mulher comentou sobre a atitude arrogante e volúvel dos jovens em nossos dias. O professor então perguntou sobre quais seriam as diferenças entre os jovens e os adultos. Os presentes não tiveram nenhuma dificuldade em enumerar várias diferenças. Estávamos todos muito seguros até que o professor perguntou se todos os adultos já haviam deixado para trás a arrogância e a volubilidade da juventude. Começamos a lembrar de

adultos que ainda traziam essas características, até que um homem observou: "Gostaria de saber quantos de nós aqui neste grupo realmente abandonaram o egoísmo infantil dos mais jovens".

Então o professor realmente assumiu o controle. Sugeriu que passássemos à lição do dia, sobre as mudanças que ocorreram com o apóstolo Pedro conforme ele passou da imaturidade para a maturidade. Primeiro examinamos as passagens que descrevem sua atitude quando Cristo o chamou para ser pescador de homens.

Quando começamos a usar nossas Bíblias, fiquei envergonhada. Os outros foram diretamente para o versículo em questão, mas eu ainda estava folheando as páginas quando começaram a falar sobre Pedro. E os outros membros da classe falavam tanto quanto o professor! Eles pareciam gostar de participar e, algumas vezes, até fugiam um pouco do assunto. O professor, porém, trazia-os de volta e estava sempre pronto com o próximo texto a ser lido. Ele também fez algumas perguntas bastante agudas que me acertaram em cheio. Sentia-me tão culpada quanto na noite anterior, quando fora parada pela polícia após ignorar o sinal vermelho de um semáforo em minha pressa para chegar em casa.

Já os outros homens e mulheres não pareceram se sentir incomodados quando o professor sugeriu que nós, hoje em dia, devíamos ser como o apóstolo Pedro! Nunca tinha visto pessoas tão dispostas a conversar e falar sobre o que a Bíblia lhes orientava. Eles não apenas liam a Bíblia, mas aplicavam todos os seus preceitos bíblicos em sua própria vida.

Quando o professor me convidou a ler alguns versículos, as palavras mal saíam de minha boca. Acredito ter dado a impressão de que nunca lera a Bíblia. Com certeza, eu jamais participara de uma aula assim.

Ao final da aula, voltamos a orar. E como oramos! Acho que nunca orei daquela forma desde minha conversão. Aquelas pessoas pediam tão ardentemente para serem transformadas pelo Senhor que eu podia sentir meu próprio ser sendo transformado. Sem dúvida, jamais havia percebido o quão longe estava de ser "realmente adulta" e daquilo que o Senhor esperava de mim.

Na hora do almoço, meu marido (que nunca vai à igreja) quis saber o que acontecera comigo. Geralmente, eu falava sobre todas as pessoas que vira na igreja e contava as últimas fofocas. Naquela tarde, eu falei sobre Pedro e sobre como o Senhor o transformou de uma criança débil em um adulto maduro.

A maior bênção da Escola Dominical, porém, revelou-se ao anoitecer, depois de meu marido e eu passarmos uma agradável tarde em casa. Acredito que, depois de muito e muito tempo, aquela tenha sido a primeira noite em que deixei de importuná-lo para irmos a algum lugar diferente. Ele disse: "Nem passa pela minha cabeça o que possa ter acontecido com minha esposa implicante. Talvez eu deva dar um pulo nessa nova igreja e ver que tipo de religião eles têm por lá".

A Centralidade da Pessoa de Cristo

Em 2 Pedro 1.3-8, vemos uma descrição do processo de amadurecimento cristão. O trecho começa com um anúncio tão tremendo que é difícil aceitá-lo em seu sentido literal. O poder divino de Deus nos tem concedido todas as coisas que conduzem à vida e à piedade. Todas as coisas já nos foram dadas! Basta-nos tomar posse, mas como? Por meio do verdadeiro conhecimento da pessoa de Cristo. Não apenas os fatos de sua vida, mas um conhecimento completo, pessoal, íntimo e prático. O Criador dos céus e da terra quer que o conheçamos como pessoa, como a pessoa que Ele realmente é. Quando enxergamos quem Ele é, em toda sua glória, excelência, esplendor e poder, em contraste com a corrupção que nos cerca e se manifesta em desejos perversos; passamos a querer sua qualidade de vida e procuramos trocar nossas frustrações pela plenitude que há nEle.

Como fazemos isso? Assumimos o risco pela fé e nos baseamos em suas promessas, as quais descobrimos serem realmente preciosas, magníficas e acima de qualquer preço. Ele espera que nos apropriemos do que Ele já concedeu. Ao andarmos com Ele, tornamo-nos participantes da natureza divina, partilhamos o próprio Ser de Deus e nossa própria natureza é transformada. "Mas todos nós, com cara descoberta, refletindo, como um espelho, a glória do Senhor, somos transformados de glória em glória [essa glória diz respeito a nós!], na mesma imagem, como pelo Espírito do Senhor" (2 Co 3.18).

Será que tememos pensamentos tão gloriosos? Alguns cristãos, mesmo após terem recebido perdão por seus pecados, ainda não receberam muitas outras coisas que aguardam por eles. É difícil parar e fitar a Majestade quando estamos sempre correndo de um lado para o outro em nossa frenética sociedade.

O Senhor não poderia dar seu poder a pessoas fracas, que o usariam de forma destrutiva; mas para aqueles que estão prontos a atingir a vocação elevada do cristão maduro. Deixando para trás tudo o que enfraquece, Pedro diz: seja diligente, dê o melhor de si, empreenda todos os esforços, faça o possível para amadurecer de forma equilibrada. Complemente sua fé com:

> Virtude, que é maturidade moral.
> Conhecimento, que é maturidade intelectual.
> Autocontrole, que é maturidade física.
> Coragem, que é maturidade emocional.
> Piedade, que é maturidade espiritual.
> Carinho fraternal, que é maturidade social.

E, sobre tudo isso, coloque o amor, que mantém o todo unido. O amor é o sinal do discipulado, a mais sublime qualidade eterna. Enquanto que a fé torna todas as coisas possíveis, o amor torna tudo jubiloso.

Visto que Deus nos fez assim tão complexos, Ele efetivamente supre as necessidades de todos os aspectos do nosso ser. É lamentável quando um aspecto imaturo da personalidade impede um cristão de desfrutar suas muitas qualidades. Deus pode nos manter maduros e equilibrados, pois Ele mesmo plantou em nós a semente de uma nova natureza, a própria vida do Eterno, que é nossa responsabilidade cultivar.

Tais padrões de caráter são de tal modo elevados que nenhum de nós chegou lá, nenhum de nós os alcançou. E por que não devemos desanimar? Pedro afirma que, se essas qualidades estão cada vez mais presentes e você percebe um progresso contínuo, deve manter a coragem.

Então podemos ser eficazes e frutíferos, não no culto a Deus, como esperaríamos ouvir de Pedro; mas, novamente, no conhecimento de nosso Senhor Jesus Cristo. O conhecimento do Senhor é tanto o meio para se alcançar a plenitude de vida, como também o fim a que ela se destina. O principal objetivo de Deus é formar muitos filhos à sua semelhança. O culto é o resultado natural, mas enfatizá-lo pode criar obstáculos à plenitude de vida. A ênfase do ensino cristão é a Pessoa de Cristo. Ele é o "O QUE", Ele é o "COMO", ele é o "PORQUÊ".

A Adoração que Ocorre a partir da Instrução

Uma lição secular acaba quando os alunos colocam em prática as instruções recebidas, mas isso não vale para a educação cristã. Depois que temos uma visão do Senhor dos senhores, que aceita entrar em nosso mundo para lidar pessoalmente com criaturas humanas, adorar ao Altíssimo é um resultado natural. A adoração é o ápice da experiência espiritual em que nosso ser interior busca a Deus, sente sua proximidade e o adora. Não entramos em sua presença para dar continuidade ao nosso aprendizado, mas para efetivamente encontrá-lo — para encontrar nosso Criador e Redentor. Prostramo-nos perante Ele, que é digno de toda a adoração, e conformamos nossa vontade à dEle. Jesus disse à mulher samaritana que Ele *busca* adoração em espírito e em verdade. Jamais poderíamos merecer ou pagar o que Ele fez por nós, mas podemos adorá-lo com todo nosso ser.

Para completar o processo que começa com o aprendizado, louvamos a Deus por seus atributos especiais que foram abordados durante o aprendizado. Mais uma vez, em repetição ao que já foi afirmado no início deste capítulo, as informações bíblicas servem para nos preparar para esta atividade espiritual mais elevada. Na adoração, passamos pela Palavra Escrita para Chegar à Palavra Viva. É a própria pessoa de Deus que satisfaz nossos mais profundos anseios. Sua presença nos completa, o estudo bíblico forma nossa mente e a adoração desafia nossas emoções e vontade própria.

O teor da adoração é escolhido para seguir no mesmo objetivo e tema da lição bíblica. A dificuldade está em utilizar idéias e palavras que expressem o que os alunos experimentam em seu íntimo. No começo, precisamos de canções dirigidas à pessoa do Senhor, que o louvem por seu amor, fidelidade ou o que quer que tenha sido estudado. O texto selecionado é freqüentemente um salmo de louvor. Ao fim do culto, podemos exortar uns aos outros a obedecer às ordenanças do Senhor, fazendo perguntas como "Quem está ao lado do Senhor?" Impossível deixarmos de nos perguntar a cada momento: "Será que os alunos realmente sentem todas as palavras que lhes pedimos para cantar, sobretudo as expressadas na primeira pessoa?"

Se a adoração vier antes da instrução, torna-se via de regra genérica e rotineira, o que pode ser mortal. Tanto Isaías (29.13) como Jesus (Mt 15.8) nos alertam para não honrarmos a Deus com nossos lábios enquanto nossos corações estão distantes. Para evitarmos que qualquer elemento da adoração vire rotina, podemos utilizar inúmeras variações criativas na promoção de um clímax de oração, a abordagem mais próxima de Deus, quando decisões são tomadas e compromissos são renovados.

Implicações e Questões para Discussão em Grupo

Os professores da Escola Dominical muitas vezes se perguntam sobre o porquê de a Bíblia parecer ter tão pouco impacto na vida de seus alunos. Os pais não raro vêem pouca relação entre o conhecimento bíblico e o comportamento de seus filhos. Professores ficam admirados com a pouca relação entre o conhecimento bíblico de um aluno e seu caráter cristão. A correlação entre esses dois fatores é realmente desconcertante. Precisamos saber o que Deus tem para nos dizer por intermédio de sua Palavra, mas tal conhecimento não resulta automaticamente em uma melhora do caráter.

Os educadores cristãos devem possuir uma visão elevada das Escrituras. A declaração de fé de certa faculdade cristã, por exemplo, declara: "Cremos que as Escrituras, Novo e Antigo Testamentos, foram verbalmente inspiradas por Deus, são inerrantes em seu texto original e possuem autoridade suprema e absoluta no que tange à fé e à vida". Guardar uma visão elevada da inspiração, porém, não basta. As mais recentes disputas bíblicas, embora importantes, deixaram de abordar o uso da Bíblia na produção de uma nova vida e de um caráter cristão.

O conhecimento da Bíblia é necessário, mas não basta para promover o crescimento da cristandade. A Palavra e o Espírito são os dois meios principais para se conseguir um crescimento espiritual, mas, para que isso aconteça, ambos precisam interagir com a situação de vida do aluno. Somos tentados a confundir os meios para o crescimento espiritual com o crescimento espiritual em si. Ensinar a Bíblia é um meio, não um fim. O objetivo, em uma classe infantil da Escola Dominical, não é fazer as crianças decorarem a Bíblia. O objetivo é fazer com que os versículos memorizados sejam um *meio* de ajudar as crianças, de forma que tenham em mente os critérios de Deus quando tiverem de enfrentar as tentações que provavelmente virão. Os programas de atividades para jovens também são meios freqüentemente confundidos com um fim. Nosso objetivo não é possuirmos programas "maravilhosos" que atraiam um monte de moças e rapazes para o grupo de jovens, mas que, *por intermédio* desses programas, os mais jovens venham a Cristo e se assemelhem cada vez mais a Ele. Então, que relação existe entre conhecer a Deus, tornar-se semelhante a Cristo, ensinar a Bíblia e desenvolver programas educacionais? Eis quatro importantes considerações. Precisamos levar em conta o principal propósito da vida, os objetivos educacionais, os métodos educacionais e os programas educacionais.

O principal propósito da vida é aquilo pelo qual vivemos. É aquilo a que prestamos adoração. Muitas pessoas adoram a si mesmas e seu principal propósito é alcançar fama, riqueza, poder e desenvolver todo seu potencial. Alguns educadores presumem que a sobrevivência ou o desenvolvimento da sociedade é o valor maior. Eles adoram o estado, a comunidade ou a família. O principal propósito do cristão não é evangelizar, desenvolver um caráter cristão ou mesmo edificar a Igreja, mas adorar a Deus. O maior dos mandamentos é: "Amarás, pois, ao

Senhor, teu Deus, de todo o teu coração, e de toda a tua alma, e de todo o teu entendimento, e de todas as tuas forças" (Mc 12.30). O crescimento pessoal e a edificação da Igreja são realizações importantes, mas não são nossos propósitos principais, não são alvos da nossa adoração. Devemos adorar apenas a Deus. Todas as outras coisas são apenas formas de alcançarmos esse fim. Tal critério deve estar sempre diante de nossos olhos ao avaliarmos nossas metas, métodos e programas educacionais.

Os **objetivos educacionais** devem promover de forma intencional e sistemática o principal propósito da vida. Objetivos educacionais são resultados que esperamos alcançar por meio do poder do Espírito Santo na vida dos alunos, tornando-os mais capazes de conhecer, amar e servir a Deus. O educador deve sempre avaliar o valor de um objetivo educacional à luz do principal propósito da vida. Antes de crescerem crescer no conhecimento de Deus, as pessoas devem nascer do alto; ou seja, devem ser adotadas na família de Deus. Além disso, uma vez nascida, a criança deve continuar a crescer. A meta desse crescimento é desenvolver o caráter até chegar à medida da estatura completa de Cristo (Ef 4.13).

Os métodos educacionais são instrumentos que servem para alcançar os objetivos educacionais, a fim de que as pessoas possam concretizar o principal propósito da vida. Ainda assim, não é difícil confundir métodos e objetivos. Os objetivos fazem parte da vida do aluno, enquanto que os métodos se prestam a ajudar na perseguição do objetivo. O ensino da Bíblia é um método educacional. A Bíblia é necessária, mas como um meio e não um fim. O ensino da Bíblia, em si, não é uma meta real. Devemos ensiná-la de modo a ajudar o aluno a compreender a verdade da Palavra de Deus e a aplicá-la em sua vida.

A comunidade cristã é um outro meio de promoção do crescimento. É importante que os cristãos interajam entre si.[9] É, portanto, essencial edificar uma igreja saudável. O Espírito Santo opera por intermédio da Palavra e de cristãos que receberam dons espirituais. Portanto, a Palavra, o Espírito e a comunidade cristã são as três principais formas de se promover o crescimento espiritual no indivíduo. Os métodos de ensino devem levar as pessoas a interagirem umas com as outras e com a Palavra de Deus, no poder do Espírito Santo. Há uma tensão necessária entre os padrões de Deus e nossa situação atual. Tal tensão deve ser explorada na companhia de cristãos com dons espirituais. Essa é a essência de todo bom método de ensino.

Os programas educacionais devem surgir a partir de um compromisso com objetivos e métodos. Não raro, os educadores cristãos se envolvem de tal forma com o dia-a-dia dos programas, que mal sobra tempo para refletir sobre a relação entre aquilo que fazem e a razão por que o fazem. Os estudiosos, por sua vez, podem se concentrar tanto na filosofia da educação, que esquecem de que objetivos e métodos abstratos devem ser aplicados em programas e atividades práticas. A todo o tempo, os educadores cristãos precisam se questionar acerca de suas atividades educacionais. Precisam sempre verificar se seus programas estão coerentes com o compromisso que assumiram com resultados, métodos e propósitos bíblicos. Dentro desse arcabouço, há uma enorme flexibilidade metodológica.

Eis um organograma que demonstra a relação entre o principal propósito da vida, os objetivos educacionais, os métodos educacionais e os programas educacionais:

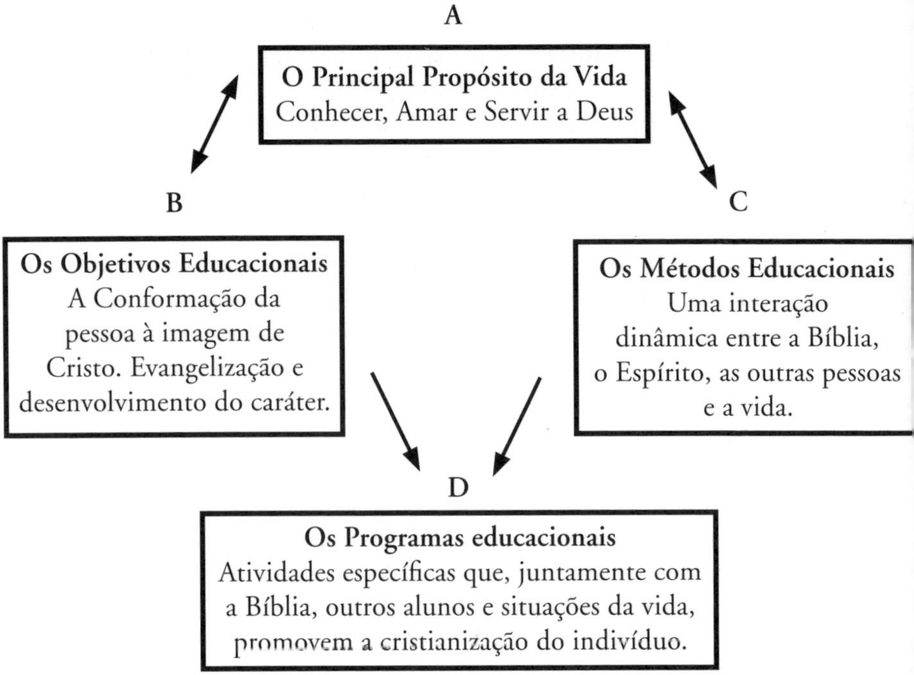

Para o educador cristão, o importante não é colocar a informação certa na caixa correta, mas sim que as caixas estejam intimamente relacionadas entre si. Os programas devem surgir de uma boa compreensão sobre os objetivos e os métodos, os quais devem surgir de uma boa compreensão do principal propósito da vida.

A Família

Pense nos modos como a Bíblia é utilizada em sua casa. Em alguns lares, a Bíblia não passa de um enfeite para a sala de estar. Em outros sua leitura é diária. Contudo, seja a Bíblia lida regularmente ou não, como ela é aplicada nas situações do dia-a-dia? Como isso poderia ser feito de forma mais eficiente em seu lar?

A Igreja

De que modo a Bíblia é ensinada em sua igreja? Que sinais você percebe de que a Bíblia está sendo ensinada de modo a fazer diferença na vida das pessoas? Faça uma rápida pesquisa na sua área de atuação, como na Escola Dominical, no grupo de jovens ou nos grupos de estudo bíblico. Como os programas utilizados se relacionam com os seus objetivos? Existe a tentação de se ficar pulando de uma atividade inovadora para a outra? As atividades estão especificamente relacionadas aos resultados esperados na vida dos alunos? Os métodos de ensino estimulam os estudantes a realmente compreender o significado das passagens e também a pensar nas implicações práticas? A Bíblia é em algum momento ensinada como sendo um fim em si mesma? Os estudos bíblicos são eventualmente deixados de fora no planejamento dos programas?

A Escola

Os cursos acadêmicos de teologia nem sempre reivindicam algum caráter prático. Nesses locais, os professores não costumam tentar imitar a Escola Dominical. Aliás, alguns professores até se sentiriam insultados caso seus cursos parecessem muito práticos. Como você analisaria a maior parte de nossas classes de estudo bíblico a partir do organograma acima? Examine o modo como a Bíblia é utilizada nas aulas "não-bíblicas".

Lembre de um professor que tenha ajudado a melhorar seu caráter por meio do estudo da Bíblia. O que tornou tal experiência eficaz? Como a Bíblia foi utilizada? Rememore algumas características do professor e de suas aulas.

É importante que a Bíblia seja ensinada em uma perspectiva acadêmica sólida. Não é nem um pouco adequado tentar aplicar a Bíblia sem antes entendê-la. Conhecer o contexto cultural dos tempos bíblicos e estudar as Escrituras nos idiomas originais é de grande valor. Alguns professores, contudo, tornam muito difícil a utilização da Bíblia para estimular o crescimento espiritual. Com freqüência, as verdades bíblicas são apenas decoradas, repetidas no exame final e logo esquecidas. Se você fosse ensinar o mesmo assunto, o que poderia ser feito para que suas aulas transformassem vidas?

Embora seja perigoso ensinar a Bíblia à parte das necessidades da Igreja, também é arriscado dar treinamentos pontuais, como, por exemplo, métodos de evangelização, sem que haja uma sólida compreensão da Bíblia. Como os princípios bíblicos poderiam ser mais bem integrados nesses cursos?

NOTAS

[1] F. BETTEX, *The Bible The Word of God.* Cincinnati: Jennings and Graham, 1904, pp. 52-54.

[2] Merrill C. TENNEY, *The Genius of the Gospels.* Grand Rapids: William B. Eerdmans Publishing Co., 1951, p. 116.

[3] Kenneth Wuest, *Phillippians in the Greek New Testament.* Grand Rapids: Eerdmans Publishing Co., 1953, pp. 35,36.

[4] Frank E. Gaebelein, *The Patern of God's Truth.* Nova York: Oxford University Press, 1954, p. 35.

[5] Andrew Murray, *The Spirit of Christ.* Londres: Nisbet & Co., 1888, p. 228.

[6] *Ibid.*, p. 266.

[7] *Ibid.*, p. 87.

[8] N.do T.: Cidade da Pensilvânia, EUA

[9] Para uma interessante abordagem do processo de amadurecimento cristão, leia a entrevista com Roberta Hestenes: "Can Spiritual Maturity be Taught?" (A Maturidade Cristã Pode Ser Ensinada?) *Leadership* 9 n.º 4, outono de 1988, pp. 12-20.

6

O Processo de Ensino e Aprendizagem

Depois de falarmos sobre os fundamentos bíblicos para o ensino cristão, chegamos à questão prática do "Como?" Como podemos ajudar os alunos a ir além da Palavra escrita e alcançar a Palavra Viva? Como podemos ajudá-los a fazer uso da Bíblia em suas vidas? Como podemos conduzi-los ao próximo passo em direção à maturidade em Cristo? Ao fazermos tais indagações, podemos ver que os alunos precisam ter um papel relevante no processo, pois são eles que devem lidar com o Senhor, mudar a conduta pessoal e crescer na graça. Nosso problema é trazê-los a Cristo, ajudá-los a crescer em Cristo e enviá-los em nome dEle. Não podemos receber a Cristo por eles. Não podemos aprender por eles. Como diz o velho ditado: "Podes levar o cavalo à beira do rio, mas não podes fazê-lo beber". O que é ensinar, senão ajudar as pessoas a aprender? A questão principal, portanto, não é ensinar, mas aprender. A menos que descubramos como as pessoas aprendem, não seremos capazes de ensiná-las como devemos.

Transferindo o Processo de Aprendizagem do Professor para o Aluno

É verdade que os alunos estão sempre aprendendo alguma coisa. Muitas vezes, porém, o que eles aprendem não é o que o professor queria ensinar. Enquanto um professor ofuscado fala sem parar, talvez eles intentem abandonar a Escola Dominical tão logo os pais deixem de obrigá-los a ir. Enquanto um professor erudito desfia generalização após generalização, talvez eles tirem a conclusão de que a Bíblia é um livro muito enfadonho. Enquanto um professor mal preparado divaga em uma oração, talvez percebam que o momento da oração é perfeito para praticar suas travessuras.

O desenvolvimento de um aluno não é determinado pelo que ele ouve, mas por aquilo que ele faz com o que ouve. O importante é o que acontece no interior do aluno. Ele pode aceitar ou rejeitar o que quer que esteja ocorrendo ao seu redor. O processo de aprendizado é o que o aluno faz e o que as forças externas lhe fazem. Nós, professores, só podemos influenciar os fatores internos manipulando os fatores externos. Se trabalharmos com o Espírito de Deus, ele pode nos usar para promover mudanças internas.

O homem moderno não pode ter a expectativa de aperfeiçoar a idéia de ensino que foi passada pelo próprio Deus em João 16.13. Visto que o Espírito Santo é o único professor capaz de atuar tanto no aspecto interno como externo do aluno, Cristo disse a seus discípulos que o Espírito os guiaria em toda a verdade e anunciaria as coisas futuras. Ensinar é, portanto, guiar e declarar: guiar os alunos e declarar a verdade. Um professor de verdade não hesita em declarar a verdade ao orientar um aluno. Se, contudo, ele se limitar a declarar, tornar-se-á um pregador. Um professor deve ser hábil em guiar, orientar e ajudar os alunos em seu aprendizado.

Podemos comparar o ofício do professor ao de um guia turístico. Os turistas decidem de antemão se querem ver a Europa, a América do Sul ou a Terra Santa. O guia competente é aquele que já fez a viagem, geralmente muitas vezes, e está familiarizado com todos os pontos interessantes. Assim, ele é capaz de dirimir as dúvidas do grupo, ajudando-o a definir o itinerário. Ele toma as providências necessárias para que a viagem corra bem e leva o grupo às principais atrações, a fim de que cada momento traga novas experiências. A satisfação dos turistas advém de suas experiências pessoais com novas pessoas e novos lugares. Você consegue imaginar um guia turístico dizendo: "Como eu já fiz essa viagem antes, vocês não precisam ir. Não se preocupem, pois vou contar tudo para vocês?"

Pois é exatamente isso que, muitos de nós, professores, fazemos. Tivemos oportunidade de aprender muita coisa em razão das nossas próprias e enriquecedoras experiências com o Senhor. Ao ensinar, sempre aprendemos mais que nossos alunos, pois nos envolvemos mais do que eles mesmos no processo. Em vez de conduzirmos nossos alunos por meio das experiências que já tivemos, tentamos encurtar o processo e lhes apresentamos apenas o resultado final. Eles não querem apenas saber o que aconteceu às outras pessoas, mesmo que sejam personagens bíblicos, mas querem viver novas e empolgantes experiências, próprias e originais.

É evidente que a forma mais fácil de ensinar é simplesmente falar. Podemos falar o que tivermos a dizer sem levar em conta as necessidades dos alunos. Não interessa se João está com saudade de casa e um vazio no estômago; se Maria está querendo se vingar do que lhe fizeram no último domingo; se Marta está cheia de dúvidas sobre o que está sendo dito; ou se Pedro já ouviu várias vezes sobre o mesmo assunto. Mas será que isso é orientação? Será que o simples fato de falar pode levá-los a experiências pessoais? Será que isso basta para João, Maria, Marta e Pedro? E como conseguiremos atender suas necessidades? Sem dúvida, isso dará algum trabalho, mas nada menos que a excelência poderia satisfazer um professor cristão. Ainda hoje, por meio de nós, Cristo quer ensinar da sua própria maneira. Como vimos no capítulo três, o que Cristo faz é determinado pelo o que seus discípulos fazem. Obviamente, não estamos ensinando conforme a Palavra de Deus. Todos os aspectos da vida, ao serem penetrados pela revelação de Deus, são transformados. O ensino não é uma exceção.

Como professores, nossa principal tarefa é criar situações propícias ao aprendizado, nas quais João, Maria, Marta e Pedro desejem saber mais sobre os caminhos de Deus. Podemos tornar a situação em sala de aula favorável ao aprendizado em vez de dificultá-la, o que é freqüentemente o caso.

Primeiro, precisaremos nos colocar no lugar de nossos alunos e tentar sentir o que eles sentem, pensar como eles pensam e vivenciar o que eles vivenciam. Deixaremos de lado o fato de já conhecermos a lição, sempre lembrando de que eles não a conhecem. Não podemos permanecer em nosso próprio mundo tentando lhes falar através de um grande abismo, como se eles estivessem distantes. Tentaremos tocar o mundo em que vivem. Transferiremos o processo de aprendizagem do professor para o aluno. Então, o processo de ensino se tornará uma grande aventura junto ao próprio Mestre dos mestres.

O Aspecto do Crescimento

As Escrituras freqüentemente falam sobre o crescimento espiritual em termos de um crescimento físico: "A tua mulher será como a videira frutífera aos lados da tua casa; os teus filhos, como plantas de oliveira, à roda da tua mesa" (Sl 128.3); "Toda planta que meu Pai celestial não plantou será arrancada" (Mt 15.13).

Vale lembrar que Comenius também utilizou intensamente essa analogia. Apesar de existirem muitas semelhanças entre os crescimentos físico e espiritual, há uma grande diferença. Uma planta não possui vontade própria, mas tão somente se desenvolve segundo o que o Criador predeterminou para sua espécie. A ação do homem é necessária para, em sua regeneração, receber o dom do Filho de Deus. Tal atitude não encontra paralelo na natureza. Independente do doutrinamento recebido ou do entendimento do indivíduo, não podemos supor que alguém é cristão até que tenhamos visto evidências incontestáveis de que tal pessoa nasceu do alto. Há, contudo, um período de desenvolvimento pré-natal que antecede o nascimento espiritual, tal qual o período pré-natal que antecede o nascimento físico. Esse período pode ser longo ou não tão longo. Antes da regeneração, os pais do recém-nascido tentam ajudá-lo a rejeitar seus próprios caminhos egoístas e a aceitar os caminhos elevados do Senhor. Entretanto, a rigor, é somente após o nascimento espiritual que se pode fazer isso. Nosso interesse é providenciar para que o indivíduo tenha um crescimento espiritual contínuo desde o nascimento até a morte física.

A Analogia Bíblica com o Nascimento Físico

Embora um jovem avance em seu desenvolvimento ao tomar as decisões certas, o crescimento espiritual, da mesma forma que o crescimento físico, é geralmente um processo gradual e contínuo. Assim como, no campo, vemos "primeiro, a erva, depois, a espiga, e, por último, o grão cheio na espiga" (Mc 4.28), também devemos crescer em Cristo em todas as coisas, visto que Ele é a Cabeça do corpo da Igreja (Ef 4.15). Em condições saudáveis, o crescimento é constante e sólido. Embora não seja possível vermos grandes mudanças a cada dia, o progresso deve ser evidente. Se colocarmos nossas esperanças em desafios novos e constantes, os resultados provavelmente serão vigorosos, seguidos por períodos de declínio, sucedidos por novos esforços e novas recaídas.

O crescimento ocorre de dentro para fora. "O justo florescerá como a palmeira; crescerá como o cedro no Líbano [...] Na velhice ainda darão frutos; serão viçosos e florescentes" (Sl 92.12, 14). As raízes da árvore absorvem os nutrientes do solo, que através do tronco, sobem pelos galhos até cada folha e flor. A folha, a flor e o fruto fazem parte da vida da árvore.

Isso é bem diferente da árvore de Natal, que foi cortada e separada do solo. Durante algumas semanas, enfeitamo-la com luzes, bolas de vidro e penduricalhos. De início, é realmente um espetáculo, mas logo precisa ser jogada fora, pois servia apenas como decoração. Não é assim que nós, professores, algumas vezes nos empenhamos para produzir os efeitos da "árvore de Natal?" Treinamos nossos alunos na repetição de versículos que são apenas palavras para eles, ou para declamarem poemetos em dias especiais. Tais palavras podem até agradar os adultos, mas que efeito têm nas crianças? Elas estão sendo realmente assimiladas, ou não passam de enfeites "pendurados?" O livro de Provérbios nos exorta a guardar nosso coração, porque dele procedem as fontes da vida (Pv 4.23).

As fontes da vida, para "tudo o que floresce", dependem da natureza do solo, quer este tenha ou não sido preparado. "Eis que o semeador saiu a semear", disse Jesus, "e uma parte da semente caiu ao pé do caminho, [...] e outra parte caiu em pedregais [...] e outra caiu entre espinhos [...] E outra caiu em boa terra" (Mt 13.3-8). Na maior parte das classes em que lecionamos, temos os diversos tipos de solo. Como podemos ensinar sem saber que tipo de semente cada aluno está preparado para receber? Quando o destino eterno de almas está em jogo, como podemos nos contentar em pegar a semente que está mais à mão e, a despeito do tipo de solo, lançá-la de qualquer maneira? Alguns tipos de semente conseguirão germinar no mais duro solo, se nos dedicarmos a encontrar o tipo certo.

Até mesmo a mais robusta planta precisa continuamente de sol, chuva e poda. "O senhor Deus é um sol e escudo" (Sl 84.11); "Ele descerá como a chuva sobre a erva ceifada, como os chuveiros que umedecem a terra" (Sl 72.6). Cristo disse: "Toda vara em mim que não dá fruto, a tira; e limpa toda aquela que dá fruto, para que dê mais fruto" (Jo 15.2). Desde o nascimento até a morte, nutrição e exercícios são necessidades diárias na vida de uma pessoa. Alguns professores relaxam em seus esforços tão logo ocorra a conversão da alma. Como isso é possível? Abandonar um recém-nascido espiritual à sua própria sorte quando ele necessita ser constantemente cuidado e alimentado?

O Teste do Verdadeiro Aprendizado

"Pelos seus frutos os conhecereis" (Mt 7.20). O homem justo "será como a árvore plantada junto a ribeiros de águas, a qual dá o seu fruto na estação própria, e cujas folhas não caem, e tudo quanto fizer prosperará" (Sl 1.3).

Que tipo de fruto tem sido o resultado de nosso ensino? Temos ficado satisfeitos ao verificar que nossos alunos são freqüentadores assíduos da Escola Dominical e perfeitamente capazes de recitar versículos ou relatar fatos bíblicos? Que aspecto específico de nosso ensino tem nos preocupado constantemente? Até que ponto conseguimos contar um fato bíblico ou fazer uma preleção? Nossa sala de aula é tranqüila? Qual é o verdadeiro teste de nosso ensino, o teste do verdadeiro aprendizado por parte dos alunos?

Ao longo da semana, quando nossos alunos se relacionam com não cristãos, fica evidente a operação da Palavra de Deus em suas vidas? Quando estão brincando com outras crianças no parquinho, um estranho os apontaria como os mais altruístas, leais, honestos e cooperativos? Seja na escola ou no trabalho, são eles os mais confiáveis? Em casa, são eles os mais obedientes, educados e amáveis? Os pais perguntam: "O que você tem feito com meu filho?", por causa da mudança de comportamento que têm observado? Quando você não os está acompanhando, eles manifestam frutos do Espírito? (Gl 5.22,23)

Em nossa própria vida espiritual, percebemos que, logo após nos dar uma nova verdade, Deus nos testa acerca dela. No minuto em que nos recusamos a agir segundo sua verdade, começamos a cair de sua presença. No instante em que a colocamos em prática, começamos a pulsar com nova vida e a rumar para a vitória espiritual.

Uma das frases mais perturbadoras das Escrituras é "nada achou, senão folhas" (Mc 11.12-14). Quando Jesus viu uma figueira frondosa a distância, foi até ela procurar um fruto para saciar sua fome. Não achou nada além de folhas. Que essa frase jamais venha a caracterizar nossos esforços! É possível passar por todas as doutrinas bíblicas, utilizar palavreado bíblico, cantar hinos, orar, fazer a chamada e preparar aulas objetivas sem produzir frutos espirituais. Se, porém, fizermos a obra de Deus segundo a vontade dEle, "a seu tempo ceifaremos, se não houvermos desfalecido" (Gl 6.9).

Hoje, ao buscar em nossas igrejas pelo "fruto do penoso trabalho de sua alma" (Is 53.11 – ARA), o Senhor fica satisfeito com o que encontra? Ou tudo o que Ele acha é "nada, senão folhas?" O fruto que Ele busca são os discípulos, pois nos mandou ensinar a todas as nações, buscar alunos em todas as nações e fazer discípulos de todas as nações (Mt 28.19). Discípulos são cristãos que têm uma vida pessoal com Cristo, multiplicam-se constantemente e estão cada vez mais morrendo para sua antiga vida. Caem como grãos de trigo sobre a terra a fim de darem muitos frutos (Jo 12.24). Os discípulos são seguidores de Jesus, caminham diariamente com Ele, em vez de continuar em seus próprios caminhos egoístas.

Hoje em dia, em nossas igrejas, vemos muitos convertidos ao lado dos discípulos. Sim, eles têm sido salvos. Eles, um dia, conheceram a Cristo e receberam a vida eterna. Estes, porém, não dão frutos, tal qual a figueira que foi amaldiçoada por Jesus. Não produzem "nada, senão folhas". Comparecem à igreja local, cantam louvores e conhecem as doutrinas fundamentais, mas não se multiplicam. Deixaram de depender de si mesmos e passaram a contar com o Senhor para sua salvação, mas não seguem caminhando segundo a fé que os salvou. O Senhor jamais nos pediu para fazermos convertidos.

Nossos métodos de ensino são altamente responsáveis pelo número de convertidos que deveriam ser discípulos. Ao vermos nossos meninos e meninas repetindo versículos bíblicos, temos dito que eles os "aprenderam" e podem até ter recebido uma estrela por isso. Para as crianças, esse é o objetivo de todo o processo. Assim, dizer palavras como "amar uns aos outros" significaria que eles aprenderam o versículo. É fácil memorizar as palavras "amar uns aos outros?" Como vemos que uma pessoa aprendeu a amar os outros? *Você* aprendeu a amar os outros? Como é possível testar o amor pelo próximo? Como é *fácil* repetir três palavrinhas! Como é *difícil* amar pessoas desagradáveis, em circunstâncias que estimulam a autopreservação!

Como podemos ajudar os convertidos a se tornarem discípulos por meio da prática do amor? Podemos promover tais oportunidades como parte de nosso programa de aulas. Mesmo dentro da sala de aula, podemos criar situações em que os alunos possam praticar o compartilhamento, o trabalho em equipe, a urbanidade, a deferência pelo próximo e o altruísmo. Projetos e festas planejados durante o período da Escola Dominical, mas executados ao longo da semana, promovem outros tipos de conduta cristã. O verdadeiro teste, porém, começa quando os alunos saem do âmbito da nossa supervisão e seguem sozinhos. Se efetivamente demonstrarem amor em novas situações em casa, no *playground*, na escola ou no escritório, realmente terão aprendido a amar uns aos outros. Caso contrário, não conseguiram realmente aprender aquelas palavras bíblicas.

A Individualidade no Crescimento

Se cada folha de uma árvore difere das demais, quanto mais o complexo caráter humano. Cada ser humano exibe uma singular combinação de traços de personalidade. Cada um de nós foi formado pelo grande Criador para exibir uma característica especial de seu próprio Filho. Ele precisa de cada um de nós em seu próprio lugar para anunciar plenamente o caráter divino. É natural termos o sentimento de que alguns defeitos danificam a simetria da nossa constituição ou o valor daquilo que fazemos, mas somos exatamente o que Ele planejou na plenitude de seu conhecimento e poder.

Existem algumas sementes que germinam melhor em solo arenoso, desértico e sob sol forte, ao passo que outras preferem um solo fértil e rico. O mesmo vale para a personalidade humana que, em verdade, é ainda mais sensível às condições ambientais. Algumas sementes precisam da luz direta do sol, enquanto que outras crescem à sombra. Algumas crescem, ano após ano, sempre no mesmo lugar, enquanto que outras precisam ser removidas para um outro local. Alguns alunos precisam de um tratamento sempre meigo e delicado, visto serem sensíveis e facilmente magoáveis. Outros respondem melhor a um tratamento de choque mais duro. Alguns são tão ávidos, que captam até mesmo os comentários eventualmente lançados em classe. Outros são tão insensíveis às questões espirituais que a essência do evangelho precisa ser abordada de vários ângulos antes que possam ter um vislumbre de seu verdadeiro sentido. Cada um tem sua própria taxa de crescimento e suas próprias necessidades especiais.

Como podemos esperar que uma única lição atenda a todos os indivíduos presentes em classe? A cada contato, nosso objetivo não é nada menos que ajudar cada aluno a dar mais um passo rumo ao amadurecimento em Cristo. A primeira coisa que faremos é orar por cada um, diariamente, e de forma objetiva. Que mudanças queremos ver em João? Por que motivo João se sente e pensa de tal forma? Somos capazes de analisar de forma clara o porquê do comportamento de João? Podemos visualizar o mundo segundo a cosmovisão de João? Se não podemos, precisamos pesquisar essas coisas. Visitaremos seu lar, sua escola ou local de trabalho, sua turma de amigos e seus locais de lazer. Então poderemos orar por ele de forma consciente. Além do mais, ao compreendermos o ponto de vista de Deus a respeito de João, seremos capacitados a agir conforme os caminhos do Espírito para ajudar João.

O Aprendizado É um Processo Interno

É óbvio que o verdadeiro aprendizado traz manifestações externas. Ainda assim, tais manifestações não representam mudanças reais e permanentes, a menos que algo tenha acontecido internamente. A verdade de Deus deve assumir progressivamente o controle da vida interior.

Se formos trabalhar com o Senhor para mudar o interior de nossos alunos, devemos começar por onde a mudança é mais necessária, com o que já lhes controla o comportamento. Que fatores nos levam a agir? Nossas necessidades; ou seja, nossos impulsos inatos que o próprio Todo-poderoso colocou em nós. O conceito de necessidade é fundamental na educação. Toda a humanidade possui necessidades físicas, por cuja satisfação empreendemos nossos melhores esforços, mentimos, roubamos ou entramos em guerra. Emocionalmente, precisamos de segurança, afeto, reconhecimento, libertação da culpa e novas vivências. Em culturas mais avançadas, em que o padrão de vida é mais elevado, essas necessidades psicológicas motivam a maior parte de nossos atos. No aspecto mental, todos necessitamos de atividades que acompanhem nossos interesses, desafios a serem superados e novas e mais amplas experiências intelectuais. Já na vida espiritual, carecemos de reconciliação com nosso Criador-Redentor, de modo a amadurecermos nos privilégios e nas responsabilidades do viver em Cristo. Assim, agindo criativamente com Ele, podemos compreender aquilo para o qual fomos alcançados.

Embora muitas dessas necessidades ocorram de forma concomitante, são as mais fundamentais e urgentes que atrairão nossa atenção, interesse e esforço. Todo o nosso ser, quer de forma consciente ou não, busca os meios para alcançar essas necessidades. Quando não vemos relação alguma entre um determinado acontecimento e nossas próprias necessidades, não lhe damos atenção alguma.

Por que o Criador nos formou com essas necessidades? Para que Ele pudesse satisfazê-las com sua própria Pessoa. Ele aguarda para suprir todas as nossas necessidades segundo suas riquezas, em glória, por Cristo Jesus (Fp 4.19). Ele quer nos falar diariamente na linguagem que melhor conhecemos; ou seja, nas circunstâncias do nosso dia-a-dia. Todos os problemas da vida servem para que busquemos nEle a solução. A maioria das lições ensinadas por Cristo nos evangelhos começou com essas necessidades pessoais. Nós, na qualidade de professores, ajudamos o aluno a perceber e a tomar o Senhor como a solução das necessidades pessoais que o próprio Senhor determinou.

Quando nos prostramos perante Cristo, reconhecendo-o como Rei dos reis e Senhor dos senhores, vemos todas as nossas necessidades serem supridas nesse único e glorioso Salvador! À proporção que Cristo nos alcança, que nos liberta do poder do pecado, do meio do mundo, da carne e do Diabo, tornamo-nos cada vez mais livres para dedicarmos nossa vida a Ele. À medida que nos regozijamos e nos identificamos com Ele em sua morte e ressurreição, Ele pode nos incluir em seus propósitos divinos e nos dar um objetivo espiritual que Ele mesmo consumará em nós. Ao nos abstermos de viver para nós mesmos, Ele se torna o centro de nossa vida. Então, nosso enfoque passa a ser conhecê-lo, bem como o poder da sua ressurreição e a comunhão dos seus sofrimentos. Já não nos concentramos em nossas próprias necessidades, mas em seu grande plano redentor para o mundo.

Por vezes, as necessidades sentidas com mais premência por nossos alunos são totalmente irrelevantes à luz da eternidade. Ainda assim, podemos ser forçados a começar com essas "necessidades sentidas" para estabelecermos um ponto comum. Então, nosso propósito passa a ser o de conduzi-los dessas "necessidades sentidas" às verdadeiras necessidades espirituais, tal qual Cristo, quando conduziu a mulher samaritana da água física à água espiritual. Ele talvez nem tivesse conseguido lhe falar se já começasse seu discurso com a água viva e a verdadeira adoração. Partir das "necessidades sentidas" não significa que devemos nos limitar a elas.

Começar uma lição com o que interessa aos alunos é o mesmo que partir de suas necessidades? Qual a diferença entre um interesse e uma necessidade? Ao falar sobre Davi e Golias, poderíamos começar com o interesse das crianças por estilingues, que sua atenção seria captada de imediato. Certamente falariam de suas experiências com estilingues, seriam capazes de se projetar na história e dariam atenção especial a parte do estilingue. Depois da história, quais seriam seus mais prováveis comentários? "Eu queria ter um estilingue. Como eu posso conseguir um? Eu nem precisaria de um gigante para derrubar. Eu miraria em um passarinho ou no chapéu de alguém. Eu quero um estilingue." É essa a reação que buscamos com a história?

Compare agora a abordagem dessa lição em termos de uma necessidade pessoal. Converse com as crianças sobre as coisas que elas sabem que devem fazer, mas acham difíceis de conseguir. "Esses são os nossos gigantes: as coisas que podem nos destruir se não tivermos cuidado. Davi também tinha seu gigante e ele o venceu. Como ele conseguiu? Nós também podemos ser fortes no Senhor e na força do seu poder? Como? Que tal nessa semana?" Sim, uma necessidade penetra fundo no íntimo de cada um, enquanto que um interesse é muitas vezes superficial.

Nossas lições bíblicas precisam relacionar os alunos de forma cada vez mais pessoal com a Palavra de Deus, cuja progressão de intensidade poderia ser expressa da seguinte forma:

> Ao ser exposto à verdade
> Ao desenvolver interesse pela verdade
> Ao tomar uma atitude acerca da verdade
> Ao ser controlado pela verdade.

Se nossos alunos não virem relação alguma entre suas necessidades e a Palavra, ela produzirá poucos frutos ainda que proclamada aos borbotões, visto que não chegou ao coração. Se associarmos a Palavra a algum tipo de interesse, eles a ouvirão com atenção, o que pode levar a algo mais profundo. Se entenderem como a Bíblia supre uma necessidade, empreenderão bons esforços para descobrir a resposta que vem de Deus. E, se descobrirem por experiência que o Deus Vivo supre outras necessidades, apropriar-se-ão cada vez mais dEle em sua vida pessoal.

Ainda assim, apesar de atingirmos o cerne da questão ao começarmos com as necessidades dos alunos, esse processo de transformação está longe de ser automático. É de nossa natureza resistir às mudanças, pois elas significam uma reorganização da estrutura de personalidade que vínhamos construindo. É bem mais fácil seguir pelo caminho com menos empecilhos que fazer ruir antigas formas de pensar e agir. Se pedirmos para uma pessoa mudar muitas coisas ao mesmo tempo, ela certamente ficará assustada. Nós, professores, precisamos saber avaliar o que é exigido de um jovem que, ao fim da Escola Dominical, terá de voltar para um lar ímpio ou uma escola secular, a fim de viver a vida de Cristo. Essa pessoa precisará de um grande fortalecimento do Senhor e de apoio daqueles que o representam na terra.

Quando sente o elã do mundo espiritual, o indivíduo, em vez de desmoronar por dentro, prefere se submeter a quaisquer rotinas exteriores. É bem mais fácil cair no hábito de citar palavras e supor que elas atendem às exigências de Deus. Se nós, professores, não exigirmos nada além de palavras, os alunos tentarão abrandar suas próprias consciências. Eles podem ser diligentes em defender a verdade contra tudo e contra todos, mas o Senhor busca os frutos do Espírito nas situações do dia-a-dia. A força das religiões pagãs reside no fato de elas estarem estreitamente relacionadas à vida cotidiana.

Na posição de professores, nossa tarefa não é tanto estimular motivações, valores e propósitos, mas utilizar aquilo que os alunos já trazem consigo. Eles nos chegam com inúmeras necessidades. Devemos, na medida do possível, descobri-las rapidamente e planejar nossas aulas com base em nossas descobertas. Ao conversarmos informalmente com eles antes da aula, podemos tomar conhecimento do que lhes ocupa a mente naquele momento e, muitas vezes, começar por aí. No quadro-negro, podemos escrever perguntas de ordem pessoal que apontem para o conteúdo bíblico e, então, atentar aos comentários que revelem problemas pessoais. Não raro, veremos uma necessidade pessoal surgir inesperadamente em meio a uma lição, proporcionando questões valiosas para o assunto seguinte.

Professores mais experientes, ao observarem o trabalho de professores mais jovens, ficam freqüentemente pasmos com a quantidade de excelentes dicas dadas pelos alunos que passam despercebidas. Perguntas, comentários e sugestões que levariam a debates e projetos interessantíssimos não são nem ao menos ouvidos. O professor fica tão absorto no conteúdo, tão inseguro quanto à seqüência de assuntos em seu esboço, que não ensina o conteúdo aos alunos, mas apenas discorre sobre ele. Ele espera que os alunos o ouçam, mas não dá ouvidos ao que os alunos falam. Será isso justo? Se as idéias, sugestões e necessidades pessoais dos alunos forem entremeadas às lições, o conteúdo da aula motivará novas atitudes.

Ou procuramos suprir as necessidades de nossos alunos com a lição, ou eles mesmos resolverão seus problemas de uma maneira que desvirtuará ou mesmo negará a lição. Aquilo que os alunos querem aprender é tão importante quanto o que os professores desejam ensinar.

O Aprendizado É um Processo Ativo

Um diálogo em uma classe infantil:

A Professora: — Mário, o que é que vou fazer com você? O sinal já bateu, seu desenho não está colorido e você nem decorou seu versículo de hoje. Acho que você não aprendeu nada hoje. Por que isso, Mário?

Mário: — Bem, você me mandou sentar e ficar quieto. Disse para eu calar a boca e prestar atenção; e você ensinou, ensinou e ensinou até que eu não conseguisse aprender mais nada![1]

Aninha só tinha sete anos de idade e já adorava a escola. Suas bonecas ficavam sentadas e liam e faziam contas e todas as outras coisas boas que Aninha fazia na escola.

Tia Luiza, que vivia com Aninha, era professora e já tinha se cansado da leitura, das contas e das outras coisas que precisavam ser ensinadas. Então, um dia, ela sugeriu uma nova brincadeira com as bonecas.

— Que tal brincar de Escola Dominical, Aninha? Acho que suas bonecas gostariam de uma mudança.

— Não — disse a garotinha — minhas bonecas serão bem-educadas. Na Escola Dominical nós só ficamos sentadas e ouvindo, e elas nunca aprenderiam nada fazendo isso.

Aquelas palavras deram à tia Luiza, que ensinava tanto na escola regular como na Escola Dominical, muito que pensar.[2]

Deixando que os Alunos Participem

Com sermão sobre sermão e conferência bíblica sobre conferência bíblica, as igrejas não estão treinando "ouvintes profissionais", que se tornam especialistas em ignorar o que não lhes é pessoalmente importante? Estima-se que, a qualquer instante, apenas 25% da igreja estão realmente ouvindo o pregador. Quando as pessoas ainda "ouvem dizer" em supostos períodos de aula, não é de se estranhar que os resultados espirituais já não sejam visíveis. Os alunos, em verdade, estão sendo treinados para não ouvir.

A grande descoberta do ensino está nos grupos pequenos e mais íntimos, onde é possível haver uma integração clara. Nossos alunos são muitas vezes divididos em pequenas classes. Mas para quê? Se nós, professores, apenas discursamos para eles, bem poderíamos discursar para grupos maiores. O pastor, em seu sermão, deve estimular o raciocínio, mas as pessoas da congregação não têm como interagir com ele. O ensino deve promover um intercâmbio. Ao ensinar, a personalidade precisa estar envolvida por inteiro. Há um velho e verdadeiro ditado que diz que, em uma experiência, saímos quase com o mesmo que investimos. Não existe coisa semelhante a se receber uma educação. Como disse Elbert Hubbard: "A educação é uma conquista, não uma herança; não pode ser dada, pois precisa ser alcançada".

"Conquistarei aquele garoto, por mais que isso lhe custe", brada o professor desorientado; "Ajudarei aquele garoto a conquistar a si mesmo, por mais que isso me custe", afirma o professor sábio. Ao longo dos anos, os professores vêm continuamente experimentando frustrações ao tentar manter os alunos quietos em suas carteiras. Os alunos, por sua vez, também ficam frustrados com essa situação, visto que a pacatez não faz parte de sua natureza. "Quando os professores assumem a maior parte do aprendizado, os alunos só conseguem um produto "desidratado", que é insosso e desinteressante" (Ruth Bailey). Com ou sem um professor e uma sala de aula, um garoto em atividade está sempre aprendendo.

Ao se transferir o processo de aprendizagem do professor para o aluno, ele precisa assumir a metade das tarefas para poder tirar proveito dos lucros. Isso não implica em permitir que o aluno faça o que quiser, portando-se de forma indisciplinada, mas ele deverá efetivamente dividir com o professor a responsabilidade, as atividades e os resultados. Poderá, por exemplo, ajudar o professor a fazer o planejamento, fazer suas próprias descobertas nas Escrituras e avaliar seus próprios esforços. O professor não deveria fazer nada que o aluno, *mais proveitosamente*, possa fazer ele mesmo. Devemos maximizar o que é participativo e minimizar a mera assimilação das palavras do professor.

Que maravilhosa aventura é ajudar os alunos a encontrarem por si mesmos as incríveis possibilidades de uma vida em Cristo, guiando obreiros ávidos em vez de falar para pessoas indiferentes ou entediadas! Quando as pessoas descobrem a verdade por conta própria, ficam muito mais dispostas a obedecê-la.

> O ensino por meio de palavras proferidas ou escritas só se revela realmente eficaz quando a doutrinação se torna inspiração, quando um preceito se torna uma prática, quando um exemplo se torna uma experiência. A melhor forma de aprender é fazendo o que é certo. Podemos apenas ter a esperança de que nossas instruções e exortações bastem para manter nossos meninos e meninas afastados do tipo errado de experiência.[3]

A experiência é o melhor dos professores, no sentido de que suas lições são sempre assimiladas. Se as lições são boas ou não, aí é outra história. Trata-se de uma professora um tanto dura, pois dá primeiro a prova e só depois dá a lição.

O escritor do Livro de Hebreus reprova seus leitores por serem tardios em ouvir e por não conseguirem alcançar uma maturidade espiritual (Hb 5.11-14). Eles já tiveram inúmeras oportunidades de se prepararem para ensinar a Palavra. Já deviam estar preparados para alimentos sólidos, mas ainda viviam do leite dos princípios elementares da verdade eterna. Devido ao uso (experiência), o crente maduro tem seus sentidos bem treinados (pelo entendimento e pela revelação) para discernir o bem e o mal (fundamentado em princípios bíblicos). Da mesma forma, em nossas igrejas, devíamos guiar nossos jovens em experiências que levem à prática do discernimento, para que amadureçam e se tornem líderes competentes para o futuro.

Compare o treino de um atleta com a atividade desempenhada pelo espectador de uma competição. O espectador pode compreender a seqüência de ações, gritar e torcer nos momentos críticos e até aprender a apreciar algumas habilidades técnicas. Ele, contudo, não é transformado nesse processo. Se colocado em campo, ele não seria capaz de repetir o que acabou de assistir. O atleta, por outro lado, precisa planejar cada movimento estratégico, estar atento às movimentações dos outros jogadores, tomar decisões, tirar vantagem das oportunidades e praticar continuamente suas técnicas. Ao sair da competição, ele é uma outra pessoa, porque toda sua energia foi aplicada ali. No jogo do ensino, há muito e muito tempo, os professores vêm sendo os participantes ativos e os alunos têm sido relegados ao papel de meros espectadores. Chegou a hora de os alunos entrarem no jogo.

De alguma forma, no processo de desenvolvimento da educação tradicional, os papéis de professores e alunos se inverteram, com cada um assumindo um papel inverso ao que deveria desempenhar na educação participativa. Os alunos é que deviam ser os participantes principais. Na educação tradicional, os professores fazem o que os alunos deviam fazer e os alunos agem como desinteressados espectadores de todo o processo. A faculdade freqüentemente se torna uma instituição onde os alunos pagam os estudos para subsidiar os professores, que ficam com todo o aprendizado. Essa situação sem pé nem cabeça é evidenciada em uma rápida análise das atividades dos professores. O professor despoja o aluno de cada uma dessas importantes experiências: estabelece as metas de estudos, formula os problemas e questões, avalia o progresso alcançado, organiza as experiências dos alunos, estrutura o currículo, planeja os cursos e as palestras, medita nos problemas do curso fora do horário de aula e é o que mais fala em sala de aula. Para resumir, os professores são os estudantes, os aprendizes e os que participam no processo educativo. É corriqueiro ouvir um professor dizer: "Nunca aprendi tanto como em meu primeiro ano como professor". Não há como saber por quanto tempo nossa sociedade será capaz de sustentar instituições em que os "estudantes" sentam e assistem aos professores, que aprendem.[4]

FAZENDO DESCOBERTAS NA BÍBLIA

Em uma manhã de domingo, vários adolescentes vão se acomodando na sala de aula da Escola Dominical. Entram cochichando em grupos acerca de suas roupas novas, do quanto se divertiram na noite anterior, sobre o garoto que é novo na escola e sobre a menina com um novo corte de cabelo. A sala zumbia, repleta de comentários e exclamações alegres, até que uma música tranqüila começou a chamá-los para o culto. Com relutância, a maior parte do murmúrio foi dando lugar a uma letargia passiva; enquanto o líder da Escola Dominical, e depois os professores, falavam sobre coisas acontecidas há muito tempo e muito longe dali, que pouco tinham a ver com a vida daqueles adolescentes. Os professores não demonstravam relação alguma e os alunos não percebiam nenhuma. Com exceção de alguns refrões mais animados que o grupo cantava para se divertir, dos quais nada aproveitavam para a vida espiritual, eles apenas suportavam aquela rotina. Continuavam ali por estarem habituados à Escola Dominical ou por terem sido ensinados a agir com polidez ou porque, de modo geral, apreciavam a situação social. O mais inteligente até podia, vez ou outra, fazer alguma observação sagaz e provocar comentários animados de seus amigos, mas o professor nem notava e seguia totalmente absorto na matéria. Com a campainha que anunciava o fim da aula, o alegre tagarelar ressurgiu bem no meio de uma frase do professor.

Na Escola Dominical, os alunos devem fazer, a cada semana, novas descobertas que sejam tão eletrizantes quanto as descobertas científicas da atualidade. Os segredos da vida cristã que o Senhor Deus anseia por revelar aos corações dedicados são mais pessoais e poderosos que os segredos do mundo natural. Se nós, professores, começarmos de onde os alunos estão, utilizando suas próprias necessidades, eles certamente se prontificarão a buscar as respostas de Deus. Nossa responsabilidade, portanto, é orientá-los para que façam as descobertas de que precisam ou que sabemos que logo precisarão.

Sem saber ler, uma criança é incapaz de vasculhar as Escrituras por si mesma. Na infância, a melhor maneira de transmitir as verdades espirituais é por meio de uma história bíblica bem contada. A professora precisa reviver os acontecimentos de forma intensa e realista, a fim de que os pequeninos sejam levados a vivenciar a mesma experiência. Nesse caso, as crianças não utilizam ativamente suas próprias Bíblias, mas podem ser ativas no uso da Bíblia.

Apesar de o professor contar a história, as crianças podem escutar de forma ativa, a fim de descobrir alguma coisa. Elas devem perceber o relato bíblico como sendo muito mais que uma história interessante, como as que eventualmente ouvem, por exemplo, na biblioteca. Se elas debaterem um problema pessoal que seja real para elas, como um acesso para a lição, serão capazes de descobrir como a história bíblica resolve aquela situação. Elas ouvirão a história tendo o problema em mente. Após a história, a professora não terá de explicar a moral ali contida enquanto elas se agitam nas carteiras. As crianças poderão chegar às suas próprias conclusões e formar suas próprias aplicações. Depois de contar a história de Davi e Golias, o professor pode dizer: “Não precisamos de estilingues e pedras para nossos gigantes (sobre os quais falamos no início da aula). Como podemos, hoje em dia, ser ‘fortes no Senhor e na força do seu poder?’”

Como as crianças precisam ouvir a história bíblica quietas, o resto do tempo de aula deve conter muitas atividades. Se não houver atividades suficientes, não poderemos esperar que se sentem tranqüilas para ouvir a história. Antes da história, elas devem ter a chance de manusear objetos relacionados à lição bíblica; na adoração, podem cantar ativamente e usar versículos bíblicos familiares; nos trabalhos manuais, devem fazer algo que as ajude a pôr em prática o que foi aprendido.

Quando atingem a pré-adolescência, as crianças já lêem bem o suficiente para fazer diversas experiências com suas próprias Bíblias. Como o vocabulário bíblico não é o mesmo que vêem na escola, não se pode esperar que leiam sem percalços ou que apreendam sozinhos o significado do que lêem. Não se deve jamais permitir que leiam perante um grupo sem que estejam completamente seguros. Aquilo que forem ler em voz alta deve ser previamente praticado, a fim de que todo o grupo possa ouvir o texto com clareza. Se, porém, o professor lhes apresentar o contexto e os pormenores da narrativa bíblica, eles se prontificarão a lê-la por conta própria para descobrir as maravilhas que o Senhor operou.

Os pré-adolescentes precisam praticar bastante a localização dos livros na Bíblia, mas não podem se habituar a utilizar a Palavra escrita de Deus de forma mecânica. Pouco lhes aproveita competir para ver quem é o primeiro a encontrar esse ou aquele versículo, recitando-o sem pensar em seu significado. Nos exercícios com a Bíblia, são geralmente as mesmas crianças que acham o texto primeiro, enquanto que as demais nem ao menos tentam. Os púberes deveriam, freqüentemente, buscar versículos de diversas partes das Escrituras que estejam relacionados ao problema em questão e, então, discutir como tais conceitos poderiam funcionar em sua própria vida durante a semana.

Já os adultos e os adolescentes mais maduros deveriam sempre experimentar a emoção de fazer suas próprias descobertas na Bíblia. A tarefa do professor consiste em guiá-los de suas necessidades pessoais às passagens que solucionam tais necessidades. Quando um grupo dá início a esse tipo de estudo bíblico empírico, indutivo e direto, cabe ao professor promover as questões primordiais que enfatizam as respostas principais. À medida que o grupo for ganhando experiência na comparação de diferentes textos das Escrituras, ele mesmo será capaz de apresentar muitas das questões a serem examinadas.

Em um estudo bíblico dinâmico, o primeiro passo é pedir para que o Autor do Livro dê o entendimento da página. Devemos pedir que Deus nos capacite a conhecer, amar e obedecer à verdade. A passagem que soluciona a necessidade proposta é apresentada em seu contexto histórico e lida integralmente, para que sua essência possa ser compreendida. Conforme forem lendo e relendo a passagem inteira, os alunos farão observações a respeito dos fatos narrados; primeiramente acerca das características que mais se destacam e, em seguida, dos detalhes. O aluno procura entrar em sintonia com o Autor do material, a fim de ver como Ele vê e sentir como Ele sente. Ele percebe as palavras e frases que são repetidas para uma maior ênfase, bem como os contrastes e comparações. Ele pergunta: O que? Por quê? Quando? Onde? Como? Ele começa a enxergar as conexões e descobre o porquê de cada trecho, versículo, frase e palavra estar onde está. Entende o motivo por que cada pensamento é expresso como é. Com a continuidade dos estudos, o texto toma forma. À proporção que vai fazendo essas observações, sua percepção se torna mais aguçada; seu discernimento, mais apurado.

Até que tenhamos visto o que uma passagem realmente diz, não nos é possível interpretar seu significado. Começar com um entendimento claro dos fatos nos capacita a alcançar a mensagem de Deus, em vez de "provar" nossos próprios conceitos.

Depois de aprenderem esse tipo de estudo sob a supervisão de um professor, os estudantes serão capazes de fazer suas lições em casa durante a semana. A tarefa dada deve ser conforme uma necessidade que o grupo esteja sentindo naquele momento. Se tiverem estudado a passagem bíblica em casa, eles trarão as descobertas feitas e estarão prontos a partilhá-las com os outros. Em classe, o professor usa suas contribuições para solucionar a necessidade apresentada e talvez outras relacionadas a ela. Se não restar dúvida alguma acerca do problema inicial, outras questões envolvendo o mesmo texto poderão ser abordadas. Na sala de aula, os alunos desejam uma nova experiência espiritual e não a repetição de uma experiência antiga. Isso não é difícil, visto que, além de todos termos inúmeras necessidades, novas estão sempre surgindo.

Para responder às questões levantadas pelo professor ou pelos alunos, o grupo prossegue no exame da passagem para buscar fatos ou relações que tenham passado despercebidos, averiguar se suas observações são realmente válidas, refutar objeções aos pontos de vista expressos, ver que luz outras passagens poderiam lançar sobre o texto em estudo e discutir as implicações práticas das verdades descobertas. Uma das primeiras coisas que o grupo aprende é que, em uma ou duas horas, ninguém é capaz de apreender todo o precioso significado da passagem bíblica. Desse modo, ao participarem de uma interação coletiva vivaz, os membros da classe se mantêm alerta nos aspectos intelectual, emocional e volitivo.

FAZER COM QUE OS ALUNOS TRABALHEM E QUE GOSTEM DISSO!

— Oi, Dona Filomena! A senhora era exatamente a pessoa que eu estava procurando. A senhora está muito ocupada? Quem falava era o exagerado Guilherme, vendedor de seguros e professor de Escola Dominical da igreja.

— Entre, Guilherme — respondeu Dona Filomena.

— Guilherme fechou a porta atrás de si e apontou com o polegar para o quadro de aviso no saguão da igreja.

— Acabei de ler seu novo cartaz — disse ele — e decidi que era ora de falar com a senhora.

Guilherme referia-se a uma interessante tabela que, de forma ousada, listava algumas das falhas mais evidentes que poderiam ser encontradas na Escola Dominical. Em poucas palavras, Dona Filomena descrevera tanto uma situação de ensino negativa como uma positiva. A indagação de Guilherme era exatamente aquilo que ela esperava e pelo qual tinha orado.

— Li e reli muitas vezes suas palavras, Dona Filomena — disse ele — Em alguns pontos, elas descrevem minha aula à perfeição. Eu gostaria de alcançar meus alunos da forma que seu cartaz diz ser possível.

— O que você gosta e o que você não gosta em suas aulas? — encorajava Dona Filomena.

— Bem, eu sinto que, na classe que você descreveu, havia unidade. Alunos e professor pareciam trabalhar juntos, quase que inconscientemente lutando pelo mesmo objetivo. Eu adoraria uma atmosfera assim na minha sala. A Palavra de Deus é tão maravilhosa! As verdades ali contidas significam muito para mim. Quero que meus pequenos se sintam da mesma forma a respeito dela, mas percebo que estou apenas pregando para eles. Ouvem educadamente por algum tempo, então os perco e começo a ter problemas com a disciplina. Eles são tão ativos. Isso tem sido uma constante fonte de desânimo para mim.

— Veja — disse Dona Filomena — eis a essência do que você acabou de dizer. Seu objetivo é ensinar a Palavra, mas seus alunos não a aprenderão com você 'pregando' para eles. Eles são cheios de vida e vigor. Eles querem ser ativos. Querem, a todo tempo, fazer alguma coisa. Você consegue enxergar alguma relação importante entre esses fatos?

— A energia das crianças e a Palavra de Deus — pensou Guilherme em voz alta — Imagino que meu problema estaria resolvido se eu conseguisse canalizar essa energia e fazer com que eles a utilizassem no estudo da Palavra.

— Exatamente — respondeu Dona Filomena — não é nada fácil, mas pode ser conseguido.

— Adoraria que a senhora me mostrasse como — disse Guilherme.

— Qual sua próxima aula, Guilherme?

— Temos trabalhado no Evangelho de Marcos — disse Guilherme enquanto começava a folhear sua Bíblia — O próximo evento a ser estudado é a história do mancebo de qualidade, no capítulo 10.

— Essa é uma boa história para debater — disse Dona Filomena enquanto pegava sua Bíblia — O jovem se aproxima em busca da vida eterna. Isso é algo que seus alunos precisam. Por que você não lê a passagem como se fosse um deles. Esqueça de que é o professor e coloque-se no lugar de seus alunos.

Guilherme começou a ler e, quase que imediatamente, levantou os olhos.

— Eu não quero ler isso — disse ele — isso não faz sentido algum. Seria assim que meus alunos reagiriam. Alguns deles tentariam ler com um pouco mais de atenção, mas não haveria interesse algum.

— Que bom! Você é bastante honesto para ver essa dificuldade bem real — incentivou Dona Filomena — Como você pode fazê-los *querer* ler essa história, ajudando-os a resolver algum problema pessoal que os incomoda hoje em dia?

Guilherme se inclinou para a frente.

— Vamos ver. Meus alunos vêm de famílias de classe média alta e não são maus meninos. Eu poderia começar descrevendo as casas, terras e servos que esperavam pelo jovem rico. O que o teria levado a se prostrar perante Cristo na poeira da estrada com suas roupas caras? O que mais poderia querer esse homem que já parecia possuir tudo? Acho que os meninos poderiam ler o que ele queria no versículo 17, mas o que a vida eterna significaria para eles?

— Algum dos garotos mais espertos, que seja cristão, não poderia declarar o que isso significa para ele?

— Acho que o Rogério poderia sim.

— Então você poderia completar o resto, de forma que eles pudessem entender. A vida eterna poderia ser descrita como uma vida plena, do tipo que faz você se sentir bem por dentro, como a vida do poderoso Criador que fez esse tremendo universo e todas as suas galáxias e cada ser vivo.

— Será que os meninos devem ler a resposta de Jesus? Eu poderia expressá-la de forma melhor.

— Sim. Para os mandamentos, você poderia dizer: 'Não roube, não minta, não passe os outros para trás e obedeça a seus pais'.

— Então a classe poderia ler a resposta do jovem no versículo 20 e descobrir como Jesus o viu no versículo 21.

— Você já está pegando o jeito. Não é nada fácil formular questões que não sejam nem tão fáceis nem tão difíceis para um grupo. Nesse ponto, seus alunos já estarão prontos para a pergunta que dará conta do resto da lição, o que direcionará todas as nossas ações. Como se pode expressar a questão crucial da lição em palavras que os meninos possam entender?

Guilherme estava pensando rápido.

— Quem gostaria de ter essa vida plena? O problema está em como consegui-la. Logo, para os garotos, se não roubarmos, mentirmos, enganarmos ou desobedecermos nossos pais, Deus ficará satisfeito conosco? Como podemos ter esse melhor tipo de vida? É isso aí! Acredito que isso vai realmente desafiá-los.

— Muito bom! Agora eles têm algo que pesquisar, algo para ser encontrado.

— Vou anotar essas perguntas para não esquecê-las. Mas as palavras que Jesus disse em seguida fizeram esse homem abaixar a cabeça — esse homem rico que é também chamado de mancebo de valor. O que Jesus disse no versículo 21? Jesus pode não nos dizer atualmente tudo o que disse para aquele jovem, mas duas palavras Ele nos diz ainda hoje. Sairemos tristes porque queremos o que queremos, ou aceitaremos o convite de Jesus?

— Não imagine que os meninos precisem ler tudo por si mesmos. Você poderia ler o versículo 23 e perguntar como os discípulos se sentiram a respeito no versículo 24. Então ler as palavras de Jesus nos versículos 24,25 e pedir para os garotos descobrirem a resposta dos discípulos no versículo 26.

— Eu poderia perguntar o porquê de aquilo ser tão difícil para o jovem rico e indagá-los se lhes seria muito difícil desistir de alguma coisa por amor a Jesus.

— Você pode fazê-los notar que Pedro ficou extasiado ao descobrir que os discípulos fizeram algo impossível ao jovem rico.

— Jesus então fala sobre como recompensa aqueles que o seguem. Ao lerem os versículos 29,30, poderão encontrar algumas palavras que não esperam. Cem vezes mais recompensas com *perseguições*! Quem se opõe e persegue os seguidores de Jesus? Os meninos compreendem a necessidade de serem fortes para derrotar o Inimigo.

Conforme o versículo 31, um sorriso se formou no rosto de Guilherme.

— O versículo 31 é uma charada e os meninos adoram uma charada. Como o último pode ser o primeiro e o primeiro, o último? O homem rico era o primeiro? Era o último? E nós, hoje em dia, quem somos?

— A Dona Filomena estava tão feliz com as idéias que foram discutidas.

— Você tem aí um esboço do conteúdo bíblico da sua aula — disse Dona Filomena.

— Ao fim da aula, não vou precisar pregar para os meninos, como normalmente faço. Agora, farei perguntas pessoais sobre todos nós. Pensem naquilo que lhes aconteceu na semana que passou. Você se portou como um seguidor de Jesus em alguma situação? Fez alguma coisa do seu jeito e não do jeito de Jesus? Vamos fazer uma lista das coisas que meninos e meninas gostam mais do que Jesus. Precisamos chegar aos menores detalhes para podermos ser práticos.

— Não podemos esperar que eles mudem a forma de viver da noite para o dia, mas podemos lhes pedir para pensar em uma única coisa que poderiam fazer essa semana para colocar Jesus em primeiro lugar.

— Podemos não sentir vontade de fazer essas coisas e elas podem não ser fáceis de colocar em prática, mas o Senhor ficará feliz em nos ajudar se lhe pedirmos auxílio. Vamos pensar nas dificuldades que poderemos enfrentar e pedir ajuda agora mesmo.

— Quando, na Escola Dominical, você faz seu período de adoração?

— Logo no início.

— Que tal passá-lo para o final, quando os meninos já estarão psicologicamente prontos para entrar em contato com o Senhor com base no estudo bíblico realizado? Eles poderiam cantar *Avante Eu Vou*[5] ou *Eu Vou com Jesus*[6] se realmente estiverem falando sério sobre segui-lo. Eles poderiam estudar uma descrição do jovem rico. Leiam Marcos 10.29-31 em duas ou três versões da Bíblia e formem uma imagem moderna dele.

— Muito obrigado, Dona Filomena — Concluiu Guilherme — Será muito divertido fazer meus meninos exercitarem sua mente! Fazê-los trabalhar e gostar disso.

Guiando Debates em Grupo

Experiências recentes no campo das dinâmicas de grupo têm demonstrado que, quando jovens e adultos se reúnem para discutir problemas comuns cara a cara e de forma franca, muito pode ser aprendido e muitos benefícios podem ser extraídos. Nossas necessidades pessoais básicas são atendidas quando temos a oportunidade de acrescentar nossa própria perspectiva a uma discussão. É importante podermos declarar nossas dúvidas e problemas sem medo de sermos rejeitados e ouvir mais que apenas um dos lados em uma questão complexa. Desse modo, podemos descobrir quais problemas compartilhamos e o que os outros estão pensando.

O debate em grupo, contudo, exige uma liderança sensata, ou acabará sendo uma grande perda de tempo e degenerará em uma combinação de ignorâncias. Para estabelecer uma atmosfera espiritual acolhedora, o líder precisa estar bem informado sobre questões bíblicas e atualidades e insistir para que o grupo seja pequeno o bastante de forma que todos se sintam confortáveis. Ele também deve enfocar o problema com clareza, tendo sempre em mente a obtenção de respostas espirituais, e ajudar cada participante, a despeito de sua formação, a dar sua própria contribuição. Ele precisa deixar claro que ninguém possui o monopólio do Espírito Santo. Precisa explicar que o discernimento espiritual vem, principalmente, por meio da obediência à Palavra e não de uma grande capacidade intelectual. Todo fiel tem um lugar de destaque nos planos de Deus.

O líder respeita cada personalidade, cada contribuição e cada pergunta honesta, sempre ajudando o grupo a fazer o mesmo. Nem toda opinião poderá ser aceita, mas todas deverão ser respeitadas. Se o participante se sentir seguro de que o grupo e o líder o aceitam integralmente como pessoa, ele não se sentirá humilhado ou abatido caso um de seus comentários ou opiniões seja rejeitado, pois aquilo representa apenas uma pequena parte dele. Quando, porém, um comentário é rejeitado sem que o indivíduo esteja seguro de ter sido aceito como pessoa, este participante poderá não voltar a apresentar novas idéias e o grupo não será capaz de ajudá-lo, uma vez que não conhece seus pensamentos. Se uma pessoa se sentir livre para expressar suas opiniões, ainda que rejeitadas, ela certamente ficará satisfeita com o debate. Se não se sentir satisfeita, terá ao menos estudado a base bíblica da questão.

No trabalho cristão, é de se esperar que haja grande união, porquanto são todos dependentes do Espírito Santo, todos estudam os textos de maior relevância e todos estão aprendendo a estimar uns aos outros. As questões doutrinárias mais básicas são tão claras que todos os fiéis concordam a seu respeito. Mesmo nas questões menores, há muito menos discordância interpretativa quando os alunos trabalham a Bíblia de forma objetiva e atentando aos fatos. Ainda assim, deve-se esperar que haja conflitos, pois os caminhos de Deus são muito mais elevados que os caminhos dos homens, e as formas tradicionais de pensar e agir precisam ser quebradas, a fim de abrir espaço para as novas formas que são descobertas. Os membros do grupo podem facilitar as mudanças dos outros membros ao compreenderem o porquê daquilo que os outros sentem e ao ajudá-los a absorver novas formas de raciocínio com tranqüilidade. A experiência demonstra que é geralmente mais fácil transformar os indivíduos reunidos em um grupo, que transformá-los separadamente.

O Aprendizado É um Processo Contínuo

Como observamos logo no início deste capítulo, o crescimento espiritual se assemelha ao crescimento físico, no sentido de que é regular, progressivo e contínuo. Em casa, uma criança pequena vive em meio às atividades diárias de pessoas muito mais velhas do que ela. Mesmo que ninguém se dedique a ensiná-la, ela aprende continuamente. O que ela está aprendendo? Os passos seguintes em seu próprio estágio de desenvolvimento. Embora esteja sempre imitando, a criança não é capaz nem se interessa em imitar tudo o que vê. Algumas das atividades que ocorrem em sua casa não têm o menor significado para ela, porque não guardam relação alguma com seu estágio de crescimento naquele momento. Ela não pula nenhuma das fases principais, mas conclui uma após a outra em um nítido padrão de crescimento. "Primeiro, a erva, depois, a espiga, e, por fim, o grão cheio na espiga" (Mc 4.28). Jamais surge o fruto maduro antes dos primeiros estágios, ou a espiga antes da erva. Esses estágios de desenvolvimento fazem parte da ordem presente no universo de Deus, que Ele mesmo determinou em sua infinita sabedoria.

Ao contrário das plantas, a criatura humana, feita à imagem de Deus, com autodeterminação e consciência própria, pode dar verdadeiros saltos espirituais quando toma importantes decisões no sentido da maturidade em Cristo. O indivíduo pode dar diversos passos ao mesmo tempo, que é geralmente o que Deus deseja para nós, e ainda assim esses passos seguem de acordo com a ordem divina. A cada estágio da vida, a criança deve ser um espécime maduro e saudável para sua idade. Aos cinco anos, a criança não deve recuar ao egocentrismo dos três anos, nem se deve esperar que ela aja como uma criança com 10 anos de idade.

A cada estágio de crescimento, a criança está madura para certos tipos de verdades e princípios, que ela pode compreender e utilizar em sua vida. Ao mesmo tempo em que sente a necessidade deles, passam fazer sentido para ela e pode incluí-los em sua vida. Tentar ensiná-los antes da hora é perda de tempo e traz desânimo aos alunos. O momento é fundamental.

Vejamos, por exemplo, a idade adequada para se ensinar os livros da Bíblia. Uma esperta menina, aos três anos de idade, que era a princesinha da família, foi ensinada a declamar os nomes de todos os livros da Bíblia. Ela mal conseguia pronunciar todos aqueles sons estranhos que, para ela, eram apenas balbúcie, mas continuava a repeti-los pelos elogios que recebia. Ela podia se exibir melhor com aquelas palavras compridas que com qualquer outra coisa que descobrira, logo não se importava de repeti-las. Mas quando as crianças estariam realmente prontas para aprender os livros da Bíblia com seu significado e função? Quando ainda estão no ensino fundamental, são capazes de ler, possuem suas próprias Bíblias, já ouviram relatos bíblicos suficientes para estarem familiarizadas com alguns nomes, já são maduras o bastante para entenderem sua organização interna e já adquiriram algum conhecimento de história e geografia. É interessante que os mais jovenzinhos aprendam a se encontrar em meio aos três primeiros livros do Novo Testamento. Há muito material ali para eles explorarem, conhecem muitas das histórias, podem compreender o que significam os nomes dos livros e podem localizar e memorizar muitos de seus versículos.

Mas uma pergunta precisa ser feita: "Não precisamos preparar nossos alunos para o futuro?". É claro que sim, mas como? O que acontece quando tentamos encher suas mentes com informações de que só precisarão mais tarde? O conhecimento não passará de palavras soltas se não puder ser integrado ao pensar e ao agir de uma pessoa. O que aconteceria se retirássemos da mochila de um menino sua lanterna, seu ímã, sua chave de fenda, seu prego e sua bússola, e os substituíssemos pelas coisas que ele precisará quando crescer; ou seja, sua carteira de motorista, o cartão do seguro do carro, seu título de eleitor e seu cartão do CPF?[7]

Qual a melhor maneira de prepararmos um menino para assumir seu lugar como um cidadão confiável, tanto de sua nação na terra como de sua nação no céu? Podemos ajudá-lo a suprir suas necessidades futuras no presente? Como? Ajudando-o a resolver os problemas que enfrenta hoje. Se ele for um garoto de 10 anos de idade espiritualmente saudável, essa será sua melhor garantia para o futuro. Se ele adquirir o hábito de obedecer ao Senhor e confiar nEle no presente, então estará no rumo certo. A melhor maneira de garantir que ele seja um verdadeiro guerreiro da oração aos cinqüenta anos de idade é cuidar para que leve aos pés do Senhor todos os assuntos de sua juventude hoje em dia. É temerário se concentrar em supostas necessidades futuras e deixar de lado as necessidades mais prementes do momento.

Ainda assim, existem alguns aspectos do futuro que todos podemos e devemos compreender antes do tempo. Podemos ser avisados para evitarmos experiências desastrosas. Podemos ser preparados, ainda que em certa medida, para suportar os choques normais da vida. Quando nossos amigos atravessam momentos de crise, podemos ficar perto o bastante para aprendermos com eles. Quando um amigo ou conhecido morre, somos levados a pensar seriamente a respeito do céu. Quando um acidente acontece com alguém que vive sob as mesmas circunstâncias que nós vivemos, podemos imaginar que aquilo poderia ter acontecido conosco e dar atenção ao aviso. Quando conseguimos visualizar uma experiência pessoal, como arrumar um emprego, fazer uma viagem ou se ajustar a uma nova situação familiar, a experiência é próxima o suficiente para mexer conosco e nos deixar preparados para aquilo. Se nós, professores, aproveitarmos a relação de empatia que se forma entre os alunos e aqueles que efetivamente viveram as experiências acima; eles serão capazes de, em certa medida, se projetarem no futuro.

O Aprendizado É um Processo Disciplinado

Se começarmos pelas necessidades dos alunos e prosseguirmos conforme seu nível de desenvolvimento, seremos considerados culpados de "moleza pedagógica" e de excesso de mimos, mas seremos capazes de abordar a mesma quantidade de conteúdo que poderíamos cobrir se nos concentrássemos no assunto da aula? Sim, seremos capazes de ensinar mais matéria; na verdade ensinar, não cobrir. Estaremos desenvolvendo o controle interno, em vez de nos ocuparmos da conformidade externa, e estaremos envolvendo todas as energias de nossos alunos.

Na tentativa de suprir as necessidades de todos, os professores têm, algumas vezes, errado ao reduzir o nível do grupo inteiro para alcançar o menos desenvolvido, o mais vagaroso. Assim, as necessidades da maioria e dos mais desenvolvidos não são supridas. É possível fazer com que todos dêem tudo de si na lição em pauta? Sim, se ensinarmos pessoas e não classes. Podemos planejar a aula para o aluno mediano, ainda que a média varie muito. Então, damos uma atenção especial àqueles que estiverem acima ou abaixo da média. Devemos manter em cada mente uma visão elevada de suas extraordinárias possibilidades em Cristo e do passo seguinte rumo a esta visão. Esse próximo passo não pode estar tão longe a ponto de desencorajá-los, mas apenas o bastante para que dêem o máximo de si para atingir alvos alcançáveis.

No passado, muitos alunos despenderam suas energias tentando escapar dos trabalhos em sala de aula, evitar o professor ou frustrar seus esforços. Quando os alunos aceitam um objetivo como válido, tomando-o para si, concentram suas energias em alcançá-lo. Eles fazem sugestões sobre a melhor forma de consegui-lo, correm atrás do material necessário, envolvem os outros em sua empreitada e ficam atentos ao progresso conseguido. Em outras palavras, é o objetivo deles e o estudo bíblico deles, não apenas do professor.

Compare o esforço empreendido por um garoto na construção de uma casa na árvore a alguma tarefa rotineira que ele considere desagradável, como aparar a grama. A última é bem mais fácil, mas ele a lamenta muito mais.

Quando os alunos vêm à igreja por obrigação ou por estarem habituados, porque são incitados pelos pais, professores ou amigos, ou porque a Escola Dominical lhes proporciona uma situação social agradável, pouca motivação há. A autodisciplina requer uma personalidade forte, capaz de restringir fortes tendências naturais. Alguma outra dinâmica precisa ter prioridade sobre o desejo obstinado e a autocomplacência. A única motivação forte o suficiente para controlar o homem carnal é o amor pelo Senhor. Se o amor divino não atrair a alma e a alma não responder a Ele, não haverá autocontrole.

Ao assumir um grupo, um professor novo deve, já de saída, começar com firmeza, pois é necessário haver controle em qualquer situação envolvendo um grupo. Ele não poderá esperar por um novo grupo para exercer algum tipo de controle. O objetivo do ensino cristão, porém, não é estabelecer uma disciplina mecânica, mas desenvolver o controle interno por parte de todos os crentes. Um professor enérgico pode forçar um controle externo, um professor cativante pode seduzir um grupo e levá-lo a fazer o que ele deseja, um professor inteligente pode entreter um grupo. O professor cristão educa sua classe para assumir cada vez mais a responsabilidade de dirigir seus próprios assuntos sob a autoridade de Deus. Uma transferência súbita de controle poderia ser fatal. A cada estágio de desenvolvimento, o grupo deve receber o tanto de responsabilidades que lhe seja possível administrar. Uma boa forma de testar o domínio do professor é ver o que acontece quando ele se afasta da sala de aula por um minuto. Os "ratos" param imediatamente de trabalhar e começam a brincar porque o "gato" está fora, ou continuam em suas tarefas porque as assumiram como suas e estão acostumados a conduzir suas próprias atividades?

O currículo cristão é leve e de conteúdo fraco? Não, os estudantes avançam mais rápido quando compreendem a necessidade da matéria. Desse modo, eles ficam ansiosos para aprender todo o possível sobre seu Amado e ficam alvoroçados com cada detalhe descoberto. Eles mesmos começam a relacionar idéias a sistemas doutrinários e passam a considerar cada minuto como relevante para a eternidade. Eventualmente, ao explorar sozinhos uma passagem, o grupo leva mais tempo do que levaria o professor para ensiná-la; mas quando eles conseguem desvendá-la, ela passa a pertencer a eles. As palavras do professor, muitas vezes, entram por um ouvido e saem pelo outro.

"[Ensina teus discípulos] a guardar todas as coisas que vos tenho ordenado", instruiu nosso Senhor (Mt 28.18-20). Todos os crentes têm o direito de conhecer todo o conselho de Deus. Se obedecermos à Grande Comissão, teremos de não apenas declarar a verdade, mas também adquirir a arte e a ciência de orientar os alunos para a verdade.

Um aprendizado eficaz pode, em suma, ser definido como um processo interno, ativo, contínuo e disciplinado, sob a autoridade da Palavra de Deus e sob o controle do Espírito Santo na direção da maturidade em Cristo. O ensino cristão engloba orientar a experiência dos alunos e declarar a verdade. Deus diz: "Instruir-te-ei e ensinar-te-ei o caminho que deves seguir; guiar-te-ei com os meus olhos" (Sl 32.8).

Por que É tão Difícil Praticar a Verdade?

Todos concordamos que é bem mais fácil abraçar uma nova verdade do que colocar em prática esta verdade. Algumas vezes, os professores comentam que as crianças pequenas possuem a capacidade de memorizar versículos bem mais longos que os sugeridos pelos educadores, como: "Obedecer pai e mãe". Tal comentário implica o quê? Que as crianças são capazes de repetir um número maior de palavras? Que elas não compreendem o que dizem? O quão difícil lhes é praticar essas poucas palavras?

Não existem muitas pesquisas no campo da psicologia bíblica. Ainda assim, a natureza humana é de vital importância para o cristianismo. A Bíblia não é um Livro científico nem utiliza termos precisos, mas efetivamente rende boas idéias para se trabalhar com as pessoas.

A palavra bíblica mais comum, no que diz respeito à constituição humana, é a palavra *coração*. Ela é geralmente utilizada para designar a própria pessoa, o ego, a essência do indivíduo. As Escrituras refletem um saudável apreço pelo *corpo* que age e estabelece nossa relação com o mundo. Nosso *espírito*, o sopro interno que sobrevive à morte, vincula-nos a Deus e está morto até que o Espírito Santo o desperte e regenere.

O termo *alma* não possui uma definição nítida para nós, hoje em dia. Muitos exegetas defendem que se refere à mente, às emoções e à vontade, que regem nosso relacionamento com a sociedade em que vivemos. O problema está em qual desses três aspectos da natureza humana possui controle sobre os outros. Qual dos três deveria ter supremacia e qual efetivamente domina o indivíduo?

Nossas *emoções* esbravejam para assumir o controle, a fim de que a vida seja o mais fácil e prazerosa possível. Não podemos negar nem confiar nos sentimentos. Eles estimulam e, via de regra, são eles que nos fazem agir. Eles acrescentam cor, transcendência e profundidade à vida. Sua força pode nos revitalizar por inteiro. Podem até mesmo compelir a mente a inventar justificativas racionais para aquilo que eles querem fazer. Também podem ser volúveis, distorcer a realidade e afastar os outros aspectos da vida. Eles precisam ser disciplinados e não podem ser totalmente racionalizados.

Para a maioria das pessoas, a *mente* não é tão dominadora como gostam de pensar. Na verdade, mal é suficiente para levar a ações. O conhecimento pode ser superestimado. Não podemos encontrar a Deus por meio do raciocínio, apesar de Ele, de forma maravilhosa, ter nos capacitado a pensar seus pensamentos. Deus, via de regra, alcança o homem interior através da mente, por meio de sua revelação escrita.

Deus deu ao homem uma *vontade* que deveria ser forte o suficiente para integrar todo o nosso ser em decisões ponderadas para nosso próprio bem. Para a natureza humana, isso é algo muito difícil; pois espírito, corpo, mente e emoções freqüentemente discordam quanto ao que é bom. Cada um possui sua própria perspectiva e interesse. A vontade deve uni-los, tentando unificar a força e o fervor das outras partes. Ela precisa manter um equilíbrio entre ser independente e programada. Deve ser livre, mas manter-se nos limites da legitimidade de sua autoridade. A vontade deve manter as prioridades e os princípios claros; as atitudes e os hábitos, disciplinados. Isso não é nada fácil

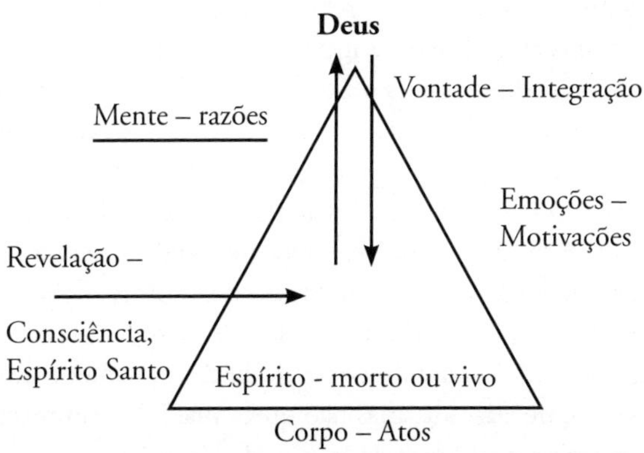

O homem não regenerado, em geral, vive em conflito por não estar em sintonia com seu Criador. Ele vive aborrecido consigo mesmo e com seu mundo. Como lhe é possível voltar a ter paz? Provavelmente através de sua mente que, como uma testemunha, comunica a verdade da revelação escrita. O Espírito Santo, externamente, e sua consciência, internamente, testificam a verdade das Escrituras. À menor abertura para o Deus Vivo, o Pai amoroso entra em ação e segue em busca do perdido. Se o Espírito revela o Salvador, a mente comprova a lógica da revelação e a vontade pode decidir se compromete o ser inteiro com seu Criador. Se as emoções fervilham com a perspectiva de o ser se tornar um filho do Altíssimo, a sensação é extraordinária! Pode, todavia, acontecer de as emoções não ficarem muito animadas com a expectativa de uma vida com uma cruz espetada nela, a qual nem sempre é um mar de rosas. O corpo também pode se opor; ele pode estar cansado, enfermo ou com preguiça.

A vontade pode ser forte o suficiente para manter o ser coeso com as emoções se opondo ou indiferentes? Sim, pois o próprio "Deus é o que opera em nós tanto o querer como o efetuar" (Fp 2.13). Se pusermos nossa débil vontade sobre a forte vontade do Senhor, Ele é suficientemente poderoso para nos manter firmes. Se lhe pedirmos para mover nossa vontade e ações, ele assume o comando do nosso inconsciente que está além de nosso controle. Se nos vincularmos apenas com o Senhor e formos um com o Espírito, Ele suplantará nossa natureza inferior. Podemos ser renovados internamente a cada dia (2 Co 4.16), para experimentarmos a boa, agradável e perfeita vontade de Deus (Rm 12.2). Conforme nos movemos em sua direção, nossas emoções também passam a apreciar o processo, até a ponto de se rejubilarem em plenitude de VIDA. Quando um ser se move, integral e entusiasticamente, na direção do Senhor, isso é a verdadeira VIDA. Nada é tão atraente e frutífero quanto se entregar de todo o coração.

Ainda assim, um dos maiores mistérios do universo está em como nossos lados, material e imaterial, podem interagir entre si sem possuir nada em comum.

Agora vemos por que é tão difícil praticar a verdade que facilmente compreendemos. A vontade deve ser capaz de reunir a mente, as emoções e o corpo, para movê-los segundo a orientação do Espírito. Se nós, professores, não envolvermos nossos alunos por completo, eles poderão concordar com o que ensinamos, mas não alterarão seu modo de ser. A vontade de uma criança deve ser gradualmente curvada, mas não quebrada. O aluno precisa de toda a vontade que puder reunir para estar ao lado de Deus nesse mundo mau.

Implicações e Questões para Discussão em Grupo

Se o estudo bíblico fosse capaz de, sistematicamente, transformar vidas, os resultados abalariam o mundo! Nenhum tema educacional possui importância maior. O que vem impedindo esse importante processo de transformação?

Uma parte do problema reside no entendimento equivocado do aprendizado. Muitas concepções e paradigmas da educação tornam ainda mais difícil relacionar a Bíblia à vida. Pais, professores de Escola Dominical, conselheiros, líderes de jovens e professores universitários carregam imagens mentais inconscientes acerca do ensino e do aprendizado. Tais conceitos de aprendizado devem ser examinados.

A metáfora mais comum para a educação nas igrejas evangélicas é a fábrica. Os professores entendem que sua tarefa é formar os alunos acrescentando novos pedaços de informação. Como em uma linha de montagem, os alunos vão passando de aula em aula. Fala-se sobre "moldar" o caráter, inculcar valores e controlar o comportamento. Professores que pensam que a escola é como uma fábrica, não dão atenção suficiente à natureza interna e ativa do aprendizado. O aprendizado não é algo que fazemos em outra pessoa, enfiando verdades dentro da cabeça de alunos passivos, tal qual o operário de uma linha de montagem colocaria óleo nos motores que desfilam diante dele sobre uma esteira. A metáfora da fábrica tem uma visão elevada da Bíblia, mas deprecia o aluno. Trata-se de uma metáfora inadequada. Quando LeBar escreve que o aprendizado é um processo ativo, ela se refere a muito mais que atividades físicas. A mente e o coração do aluno devem estar envolvidos.

Outra metáfora menos comum, mas bastante forte é a que vê o professor como um jardineiro e os alunos como flores prestes a desabrochar. Professores que vêem os alunos como flores concordam com LeBar no que tange ao fato de o aprendizado ser um processo interno. Eles enfatizam a realização pessoal, a liberdade, a espontaneidade e a criatividade do aluno. Tais professores tentam interferir o mínimo possível no desenvolvimento natural da "flor", ou do aluno. Professores de Bíblia que se entendem como jardineiros dão grande ênfase ao mistério do desenvolvimento humano e muita importância à realização do aluno. Esses professores, porém, ignoram o fato de que o aprendizado também é um processo disciplinado. Além de suprir as necessidades do aluno, precisamos também ensinar a verdade. Conhecer as Escrituras não é o fim do ensino, mas um meio necessário para se promover uma vida cristã. A metáfora da flor não é adequada para se compreender o processo de ensino e aprendizado.

Os conceitos que temos em mente influenciam fortemente o modo como vemos esse processo. A metáfora da flor supõe que o crescimento espiritual é automático e que a Bíblia deveria ser ensinada primordialmente no nível emocional. Ela exige muito do aluno. A metáfora da fábrica é manipuladora demais e considera o aluno um agente passivo. Ela exige muito pouco do aluno.

LeBar compreende a natureza interna, ativa, contínua e disciplinada do crescimento. Ela, da mesma forma, também compreende a importância de o professor trabalhar com o Espírito Santo e a Palavra como influências externas. O orientador precisa conhecer as necessidades do peregrino, mas também o Mapa da Palavra de Deus. O guia não pode fazer a jornada no lugar do peregrino, mas precisa ajudá-lo a compreender o Mapa das Escrituras para indicar os perigos e as dificuldades da estrada.

Aqueles que estudaram com Lois LeBar lembram-se da grande seta que ela desenhava no quadro-negro. Essa seta tornou-se uma metáfora do aprendizado e do ensino para muitos de nós. Ela começava embaixo, no lado esquerdo, e desenhava uma seta até em cima, no lado direito. Ela se referia a si mesma como "Flecha LeBar". A parte inferior da seta representava o nascimento da pessoa. A flecha cortava uma linha representando o renascimento em Cristo e seguia até a maturidade em Cristo. Ela dizia que o trabalho do professor era começar do ponto em que o aluno estivesse na seta e ajudá-lo a chegar um pouco mais perto da vida cristã. Independente de onde a pessoa estivesse no diagrama, o professor poderia trabalhar com o Espírito Santo e as Escrituras para promover crescimento espiritual. A flecha demonstrava a visão de LeBar sobre a educação. A metáfora do peregrino começa com o nascimento natural e segue até o novo nascimento em Cristo. A peregrinação continua ao longo de um processo de discipulado que se estende por toda a vida até a maturidade em Cristo. A verdadeira maturidade não será jamais alcançada até que o peregrino veja Cristo face a face. LeBar preocupava-se grandemente com as pessoas que não eram nascidas de novo; daí a representação, em sua seta, do pré-evangelismo e do evangelismo. Ela também dedicava grande preocupação às pessoas que não se desenvolviam rumo a uma vida cristã plena. Sua grande paixão era ver as pessoas se aproximando da plena maturidade em Cristo.

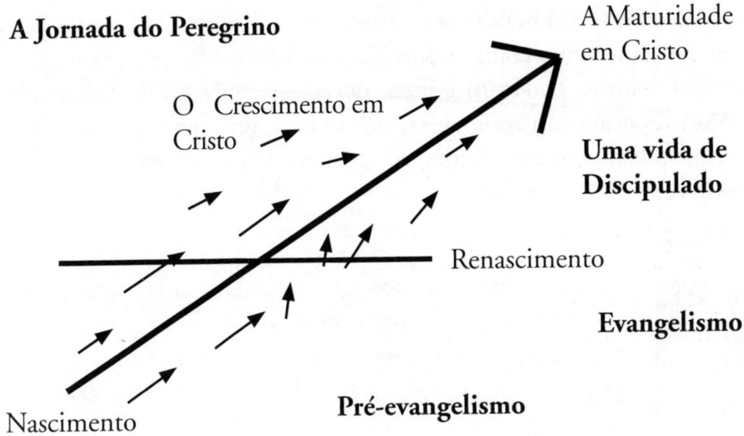

Os peregrinos precisam de orientadores e guias que saibam como relacionar o Mapa da Bíblia aos problemas do caminho. Tais orientadores não ficam passivamente esperando as flores desabrocharem. Nem são operários que vêem sua tarefa como tão somente manipular alunos passivos. A metáfora da peregrinação inclui o pré-evangelismo, o evangelismo e o processo contínuo de discipulado ao longo da vida. O professor, o aluno e o Espírito Santo trabalham ativamente por meio da Palavra para promover o processo de crescimento. O crescimento do peregrino é um processo interno, ativo, contínuo e disciplinado.

A Família

Alguns lares cristãos são permissivos e aceitam que as crianças "escapem de seus crimes". Pais assim devem crer que seus filhos são botões de flores prestes a abrir, caso não sejam atrapalhados. Outros lares são rígidos demais e parecem verdadeiros quartéis. Esses pais talvez acreditem estar moldando e formando crianças passivas em sua linha de montagem. Quantas vezes você já viu esse tipo de metáfora em ação nos relacionamentos entre pais e filhos? Você já observou pais com seus filhos em supermercados e restaurantes?

Que problemas poderiam acontecer em casa se os pais criassem seus filhos conforme a metáfora da flor? Quais seriam os pontos fracos e fortes de um padrão assim? No outro extremo, como seria um lar administrado como uma fábrica? Quais seus pontos fracos e fortes? O que você pensa a respeito disso? Como eram seus pais?

Como os pais poderiam utilizar, no lar, os conceitos de LeBar sobre o processo de ensino e aprendizado? Como os pais poderiam transformar grande parte do aprendizado em um processo de crescimento interno, ativo, contínuo e disciplinado?

A Igreja

As classes para adultos na Escola Dominical quase sempre refletem as metáforas das flores ou da fábrica. Lembre-se de que ambas possuem pontos fracos e pontos fortes. A força da estrutura fabril reside na grande possibilidade de ela produzir um ensino bíblico sólido. Mas o Mapa da Palavra não está propositadamente relacionado aos problemas dos peregrinos em sala de aula. Você já teve contato com uma classe de Escola Dominical que seguisse a metáfora da fábrica? Forneça detalhes.

A força da metáfora da flor está na sensibilidade dos professores para com as necessidades da classe. Os adultos possuem necessidades pessoais que são supridas nas aulas que enfatizam a comunhão e a oração. Tais aulas, porém, poderiam ser ainda mais proveitosas se a Bíblia fosse, de forma intencional, mais diretamente associada às necessidades dos alunos. Você poderia descrever detalhes de uma aula nos moldes da metáfora da flor?

Outras aulas tentam equilibrar fábricas e flores. Começam com café e bolachas, passam para um estudo bíblico completamente desvinculado das necessidades das pessoas e encerram com orações que, apesar de refletirem as necessidades da classe, nada têm a ver com o assunto estudado. Você consegue descrever uma classe que tente misturar as duas metáforas?

Descreva as aulas da Escola Dominical que tenham efetivamente ajudado você a crescer espiritualmente, na medida em que o levaram a melhor compreender a Bíblia e a relevância dela para as necessidades de sua vida.

Utilizando o que você já aprendeu com LeBar sobre o processo de ensino e aprendizado, como você poderia ensinar a lição da próxima semana de modo a ajudar seus alunos a praticarem as Escrituras em suas vidas? Como você pode ajudar sua classe a passar da Palavra escrita para a Palavra Viva?

A Escola

Alguns professores universitários ou do Ensino Médio poderiam se perguntar se as idéias de LeBar estão de acordo com a moderna pesquisa pedagógica. Sua forma de escrever poderia parecer mais devocional que acadêmica. Há lugar para essas idéias no círculo acadêmico moderno?

Os psicólogos desenvolvimentistas apóiam as idéias de LeBar sobre o processo de ensino e aprendizado. O psicólogo suíço Jean Piaget descreveu as estratégias utilizadas pelas crianças para compreender o mundo que as envolve. Ao nascer, a mente não é uma passiva lousa em branco, mas possui estruturas inerentes ou *esquemas* para organizar a informação. A criança absorve a informação do ambiente e ativamente a registra em uma pasta de arquivo mental. Piaget chama esse processo de *assimilação*. As crianças transformam ou reescrevem a informação conforme as categorias mentais existentes. No entanto, nem toda a informação recebida pela criança parece caber nas pastas de arquivo existentes. Quando crianças mais novas ouvem a história de Pôncio Pilatos, elas a colocam em uma pasta de arquivo mental chamada "piloto". Talvez tenha sido por isso que uma criança desenhou a figura de um avião voando para o Egito, pilotado por Pôncio Pilatos, com Jesus, Maria e José. Tal imagem faz sentido se levarmos em conta o número limitado dessas pastas na mente de uma criança. Com o tempo, porém, a criança começa a perceber que deve haver dois tipos de piloto. Essa compreensão resulta em confusão ou *desequilíbrio* em uma situação desconhecida para a criança. Ela nota a necessidade de *acomodação* ou a necessidade de acrescentar mais pastas de arquivo para acomodar a nova categoria.[8] Assim, a criança possui uma categoria para pilotos de aviões e cria uma nova categoria para a pessoa chamada Pilatos. O aprendizado, segundo a definição de Piaget, não se resume em um processo unicamente externo ou interno, mas é a interação entre o raciocínio interno da criança e o mundo externo. Piaget, portanto, respalda e reforça a teoria de LeBar em seu entendimento do aprendizado como um processo interno, ativo, contínuo e disciplinado.

Como professora, LeBar desafiava seus alunos a descobrir tudo o que podiam sobre como as pessoas aprendem, para que pudessem fazer, juntamente com o Espírito Santo, um trabalho melhor no ensino. Mais recentemente, vimos dezenas de teorias pedagógicas ganharem credibilidade. Teorias sobre o desenvolvimento físico estão sendo intensamente pesquisadas. Testes que medem o aprimoramento do raciocínio moral[9] e o desenvolvimento cognitivo se tornaram mais sofisticados. Investigações sobre o desenvolvimento psicossocial[10] e da fé[11] estão atualmente em voga. Nenhuma teoria basta para explicar tudo o que há para se saber acerca do desenvolvimento humano e todas carecem de percepções bíblicas e teológicas sobre a natureza das pessoas.[12] Todavia, muitas teorias sobre o desenvolvimento humano lançam alguma luz sobre o processo de crescimento que nos foi dado por Deus. Curiosamente, muitas delas concordam em linhas gerais com os conceitos descobertos por LeBar a partir de sua compreensão das Escrituras e do processo de ensino e aprendizado.

As escolas são freqüentemente o pior exemplo da metáfora da fábrica. As crianças são ensinadas a decorar fatos, visto que estes lhes serão necessários no futuro ou mais à frente na linha de montagem. Os seminaristas aprendem enormes quantidades de informação que, dez minutos após os exames finais, são automaticamente esquecidas. Os fatos, tais quais os enfeites de natal, são colados em estudantes passivos, mas logo caem. Apesar disso, os estudantes seminaristas precisam dominar o conhecimento bíblico e praticar suas habilidades pastorais. A metáfora da flor não é uma boa alternativa à da fábrica. A metáfora do peregrino é uma interação dinâmica entre verdade e vida e não um mero equilíbrio entre flores e fábricas.

O que poderia ser feito em sua escola para facilitar a peregrinação de estudantes e professores, traduzindo a Bíblia em orientações práticas para a vida? Discuta o mais útil conhecimento bíblico ou teológico que você já aprendeu. Como você adquiriu este conhecimento?

NOTAS

[1] Kathryn Blackburn Peck, "Jottings", *Church School Builder*, março de 1953, p. 11.

[2] Matilda F. Etecht, *Christian Index*, citado em *Moody Monthly*, outubro de 1929, p. 80.

[3] V. Raymond Edman, *Storms and Starlight*. Wheaton, Illinois: Van Kempen Press, 1953, p. 10.

[4] J.R. Gibb, Grace N. Platts e *Lorraine F. Miller, Dynamics of Participative Groups*. St. Louis: John S. Swift Co., 1951, p. 65.

[5] N. do T.: Harpa Cristã, hino 310

[6] N. do T.: Harpa Cristã, hino 294

[7] N. do T.: Cadastro de Pessoa Física

[8] Uma das melhores descrições das idéias de Piaget pode ser encontrada na obra de Barry J Wadsworth, Piaget's Theory of Cognitive Development. Nova York: David McKay Company, 1971. (Livro publicado no Brasil sob o título Inteligência e Afetividade da Criança na Teoria de Piaget. São Paulo: Editora Pioneira, 2000.)

[9] Um bom resumo sobre as teorias do raciocínio moral de Piaget e Kohlberg pode ser encontrado no livro de Ronald Duska e Mariellen Whelan, *Moral Development: A Guide to Piaget and Kohlberg*. Nova York: Paulist Press, 1975.

[10] As implicações na educação religiosa das teorias de Erikson sobre o desenvolvimento humano estão resumidas no livro de Eugene Wright Jr, Erikson: *Identity and Religion*. Nova York: Seabury Press, 1982.

[11] James Fowler, Becoming Adult, Becoming Christian: Adult Development and Christian Faith. São Francisco: Harper and Row, 1984.

[12] Uma ótima integração entre a educação cristã, a teologia e a ciência social pode ser encontrada no livro de Robert W. Pazmiño, *Foundational Issues in Cristian Education: An Introduction in Evangelical Perspective*. Grand Rapids: Baker Book House, 1988.

7

Autoridade e Criatividade

Considerando que o professor cristão procura orientar a experiência e declarar a verdade, como a experiência e a verdade se relacionam? O que é a autoridade do professor? O que é experiência? Que tipo de experiência o professor deseja? A verdade é a autoridade? O que é a verdade?

A Autoridade Cristã

Segundo o que se pensa no mundo de hoje, a autoridade, ou aquilo que é aceito sem ressalvas, é algo atribuído à experiência, algumas vezes à igreja, outras vezes à avaliação social e ainda outras vezes à história. No cristianismo, a autoridade é a Palavra de Deus, a Palavra escrita e Viva.

Em que sentido a Bíblia é a Palavra de Deus escrita? Aqueles que aceitam a continuidade do Novo Testamento e a teologia reformada consideram as Escrituras como a extraordinária revelação de nosso soberano Criador e Redentor. Esse Deus, que se revela na Bíblia, deu à humanidade idéias bastante precisas sobre si mesmo e sua graça, utilizando as palavras como símbolos lógicos de comunicação, palavras que descrevem tanto conceitos como experiências. Conceitos ou doutrinas isoladas seriam de difícil compreensão para o homem. Experiências isoladas seriam de árdua interpretação. Já a combinação de doutrinas e experiências é capaz de levar o homem a compreender, ainda que parcialmente, o infinito caráter de Deus. Seríamos o próprio Deus se pudéssemos compreender todo o seu conselho.

Todavia, o que podemos compreender nos dá uma visão de mundo precisa, racional e coerente. Na palavra revelada, temos uma solução racional para nossas profundas dificuldades em relacionar o que é imutável ao que está em transformação, o temporal ao eterno.

Como nosso Deus é o soberano Criador e Redentor, ser Maravilhoso é uma parte lógica de sua natureza. Embora tenha utilizado instrumentos humanos na composição de sua Palavra para o homem, Ele supervisionou seu registro e o manteve livre de erros. Ainda que os escritores tenham expressado seus próprios temperamentos e formações, Ele os "preparou, iluminou e estimulou". Deus não os utilizou mecanicamente, como meras canetas, mas foi sua própria Palavra que escreveu por meio deles. Como resultado, temos um livro maravilhoso que foi inspirado verbalmente e é inerrante em seu texto original. Mesmo após muitos séculos, sua essência mantém-se inalterada. Quando um sincero perscrutador da verdade, sendo guiado pelo mesmo Espírito Santo de Deus que esteve ao lado dos escritores da Bíblia, interpreta o texto de forma natural, considerando o ambiente e o contexto, a frágil humanidade é capaz de pensar os pensamentos do próprio Deus. Essa revelação de Deus é válida, quer o homem a leia, considere, aceite, rejeite ou não. Ela registra eventos históricos reais, embora seu contexto sugira que alguns são alegóricos e simbólicos. Nas Escrituras, somos repetidamente exortados a ensinar a Palavra.

Esse livro divino fala sobre acontecimentos divinos e maravilhosos. O próprio Deus infinito se dispôs a descer à Terra na pessoa do Filho, a fim de remir da maldição do pecado aqueles que o recebessem. Deus Filho se rebaixou, tornou-se homem por meio de um nascimento virginal, entregou sua própria vida em expiação pelos pecados de todo o mundo e rompeu as cadeias da morte em uma ressurreição sem precedentes! Esse mesmo Jesus também voltará fisicamente em grande poder e glória.

O Todo-poderoso também realiza grandes façanhas através de homens, simples homens que o obedecem. São relatadas as mais maravilhosas experiências na vida de homens comuns, todos absolutamente dependentes da realidade objetiva da redenção em Cristo.

As palavras da Bíblia convidam toda a humanidade para vir à Pessoa que é o foco da história. Sem dinheiro ou mérito, todos os habitantes da Terra, do mais imponente ao mais humilde, recebem uma oferta de nova vida, vida eterna, a vida do próprio Salvador, em uma regeneração sobrenatural. Receber a Cristo abre possibilidades fantásticas para mais maturidade, maiores aventuras e melhor produtividade. Somente em Cristo o ser humano pode cumprir o destino para o qual foi criado. Somente segundo o esquema da objetiva autoridade da Palavra de Deus a experiência subjetiva pode ser proveitosa e recompensadora.

O maior problema em relação à autoridade da revelação é fazê-la ser aceita a cada nova geração. Tal aceitação não pode ser forçada, nem pode ser superficial. Métodos *autoritários* são muitas vezes confundidos com a *autoridade* da mensagem. Se a Bíblia for ensinada de modo impositivo ("Tome aqui! Pegue, porque estou mandando!"), através de estereótipos ou pela repetição exaustiva, o que acontecerá? Em vez de aceitá-la como uma convicção pessoal, os jovens se rebelarão contra essa afronta a partir de seu próprio arbítrio. Do mesmo modo, fracassaremos se nos limitarmos a transmitir as Escrituras de forma mecânica, pedindo para os mais jovens repetirem aquilo que lhes dizemos.

Como Cristo e a Bíblia são os mesmos "ontem, hoje e para sempre", alguns cristãos bem-intencionados eventualmente sentem que, em relação à Bíblia, nada jamais muda. Assumem a postura de que "o que era bom o bastante para nossos pais também é bom o bastante para nós". Afinal, se nossos pais sentaram e suportaram firmes, por mais longe que o pastor ou o professor divagassem naquele deserto, por que não o agüentaríamos nós? Se os jovens, nos tempos antigos, eram ensinados a copiar os padrões da época em vez de criar novas opções, por que motivo o mesmo não seria válido para os nossos filhos?

A aceitação da autoridade da revelação de Deus só pode ser produzida por um ensino inequívoco e um viver exemplar do lado da geração mais antiga e, do lado da geração mais nova, por experiências satisfatórias. A criança deveria, desde tenra idade, ouvir pessoalmente a VOZ DE DEUS. Algumas vezes, retumbante, outras vezes, calma e tranqüila, a criança precisaria ouvir sempre um: "ASSIM DIZ O SENHOR" expresso em termos de sua própria vida cotidiana. Ela deveria crescer sentindo que o centro da vida não é seu pequeno eu, seu ego, o qual deseja seguir seus próprios caminhos para sua própria destruição; mas que o centro da vida é O GRANDE EU, O GRANDE EU SOU, que conhece o melhor caminho a seguir e que, sozinho, é capaz de implementar suas idéias. Se os pais e os professores dessa criança viverem satisfeitos sob a autoridade de Deus, obedecendo aos decretos divinos mesmo quando incapazes de entendê-los, demonstrando diariamente que no Senhor está o melhor da vida e não impondo à criança a vontade paterna, mas a vontade soberana de Deus, ela reconhecerá a impotência de sua própria natureza e o direito que cabe ao Grande Governador do universo de ser adorado e obedecido. Ainda em tenra idade, a criança pode também experimentar o profundo conforto íntimo de se estar em harmonia com seu Criador e a emoção de se trabalhar criativamente com a própria Fonte da Vida.

Criatividade Cristã

A.W. Tozer expressa a necessidade urgente de pensadores santificados:

> Uma mentalidade religiosa, caracterizada pela timidez e pela falta de coragem moral, deu-nos, hoje em dia, um cristianismo frouxo. Trata-

> se de um cristianismo intelectualmente enfraquecido, desinteressante, repetitivo e, para um grande número de pessoas, simplesmente maçante. Esse cristianismo é divulgado como sendo a fé dos nossos pais, descendendo em linha direta de Cristo e dos apóstolos. Nós damos colheradas desse alimento insípido a nossos curiosos jovens e, para torná-lo palatável, temperamo-lo com entretenimentos carnais roubados do mundo ímpio. É mais fácil divertir que ensinar. Em vez de se pensar por conta própria, é bem mais fácil seguir as tendências degeneradas da maioria. Por esse motivo, muitos líderes evangélicos deixaram sua mente atrofiar, enquanto que seus dedos ágeis realizam truques religiosos para atrair as multidões de curiosos.
>
> Ora, arrisco-me a profetizar: o rebanho logo ficará farto da relva murcha que lhe damos e da cor artificial que borrifamos para que pareça nova. E, quando estiverem suficientemente nauseados para deixar nossos pastos, serão vítimas fáceis do Papa, do Reverendo Moon e da vidente da rua de cima.
>
> O cristianismo deve abarcar todo o ser e assumir o controle de cada átomo daqueles que foram remidos. Não podemos afastar nossos intelectos do altar flamejante e ainda esperar preservar a verdadeira fé em Cristo.[1]

Os educadores de "olhar cândido", rejeitando a autoridade divina, sustentam que ela interrompe o processo da busca sincera e restringe o espírito de aventura. Um grupo pode explorar diversas soluções para uma questão e descobrir inúmeros dados e percepções, até se deparar com as palavras "assim diz o Senhor". Se eles devem aceitar os decretos divinos sempre que o Senhor fala sobre um assunto, como poderemos esperar que desenvolvam iniciativa ou habilidades para lidar com as necessidades do dia a dia?

Pois pode realmente acontecer de a Palavra de Deus interromper um processo de busca sincera! Se o Eterno apresenta a resposta que é inerente à própria estrutura do universo, por que não parar quando a descobrimos? De que adiantaria continuar a busca? Existem muitas questões que Deus não respondeu em seu livro. Ele nos deixou tantas necessidades e tantos problemas, que nem sabemos por onde começar!

Para que desperdiçar energia preciosa e tempo limitado em mistérios que já foram explicados? É tão decepcionante passar a vida criando sistemas que serão rapidamente descartados na geração seguinte! Por outro lado, é tão estimulante sabermos que podemos criar estruturas que perdurarão! Em sua revelação, Deus nos deu tudo o que precisamos saber e não podemos descobrir por conta própria. Como é seguro poder trabalhar com o próprio Criador!

Descansemos, portanto, no que Deus já nos deu e vamos lidar com as necessidades prementes que nos cercam. Quando encontramos necessidades e problemas, devemos primeiro localizar todos os exemplos e princípios relevantes. Então, usar nossa própria mente, que Ele mesmo criou, debaixo da orientação de seu Espírito. Ele não nos deu, de modo algum, fórmulas prontas para tudo (primeiro passo, segundo passo, terceiro passo), mas sim espaço para que nos movamos e um firme apoio para nossos pés (Sl 18.36). Ele nos pede tanto obediência como iniciativa. Nas palavras de Cyrus H. K. Curtis: "Existem dois tipos de homens que jamais conseguem reunir grandes fortunas: aqueles que são incapazes de fazer o que lhes mandam e aqueles que não conseguem fazer nada além disso". Em vez de desencorajar nossos esforços, a autoridade divina deve encorajá-los.

Os cristãos deveriam ser mais ou menos animados e produtivos que as outras pessoas? Uma personalidade sombria e aborrecida reflete a vida cristã? Onde estão os cientistas cristãos que deveriam desbravar novas fronteiras do conhecimento a partir de fundamentos bíblicos? Onde estão os escritores que, a partir de situações existenciais realistas, deveriam prover uma visão do caminho cristão até as alturas em Cristo. Quem conduzirá as experiências científicas? Onde estão os pedagogos que deveriam trabalhar na vanguarda da educação? Quem produzirá o material curricular?

A obediência à autoridade divina exige criatividade cristã. Esse termo é algumas vezes visto com desconfiança pelos cristãos, porque perspectivas mundanas o utilizam para se opor à autoridade bíblica. Em um sistema naturalista que negue o sobrenatural, no qual tudo é relativo e não existem absolutos, os secularistas defendem que o conhecimento, tal qual o método, surge a partir de um processo coletivo. O que é verdadeiro para um grupo, em determinada situação, pode não ser válido para um outro grupo em uma outra situação. Tamanho relativismo é absolutamente contrário ao cristianismo.

A palavra "criar", contudo, é bíblica e pertence aos cristãos na essência de sua semântica. No princípio, Deus criou os céus e a terra (Gn 1.1); no fim das eras, Ele criará novos céus e nova terra (Is 65.17). Pelo seu Espírito, Ele cria todas as coisas vivas e renova a face da terra (Sl 104.30). Ele cria o novo homem em Cristo Jesus, em verdadeira justiça e santidade, para as boas obras (Ef 2.10; 4.24).

O mesmo Criador diz ao homem: "Operai a vossa salvação com temor e tremor; porque Deus é quem efetua em vós tanto o querer como o efetuar, segundo a sua boa vontade" (Fp 2.12,13). Ele disse a Josué: "Levanta-te, pois, agora, passa este Jordão, tu e todo este povo, à terra que eu dou aos filhos de Israel [...] Todo lugar que pisar a planta do vosso pé, vo-lo tenho dado [...] Tão-somente esforça-te e tem bom ânimo" (Js 1.2-7). O salmista disse ao Senhor: "Porque em ti está o manancial da vida; na tua luz, veremos a luz" (Sl 36.9). E "[...] todas as minhas fontes estão em ti" (Sl 87.7). Todas as minhas novas idéias estão em ti. Foi Ele quem "[fez] em nós todas as nossas obras" (Is 26.12). No livro de Isaías, o Senhor Deus indaga: "Por que razão vim eu, e ninguém apareceu?" (Is 50.2) e "E viu que ninguém havia e maravilhou-se de que não houvesse um intercessor" (Is 59.16).

Hoje em dia, assim como em todas as eras, o Senhor busca indivíduos pelos quais Ele possa realizar seus propósitos. Quem Ele pode usar para orar, planejar e executar seus planos atualmente? Crentes não apenas mortos para o pecado, mas completamente vivos em Cristo. A criatividade cristã nada mais é que a ação de Deus, pelo seu povo e Espírito, realizando seus propósitos e operando de forma especial em cada situação. Ainda hoje, é de Deus que vem toda a criação. Tudo o que fazemos na carne, melhor seria que não o tivéssemos feito. Nosso papel, portanto, é recebê-lo e cooperar no que quer que Ele espere de nós.

Deus incluiu todos os crentes no Corpo de Cristo conforme sua própria vontade, cada qual com seus próprios talentos e contribuições a dar ao todo. Embora haja diversidade de dons, "a manifestação do Espírito é dada a cada um para o que for útil" (1 Co 12.4, 7). Cada um é necessário. Cada um possui seu próprio lugar, de modo que ninguém mais poderia desempenhar tão bem aquela mesma função. Cristo deseja refletir seus próprios atributos no conjunto de traços especiais que cada um de nós possui. Se precisássemos de algo mais para uma verdadeira demonstração da pessoa de Jesus, Ele certamente nos daria. Não importa se nossos talentos são grandiosos ou humildes. Devemos desenvolvê-los e usá-los. Assim não haverá carências no corpo, mas Ele crescerá cada vez mais forte e maduro.

É uma pena que muitas pessoas jamais descubram o que Cristo poderia realizar por meio delas, nem jamais percebam o potencial que trazem adormecido dentro de si! Nas palavras de Oliver Wendell Holmes: "Ai daqueles que nunca cantaram, mas morreram com suas músicas dentro de si!" Esses não foram jamais libertados de sua antiga natureza, nem jamais conheceram a gloriosa liberdade dos filhos de Deus! Cristo disse: "Se vós permanecerdes na minha palavra, verdadeiramente, sereis meus discípulos e conhecereis a verdade, e a verdade vos libertará" (Jo 8.31,32).

Nós, cristãos, não precisamos imitar as tendências mundanas que nos cercam. Podemos ficar acima das coisas terrenas ao deixarmos o Espírito despertar nossa mente e imaginação; a fim de que saibamos, por experiência, qual é a perfeita vontade de Deus para nós (Rm 12.2). A vontade do Senhor para nós deve, com o tempo, ficar cada vez mais clara e brilhar mais e mais a cada dia de nossa vida (Pv 4.18). Aquele que for dessedentado pelo Espírito jamais voltará a ter sede e a plenitude do Espírito tornar-se-á em nós uma fonte borbotoante para a vida de Deus (Jo 4.14). Quando tudo isso acontecer, diremos juntamente com o salmista: "O meu coração ferve com palavras boas; falo do que tenho feito no tocante ao rei; a minha língua é a pena de um destro escritor" (Sl 45.1). Então, produziremos os livros e currículos que nosso mundo tão urgentemente precisa.

Oswald Chambers disse:

> Quando a Redenção de Deus chega a produzir obediência em uma alma humana, esta sempre cria. Se eu obedecer a Jesus Cristo, a Redenção de Deus fluirá através de mim e alcançará outras vidas, porque por trás das obras de obediência está a realidade do Todo-Poderoso Deus.[2]
>
> A realidade interna da Redenção é que ela cria o tempo todo. Assim como a Redenção cria a vida de Deus em nós, ela também cria as coisas que pertencem a esta vida. Nada pode suprir a necessidade, a não ser aquilo que criou a necessidade. Eis o significado da Redenção: ela cria e satisfaz.[3]

O Exemplo de Davi nas Escrituras

Provavelmente, a personalidade humana mais criativa apresentada nas Escrituras é Davi. O quão mais pobres nós seríamos sem seus salmos! No grande Livro inspirado por Deus, quantos detalhes da história de sua vida foram incluídos! Por que motivo a vida e as contribuições de Davi viriam a ser tão valiosas para as gerações posteriores? O que fez com que sua vida fosse tão produtiva? Ele foi cerceado ou liberto pela autoridade de Deus? O que ele tem para nos ensinar sobre a criatividade cristã?

A primeira coisa que se nota é que Davi teve uma vida rica e diversificada. Foi pastor, líder de refugiados, guerreiro, rei e poeta. Ele veio de uma família saudável, recebeu educação e não tinha medo algum de novas experiências. A partir das muitas referências à natureza que encontramos nos salmos, podemos deduzir que, desde cedo, já à época em que cuidava de seu rebanho nos campos, ele teve experiências pessoais com o Criador de todas as coisas vivas. Em sua juventude, vemo-lo sob a sombra de uma árvore, tocando sua harpa com o rebanho a pastar por perto. Com tanto tempo para meditar, bem como para agir, ouvimo-lo cantando suas próprias e magníficas composições ao Senhor:

> Quando vejo os teus céus, obra dos teus dedos, e a lua e as estrelas que preparastes; que é o homem mortal, para que te lembres dele? E o filho do homem, para que o visites? Contudo, pouco menor o fizeste do que os anjos e de glória e de honra o coroaste. Fazes com que ele tenha domínio sobre as obras das tuas mãos; tudo puseste debaixo de seus pés: todas as ovelhas e bois, assim como os animais do campo; as aves dos céus, e os peixes do mar, e tudo o que passa pelas veredas dos mares.
>
> Ó Senhor, Senhor nosso, quão admirável é o teu nome sobre toda terra! (Sl 8.3-9)

No minuto seguinte, ele já está saltando para resgatar uma ovelha das garras de um leão.

Em seguida notamos a personalidade sociável e calorosa de Davi, que atraía as pessoas. Seu nome significa "o amado". Ele certamente era inclinado a amar, tanto o homem como a Deus. No Antigo e no Novo Testamento é chamado de homem segundo o coração de Deus (1 Sm 13.14; At 13.22). O livro de Atos, vale notar, ainda acrescenta que ele haveria de fazer toda a vontade de Deus. Sua total devoção ao Senhor permeia e domina toda sua vida. Apesar de ter cometido pecados bastante graves, ele jamais julgou a ninguém com a mesma dureza que julgava a si mesmo e, em todas as ocasiões, arrependeu-se amargamente perante o Senhor. Não vemos nenhum sinal de rebeldia em tal pessoa.

A espontaneidade de sua devoção pode ser verificada em um incidente ocorrido durante seu exílio (2 Sm 23.15-17). Na caverna de Adulão, ele desejou beber da água do poço de Belém, a doce e refrescante água que ele lembrava ter bebido na infância. Quando seus três valentes irromperam pelo acampamento filisteu e lhe trouxeram a água, ele não pôde nem pensar em bebê-la. Uma água que pusera suas vidas em risco era preciosa demais para ser bebida. Davi, em sacrifício, derramou-a perante o Senhor.

Esse acontecimento também demonstra o amor que seus seguidores lhe dedicavam, dado ele merecer sua afeição e lealdade. Ao fugir para Adulão, quatrocentos homens o acompanharam e, posteriormente, mais duzentos homens se juntaram ao grupo (1 Sm 22.1,2; 25.13). Desde a primeira vez em que pôs seus olhos sobre o rapaz, Saul amou Davi intensamente (1 Sm 16.21). Também Jônatas muito se agradava de Davi (1 Sm 19.2). Após a morte em batalha de Saul e Jônatas, Davi, que já fora escolhido por Deus, passou a ser a escolha natural do povo (2 Sm 5.1,2).

A Palavra de Deus descreve pormenorizadamente o modo gentil como Davi tratou o filho aleijado de Jônatas (2 Sm 9), sua generosidade para com Simei, parente de Saul, que o insultara enquanto ele fugia de Jerusalém (2 Sm 19) e sua tristeza ao perder o filho, Absalão (2 Sm 18). Foi, contudo, sua passionalidade, aliada à sua indulgência, em uma época de paz e prosperidade, que o colocou em maus lençóis com Bate-Seba (2 Sm 11). O mesmo homem que, justamente indignado, ordenara a morte de outros por não respeitarem a vida humana (2 Sm 4), agora tramava a morte do marido de Bate-Seba, um de seus próprios valentes a serviço no exército. Além do mais, Deuteronômio 17.17 já havia alertado que os reis não deviam tomar diversas mulheres. Em conseqüência desse crime doméstico, sua sensível alma foi amargamente angustiada na morte de seu primeiro filho com aquela mulher e, algum tempo depois, seus próprios filhos e amigos o atraiçoaram tal qual ele atraiçoara o marido de Bate-Seba.

Embora muitas vezes agisse de forma espontaneamente amável e gentil, os registros asseveram que, em muitas decisões, ele recorreu à autoridade de Deus e não à sua própria iniciativa. Apesar de ter sido ungido por Samuel para ser rei sobre o povo de Deus, jamais se dispôs a pôr fim à vida do rei, mas permaneceu exilado por anos no deserto. Ele respeitou o ungido do Senhor e o tempo de Deus. Em seu embate contra Golias, ele não confiou na forte armadura do rei, mas em seu conhecimento da vontade de Deus e nos livramentos divinos que já experimentara no passado. "Quem é, pois, esse incircunciso filisteu, para afrontar os exércitos do Deus vivo?" (1 Sm 17.26), bradou ele. "O Senhor me livrou da mão do leão e da do urso; ele me livrará da mão deste filisteu" (v. 37).

Quando ficou sabendo que os filisteus atacavam e saqueavam a cidade de Queila, Davi perguntou ao Senhor: "Irei eu e ferirei estes filisteus?" O Senhor respondeu: "Vai [...] e livrarás Queila". Quando seus homens protestaram temerosos, Davi voltou a consultar o Senhor, que respondeu: "Levanta-te, desce a Queila, porque te dou os filisteus nas tuas mãos" (1 Sm 23.1-4). Quando esse mesmo inimigo se levantou contra Saul, ele consultou ao Senhor, mas "o Senhor lhe não respondeu, nem por sonhos, nem por Urim, nem por profetas" (1 Sm 28.6).

A paciência de Davi com Saul, porém, exauriu-se ainda antes da paciência de Deus. Não era fácil ser um fugitivo no deserto e ainda ter de suprir as necessidades de duas esposas e do enorme bando de fora-da-lei que o seguia. Em um momento de pânico e falta de confiança, ele disse consigo mesmo: "Ora, ainda algum dia perecerei pela mão de Saul; não há coisa melhor para mim do que escapar apressadamente para a terra dos filisteus;

para que Saul perca a esperança de mim e cesse de me buscar por todos os termos de Israel; e assim escaparei da sua mão" (1 Sm 27.1). Isso ele fez sem consultar ao Senhor, apesar das promessas que já havia recebido. Aquis, rei de Gate, recebeu-o por causa do número de seus seguidores e confiou nele. Ele deu a Davi a cidade de Ziclague, onde os israelitas teriam mais liberdade que na cidade régia. Contudo, ao habitar nas terras do inimigo, Davi teve de enganá-lo continuamente. Quando atacava as tribos ao sul do país, aliadas dos filisteus, era forçado a não deixar ninguém com vida para evitar que a notícia chegasse a Aquis. Quando o rei lhe perguntava sobre quem havia atacado, Davi o agradava dizendo que atacara seu próprio povo. Foi pela misericórdia de Deus que os príncipes dos filisteus se recusaram a permitir que Davi os acompanhasse na batalha contra Israel (1 Sm 29).

Ao retornar dessa batalha, Davi descobriu que os amalequitas haviam arrasado Ziclague e levado cativas às mulheres e as crianças (1 Sm 30). Tão desesperados ficaram todos, que prantearam até a exaustão. Os homens ficaram tão atarantados por terem sido privados de suas famílias, que chegaram a falar em apedrejar Davi. Em meio a tamanha crise, Davi voltou-se para seu verdadeiro centro e buscou ânimo no Senhor. Ele consultou o Senhor se deveria ou não perseguir os salteadores e o Senhor o mandou seguir em frente, pois ele certamente recuperaria tudo e todos.

Após sua casa em Ziclague ter sido arrasada e ele ter chorado as mortes de Saul e Jônatas, Davi voltou a consultar o Senhor: "Subirei a alguma das cidades de Judá? E disse-lhe o SENHOR. Sobe" (2 Sm 2.1). Mas Davi não sabia exatamente para onde ir. Quando perguntou acerca da cidade, o Senhor disse especificamente: "Para Hebrom". Como ele estava no lugar e no momento determinado por Deus, os homens, naquela cidade, o ungiram rei sobre Judá. Depois que seu general assassinou o general de Saul, Davi chorou junto a sua sepultura (2 Sm 3.32). Quando Davi recusou-se a comer até que o sol se pusesse, isso agradou ao povo, "[...] assim como tudo quanto o rei fez pareceu bem aos olhos de todo o povo" (2 Sm 3.36). Depois da morte de Isbosete, todas as tribos de Israel encontraram Davi em Hebrom e o ungiram rei sobre Israel (2 Sm 5.3).

Após sua coroação, lemos que Ele e todos os seus homens partiram para Jerusalém, a capital natural daquelas terras, a qual ficava estrategicamente situada (2 Sm 5.6,7). Dessa vez, não vemos qualquer menção a uma consulta ao Senhor. Aparentemente, o povo de Deus considerava uma vergonha deixar sob o domínio estrangeiro aquela fortaleza no meio da terra. Josué havia derrotado seu rei (Js 10), Judá a havia incendiado, mas falhara em capturar seu rei (Jz 1.8). Os jebuseus consideravam a colina inexpugnável, mas Davi a tomou. Ele, então, ia se tornando cada vez maior, porque o Deus dos Exércitos estava com ele (2 Sm 5.10). Ele entendeu que o Senhor o tinha feito rei sobre Israel e que exaltara seu reino por amor ao seu povo (2 Sm 5.12).

Quando os filisteus ficaram sabendo que Davi era rei sobre todo o reino de Israel, todos subiram para buscá-lo (2 Sm 5.17-25). Numerosos, eles se espalharam pelo vale dos Refains, separando-o das tribos do norte. Embora já fosse rei, Davi não se sentiu confiante na vitória de Deus sobre seus antigos inimigos, junto aos que ele buscara refúgio no passado. Ele consultou o Senhor: "Subirei contra os filisteus?" O Senhor respondeu: "Sobe, porque, certamente, entregarei os filisteus nas tuas mãos".

Os filisteus então tornaram a subir e mais uma vez se espelharam pelo vale dos Refains. Davi voltou a consultar o Senhor. Dessa vez, o Senhor respondeu: "Não subirás; mas rodeia por detrás deles e virás a eles por defronte das amoreiras. E há de ser que, ouvindo tu um estrondo de marcha pelas copas das amoreiras, então, te apressarás; porque o Senhor saiu, então, diante de ti, a ferir o arraial dos filisteus" (2 Sm 5.23,24). Depois desses acontecimentos, o povo de Deus desfrutou de dez anos de paz.

Tão logo começou a pôr o reino em ordem, Davi procurou fazer com que Jerusalém se tornasse tanto a capital política como espiritual de seu reino. Democraticamente, ele consultou os capitães de mil e os de cem: "Se bem vos parece, e se vem isso do Senhor, nosso Deus, enviemos depressa mensageiros a todos os nossos outros irmãos em todas as terras de Israel, e aos sacerdotes, e aos levitas com eles nas cidades e nos seus arrabaldes, para que se ajuntem conosco; e tornemos a trazer para nós a arca do nosso Deus; porque nos dias de Saul não nos valemos dela" (1 Cr 1.2,3). Como a idéia pareceu boa aos olhos de todo o povo, todo o Israel subiu para pegar a arca de Deus na casa de Abinadabe, em Quiriate-Jearim. Puseram a arca sobre um carro novo, que era guiado pelos filhos de Abinadabe, Uzá e Aiô. Enquanto seguiam, Davi e todo o Israel se regozijavam perante Deus com canções e instrumentos musicais. Chegando à eira de Quidom, Uzá estendeu sua mão para segurar a arca, porque os bois haviam tropeçado. A ira de Deus se acendeu contra Uzá por ele ter tocado a arca sagrada e ele pagou por seu erro com a vida.

A linguagem utilizada para descrever a reação de Davi leva-nos a deduzir que ele não compreendia o porquê do juízo de Deus. Lemos que Davi ficou triste e temeu ao Senhor naquele dia. "Como trarei a mim a arca de Deus?", perguntou ele. Em vez de seguir em frente, levou a arca à casa de Obede-Edom, o geteu. Durante os três meses em que a arca ficou na casa de Obede-Edom, o Senhor abençoou sua casa e tudo o que ele tinha. Essa benção significou que Deus aprovara a idéia de Davi, pois era uma boa idéia. Todavia, cabia a Davi conhecer e obedecer à lei na implementação de sua idéia. Não basta apenas fazer a vontade do Senhor. É preciso fazê-la do modo prescrito por Ele.

Ao refletir sobre o duro juízo de Deus, Davi certamente lembrou ou descobriu que parte da lei prescrevia exatamente como a arca devia ser carregada e o que aconteceria se até mesmo os sacerdotes a tocassem (Nm 4.2, 15; 7.9). Davi, então, voltou a reunir todo o Israel, incluindo os sacerdotes e os levitas, e disse aos levitas: "Santificai-vos, vós e vossos irmãos, para que façais subir a arca do Senhor, Deus de Israel [...] Pois que, portanto primeiro vós assim o não fizestes, o Senhor fez rotura em nós" (1 Cr 15.12,13). Os sacerdotes então se santificaram e carregaram a arca de Deus sobre os ombros, com varas e sem tocá-la, tal qual o Senhor ordenara a Moisés.

Em seguida Davi teve uma idéia ainda melhor. Ele disse a Natã, o profeta: "Olha, eu moro em casa de cedros, e a arca de Deus mora dentro de cortinas" (2 Sm 7.2). Ao que parece, Natã concordou com essa boa idéia de imediato. Ele respondeu: "Vai, faze tudo quanto está no teu coração, porque o Senhor é contigo" (v. 3).

Naquela mesma noite, porém, a palavra de Deus veio a Natã: "Vai e dize a meu servo Davi: Assim diz o Senhor: Tu me não edificarás uma casa para morar" (1 Cr 17.4). O Senhor, por intermédio do profeta Natã, rejeitou a proposta de Davi tão delicadamente, que é até difícil apontar a sentença que contém sua negativa. Para Davi, o Senhor falou: "Por todas as partes por onde andei com todo o Israel, porventura, falei alguma palavra [...] dizendo: Por que não me edificais uma casa de cedros? [...] Eu te tirei do curral, de detrás das ovelhas, para que fosses chefe do meu povo de Israel. [...] e te fiz um nome como o nome dos grandes que estão na terra. E ordenei um lugar para o meu povo de Israel e o plantarei, para que habite no seu lugar e nunca mais seja removido [...] Quando forem cumpridos os teus dias, para ires a teus pais, suscitarei a tua semente depois de ti, a qual será dos teus filhos, e confirmarei o seu reino. Este me edificará casa; e eu confirmarei o seu trono para sempre" (vv. 6-12).

Passado algum tempo, quando da dedicação do templo, Salomão disse: "Porém o Senhor disse a Davi, meu pai: Porquanto tiveste no teu coração o edificar uma casa ao meu nome, bem fizeste, de ter isso no teu coração" (2 Cr 6.8). Aquela também fora uma boa idéia.

Ao ouvir a resposta de Deus, Davi ficou perante o Senhor e disse: "Quem sou eu, Senhor JEOVÁ, e qual é a minha casa, que me trouxeste até aqui? E ainda foi isso pouco aos teus olhos, Senhor JEOVÁ, senão que falaste da casa de teu servo para tempos distantes; [...] Portanto, grandioso és, ó Senhor JEOVÁ, porque não há semelhante a ti [...] E quem há como o teu povo, como Israel, gente única na terra, a quem Deus foi resgatar para ser teu povo? [...] Agora, pois, ó Senhor JEOVÁ, esta palavra que falaste acerca de teu servo e acerca da sua casa, confirma-a para sempre e faze como tens falado. E engrandeça-se o teu nome para sempre" (2 Sm 7.18-26).

Tanto em 2 Samuel 8, como em 1 Crônicas 18, os relatos que se seguem após essa oração denotam atitudes ousadas. Depois dessa oração, Davi derrotou e subjugou os filisteus de uma vez por todas. Derrotou os moabitas e obrigou-os a pagar tributos. Quando foi restabelecer seu domínio sobre o rio Eufrates, feriu Hadadezer, rei de Zobá. Quando os siros de Damasco vieram socorrer Hadadezer, Davi matou vinte e dois mil deles e obrigou-os a pagar tributos. O Senhor lhe dava vitória a todo lugar que ia. Quando o rei de Hamate ouviu que Davi derrotara os exércitos de Hadadezer, congratulou-se com ele porque há muito pelejava contra Hadadezer. Ele trouxe a Davi vasos de ouro, prata e bronze.

Ao relatar essas guerras, o registro sagrado não menciona em parte alguma que Davi tenha consultado o Senhor. Provavelmente, a promessa de que o Senhor plantaria seu povo em segurança e estabeleceria o reino de Davi para sempre, aliada às profundas experiências pessoais do próprio Davi, impeliram-no a ousadamente tomar posse da herança que Deus há muito prometera a seu povo. Seus antigos inimigos, os filisteus, foram os primeiros a serem conquistados. Grandes tesouros de ouro, prata e bronze foram separados para a construção do Templo. Davi, porém, não assumiu a tarefa de edificar o Templo, pois era guerreiro e tinha sangue em suas mãos (1 Cr 28.3). Ele também deu a Salomão as plantas dos pórticos, dos cenáculos e das câmaras, que ele mesmo recebera do Espírito. Tudo isso lhe foi dado por escrito, por mandado do Senhor (1 Cr 28.11,12, 19).

Outro pecado cometido por Davi foi uma idéia egoísta, talvez gerada pelo orgulho e pela falta de confiança (2 Sm 24). Provavelmente, desejava saber sobre quantas pessoas reinava em Israel e Judá. Toda a nação sofreu grandemente, mas, ainda assim, a justiça de Deus é vista nas palavras de 2 Samuel 24.1: "E a ira do Senhor se tornou a acender contra Israel". Em 1 Crônicas 21.1, lemos: "Então, Satanás se levantou contra Israel e incitou Davi a numerar a Israel". Joabe, que não era conhecido pela pureza de seus propósitos, protestou com Davi para que ele não trouxesse tamanha culpa sobre Israel. A palavra de Davi, contudo, prevaleceu contra Joabe e os capitães do exército. Depois de Joabe percorrer toda a terra, o coração de Davi ficou amargurado, pois Deus ficara descontente e teria de castigar seu povo. Davi disse ao Senhor: "Muito pequei no que fiz; porém agora, ó Senhor, peço-te que traspasses a iniqüidade do teu servo" (2 Sm 24.10).

Por intermédio de Gade, vidente de Davi, Deus lhe ofereceu três terríveis alternativas. Em vez de cair nas mãos dos homens, Davi preferiu cair nas mãos do Senhor, pois estava certo de que sua misericórdia seria grande. Quando o anjo destruidor estendeu sua mão para assolar Jerusalém, o Senhor o impediu junto à eira de Ornã, o jebuseu. Quando viu o anjo que castigava o povo, Davi disse ao Senhor: "E eu mesmo sou o que pequei e fiz muito mal; mas estas ovelhas que fizeram? Ah! Senhor, meu Deus, seja a tua mão contra mim e contra a casa de meu pai e não para castigo de teu povo" (1 Cr 21.17).

Então, o anjo do Senhor, por intermédio de Gade, mandou Davi erigir um altar ao Senhor naquele lugar, a fim de evitar a praga. O dono da eira ofereceu o lugar e os animais para o sacrifício, mas Davi insistiu em comprá-los, dizendo: "Não oferecerei ao Senhor, meu Deus, holocaustos que não me custem nada" (2 Sm 24.24).

Embora Davi pecasse como todos nós, ele sempre julgou a si mesmo com maior rigor que aos outros. Que conforto extraímos de seus salmos de penitência, angustia e conflito pessoal, assim como dos de alegria e livramento! Como ele era geralmente estimulado pelos mais nobres motivos — pela honra do nome do Senhor, pela causa da Palavra e pelo bem do povo de Deus — seu coração quase sempre transbordava de louvores e ações de graça. Em virtude de sua nobreza de caráter e ideais, que estavam fortemente enraizados no próprio Criador, seu temperamento poético se expressava em uma bela e vívida linguagem. Quando ele agia conforme a vontade do Senhor, sua iniciativa pessoal era encorajada por Deus. Ignorar a vontade de Deus, no entanto, não era desculpa para seguir em frente segundo seu próprio senso. Ele não podia executar à sua maneira um projeto aprovado por Deus, nem podia assumir uma tarefa que Deus separara para seu filho. O Senhor lhe permitiu separar os materiais para o Templo e lhe deu os projetos, mas sua parte consistia em expandir o reino até as fronteiras determinadas por Deus, estabelecer um governo estável (2 Sm 8.15), estabelecer os padrões da adoração espiritual e providenciar os materiais utilizados nessa adoração. Deus lhe ordenou uma contribuição específica, tal qual fez com todos nós. A fim de que ele não precisasse usurpar o que fora outorgado a um outro homem.

Uma Personalidade Cristã Produtiva

Onde estão os "Davis" e "Salomões", por meio dos quais o Senhor pode realizar seus propósitos em nossos dias? Assim como na Antigüidade, quando Ele unge um jovem para o serviço hoje em dia, escolhe alguém que tenha intimidade com Ele, cujo coração tenha feito transbordar, porque "do que há abundância no coração, disso fala a boca". Assim, tudo o que procuramos melhorar no serviço ao Senhor significa que a luz da santidade de Deus precisa penetrar cada vez mais em nossa própria vida. Alguém já disse que o maior problema de Deus é o seu povo. É inútil tentarmos desenvolver os dons do Espírito (1 Co 12) antes de termos desenvolvido os frutos do Espírito (Gl 5.22,23). Aquilo que somos é mais importante do que aquilo que fazemos. Será que realmente morremos para o mundo e estamos vivos em Cristo? Se o Filho de Deus estiver evidente em nossa carne mortal, o doce aroma de sua vida e ressurreição será sentido por aqueles que estiverem à nossa volta. Se estivermos sempre em contato com Ele, o poder do alto estará presente para convencer, converter e conquistar.

A despeito de nossas aptidões e independente de sermos introvertidos ou extrovertidos, todo crente em Cristo deveria ser uma pessoa animada e criativa. Se a própria Vida pulsa através de cada nervo e o Criador eterno se manifesta em nós, como a vida poderia ser maçante e insípida? A vida cristã deveria irradiar criatividade, fé e amor.

> Uma das coisas mais trágicas do mundo é a enorme quantidade de pessoas boas, mas desagradáveis. Não é possível duvidar nem por um momento de que são pessoas realmente bondosas. Todavia, a pena é que, quanto mais você as conhece, menos quer estar com elas e menos ainda quer ser semelhante a elas. São pessoas bondosas, mas falta-lhes amor. Dwigh L. Moody, certa feita, falou algo muito bonito sobre Henry Drummond: "A maioria de nós passa de vez em quando pelo capítulo 13 de 1 Coríntios, Drummond vive lá".[4]

Qualquer um de nós pode melhorar a produtividade pessoal ao observar os seguintes princípios:

1- Deixar que a Palavra de Cristo habite em nós, abundantemente, em toda a sabedoria (Cl 3.16). A verdade de Cristo deve habitar em nós no sentido de que deve tomar conta de nossos corpos. Deve comandar nossas atitudes como uma governanta e não trabalhar como uma simples criada. Precisa nos preencher de forma plena, ter acesso a cada parte de nosso ser e controlar tudo o que acontece. É da Palavra de Deus que devemos receber nossa instrução e nossas porções diárias de leite e comida sólida, além de toda a graça de que precisamos. Visto que a sabedoria é o melhor dos meios para o mais nobre fim, é essa sabedoria divina que nos capacitará tanto a praticar como a compreender a vida verdadeiramente frutífera.

Se a Palavra de Deus habitar em nós e estiver no comando da casa, em vez de ficar confinada a um cômodo afastado ou a uma hora específica do dia, cada aspecto de nossa vida será gradualmente transformado. Somente na luz de Deus podemos ver a luz, mas essa luz brilhará cada vez mais na medida em que trilharmos seus elevados caminhos. Estaremos então, continuamente, adquirindo novas perspectivas, estabelecendo novos relacionamentos, tomando posse de novas promessas e obedecendo a novos comandos. Dessa forma, a vida trará muitas novas experiências, as quais não temeremos por estarmos seguros na autoridade do próprio Deus.

Se a Palavra não reinar em nós, os caminhos de Deus nos parecerão sempre muito elevados; temeremos os ideais divinos em vez de, corajosamente, escalarmos as alturas. Os caminhos de Deus são elevados, infinitamente mais elevados que os nossos, mas Ele não reduz em nada os seus padrões por deferência às nossas fraquezas. Ele tão somente nos convida a aceitar sua força, sabedoria e graça. Se pudermos visualizar o objetivo e soubermos, com clareza, como dar cada passo, um após o outro, em direção a este objetivo, não haverá razão desanimarmos. Os picos dos planos de Deus, para muitos cristãos sinceros, parecem escondidos por entre as nuvens porque eles não conseguem enxergar um caminho que leve do ponto onde estão até tais alturas. Eles precisam de líderes que já tenham dado o passo seguinte e, então, retornado para ajudá-los a prosseguir.

2- Deixar que o Espírito de Deus nos liberte da carne, que está sempre tentando influenciar as questões espirituais, de forma que fiquemos vinculados apenas ao Senhor. Somente os cristãos podem ser libertos de si mesmos a fim de trabalharem livremente com o Criador. Ainda assim, quão poucos dentre nós podem experimentar tal liberdade! O principal interesse de um cristão não é nada menos que ser identificado com Cristo. Ser identificado com sua morte e ressurreição, ser identificado com sua poderosa operação em nós. Seguros nEle, não precisamos estar seguros de mais nada na vida. Será que estamos realmente desligados do mundo ou isso só acontece nas aparências?

Vontade própria, sabedoria pessoal e atitude autônoma são nossos mais mortais adversários. Apesar de o Senhor nos chamar de amigos, por nos querer agindo sintonizados com Ele, a energia da carne é bastante insidiosa.

Em vez de nos curvarmos perante sua vontade e sabedoria, em confiança e humildade, quão freqüentemente agimos segundo nosso orgulho, que nada mais é que a divinização do eu! Se passássemos mais tempo na presença do Senhor, passaríamos menos tempo em nossas tarefas.

Embora Cristo já tenha sido entronizado em nossa vida, muitas vezes o depomos inadvertidamente. Em muitas ocasiões Ele precisa reter bênçãos que adoraria derramar sobre nós, pois, se as concedesse, nossa atenção se voltaria para a bênção e não para o abençoador. Não raro, Ele precisa até nos mandar problemas. Nós, criaturas humanas, nunca abraçamos os problemas, mas tentamos escapar. Nessa fuga, pode ser que fujamos para os braços dEle.

Por mais trágico que isso soe, permanece o fato de que o serviço cristão pode ser o principal usurpador do trono de Cristo. Nessa era de agitações e correrias, é bem mais natural se sobrecarregar com programas e planejamentos que esperar no Senhor. Somente o Espírito de Cristo pode manter Cristo no centro de nossa vida.

3- Dar ao Senhor a chance de nos guiar em qualquer direção, sem jamais obstar quaisquer possibilidades que estejam de acordo com as Escrituras. Eventualmente, tradições um tanto tacanhas têm sido colocadas em pé de igualdade com as Escrituras, a ponto de nós, o povo de Deus, sermos privados da gloriosa herança que deveríamos possuir. Como os fariseus dos tempos de Jesus, temos muitas vezes acrescentado nossos próprios preconceitos e interpretações às Escrituras. Com o tempo, acabamos lendo nossas próprias idéias na Palavra, em vez de descobrir o que Deus está realmente falando. Toda verdade pertence a Deus, quer seja encontrada na Bíblia, na natureza ou pela experiência. E, a menos que o falso seja misturado à verdade, essas fontes jamais se contradizem.

Como o povo de Deus tem sido bastante lento na revelação de seus segredos, para dominar sobre a terra, como Ele desejou que fizéssemos. Em vez disso, homens ímpios têm estado à nossa frente. Eles têm estudado a criação de Deus e feito descobertas válidas, as quais são freqüentemente interpretadas de forma errônea, a partir de seus próprios pressupostos naturalistas. Sem a devida capacidade para examinar de perto o processo científico que utilizam, nosso povo tende a temer e a se afastar de qualquer coisa que esses naturalistas explorem. Somente muitos anos após a divulgação de algumas descobertas, quando finalmente fica evidente que os ímpios estavam apenas desvendando as leis de Deus, nós aos poucos adotamos tais verdades, ainda que de fontes contestáveis.

Será que essa forma de proceder é o melhor que Deus tem para seu povo? Por que motivo não deveríamos nós mesmos liderar toda empreitada que seja digna? Por que devemos sempre aceitar, de má vontade e tardiamente, as descobertas feitas por ímpios? Quando a Escola Dominical começou a trabalhar com currículos estruturados, alguns evangélicos se opuseram energicamente à iniciativa, porque, juntamente com a nova estrutura, vinham ensinos extrabíblicos. Opunham-se ao estudo dos métodos de Cristo, porque eles eram acompanhados de grande ênfase na humanidade do Messias. As Escrituras nos dão fundamentos que conduzem aos princípios básicos da educação, da psicologia e da sociologia, os quais nós nem ao menos começamos a explorar. Cada geração deveria colher, a partir da Bíblia, novas perspectivas quanto à sua própria realidade e questões.

Um exemplo dessa nossa capitulação pode ser encontrado no fascinante campo da dinâmica de grupo, que, recentemente, tem recebido muita atenção tem recebido em todas as ciências sociais. Depois de termos estudado, a partir de fontes seculares, os princípios de uma dinâmica de grupo eficiente, buscamos na Bíblia para ver se sua essência se encaixa em nossa estrutura e descobrimos que ela é inerente à própria natureza da Igreja. Aliás, nós, cristãos, deveríamos agir de forma muito mais harmoniosa que os outros grupos, pois o Espírito Santo se move em nosso meio para formar a mente de Cristo em nós. O capítulo 15 de Atos é um claro exemplo de dinâmica de grupo. Já desde o primeiro século, deveríamos ter vindo em um processo de aperfeiçoamento de nossas capacidades para o trabalho em equipe. Infelizmente, não foi isso que aconteceu. Forasteiros tiveram de descobri-lo e trazê-lo para dentro da Igreja. Que vergonha!

Não raro, os jovens são impedidos de atingir a plenitude de sua potencialidade em virtude do enorme número de vocações que não lhes são apresentadas como dignas de um cristão. Umas poucas ocupações, supostamente de "período integral", são as únicas que parecem ser aprovadas pelos presbíteros. Se os dons de um jovem o tornam mais adequado ao ofício de encanador, ele deveria ter o privilégio de conhecer um encanador cristão que é um cativante ganhador de almas onde quer que trabalhe. Em nosso enfoque, precisamos respeitar os limites das Escrituras, não determinar limites ainda mais restritos que os bíblicos.

4- Manter uma motivação forte e pura, pois é isso que mantém um senso de urgência e responsabilidade. Nós nem fazemos idéia do que realmente seríamos capazes de fazer estando inteiramente mobilizados, com todas as nossas energias focadas, ao mesmo tempo, no mesmo objetivo. "A paciente dedicação da vontade é muito mais poderosa que a habilidade inata. É mais natural a capacidade fluir do desejo, que o desejo fluir da capacidade." Um único homem inteiramente dedicado realizará muito mais que dez homens meramente interessados. O mundo tem tido pouquíssimas oportunidades de presenciar o que Deus pode fazer com homens que o seguem sem reservas. Se o comunismo pode motivar tamanha dedicação e sacrifício pelos objetivos do marxismo, não deveriam os cristãos também agarrar aquilo pelo que foram tomados pelo próprio Senhor da Vida?

A única coisa da qual o campo da educação cristã está cheio é de necessidades. Necessidades saltam aos olhos em todos os lugares para onde nos viramos. As poucas pessoas competentes nesse campo não conseguem multiplicar seu conhecimento de forma rápida o suficiente. Logo abaixo, relaciono alguns tipos da criatividade cristã necessária em nossos dias, a criatividade interpretada de forma genérica e em seu contexto mais amplo:

Vidas Cristãs maduras.
Um efetivo testemunho diário.
Um uso mais proveitoso da Palavra.
A prática regular de boas obras.
Decisões práticas.
A administração de igrejas, comissões e escolas.
Ensinar as pessoas a observar toda a verdade.
Refletir sobre os problemas fazendo uso da filosofia e da psicologia.
A produção de literatura com propósitos diversos.
A capacidade de ilustrar e exemplificar a verdade bíblica.

Um líder cristão deve, a todo tempo, checar seus motivos, verificando o porquê de ele fazer aquilo que faz. Em um bom momento, damos início a um projeto a partir de uma visão que o próprio Deus colocou em nosso coração. É o amor de Cristo que nos compele a seguir em frente. Em meio ao desgaste causado pela desorganização e por problemas pessoais, é muito fácil abandonarmos o foco e nos flagrarmos indevidamente preocupados com nossa própria reputação e recompensas. "Não façam nada por interesse pessoal ou por desejos tolos de receber elogios, mas sejam humildes e considerem os outros superiores a vocês mesmos" (Fp 2.3 – ntlh), disse Paulo aos filipenses.

5- Refletir especificamente no problema, de modo a podermos reunir, de nossas experiências, toda e qualquer informação que possa ajudar na solução. Se não formos capazes de organizar e definir os problemas que chegam até nós, eles se tornarão vagos e fragmentados. Como resultado, ou não faremos nada para resolvê-los ou nos sentiremos desconfortáveis e frustrados. Pessoas intelectualmente curiosas costumam ponderar sobre vários problemas por horas a fio. Elas mantêm diversas panelas em fogo baixo nos fogões de suas mentes. Quando se deparam com um problema, procuram chegar ao cerne da questão o mais rápido possível, a fim de verificar quais são os fatores envolvidos. Como elas não deixam o problema sair do centro de seus pensamentos, inúmeras e diversificadas experiências do dia-a-dia acabam contribuindo para a solução. Uma mensagem sobre algum outro assunto, uma conversa à mesa do jantar ou uma frase em um livro podem fornecer valiosas contribuições para a solução do problema em pauta.

Quando uma idéia vier, escreva-a rapidamente. A maioria das pessoas não é capaz de manter diferentes problemas em mente ao mesmo tempo e precisam organizar uma forma de registrar as idéias que surgem ao longo do dia. As idéias não têm preço; logo, jamais deixe que elas se percam. Para a maioria de nós, as idéias não tendem a reaparecer uma segunda vez, mas a escapar, como disse Herbart em termos de psicologia associativa. Não deixe, portanto, que as idéias se afastem nem um centímetro de você. Quanto mais fecundas forem suas experiências, melhores e mais ricas serão suas idéias. Quanto mais você integrar e utilizar as idéias que tiver, mais será capaz de incorporá-las com criatividade em novas estruturas.

6- Lutar para chegar ao âmago de cada problema e para obter toda a orientação sobre o campo em questão, a fim de não deixar de fora nenhum fator importante. Jovens com algum talento para escrever, algumas vezes, tentam se expressar falando tão somente sobre eles mesmos. É preciso muito mais do que estudar jornalismo para se produzir um bom artigo. É preciso mais do que estudos de hermenêutica para se escrever uma boa lição bíblica. Os escritores precisam ir mais longe e mais fundo que seus leitores. Alguns concentram suas experiências pessoais em certos aspectos do problema, enquanto que outros se dedicam a outros ângulos. A omissão de um fator importante pode invalidar a conclusão obtida. Também os leitores trazem diversas perspectivas para a questão. Os escritores ainda devem se perguntar se consideraram a questão de modo genérico e pormenorizado. Devem indagar se vislumbraram as perspectivas dos pobres e dos abastados, os pontos de vista carnal e espiritual, dos cativos e dos livres. A vida moderna já não é nada simplória, mas uma complexa interação de forças: pessoal, religiosa, cultural, econômica, política e de entretenimento.

*7- **Esteja pronto a pagar o preço da verdadeira produtividade: a inspiração combinada à transpiração.*** Embora uma visão possa ser inebriante e irresistível, ela dificilmente é o suficiente para levar um líder à realização de um projeto, a menos que ele seja disciplinado e disposto ao trabalho duro. "Com freqüência somos incapazes de reconhecer uma oportunidade, porque ela chega vestida de macacão e se parece muito com trabalho." Qualquer tarefa criativa é um 1% de inspiração e 99% de transpiração. É claro que se extrairmos prazer da tarefa em si seremos pessoas afortunadas, mas quem gosta de refazer, refinar, repetir ou retomar uma tarefa?

Para ser concretizada, a visão precisa de esforço e de labuta diária e extenuante. Ela só toma forma se houver grande atenção aos detalhes e à disciplina. Quantos de nós têm o hábito de insistir em uma visão até ter a certeza de que o Senhor fez o melhor possível por intermédio de nossa vida? Hoje em dia, com a ênfase que se dá à expansão dos horizontes, é difícil se concentrar em uma única habilidade até aperfeiçoá-la.

8- Seja tanto flexível como corajoso, tanto alerta como descontraído. "O povo que conhece ao seu Deus se esforçará e fará proezas" (Dn 11.32). Como o Calebe da antiguidade, eles seguirão ao Senhor sem reservas e não temerão os gigantes da terra para onde forem mandados (Nm 14.6-9, 24). Eles serão obedientes às ordens do Altíssimo e seguirão em frente com determinação nas conquistas do Senhor. Somente aqueles cujo ser interior está seguro no Senhor dispor-se-ão a correr os riscos envolvidos em cada nova empreitada. Aquele que for um fiel seguidor de Deus será um líder entre os homens.

Raramente vemos um líder que desbrava o desconhecido ser aprovado por todas as pessoas. A tendência natural do ser humano é manter o statu quo, resistir a mudanças e se ressentir de idéias que não tenham sido apresentadas por eles mesmos. Somente um forte alicerce em santidade robusta e a clara consciência da realidade espiritual evitarão que o líder seja envenenado pela dúvida ou pelo medo. O líder deve ser humilde e cauteloso, a fim de não ofender ou causar tumulto sem necessidade, mas precisa estar sempre consciente de que provavelmente alguns o criticarão. Se ele estiver certo do chamado e da comissão do Altíssimo, poderá deixar as reações dos homens por conta do Senhor.

O Ensino Cristão Criativo

Quando tomamos parte de uma empreitada com o Criador, podemos esperar por experiências mais elevadas e profundas do que jamais conhecemos. Nada é mais estimulante que interagir com personalidades em formação. A maioria dos artistas e músicos transfere seus sonhos para argila, mármore ou telas inanimadas, ou mesmo para um instrumento de madeira ou metal. Os professores trabalham com a vida: a vida diária como ela vem sendo vivida. Os escritores transcrevem seus ideais para o papel, já os professores podem transcrever os seus nos corações de seus alunos.

O verdadeiro ensino cristão é de natureza intrinsecamente criativa. Se, em vez de pregar, formos ensinar a Palavra de Deus aos alunos, teremos de relacionar uma Palavra imutável a pessoas que estão em constante transformação. Nunca sabemos o que exatamente esperar. Se uma situação de ensino for normal e natural, ela será espontânea. Um menino que reage de uma maneira hoje, poderá reagir de forma completamente diferente no dia seguinte. Se aquilo que buscamos é levar a Palavra ao interior do aluno, estimulando-o a agir segundo ela, teremos de utilizar a parte da Bíblia que supre sua necessidade. Só isso já exclui uma conformidade rígida e estereotipada a um plano de aula, quer tenha ele sido preparado pelo autor de um manual ou pelo próprio professor.

1- O primeiro passo para o ensino cristão é a preparação espiritual do professor. Os professores mais jovens estão freqüentemente muito ocupados consigo mesmos para estarem livres no Senhor. Todavia, para ensinarmos ao próximo, precisamos estar vigorosamente unidos a Cristo e cheios da Palavra e do Espírito. Devemos viver a parte da Palavra que ensinamos até que ela se torne parte de nós mesmos, até que ela seja uma realidade em nossa vida cotidiana. Somente então seremos livres para ouvir e reagir aos outros. Somente então poderemos usar a Palavra de forma flexível, relacionando-a às necessidades naturais de nossa classe.

O mais difícil é começar. Assim como a formação do caráter cristão é um processo de desenvolvimento, nós também amadurecemos progressivamente em nossas habilidades para ensinar. Contudo, nunca alcançaremos nosso objetivo se não avançarmos em sua direção. Persegui-lo com a cara e a coragem significa que, algum dia, nós o alcançaremos. Seguir em outra direção é praticar maus hábitos que deverão ser superados antes que se formem as práticas adequadas.

O professor novato deve se esforçar para desenvolver o estilo de conversa informal que vemos nos Evangelhos. Não podemos tentar ensinar como se estivéssemos contando sobre uma excursão a um grupo de amigos? Assim como nossa viagem é algo que interessa ao grupo, também uma excursão pela Palavra de Deus deveria ser um assunto sobre o qual a classe quer saber. Em meio a um grupo informal de amigos, não monopolizamos a palavra, mas descrevemos e explicamos as coisas sobre as quais eles perguntam. Os membros de um mesmo grupo compartilham experiências semelhantes. Mostramos as fotos e os objetos que trouxemos da viagem porque, em vez de apenas ouvir o que falamos, eles preferem ver e examinar por conta própria. Não temos dificuldade alguma para responder quaisquer perguntas porque toda a viagem está bastante viva em nossa mente; afinal, nós a vivemos. E não precisamos nos prender a uma seqüência rígida de eventos, pois não poderíamos esquecer tudo o que vivemos ainda que a primeira pergunta dissesse respeito ao fim da viagem. A experiência é revigorante, não cansativa, pois gostamos de dividir o que foi agradável e útil para nós.

Esse deveria ser o espírito de uma aula da Escola Bíblica. Temos tido uma emocionante experiência com o Senhor por meio das palavras de sua revelação e estamos ansiosos para compartilhá-la com nossa classe. Se for para o estudo bíblico levá-los a uma experiência pessoal com Deus, eles precisam se envolver ativamente e tomar para si aquela porção das Escrituras. Para conseguirmos isso, precisamos começar, agora mesmo, do ponto no qual eles estão.

2- Se diversas possibilidades forem consideradas, o professor ficará livre para seguir o assunto suscitado pelos alunos. Quando nos sentamos para preparar as aulas da Escola Bíblica, como é possível saber qual assunto interessará à classe no domingo seguinte? Se não ficamos satisfeitos em apenas "ensinar a Bíblia" e se conseguimos perceber que nossas lições são direcionadas a um grupo específico, distinto de qualquer outro, como poderemos preparar adequadamente a aula?

Não temos meios de saber como os alunos estarão na hora da aula. Não podemos prever seu estado físico, mentalidade, necessidades psicológicas pessoais, necessidades espirituais urgentes e interesses individuais. Logicamente, cabe-nos tentar descobrir o máximo que pudermos sobre as características típicas de cada faixa etária e sobre a vida pessoal dos indivíduos que compõem a classe. Também podemos fazer contato durante a semana, a fim de verificar quaisquer sinais de problemas ou desinteresse. Que abordagem, porém, podemos utilizar para penetrar até um ponto íntimo vulnerável, levantar um problema contra o qual eles têm lutado e fazê-los sentar na ponta de suas cadeiras?

Quando nos colocamos diante de Deus, com os membros de nossa classe em nosso coração, podemos fazer uso de uma imaginação santa para tentar visualizar o que os desafiaria na próxima semana. Que problema estaria, em suas mentes, relacionado ao incêndio que arrasou o prédio de uma fábrica? Quais seriam as implicações das eleições políticas para suas vidas? Como podemos relacionar a notícia do jornal, sobre uma menina que fugiu de casa, à lição bíblica do dia? O que eles podem aprender com a derrota do time de futebol do colégio? Se a vida fica cada vez mais monótona, que necessidades eles sentem?

Se nós, professores, ponderarmos sobre duas ou três abordagens, não ficaremos presos a apenas uma possibilidade. Se tivermos considerado mais de uma, será fácil trocar a abordagem de uma hora para a outra quando algum aluno fizer um comentário que leve diretamente ao conteúdo bíblico. Vale repetir que uma das maiores fraquezas dos professores mais jovens reside no infeliz fato de eles perderem muitas boas dicas oferecidas pelo grupo. Eles se concentram tanto no conteúdo que nem ao menos ouvem importantes observações.

3- Como os alunos são sempre cheios de surpresas, devemos estar sempre prontos para mudar o passo e ajustar o curso em direção aos nossos objetivos. Uma vez convencidos de que ensinamos a Bíblia às pessoas, devemos ter a sensibilidade de perceber se elas estão ou não aprendendo. Se pararem de aprender, precisaremos mudar nossos métodos. Ademais, falo de aprender o que queremos ensinar, não algo de sua escolha pessoal. Muitas vezes acontece que, em meio à aula, enquanto seguimos o planejamento feito de antemão, um membro da classe repentinamente se dá conta de algo que o deixa radiante e que contamina toda a sala. Ao explicar o que lhe veio à mente, percebemos que ele deu um salto para frente e, em um breve instante, cobriu diversos passos que havíamos planejado. Via de regra, não podemos esperar que isso aconteça assim tão rápido. Damos um breve "obrigado" a Deus, ajudamos os outros a compreenderem o critério do primeiro e seguimos em frente. Em conseqüência, podemos concluir a aula em um ponto distinto do que tínhamos planejado, mas, oh, muito mais interessante! E também muito mais duradouro, visto que surgiu dentre eles mesmos.

Por outro lado, algumas vezes acontece de a classe ir mais devagar do que tínhamos planejado. Eles demonstram não estarem prontos para seguir os passos que tínhamos programado. Podemos ter suposto que tinham os conhecimentos ou as experiências necessárias para fundamentar o estudo em pauta, mas faltavam-lhes tais entendimentos. Poderá haver um obstáculo mental, emocional ou moral, que teremos de parar para remover. Poderá ser necessário utilizar o resto do tempo de aula para lidar com esse obstáculo, mas de que adiantaria seguir em frente sem a compreensão dos alunos? Demasiadas vezes, os professores seguem em seu caminho sem qualquer atenção ao fato de os alunos estarem ou não acompanhando o assunto. Seguem alegres com suas aulas e deixam os alunos entregues a seus próprios assuntos.

A marca registrada de um professor experiente é sua capacidade para atingir os alunos na situação em que se encontram, andar com a matéria em uma velocidade que a classe consiga acompanhar e orientá-los no uso do conteúdo de modo a suprir qualquer necessidade que surja no processo.

4- Apesar de a autoridade do conteúdo cristão ser absoluta, os alunos devem determinar o conteúdo a ser ensinado, a ordem dos estudos, a velocidade e os detalhes. Embora as respostas para todos os nossos problemas, ou pelo menos os princípios envolvidos, possam ser encontradas na revelação escrita de Deus e não em qualquer fonte humana; os problemas a serem discutidos, a ordem dos problemas, a profundidade da abordagem e o tempo gasto com cada assunto dependem dos alunos, pois são eles que devem se apropriar das respostas. Ao seu dispor, o professor tem toda uma coletânea de livros. São diversos tipos de obras, originárias de várias eras e escritas por vários tipos de pessoas. Para cada problema e em cada faixa etária, o professor deve conhecer qual parte das Escrituras melhor atende a necessidade estudada, tendo em vista a experiência do grupo.

Para as crianças pequenas, o conteúdo bíblico deve ser organizado por temas pessoais, com as diversas lições enfatizando o mesmo tema a partir de diferentes ângulos. O contato dos pré-adolescentes se dá primeiro com a história e a geografia da Bíblia, de forma que as aulas devem conduzi-los cronologicamente pelas movimentadas histórias dos heróis da Bíblia, deixando de lado o aspecto abstrato. Os adolescentes, por sua vez, precisam de estudos práticos que os socorram em suas dúvidas e temores. Já os jovens, além das discussões sobre a vida cristã, geralmente necessitam de uma rápida pesquisa por toda a Bíblia, a qual servirá para integrar os fragmentos de informações que foram recolhidos ao longo dos anos. Em seguida vêm os jovens mais amadurecidos, que precisam de explicações doutrinárias extraídas de todas as partes das Escrituras. Os adultos, por fim, estudam teologia sistemática, estruturada a partir de questões filosóficas fundamentais.

Para as crianças, um único evento bíblico basta para uma aula e uma história bíblica. Mais do que isso só serviria para causar confusão, não compreensão. Os detalhes mais próximos de seu mundo devem ser incluídos, mas o resto deve ser omitido, salvo se tais detalhes forem necessários para impedir uma visão distorcida dos caminhos de Deus. Sob orientação, os mais jovens são capazes de traçar tendências, descobrir relacionamentos e determinar o porquê de detalhes específicos estarem presentes ou ausentes nas Escrituras. Os adultos devem, por exemplo, ser capazes de abstrair e generalizar a essência da verdade a partir dos diversos livros bíblicos.

5- O Espírito ajuda o professor a definir quando declarar a verdade e quando levar os alunos a descobrir a verdade por si mesmos. Uma das habilidades mais sensíveis do professor é saber quando declarar e quando guiar. Se apenas enunciarmos a verdade, os alunos não se envolverão ativamente no processo. Se apenas os orientarmos na busca da verdade, poderemos perder um tempo precioso, pois, algumas vezes, já estão prontos para ouvir. Quando se encontram assim motivados e não há tempo suficiente para guiá-los no lento processo da exploração pessoal, o professor cristão não deve hesitar em explicar a verdade eterna. Como, via de regra, é bem mais fácil para o professor explicar, devemos nos esforçar ao máximo para aperfeiçoar a arte da orientação. O Mestre divino está sempre pronto a nos guiar na escolha do método mais apropriado para o momento.

6- Inúmeros métodos vêm à mente quando o professor procura a melhor forma de fazer os alunos tomarem para si os fatores espirituais externos. É uma pena quando um professor exagera na utilização de um único método, enquanto que muitos outros, além de acrescentar o tempero da variedade, seriam mais adequados aos seus propósitos. Sempre que surge uma necessidade, devemos perguntar: "Qual a melhor forma de resolver essa situação em especial?", em vez de perguntar "Será que eu vou arrumar uma história ou um cartaz para isso?"

Ao estudarmos a natureza intrínseca do conteúdo, novas possibilidades se abrem para nós. Combinações de conteúdos resultam em novas e fascinantes formas de raciocínio. Ao aplicarmos a Palavra de Deus a novas situações, certamente chegaremos a novas idéias. Assim como queremos que nossos alunos tenham suas próprias idéias, em vez de copiar as dos outros, nós também devemos sempre utilizar novas combinações de métodos: desenhos, maquetas, exemplos do cotidiano, cartazes, mapas, crônicas e poesias, debates, representações teatrais, esquetes, conversas em grupo, trabalhos em grupo, composições musicais, adaptações musicais, jogos, testes, entrevistas, pesquisas, viagens, reflexões, coleções, representações cronológicas dos eventos bíblicos, o planejamento dos cultos, jograis, etc.

Abaixo, vemos os comentários típicos de um professor criativo que estimula a criatividade:

> Isso é problema seu, não meu.
> Você está satisfeito com isso?
> Pergunte ao seu colega João, pois ele sabe tudo sobre isso.
> O que você acha?
> E o que você vai fazer a respeito disso?
> Onde você procurou para tentar encontrar uma resposta?
> Parece que foi feito por um computador, mas não parece idéia sua.

Implicações e Questões para Discussão em Grupo

"Vá catar suas roupas agora! Escove os dentes! Arrume sua cama! Quantas vezes eu já lhe disse isso? Por que eu sempre preciso brigar com você? Faça logo o que eu mandei!"

Os pais compreendem o enorme abismo que separa o saber e o fazer. Os pastores também percebem que conhecimento bíblico não produz automaticamente um viver santo. Às vezes, é o jovem com mais conhecimento bíblico que se envolve nos maiores problemas. Os professores reconhecem que uma média escolar alta não tem nada a ver com frutos do Espírito. Por que é tão difícil unir o conhecimento da verdade à atitude de fazer a coisa certa? O mais antigo problema do mundo, que vem desde os tempos de Adão e Eva, é o problema de se obedecer ao que se sabe ser verdade. O conhecimento da verdade é necessário, mas não suficiente.

É vital que os educadores cristãos proclamem a verdade absoluta dada por Deus. Todavia, o fato de a mensagem possuir autoridade absoluta não significa que ela pode ser enfiada garganta abaixo nos alunos. Usar da verdade para fazer uma lavagem cerebral nos alunos não elimina o fato de que se trata de uma lavagem cerebral, não de educação. No ensino, é necessário declarar a verdade, mas enunciá-la é apenas uma das partes. Aquele que ouve a verdade precisa aceitá-la ou rejeitá-la sem ser coagido. O professor deve evitar tanto a relativização como o doutrinamento repressor.

O relativismo é algo comum nos círculos universitários. O livro The Closing of the American Mind (O Confinamento da Mente Americana), de autoria de Allan Bloom, diz logo no início: "Há uma coisa da qual o professor pode ficar completamente seguro: quase todo estudante que entra na universidade acredita, ou diz acreditar, que a verdade é relativa".[5] A principal idéia defendida por Bloom é que, quando nos livramos de conceitos absolutos, não abrimos a mente, mas a fechamos. Um humanismo relativista é, na verdade, desumanizador. LeBar também escreve que o relativismo é diametralmente oposto ao cristianismo. Bloom, porém, cai na armadilha de supor que, se uma pessoa conhecer a verdade, obedecerá à verdade. LeBar argumenta que devemos nos concentrar tanto nas necessidades do aluno como na verdade absoluta. O professor deve sempre se esforçar para estabelecer relações entre a verdade e a vida.

Se o humanismo relativista é desumanizador, o mesmo vale para o controle externo e autoritário do comportamento. Embora desprezem o relativismo, o oposto é bastante popular entre os evangélicos e tão perigoso quanto. A verdade absoluta não pode ser derramada sobre a cabeça do aluno de forma autoritária; não pelo fato de não cremos em verdades absolutas, mas porque anunciar a verdade é apenas parte do processo de ensino. Eis o dilema: uma verdade absoluta é absoluta quer o aluno saiba disso ou não, mas para que ela seja interiorizada, deve estar relacionada à experiência do aluno. Por mais contraditório que isso soe, para uma verdade absoluta ser interiorizada, sua relação com a vida precisa ser descoberta pelo aluno.

Algumas escolas cristãs têm ignorado esse dilema. Partem do pressuposto de que, se os estudantes tão somente conhecerem a verdade, eles a tomarão para si sem qualquer dificuldade. Escolas assim, transformam professores em ditadores. O diretor de certa escola cristã disse:

> Quanto mais você age voltado para os alunos, mais eles assumem o controle da classe. As atividades voltadas para o professor são a chave do aprendizado, e dar palestras é muito mais importante que realizar debates. Acreditamos firmemente em uma pessoa preparada e isso vem de nossa herança doutrinária. Não se desculpe por dizer aos alunos o que é certo. Eles devem ser ensinados a não questionar você. Diga-lhes: "Essa é minha aula e é isso que eu espero de vocês. Essa sala de aula não é uma democracia, mas uma ditadura. Vocês não têm o direito de votar em nada!" É exatamente isso que eu digo às crianças.[6]

Apesar de simpática a um tal comprometimento pessoal com a verdade, LeBar não concorda com a metáfora de um professor como um ditador. Crer em verdades absolutas não dá aos professores o direito de serem ditadores. Os educadores cristãos reagem tão ferozmente ao relativismo na educação, que são tentados a decair para a doutrinação autoritária. As duas opções são danosas e ambas resultam em técnicas de ensino um tanto perigosas. LeBar apresenta uma revigorante solução para esse dilema.

LeBar compreende que essa relação entre o saber e o fazer é uma questão espiritual. O professor não é integralmente responsável por levar os estudantes a obedecerem à verdade. O processo de união entre a verdade e a vida é um dom da graça de Deus. Desse modo, o primeiro passo do ensino é preparar o aluno espiritualmente.

A autoridade daquilo que ensinamos é absoluta, mas não podemos fazer uso de métodos autoritários. Precisamos ensinar como artistas sensíveis que utilizam metas flexíveis. Um artista é capaz de transferir seus sonhos para uma tela. Ele pode até ter uma boa idéia da aparência final de sua pintura, mas não ficará fechado para percepções ulteriores que possam surgir. O mesmo vale para o professor.

Os professores, de maneira geral, possuem certo senso de direção para o ensino, mas o bom professor sabe que os estudantes são cheios de surpresas e que, para chegar ao seu objetivo, ele deve estar sempre pronto a mudar de velocidade ou direção. Outros educadores refletem a posição de LeBar quanto à flexibilidade e à criatividade no ensino. Determinado pedagogo escreveu: "Defendo a tese de que o ensino é uma arte orientada por valores educacionais, necessidades pessoais e inúmeras crenças e generalizações que o professor acredita serem verdadeiras".[7] Os professores podem manter seu compromisso com a verdade e utilizar métodos de ensino flexíveis, sensíveis e criativos.

A Família

Um lar produz, diariamente, dezenas de exemplos da enorme lacuna existente entre o saber e o fazer. Apresente exemplos extraídos de seu lar e ilustre essa lacuna.

Examine novamente o subtítulo "O Ensino Cristão Criativo". Se trocássemos as palavras "professor" por "mãe" ou "pai", e "aluno" por "filho" ou "filha", a que se assemelharia a educação cristã em sua casa? Teríamos, por exemplo, "o primeiro passo para a paternidade cristã é a preparação espiritual dos pais" e "se as diversas possibilidades forem consideradas, os pais ficarão livres para seguir com o assunto suscitado pelos filhos" ou "como os filhos são sempre cheios de surpresas, devemos estar sempre prontos para mudar o passo e ajustar o curso em direção aos nossos objetivos". Tais princípios fazem ainda mais sentido no ambiente "não escolar" de um lar.

LeBar funde a verdade e a vida: "Apesar de a autoridade do conteúdo cristão ser absoluta, os alunos devem determinar o conteúdo a ser ensinado, a ordem dos estudos, a velocidade e os detalhes". Dê exemplos de como esses princípios podem ser postos em prática na educação de nossos filhos. Pense em como uma determinada situação no lar pode levar os pais a ensinarem determinadas verdades. Dê exemplos específicos.

A Igreja

Alguns professores de Escola Dominical parecem pensar que os livros utilizados em aula são como que ditados pelo próprio Deus. Outros entendem que, uma vez que as lições foram planejadas, os alunos não devem tentar "desviar" para outros assuntos. Pode parecer difícil seguir o conselho de LeBar. Ela escreve: "Como os alunos são sempre cheios de surpresas, devemos estar sempre prontos para mudar o passo e ajustar o curso em direção aos nossos objetivos". Uma tal mudança de passo bem no meio de uma lição pode parecer temerária para professores que não se sentem seguros quanto ao ensino.

LeBar continua: "A marca registrada de um professor experiente é sua capacidade para atingir os alunos na situação em que se encontram, andar com a matéria em uma velocidade que a classe consiga acompanhar e orientá-los no uso do conteúdo de modo a suprir qualquer necessidade que surja no processo". Os professores devem incentivar uns aos outros com conversas sobre as experiências que lhes tenham ensinado a amadurecer como educadores. Apresente exemplos específicos de como o Espírito Santo o ajudou a saber quando mudar o passo em virtude de uma situação inesperada que tenha surgido em sua classe.

Agora, volte sua atenção para a lição que você planejou ensinar no próximo domingo e pense em seus alunos. Que surpresas podem surgir, considerando o que você sabe sobre sua classe? Como você poderia ser flexível com relação à lição em pauta e, ainda assim, alcançar um bom, mas inesperado objetivo?

A Escola

Alguns professores, no ambiente tradicional de uma escola, sentem-se mais à vontade com o método expositivo. Eles se sentem mais confiantes declarando a verdade. Outros professores sentem que seu talento consiste em serem bons orientadores de debates. LeBar escreve que: "O Espírito ajuda o professor a definir quando declarar a verdade e quando levar os alunos a descobrir a verdade por si mesmos". LeBar escreve que o professor precisa de ambas as habilidades. Dê exemplos de professores que são bons em uma ou outra coisa, mas não em ambas. Em seguida, dê exemplos de professores hábeis tanto em expor a verdade como em orientar os alunos na busca das implicações da verdade.

Os professores, por vezes, sentem-se mais confortáveis com aulas expositivas. Colocam suas expectativas de uma boa aula na capacidade de expor a verdade de forma clara e atrativa. Tais professores argumentam que debates em aula freqüentemente degeneram em "concursos de ignorância", ou, a cada pergunta feita pelo professor, os alunos tentam adivinhar o que o educador está pensando. Se, porém, os alunos forem desafiados a lidar com problemas importantes à luz do conteúdo apresentado, o debate será estimulante e proveitoso. Se você é o tipo de professor que prefere as aulas expositivas, o que, especificamente, você poderia fazer para se aprimorar na arte de orientar os alunos?

Outros professores já preferem propor debates em sala de aula. Tais professores já experimentaram maus momentos com estudantes absorvendo suas aulas passivamente como esponjas. Estão cansados de professores sisudos que transferem palavras de seus cadernos para os cadernos de seus alunos, sem passar por sua própria mente ou pela mente dos alunos. Compreendem, contudo, que não são bons em orientar debates sobre assuntos efetivamente substanciais. A classe parece divagar, indo de um a outro extremo sem jamais passar pela essência das questões. Quando o debate é concentrado nas percepções dos alunos e nas implicações da verdade, a aula fica bem organizada e os alunos se voltam para as descobertas a serem feitas. A qualidade de uma aula assim é fenomenal. Se sua preferência está em orientar debates, o que você poderia fazer para melhor relacioná-los à verdade?

NOTAS

[1] A.W.Tozer, "We Need Sanctified Thinkers", *The Alliance Weekly* n.º 9, novembro de 1955, p. 2.

[2] Oswald Chambers, *My Utmost for His Highest*. (Nova York: Dodd, Mead and Co., 1935), p. 307.

[3] *Ibid.*, p. 352.

[4] Raymond Calkins, How Jesus Dealt vith Men (Nova York: Abingdon-Cokesbury Press, 1942), p.206.

[5] Allan Bloom, *The Closing of the American Mind*. (Nova York: Simon and Schuster, 1987), p. 25.

[6] Alan Peshkin, God's Choice: The Total World of a Fundamentalist Christian School. (Chicago: University of Chicago Press, 1986), p. 59.

[7] Elliot W. Eisner, *The Educational Imagination*: On the Design and Evaluation of School Programs. (Nova York: Macmillan, 1985), p. 175.

8

A Estruturação do Currículo Escolar

A tradução dos fundamentos das Escrituras para o ensino prático é realizada pelo currículo escolar. Os princípios bíblicos são implementados por um esquema de ciclos e séries de aulas, as quais são repartidas em lições individuais. A palavra currículo significa, literalmente, "percurso". Tradicionalmente, o curso era considerado o *conjunto de matérias* a serem cobertas pelo estudante em seu progresso educacional. Mais recentemente, o termo passou a ser relacionado às atividades *desempenhadas pelo estudante* ao longo de várias experiências envolvendo o conteúdo.

Dentro de uma perspectiva cristã, o "currículo" pode ser definido como as atividades relacionadas ao conteúdo bíblico que, guiadas ou empregadas pela liderança cristã, têm a finalidade de aproximar os alunos mais e mais da maturidade em Cristo. Essas atividades implicam interação com a Palavra de Deus, tanto por parte dos professores como por parte dos alunos. Visto que o aprendizado, como anteriormente definido, é um processo ativo, interno, contínuo e disciplinado; o professor não deve fazer nada que os alunos possam, com maior ganho, fazer eles mesmos.

O Cerne do Currículo

Na montagem de um currículo, a definição de seu ponto central é a questão mais importante. Não é consenso entre os cristãos que tanto o conteúdo bíblico como a experiência pessoal é fundamental para que os alunos se apropriem da salvação que lhes é oferecida em Cristo? Nenhum fator do currículo, seja por conteúdo ou experiência, pode ser omitido ou minimizado impunemente. Um deles, no entanto, precisa ser o centro em torno do qual o outro fator gira; ou seja, a fonte de autoridade de que o outro depende como elemento secundário.

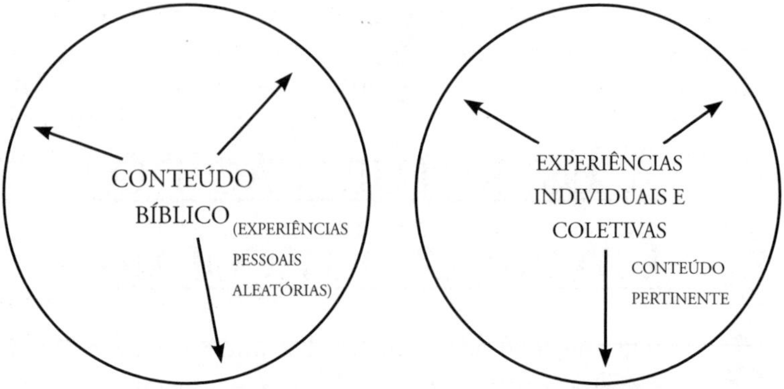

Deficitário | **Secular e Religioso**

Currículo Tradicional | **Currículo Liberal**

Na deficiente educação cristã tradicional, o currículo resumia-se exclusivamente no conteúdo bíblico. Os fatos bíblicos eram diligentemente estudados pelo professor e passados aos alunos, que supostamente deviam absorvê-los, decorá-los e automaticamente aplicá-los. As experiências resultantes do ensino desses fatos eram irregulares. Algumas vezes, os alunos saíam da aula, suficientemente motivados para pôr em prática o que tinham aprendido. Noutras ocasiões, enxergavam a relação entre os fatos ensinados e sua própria vida diária, mas esses vínculos entre a Bíblia e a vida não eram uma parte integrante da lição. Ocasionalmente, os alunos iam além da palavra escrita e dos relatos históricos e estabeleciam um contato pessoal com o Senhor, mas essa não era a regra. Muitos são os jovens que já foram expostos a informações bíblicas suficientes para capacitá-los a desenvolver vidas espirituais profundas, mas que não tomaram para si a verdade que compreenderam intelectualmente.

No outro extremo, temos o currículo liberal, tanto religioso como secular, que enfoca primariamente a experiência. Como é o aluno que deve se desenvolver e aceitar o conteúdo lecionado, a prioridade é dele. À medida que necessidades são alcançadas e os alunos são incentivados a interagir com conteúdos que atendam a essas necessidades, eles mesmos tomam a iniciativa de reorganizar e suscitar novos conteúdos. Os defensores desse sistema asseveram que nenhum currículo concentrado no conteúdo pode ser dinâmico, mas apenas aqueles voltados para a vida. Somente quando os alunos procuram e acham conteúdos relevantes para sua vida diária, são enriquecidos e experimentam transformações pessoais.

O que pode ser considerado verdadeiro nessa perspectiva? Qual sua fraqueza? Os cristãos podem atingir seus objetivos em uma estrutura voltada para o homem? Não. Apenas um currículo voltado para Deus pode ser cristão. É possível colocarmos a Palavra de Deus no centro do currículo e, ainda assim, termos uma estrutura dinâmica? Sim podemos, pois nenhum outro livro é comparável à revelação de Deus. As palavras de Deus são mais que apenas fatos, até mesmo fatos eternos. Com elas, Deus revela sua pessoa e a pessoa de seu Filho. Ele jamais quis que separássemos a Palavra escrita da Palavra Viva. A Palavra Viva só pode ser alcançada por meio do registro escrito. Os cristãos, portanto, possuem um currículo que, em vez de centrado na Bíblia, é mais exatamente centrado na Palavra.

E veja que coisa magnífica temos aqui! Um currículo voltado não para a ímpia vida humana, mas para a vida do próprio Deus! Uma vida eterna, e plena: a Palavra Viva revelada pela Palavra escrita! Que enfoque curricular pode ser comparado a isso em vitalidade e poder?

A experiência com a Palavra, entretanto, não pode ser deixada ao acaso. Não é algo que será automaticamente produzido pela Palavra escrita. Os professores devem tomar providências claras para incluir a experiência em seus currículos. Ainda que não seja o centro do modelo cristão, a experiência é necessária, pois:

> O objetivo da educação cristã é a maturidade em Cristo para a glória de Deus.
> Os alunos precisam se apropriar ativamente da Palavra.
> O conhecimento, por si só, não é poder, mas sim a utilização efetiva do conhecimento.
> A experiência é o melhor dos mestres, se orientada pela Palavra.
> O conteúdo bíblico isolado não passa de verborragia teórica e estéril.

Assim, apesar de ocupar posição secundária, a experiência possui uma função essencial no currículo cristão. A Palavra de Deus é, a princípio, um fator externo ao aluno. Todavia, à medida que o professor divino e os professores humanos estimulam a interação entre a palavra e o aluno, tanto a Palavra Viva como a escrita passam a fazer parte de seu interior, quer de forma gradual ou repentina. Ao Espírito Santo pertence o ministério de transformar a Palavra externa em uma experiência interna, pois Ele opera no aluno tanto no aspecto externo como no interno. Conforme a Palavra externa é transformada em experiência, há uma progressiva diminuição do eu interior e um crescimento da vida de Cristo, até que o próprio Senhor assume o controle da vida como um todo. Maturidade em Cristo é exatamente isso: a Palavra se transformando em experiência, tornando-se nossa própria vida.

O Mestre divino, com a cooperação do professor humano, guia o aluno da necessidade à Palavra, em que ele aprende novos aspectos da verdade e, ao voltar para a vida, pratica a Palavra nas situações do dia-a-dia. A experiência do aluno o impele a buscar o conhecimento da Palavra, a qual, por sua vez, faz com que ele volte à vida para praticar a verdade. O verdadeiro teste é a fusão das forças internas e externas até que seja impossível separá-las. A Palavra se torna carne e nossos corpos mortais refletem a Palavra. Quão magníficos seriam os resultados obtidos se todo o ensino bíblico fosse capaz de movimentar forças tão tremendas!

Currículo Bíblico

Montando uma Unidade de Trabalho

Sempre que uma nova série de aulas é preparada ou a série em utilização deixa de atingir seus propósitos, como os professores e escritores podem promover o tipo de interação que acabamos de descrever? Todos os líderes precisam compreender a estrutura curricular, pois eles a utilizarão até mesmo para adaptar algum material a ser impresso. E quem não precisa fazer isso? Quem pode esperar encontrar lições perfeitamente preparadas e adaptadas para grupos específicos?

Quando todos os princípios expostos nesse livro são postos em prática na formulação de um currículo, o resultado é um trabalho coeso. O ministério de Cristo na terra pode ser dividido em duas unidades curriculares principais: de um lado, a primeira parte de sua vida, até a confissão de Pedro; de outro, a última parte de sua vida, com sua morte, ressurreição e ascensão. A questão central da primeira unidade é: "Quem sou eu?" Já na segunda unidade, a questão principal é: "O que eu vim fazer?" Naturalmente, os eventos que compõem cada uma dessas unidades principais são organizados em unidades menores. Algumas unidades menores são separadas segundo seu conteúdo doutrinário, como "a natureza do reino"; outras, em termos de uma experiência, como "fé".

tExistem muitos motivos para organizarmos as matérias em unidades de trabalho. As unidades colocam mais ênfase no aprendizado que no ensino. Dessa forma, elas estimulam novas experiências do aluno com o conteúdo, enquanto para os professores é mais natural enfatizarem o conteúdo em detrimento da experiência. Principalmente nas instituições cristãs que promovem aulas semanais de apenas uma hora, fica difícil para os alunos perceberem a correlação entre as diferentes lições. Com a visualização de metas de longo prazo e a elaboração de planos para alcançá-las, cada tarefa separada é vista à luz do todo e não como um fragmento isolado. Assim, a motivação é mais forte e a integração é certa. Fica mais fácil, tanto para alunos como para professores, ter maior flexibilidade para revisar o planejamento e se manter em dia com as mudanças necessárias. Quando a matéria está relacionada à vida diária, é imediatamente utilizada ou preparada para ser incluída na unidade.

Não se deve esperar que unidades de trabalho desenvolvidas por instituições distintas possuam a mesma forma. Um currículo esquematizado, por exemplo, para a Escola Dominical, com uma hora semanal, é bastante diferente daquele planejado para um acampamento, que contempla diversas horas ao longo de duas semanas. Da mesma forma, um currículo planejado para crianças pequenas, que não são alfabetizadas e possuem pouco discernimento, terá uma aparência completamente diferente de um outro planejado para jovens com capacidade de fazer pesquisas independentes e trabalhos em grupo. O que permanece inalterado sob quaisquer circunstâncias é o espírito subjacente de uma unidade de trabalho. Um espírito investigativo, de aventuras e descobertas, no qual os alunos buscam e encontram coisas novas no Senhor. Um espírito no qual identificam suas próprias necessidades, suprindo-as em Cristo.

O PLANEJAMENTO PRÉVIO DO PROFESSOR

Dar mais ênfase ao aprendizado do aluno que ao ensino do professor não significa que nós, professores, passaremos a ter menos importância ou que teremos menos o que fazer. Aliás, significa que provavelmente teremos mais o que fazer. Tais quais os seguidores de John Amos Comenius, que primeiro exprimiu esse conceito, nós planejamos e nos preparamos tanto em relação aos alunos como em relação à matéria. Devemos conhecer empiricamente tanto os alunos como a matéria. No passado, bastava conhecer a matéria.

Em primeiro lugar, nós oramos a respeito e estudamos profundamente as necessidades, interesses e talentos de nosso grupo em especial à luz da Palavra de Deus. A partir dessas necessidades, formulamos objetivos gerais e específicos. Mantemos os objetivos gerais como o pano de fundo de nossos pensamentos e nos alegramos ao vê-los mais próximos a cada dia. Os objetivos específicos nós mantemos estampados diante de nossos olhos, relacionando tudo o que acontece a eles. Se possível, devemos enunciar o objetivo pendente em uma frase curta, a fim de não perdermos o foco. A melhor forma de exprimirmos esse objetivo é relacioná-lo a novos comportamentos, atitudes, habilidades ou conhecimentos. Em muitos casos, ele deve ser exposto em termos de uma mudança de conduta que também envolva atitudes, habilidades e conhecimentos.

Em seguida, selecionamos áreas genéricas e específicas que possuam o conteúdo necessário para suprir essas necessidades. As necessidades serão alcançadas pela palavra escrita de Deus, que levará à Palavra Viva, mas não por uma parte indeterminada da Palavra escrita. Os professores precisam ser capazes de sugerir a parte da Bíblia mais adequada ao problema em estudo, cujos personagens estejam o mais perto possível da vida que levamos hoje em dia. Em Tiago 1.21, vemos a figura de um ramo frutífero que é enxertado em uma planta selvagem até que a união seja permanente. Quanto mais perto as Escrituras estiverem do cotidiano, mais fácil será essa união.

Em seguida, nos saturamos com essa parte da Palavra de Deus até que ela tenha sido completamente absorvida. Até podermos senti-la, respirá-la, vivê-la e sonhá-la. Até nos sentirmos completamente confortáveis com as implicações que ela traz. Até nossas mentes ficarem tão repletas de possibilidades para nossa classe, que não conseguimos esperar para fazer algo a respeito. Então estamos prontos para guiar nossos alunos à mesma visão e ação. Então podemos ser livres e flexíveis na utilização dessa verdade eterna com alunos que são sempre cheios de surpresas.

O próximo passo é visualizarmos vários tipos de motivações pessoais. Provavelmente, o mais importante fator isolado para o sucesso de uma unidade de trabalho é o entusiasmo com que ela é iniciada. Se começamos com toda a força, esse impulso inicial nos levará por um longo caminho. Caso contrário, começaremos a arrastar os pés e o interesse arrefecerá. Mesmo que o início adequado leve uma hora ou até mais, esse será um tempo bem gasto, pois o planejamento em si já é uma experiência educacional. O planejamento exige uma seleção das experiências e conhecimentos já adquiridos, uma percepção das relações entre passado e futuro, e uma avaliação dos procedimentos possíveis.

Contando com o que sabemos e podemos descobrir sobre os membros de nosso grupo, notamos pontos de contato entre a matéria e a vida que eles levam atualmente, fazendo diferença naquilo que eles querem fazer aqui e agora. Qual é a conexão entre as necessidades que eles percebem e as respostas de Deus? Talvez seja necessário esperar por um segundo momento para guiá-los às suas verdadeiras necessidades espirituais, pois ir direto ao assunto poderia intimidá-los. Não importa o quão distantes da meta tenhamos de começar, pois devemos partir de onde eles estão ou eles não se moverão na direção do objetivo. Não lhes será de nenhuma serventia se nós, líderes, seguirmos em nossa jornada e os deixarmos para trás. Devemos atentar à unidade *deles*, ao progresso *deles*, aos valores *deles* e ao trabalho *deles*.

Motivações íntimas despertam os desejos e anseios que o Senhor Deus colocou dentro de todos nós. Oferecem algo que, mesmo isoladamente, vale a pena saber e fazer. Poderá ser que, em um primeiro momento, a motivação seja menos nobre, visto as mais generosas ainda não despertarem grande interesse. De início, poderão até mesmo não perceber qualquer relação entre os padrões espirituais e suas próprias vidas. Ainda assim, em vez de ensiná-los a perseguir fins egoístas, devemos colocá-los em contato com a realidade espiritual em um nível mais baixo.

Motivações externas indicam que a vida espiritual não é inerentemente digna de ser buscada. Elas oferecem aos alunos recompensas ou prêmios irrelevantes, os quais nada têm a ver com o tema principal da unidade. Sugerem que o estudo da Bíblia é uma tarefa desagradável que precisa ser edulcorada para ser palatável. Na vida cristã, nada é mais importante que as motivações. Queremos que nossos jovens desejem ao Senhor, antes de mais nada, por ele mesmo, pois nada é mais atraente que o próprio Deus. Queremos que eles desejem as coisas do Senhor porque elas satisfazem os anseios mais íntimos da alma. Antes de o Senhor lhes confiar seus dons e ministérios, eles precisam experimentar a alegria da comunhão com ele.

Incentivar-nos-emos, portanto, a criar um ambiente que suscite ponderações e dúvidas ao longo da unidade. Com as crianças, esse ambiente pode ser promovido com grandes objetos que elas possam manusear, figuras que possam discutir e excursões que proporcionem novas experiências. Com jovens e adultos, podemos direcionar conversas informais para questões sobre áreas específicas, colocar perguntas provocativas no quadro-negro ou adotar experiências e novos projetos que lhes interessem. As melhores dicas sempre surgem naturalmente da lide diária dos próprios alunos e das situações que enfrentam no dia-a-dia.

PLANEJANDO COM OS ALUNOS

Se uma unidade de trabalho deve pertencer mais aos alunos que ao professor e considerando que eles precisam se envolver ativamente para que haja aprendizado, devem também participar do planejamento. Se nós, líderes, nos preparamos com antecedência para liderá-los, não ficarão patinando e perdendo tempo, porque nós já teremos identificado algumas possibilidades válidas e outras que não serão viáveis. E se formos verdadeiros líderes em vez de ditadores, não teremos problemas em deixar nossos planos de lado no caso de os alunos surgirem com algo melhor.

Pode até mesmo acontecer de eles optarem por um de nossos planos e não por algo que eles tenham originado. Isso é perfeitamente legítimo, tanto que eles o aceitam de todo o coração.

Eles podem, porém, ficar indiferentes ao problema. Se considerarem que a questão é mais nossa que deles, deixarão por nossa conta e, então, seremos nós os beneficiados e não eles. Somente se o tomarem para si, manterão o problema em mente e assumirão a responsabilidade pela solução.

Muitas vezes é útil escrever no quadro-negro o que os alunos já sabem sobre o problema e aquilo que eles gostariam de descobrir. As diferentes áreas são então organizadas e subdivididas em problemas menores, cuja ordem de abordagem é definida. Pode ocorrer de o grupo inteiro querer trabalhar o problema como um todo ou podem optar por se dividir em grupos menores, com um problema menor para cada grupo. Se forem utilizados grupos menores, será interessante definir um líder para cada grupo.

O propósito principal e os propósitos subsidiários devem ser detalhadamente esclarecidos, a fim de que os alunos saibam exatamente como e o que procurar na Palavra de Deus. Esse planejamento deve ser bem mais detalhado que o usual.

Não se pode supor que esse planejamento inicial será seguido rigidamente até o fim da unidade. À medida que o grupo se inteirar do conteúdo, novas percepções e fundamentos ensejarão mudanças de planos para que as verdadeiras necessidades sejam alcançadas. A avaliação contínua é uma parte integrante do processo. De tempos em tempos, os alunos devem parar para apreciar o que já foi feito e revisar os planos para o futuro. Uma vez que os tenha apoiado na solução das necessidades percebidas, o professor passa a ajudá-los a sentir e a alcançar suas verdadeiras necessidades espirituais.

Encontrando as Respostas

Se os problemas pertencerem aos alunos e eles virem claramente como atacá-los, o grupo se disporá a mobilizar suas energias para encontrar as respostas. Vários tipos de atividades serão incluídas na maior parte das unidades, sendo que maioria exigirá raciocínio e discernimento, em vez de tão somente escutar e decorar. Os alunos estarão sempre selecionando conteúdos que sejam relevantes para o problema, decidindo seu valor, organizando as informações, descobrindo novas pistas, discutindo suas descobertas, avaliando a legitimidade de suas conclusões e checando os resultados. A genuína satisfação pessoal que eles extraem dessas conquistas é a melhor recompensa. Eles se sentirão mais dispostos a praticar aquela verdade que eles mesmos descobriram.

Conforme os alunos trabalham, o professor supervisiona. Ele deve motivá-los, caso o interesse arrefeça, sugerir novas abordagens ou fontes e auxiliá-los a organizar e a avaliar as descobertas. O papel do professor será mantê-los trabalhando de forma produtiva, ajudando-os a reconhecer a importância de suas descobertas.

Logicamente, para aqueles que podem ler, o primeiro método específico sempre é pesquisar nas Escrituras. Para alunos ainda não alfabetizados, vale ouvir uma história bíblica. Os jovens precisam perceber que as respostas para suas questões práticas estão na Bíblia, bastando que saibam onde procurar e como transpor, por exemplo, os costumes e problemas dos hebreus para seu próprio cotidiano. O professor os orienta na formulação de observações concretas sobre o que a Bíblia efetivamente diz antes de eles tentarem interpretá-la para suas vidas. Eles formam o hábito de depender da revelação do Espírito Santo, comparar diversos textos bíblicos e aprimorar sua percepção intelectual.

Para auxiliar o estudo bíblico, podem ser utilizadas diferentes versões, concordâncias, dicionários bíblicos, atlas, comentários, figuras e informações sobre práticas e costumes. Para entender como os princípios bíblicos são aplicados no dia-a-dia, os alunos podem entrevistar seus irmãos em Cristo; realizar enquetes; enviar questionários; escrever cartas; visitar igrejas, missões e museus; estudar arquitetura; fazer coleções; e exemplificar hinos e as Escrituras. Sempre que possível, é necessário substituir relatos verbais por experiências diretas.

O professor deve ser suficientemente flexível para substituir uma matéria anteriormente planejada por outra essencial para aquele momento, a fim de corresponder às reações dos alunos. Isso, porém, deve ser feito sem prejudicar o currículo como um todo. Sentindo uma oportunidade, ou que o momento e as circunstâncias não permitem qualquer atividade por parte dos alunos, o professor não deve hesitar dar orientações diretas que solucionem as necessidades apresentadas.

A ATIVIDADE CONCLUSIVA

Uma unidade curricular atinge seu pleno êxito quando algum tipo de atividade unifica todo o processo e, se possível, utiliza todas as principais descobertas. Todo currículo deveria terminar com a prática da verdade ou, pelo menos, com a visualização da diferença que aquela verdade precisa fazer na vida diária. A menos que nossos alunos possam utilizar a nova verdade em novas situações, eles não terão realmente tomado essa verdade para si e logo a esquecerão.

Um exemplo clássico de atividade conclusiva é a apresentação de encerramento da Escola Bíblica de Férias, quando os alunos mostram a seus pais e amigos o que estiveram fazendo na escola. Trata-se de um programa que não apresenta nada de novo ou estranho, mas seleciona as partes mais interessantes do currículo regular. Se a demonstração envolver tanto o progresso espiritual como um maior conhecimento bíblico, ela será de grande valor para os alunos e para seus convidados. Ela enfatiza o principal propósito da escola e ajuda a transferir as Escrituras para a vida diária.

A atividade conclusiva pode assumir diversas formas. Podem-se organizar as descobertas conseguidas em uma planilha ou traçar uma linha do tempo. Visto que todos os grupos precisam ter seu conteúdo organizado, ainda que na medida da capacidade de compreensão inerente à idade de seus componentes, deve-se obter uma visão geral tanto no início como no fim. Em uma revisão prática, o tema principal de uma unidade se sobressai mais claramente, com a importância de cada parte sendo vista em relação ao todo. A melhor forma de revisar é utilizar.

Se os diversos aspectos de uma questão forem trabalhados por grupos distintos, eles podem inventar maneiras interessantes de apresentar seus resultados uns aos outros e, então, podem todos juntos formular um resumo do todo. Se os membros de um grupo conseguem novos entendimentos acerca da vida espiritual, eles podem usá-los para conduzir um culto para um outro grupo. Eles podem mostrar o que aprenderam fazendo uma obra de arte, um mural ou uma maquete. Podem também escrever um artigo, uma carta, um relatório para a igreja, um conto, um tratado ou um esquete. Algumas unidades possuem tal característica que seu resultado natural é a realização de um serviço. Pode ser a construção de um parque infantil, a decoração de uma sala da igreja, coleta de papéis para reciclagem, a conservação de um jardim ou a realização de uma festa em reconhecimento ao trabalho de outras pessoas.

Durante todos os passos de uma unidade curricular, o professor precisa se manter atento aos valores mais relevantes. Será que esse estudo motiva o grupo a estudar uma questão relacionada? Surgiram questões que, embora importantes, não podem ser incluídas nessa unidade, mas causaram um verdadeiro furor entre os alunos? Uma vez que nosso ensino bíblico passe a lidar com o cotidiano, nós já não teremos a necessidade de incentivos artificiais. Bastará ficarmos atentos às necessidades que surgirem e começarmos nosso ensino dali.

Um Exemplo de uma Unidade Curricular

Para um rápido exemplo de uma unidade de trabalho, vamos tomar uma série de lições sobre o Espírito Santo para a Escola Bíblica Dominical, direcionada aos pré-adolescentes. A primeira coisa que fazemos é abrir o manual da unidade de cinco lições.

O Espírito Santo como Mestre e Orientador.
O Espírito Santo como Conselheiro.
O Espírito Santo como Iluminador.
O Espírito Santo como aquEle que nos capacita.
O Espírito Santo como aquEle que nos convence do pecado.

Em seguida, fazemos uma análise de todo o bimestre e do lugar dessa unidade como um todo. Perguntamos a nós mesmos se nossa classe em especial precisa desse estudo e, de imediato, respondemos com segurança: "Certamente que sim". Depois disso, prostramo-nos perante o Senhor com os nomes de nossos alunos no coração, pedindo para que Ele opere graciosamente no coração de cada um e listando os pontos específicos que precisam ser alcançados em cada vida com relação ao Espírito Santo.

> "Querido Deus, que o Mário possa ver que tu és real! Ajude-o a perceber que procuras falar-lhe pessoalmente por intermédio do teu Espírito, através da Palavra. Ajude-o a enxergar que podes pôr um fim em suas dúvidas e temores."
> "Senhor, que Joana possa descobrir em ti seu melhor amigo, aquele que pode suprir suas necessidades emocionais pelo Espírito e estabilizar sua vida."

Então nos concentramos nos trechos das Escrituras que descrevem a pessoa e a obra do Espírito Santo, até eles entrarem de tal forma em nossa mente, que podemos rapidamente passar de uma porção para a outra. Aplicamos tudo o que estudamos em nossa própria vida e pedimos ao Espírito para nos dar novas experiências com a Palavra. Também pedimos ao divino Mestre, que habita em nosso coração, para mostrar como o conteúdo das cinco lições pode suprir as necessidades específicas da classe. Qual parte da unidade chega mais perto das necessidades de Mário? E quanto à Joana? Ao estudarmos, somos estimulados pelo mesmo Espírito Santo a orar continuamente para que essas verdades penetrem profundamente em suas consciências e façam um trabalho completo em cada vida.

Nós, porém, já vínhamos pensando nessa unidade mesmo antes de nos prepararmos especificamente para ensiná-la. No bimestre anterior, já a tínhamos em mente e buscávamos formas de preparar a classe para esse assunto. Durante o estudo da unidade anterior, quando surgiam referências ao Espírito de Deus, separávamos um minuto para fazer algumas perguntas pessoais sobre o Espírito Santo. Se o grupo reagia positivamente, fazendo perguntas e comentários, interrompíamos o assunto para aguçar a curiosidade por esse estudo e anotávamos mentalmente que deveríamos fazer um estudo sobre o Espírito Santo no futuro.

Logo no primeiro dia da nova unidade, ao entrarem em sala, os alunos encontram as seguintes questões escritas no quadro-negro:

> Você conhece um cristão que seja cheio do Espírito Santo?
> Por que você acredita que essa pessoa é cheia do Espírito Santo?

Uma pessoa cheia do Espírito é séria e taciturna?
Existe alguma coisa assustadora em relação ao Espírito?
As pessoas mais jovens são, às vezes, cheias do Espírito? Quando isso acontece, elas morrem mais cedo?
Que dúvidas você possui sobre o Espírito?

Sem dúvida, perguntas assim tão diretas farão o grupo pensar sobre o assunto tão logo entre em sala de aula. Chegando cedo e estando preparado para usar os comentários suscitados, você poderá estimular novos questionamentos que revelem preocupações mais pessoais. Você poderá anotar suas perguntas numa ponta do quadro-negro e, de outro lado, escrever o que eles já sabem sobre o Espírito Santo. Eles certamente ficarão entediados se você começar a ensinar o que já sabem, mas ficarão alerta para descobrir as respostas de suas próprias dúvidas.

Tendo estudado todas as cinco lições da unidade, não será necessário começar com a primeira ou separar rigidamente os vários ministérios do Espírito. Com o Espírito permitindo que você perceba as necessidades específicas de seus alunos, será capaz de começar com a questão que lhe parecer mais urgente e mais adequada à introdução do assunto. Logo de cara, poderá ajudá-los a encontrar respostas nas Escrituras e a discutir as implicações práticas em suas próprias vidas. Você não precisará lhes dizer as respostas, pois eles vasculharão suas Bíblias até localizar a passagem que lhes fale ao coração. Se trouxerem um trabalho de casa, as informações facilitarão a pesquisa de respostas para essas novas questões. Você agirá como incentivador e orientador, com o fim de se certificar de que eles percebam as interpretações e relações mais importantes. A aula transcorrerá com os alunos profundamente envolvidos em explorar suas próprias Bíblias e extrair suas próprias aplicações.

Os quatro domingos seguintes darão continuidade a esse processo de aprendizado. Normalmente, cada aula tanto responderá como levantará várias questões sobre o Espírito Santo. Ao fim de cada período de aula, os alunos deverão ter um problema pessoal para estudar e pelo qual orar durante a semana. Um problema prático relacionado àquilo que o Espírito procura fazer em suas vidas ou sobre como Ele pode ajudá-los.

A cada semana, ao deixarem a sala de aula, eles devem levar consigo uma verdade clara acerca do Espírito para pôr em prática durante a semana. É a sabedoria do Espírito que deve estar presente nas decisões difíceis e é sua força que nos faz evitar a tentação e suplantar o homem carnal. Ao orarem por alguém que amam, é o Espírito que convence a pessoa do pecado e do juízo.

Antes dos trabalhos do domingo seguinte, os alunos precisam ser incentivados a comentar sobre como o Espírito os ajudou durante a semana. Esses comentários manterão o estudo nos limites da realidade e com os pés no chão.

Uma outra forma de demonstrar a realidade dinâmica do Espírito hoje em dia, é sugerir aos alunos que entrevistem aqueles membros da igreja que transparecem a plenitude de Cristo. Talvez eles perguntem sobre como o Espírito Santo age sob tais condições, condições que lhes despertam a curiosidade. Os mais adiantados podem gostar de ler e fazer relatórios sobre como o Espírito moveu outros jovens, como Hudson Taylor, na Missão para o Interior da China, e William Borden, de Yale. Certamente, a presença do Espírito será sentida no grupo, na medida em que Ele dá dicas sobrenaturais ao professor e capacita os alunos a se apropriarem da Palavra.

Já perto do fim da unidade, o professor fica alerta para indícios que levem a uma proveitosa atividade final. Se, por exemplo, Joana comenta que sua irmã precisa da ajuda do Espírito Santo, o professor pode sugerir que a classe planeje e faça um culto de adoração. Nesse culto, todos poderiam partilhar com a classe da irmã de Joana o impacto do que eles vinham aprendendo. Se acontecer de o pastor de uma outra igreja evangélica pregar sobre esse assunto no domingo à noite, todos podem ir assistir e depois comer um lanche na casa do professor. Talvez possam resumir o que estudaram, fazendo uma lista de referências bíblicas que seriam de grande ajuda quando não soubessem que decisão tomar ou se sentissem desanimados, solitários e assim por diante. Alguns grupos gostam de fazer uma lista de inverdades sobre o Espírito Santo e afixar no quadro de avisos da igreja. Se nós, professores, formos sensíveis às dicas dadas pelos alunos e, em geral, adotarmos a maioria dessas sugestões; eles mesmos, muitas vezes, surgirão com ótimas idéias.

Critérios para a Avaliação de Materiais Escritos

Visto ser necessária uma rara combinação de sensibilidade e capacidade para que um professor seja capaz de preparar suas próprias lições bíblicas, a maioria de nós fica feliz em deixar essa tarefa para especialistas com formação profissional. Cada igreja, contudo, é responsável por selecionar a série de lições que mais se adequar às suas necessidades. Triste dizer, mas essa seleção é muitas vezes feita pela facilidade de se ensinar as lições e pelo colorido da capa.

O que os professores deviam verificar nos materiais escritos é o quanto o escritor os ajuda a aplicar os princípios Bíblicos à situação local. Professores locais, em todos os tipos de escola, de todas as partes do país, precisam de materiais que atinjam um delicado equilíbrio entre flexibilidade e especificidade. Se as sugestões não forem claras e práticas, os professores não conseguirão ter idéias nítidas para procedimentos de ensino, pois generalizações e abstrações não podem ser imediatamente traduzidas em ação. Se as sugestões não forem flexíveis, os professores ficarão inclinados a segui-las ao pé da letra, sem estabelecer qualquer relação com suas próprias classes.

Os princípios bíblicos explicados nesse livro resultam nos seguintes critérios para avaliação de materiais impressos.

I - O Uso do Conteúdo

A. A Bíblia é tratada como a Palavra objetiva que foi proposta por Deus? É considerada um guia infalível de fé e prática e fonte de autoridade?

B. O currículo proposto gira em torno da Palavra de Deus; ou seja, do registro escrito da Palavra Viva revelada?

C. O conteúdo enfatiza os fundamentos bíblicos: regeneração, crescimento na graça e serviço ao Senhor?

D. As informações bíblicas utilizadas são apresentadas de forma precisa e contundente?

E. O conteúdo extrabíblico é fiel aos princípios da palavra e serve ao propósito de demonstrar a relevância das Escrituras na vida diária?

F. O currículo é, em sua totalidade, coerente e compreensível, com cada parte integrada ao todo? Ele será abrangente se alcançar os nove principais objetivos da educação cristã: um relacionamento adequado com o Pai, o Filho e o Espírito Santo; conhecer, amar e utilizar a Bíblia na prática; criar uma visão de vida e de mundo a partir de uma perspectiva cristã; caminhar com Cristo de forma cada vez mais íntima; assumir suas responsabilidades na igreja, tanto junto à sociedade civil como aos perdidos de todos os lugares.

II- O Uso da Experiência:

A. O indivíduo é ajudado a crescer continuamente e dar passos claros rumo à maturidade em Cristo?

B. São discutidos os critérios para decisões de maior e menor importância, a fim de que os alunos desenvolvam suas próprias convicções pessoais?

C. São criadas condições para que os alunos façam suas propostas, solucionem problemas vitais e coloquem em prática suas idéias?

D. Sempre que possível, são utilizadas as experiências pessoais e imediatas dos alunos, em vez das experiências de terceiros?
E. O currículo enfatiza os elementos essenciais da experiência do aluno e minimiza os menos importantes (Principal: progresso espiritual; secundário: progresso mental, psicológico, social e físico)?

III- A Relação entre Conteúdo e Experiência:

A. A Bíblia é utilizada com eficácia para produzir transformações no aluno e não como um fim em si mesma?
B. O material é selecionado e classificado para suprir os atuais interesses, necessidades e capacidades do aluno comum nas diversas faixas etárias?
C. O currículo apresenta meios para se atingir as necessidades do lar, da igreja, da escola secular semanal e da comunidade?

IV- A Solução das Necessidades do Aluno:

A. O material atrai e desafia o indivíduo?
B. Nas atividades sugeridas, são consideradas as diferenças individuais entre alunos, classes, áreas geográficas e assim por diante?
C. São supridas as necessidades psicológicas do indivíduo: liberdade da culpa, segurança, afeição, reconhecimento e novas experiências?

V - A Solução das Necessidades do Professor:

A. O material é auto-explicativo, prático e claro?
B. O material é suficientemente versátil para atender as necessidades de igrejas grandes e pequenas, professores experientes e iniciantes, alunos com formações as mais diversas e de variadas áreas geográficas?
C. O tom geral do material é instigante, entusiástico e transparece calor espiritual?
D. O currículo proporciona inspiração, embasamento bíblico e princípios educativos, além de sugestões claras para lições?
E. O currículo orienta o professor na utilização de situações cotidianas dos próprios alunos, de modo a tornar a Bíblia mais real para eles?

VI - A Solução das Necessidades da Instituição:

A. O currículo tira proveito das necessidades e possibilidades específicas da instituição para a qual ele foi preparado? (Escola Dominical: essencialmente instrução e adoração. Escola Bíblica de Férias: todos os elementos da instrução, adoração, expressão, comunhão, e assim por diante.)

VII - As características Físicas do Material:

A. A qualidade e os padrões editoriais refletem seus valores eternos?

B. O material foi impresso de forma a facilitar o ensino: layout, fonte, organização temática, vocabulário, ilustrações?

A Utilização de Lições Impressas

Mesmo após ter selecionado a série de lições que mais se aproxima de suas necessidades específicas, espera-se que ela seja adaptada às condições locais. Não que existam falhas, mas ela foi necessariamente escrita por professores comuns, para alunos comuns, em situações comuns. Afinal, situações assim só existem nos livros. Isso não implica nenhum tipo de desrespeito em relação aos autores, que certamente são profissionais capacitados em métodos de ensino para aquela faixa de idade. O professor local deve descobrir os objetivos por trás das sugestões do manual. Os autores são motivados por fatores nem sempre percebidos pelos grupos locais e tais fatores deveriam ser descobertos, antes de o material ser sumariamente rejeitado por professores que o consideram inadequado.

Nem o mais hábil dos escritores pode, contudo, escrever para uma igreja específica. Logo, os professores devem saber que parte de seus manuais deverão adaptar e como fazê-lo. Se eles, logo de início, forem aos pés do Senhor com as necessidades de seus alunos no coração, estarão no estado de ânimo necessário para destrinchar seus manuais e relacionar o que lêem às suas próprias classes. Nada pode substituir a oração preliminar, que coloca as necessidades pessoais dos alunos à luz do que o Pai tem para eles.

Planejamento de Longo Prazo

O professor então deve ler o manual inteiro, absorvendo a perspectiva e o clima de todo o bimestre. Ao lê-lo, ele o avalia tendo sua própria classe em mente. As características gerais desse currículo atendem as necessidades dos meus alunos? Será que eles se tornarão pessoas diferentes depois de estudar essas lições? Os objetivos das aulas parecem ser sob medida para eles, atingindo-os de forma profunda e pessoal? Uma leve mudança de foco poderia fazer mais por eles? Eles precisam de cada lição ou, do todo, há um aspecto de que necessitam com mais urgência? Há alguma maneira de eu enfatizar esse aspecto sem destruir a continuidade da série? Seria uma boa idéia revisar uma ou duas lições para ressaltar o aspecto necessário?

Tendo visualizado anteriormente todo o bimestre, o professor será capaz de ensinar com maior flexibilidade dentro daquele esquema de aulas. Se um aluno ficar incomodado com algum problema hoje, poderá ser uma boa idéia adiantar a lição que trata da questão, em vez de deixar a explicação para mais tarde, quando o aluno poderá ter perdido todo o interesse no assunto. O interesse de um aluno por um assunto é mais relevante que sua organização lógica, apesar de a organização ser necessária para a manutenção do interesse. Se estivermos preparados para citar passagens bíblicas que respondam à dúvida de um aluno, provavelmente seremos capazes de incorporar tais passagens na lição do dia sem alterar o tema da aula. Tal é a riqueza da Palavra de Deus, que uma dada passagem muitas vezes fala sobre mais de um princípio e pode, sem distorções, ser abordada por mais de um ângulo.

Individualizando a Abordagem

Ao lerem a abordagem da lição no manual impresso, os professores deviam perguntar a si mesmos:

> Será que essa abordagem fará meus alunos sentarem na ponta da cadeira?
> Esse problema é de suma importância para eles?
> Uma abordagem assim dará um bom impulso à lição?

Algumas vezes, os professores ficarão satisfeitos com a abordagem sugerida no manual como sendo a melhor introdução possível para a lição. Noutros momentos, as orientações do manual sem dúvida deixariam aquela classe em especial apática.

Então, tendo seus próprios alunos em mente, farão as seguintes perguntas a si mesmos:

> Como o mundo pessoal em que vivem pode ser sacudido para que o conteúdo bíblico lhes possa ser apresentado?
> Em que ponto essa verdade toca a vida diária deles?
> O que de importante lhes aconteceu nessa última semana?
> O que eles estarão pensando e sentindo ao virem para o estudo bíblico?

O poder de atração da lição como um todo dependerá grandemente da abordagem. Envolvendo-se pessoalmente logo no início, os alunos naturalmente buscam as respostas, captam nuanças e oferecem sugestões. Eles, em outras palavras, "empurram" a lição. A visualização dos diversos tipos de motivações intrínsecas segue o mesmo processo da unidade de trabalho, anteriormente analisada nesse mesmo capítulo. Avistando-se mais de uma abordagem, será mais fácil para o professor descartá-las em favor da que for oferecida pelos próprios alunos, pois a última terá sem dúvida muito mais força.

Interagindo com os Alunos

Após a abordagem ter inicialmente atraído os alunos, os métodos utilizados devem mantê-los interagindo continuamente com a Palavra de Deus, escrita e viva. Não estamos realmente ensinando quando explicamos a matéria a despeito do que os alunos estejam fazendo e pensando. É a interação deles com o assunto que determina nossas ações. Eles devem receber sempre mais e mais da Palavra escrita, o que os levará a receber mais e mais da Palavra Viva. À medida que eles mesmos descobrirem as estimulantes verdades do mundo eterno, ficará mais fácil obedecê-las.

Se as crianças já ouviram a história separada para aquele dia no manual, não as obrigamos a ouvi-la de qualquer maneira, o que acabaria por fazê-las desenvolver atitudes negativas em relação às Escrituras. Podemos, talvez, pedir que elas a contem, ou ao menos parte dela. Se tiverem capacidade para tanto, podemos até convidá-las para ler a história diretamente na Bíblia. Quando começam a contá-la, podem descobrir muitos detalhes que não conheciam anteriormente e, então, estarão prontas para procurar por esses detalhes ou para ouvir sobre eles.

Em uma atmosfera que encoraje perguntas, comentários e sugestões, prestamos atenção em toda contribuição honesta. Se os membros do grupo franzem o cenho ou parecem confusos, nós descobrimos o que está por trás de tal expressão. Se surgir uma idéia inesperada, será possível dispararmos e cobrirmos mais matéria que o programado para uma lição. Se os alunos ainda não estão prontos para a verdade porque lhes falta formação, poderá ser necessário retroceder na matéria, explicar mais detalhadamente e diminuir a velocidade.

Quando alguém faz uma pergunta aparentemente irrelevante, tentamos descobrir-lhe o raciocínio, que pode nos dar a dica de que precisávamos para abrir a vida daquele aluno para a gloriosa Luz do mundo (a menos que ele esteja sendo impertinente e apenas tentando chamar atenção). Freqüentemente, precisamos atentar para o aluno por trás da pergunta, pois almas tímidas apresentam questões impessoais para esconder a verdadeira dúvida pessoal que se esconde em seu coração. Muitas vezes acontece de um aluno testar o grupo até se certificar de que foi aceito em seu meio por seus próprios méritos. Ele experimenta os colegas para verificar se lhe é permitido expressar o que realmente sente, ainda que pareça herético.

O que fazemos quando os alunos fazem comentários como:

> Eu não acredito nisso.
> Por que os estudiosos discordam nesse ponto?
> Como podemos descobrir o que o Espírito Santo quer fazer em cada um de nós?
> Como posso ser o guardião do meu irmão?
> Eu poderia fazer um desenho demonstrando aquilo sobre o que temos falado.
> Não devíamos demonstrar para essa comunidade que somos cristãos?

Muitos professores sinceros jamais ouvem comentários como esses. Contudo, eles são preciosas dicas para o professor mais perceptivo, pois comentários assim revelam que os alunos têm tomado a Palavra para si e estão reagindo a ela. Se adquirirem o hábito de tornar a Palavra pessoal e de fazer algo a respeito disso, estarão no caminho para a maturidade em Cristo. Não saberemos o que pensam, a menos que nos digam. Não saberemos como proceder, a menos que nos falem sobre sua atual situação. Por que não incentivá-los a apresentar exemplos práticos dos princípios bíblicos em vez de nós mesmos o fazermos? Quando os próprios alunos sugerem os projetos e atividades, eles agressivamente assumem a responsabilidade de executá-los. Será o trabalho deles, a aula deles e o crescimento deles.

Criando Oportunidades para a Prática

Se o professor realmente acreditar que "Aquele, pois, que sabe fazer o bem e o não faz comete pecado" (Tg 4.17), ele não considerará sua lição encerrada com a descoberta dos princípios bíblicos. Ele não irá supor que, simplesmente por terem compreendido intelectualmente, os alunos de forma automatica obedecerão a algum mandamento de Deus. Todo o ser precisa ser desafiado em relação a essa compreensão mental. Vontades e sentimentos são controlados pela adoração, seja em um culto de adoração planejado, em uma adoração espontânea quando as emoções exacerbam, ou em um breve momento de oração no auge do estudo bíblico. Dessa forma, o conhecimento e a adoração levam os alunos ao ponto em que eles são impelidos a tomar uma atitude externa em função da verdade que já receberam internamente. A aplicação pessoal deve ser uma parte integral de cada lição.

Em qualquer sala de aula, há oportunidades para a prática da Palavra de Deus, bastando que os professores tenham olhos para vê-las. Quando trabalham e brincam com objetos relacionados à aula, manipulando figuras e materiais de artesanato, as crianças se deparam com muitas situações em que podem compartilhar, cooperar e demonstrar amor. Quando todas, muito naturalmente, querem o lápis maior e a melhor borracha, uma criança pode ser elogiada ao ceder o que tem para um colega. Quando várias crianças querem movimentar o personagem principal no flanelógrafo, elas formam o hábito de ceder a vez umas às outras. Com todas querendo sentar ao lado da querida professora, elas aprendem a revezar. Quando apenas uma pode fazer algo que todas gostariam de fazer, elas aprendem a relacionar suas próprias atitudes de egoísmo ou altruísmo às histórias e versículos bíblicos que estão aprendendo a repetir.

Os jovens, e também os adultos, podem praticar a verdade nas classes de estudo bíblico. O mais extrovertido não monopolizará a discussão se pensar na situação do colega mais acanhado, o qual também tem problemas e precisa ser estimulado a se expressar pelos companheiros, que se preocupam tanto com seu crescimento espiritual como com seus próprios interesses. Quantas classes de adultos praticam o preceito: "Nada façais por contenda ou por vanglória, mas por humildade; cada um considere os outros superiores a si mesmo. Não atente cada um para o que é propriamente seu, mas cada qual também para o que é dos outros" (Fp 2.3,4)?

Se os professores perceberem que os alunos têm opiniões e experiências com que contribuir, eles exercerão sua liderança no grupo de forma democrática, não ditatorial. Quando as decisões precisarem ser tomadas, eles buscarão a mente do Espírito no meio do grupo, em vez de tentar forçar suas próprias preferências.

Logicamente, não é possível praticar em sala de aula muitas das verdades da Palavra de Deus, visto que elas se destinam à vida como um todo. Os professores, porém, podem ao menos ajudar os alunos a visualizar como a vida de Cristo pode ser vivida em casa, na escola, no trabalho e no lazer. Eles podem utilizar parte do horário da aula para discutir implicações práticas, em vez de passar o tempo todo expondo novas verdades, quando as já conhecidas não estão sendo postas em prática. Muitos cristãos, homens e mulheres de negócios, defendem elevados princípios morais que não são postos em prática em suas lojas e escritórios. Eles jamais contemplaram suas próprias práticas profissionais a partir da perspectiva de seus funcionários ou de Deus. Em um ambiente acolhedor e íntimo eles precisam enxergar as necessidades das outras pessoas, que têm uma outra visão de suas lojas ou escritórios.

Se não houver tempo suficiente para estudar a Palavra de Deus e sua aplicação, as classes de adultos às vezes optam por reuniões nos lares durante a semana ou nas tardes de domingo. Um grupo de pais cristãos com idéias afins, por exemplo, achará fascinante ponderar sobre questões como:

> Em que sentido o pai é o cabeça da casa?
> Que decisões devem ser tomadas conjuntamente por toda a família?
> O que pode ser identificado no lar como sendo cultura cristã?
> Como a vida religiosa da família pode alcançar as necessidades prementes de todos os seus membros?
> Como os membros de uma família podem ter momentos agradáveis em casa à noite?

Os jovens podem se dedicar ao estudo bíblico no domingo de manhã e, no período da tarde, discutir suas implicações. Cada grupo pode definir a freqüência e duração de suas reuniões, a fim de que essa expressão prática do estudo cristão não seja deixada de fora.

Aqueles cristãos que adquirem o hábito de praticar a Palavra, em vez de se limitar a ouvi-la, estarão sempre criando novos projetos coletivos ou individuais. Por que os cristãos não deveriam ser os primeiros a estender uma mão amiga para uma família em situação de emergência, como quando uma casa pega fogo ou um dos pais falece? Quando partes da igreja precisam ser remodeladas, não deveria ser necessário contratar pessoal de fora. Se um grupo de amigos assume, total ou parcialmente, o sustento de um missionário que conhecem pessoalmente, eles acharão mais difícil viver em meio ao luxo quando seus amigos carecem de condições básicas de vida.

Se nossos alunos começarem a experimentar a emoção de ver o Senhor da vida operando por meio deles, se abrirão para muitas necessidades urgentes que os farão crescer para fora dos limites de suas próprias vidas.

Implicações e Questões para Discussão em Grupo

O que É um Currículo?

Por que motivo o professor ou pai comum deveria se preocupar com o currículo? O currículo não interessa apenas a alguns poucos especialistas que escrevem e publicam materiais didáticos? O que é um currículo? LeBar define currículo como sendo as atividades planejadas que fazem o aluno andar mais um passo na direção da maturidade em Cristo. Atividades planejadas, que vinculem o estudante à Bíblia e relacionem a Bíblia à vida, com o objetivo de promover a vida cristã, são a essência do currículo.

Eis alguns exemplos de currículo. Um pai e seu filho de dezessete anos tomam café da manhã juntos. Conversam sobre a escola, as provas e os problemas do dia-a-dia. Lêem a Bíblia e oram. O pai dá um abraço no filho antes de ele correr pela porta para pegar o ônibus da escola. Ao anoitecer, a mãe lê duas histórias de dormir para seus dois filhos pequenos e eles conversam sobre quando Jesus acalmou a tempestade. A mãe os ouve contar sobre o medo que têm de pesadelos e fala sobre o cuidado de Jesus ao longo da noite. Essas são atividades planejadas que tentam trazer as crianças um passo mais próximas da maturidade em Cristo. A maior parte do currículo na educação cristã é informal e voltada para fora da sala de aula.

Outro importante tipo de currículo é o currículo velado. Quando os pais se tratam com amor e respeito, mesmo discordando um do outro, os filhos aprendem importantes lições sobre como relacionar princípios bíblicos a situações do dia-a-dia. Quando os pais agem segundo princípios bíblicos, o currículo pode não ser intencional, mas essa é uma das formas mais poderosas de se relacionar a verdade à vida. O amor e a preocupação, demonstrados por uma professora da Escola Bíblica Dominical com sua classe, são uma influência crucial para os alunos se aproximarem um pouco mais de Cristo. Obviamente, o currículo velado também pode ter efeitos negativos. Se os pais estiverem sempre brigando um com o outro, os filhos aprenderão segundo um currículo inevitavelmente negativo. Se os filhos, ao competirem para memorizar o versículo "Amem uns aos outros e sejam educados e humildes uns com os outros" (1 Pe 3.8 – ntlh), brigarem entre si, o currículo velado se torna uma influência destrutiva. O currículo velado está sempre presente nas situações de ensino-aprendizado, tendo sempre uma influência positiva ou negativa. Não existe algo como um currículo neutro. Pais e professores sempre ensinam muito mais do que imaginam. A influência do currículo velado devia encorajar professores e pais. Mesmo quando filhos e alunos parecem não estar aprendendo muito, eles não podem evitar aprender a partir do currículo velado. Precisamos utilizar o currículo velado de forma mais consciente, a fim de encorajar o crescimento na direção da maturidade em Cristo.

Os pais e os professores são os verdadeiros formuladores do currículo. As editoras fornecem os manuais e materiais de aula para auxiliar os professores da Escola Dominical; mas, apesar de suas ótimas sugestões e da estrutura para o planejamento do currículo, o mais importante ator nessa tarefa é o professor. Ele estuda as necessidades e capacidades específicas de seus alunos e decide que áreas enfatizar. Um ótimo exemplo extraído do jornal matinal pode ajudar a explicar um ponto da lição. O professor pode saber, por experiência própria, que algumas atividades parecem não funcionar com aquela classe específica e precisam ser modificadas. Todo professor é um formulador de currículos.

O currículo, portanto, engloba muito mais que livros e materiais audiovisuais publicados por alguma editora. Se você refletir em todas as influências que produzem um crescimento em Cristo, perceberá que os mais importantes tipos de currículo são informais e, muitas vezes, velados.

Por que motivo deveria o obreiro cristão comum se preocupar com currículos? Porque todo obreiro cristão, seja pai, conselheiro de acampamento, diretor de escola, líder de jovens ou professor da Escola Dominical, não tem como evitar o currículo informal ou escapar ao currículo velado. Mesmo utilizando o material das editoras, os bons professores adaptam as lições aos interesses, necessidades e capacidades específicas da classe, assumindo o papel de formuladores finais do currículo.

Uma das lições do manual, por exemplo, parecia inadequada para meus alunos de seis a dez anos na Escola Dominical. O livro sugeria que eles recortassem figuras, fizessem uma colagem, discutissem um poema e decorassem um versículo bíblico. Eu sabia, por causa de experiências anteriores, que teria problemas com a disciplina se pedisse para meus alunos "durões" recortarem, colarem e discutirem poesia. Eu também sabia, em razão do que já tinha passado, que eles teriam problemas para aplicar princípios bíblicos à própria vida a partir daquelas atividades. Meus alunos poderiam produzir uma bela colagem, mas não saberiam como aquela obra de arte os ajudaria a serem mais semelhantes a Cristo nas situações do dia-a-dia. Ao me preparar para ensinar aquela lição, tive de reavaliá-la e adaptá-la para minha classe. Os professores podem aprimorar muito um currículo escrito com algumas mudanças estratégicas. Eles precisam se sentir livres e até na obrigação de adaptar o currículo às necessidades específicas da classe.

Como Avaliar um Currículo

LeBar fornece ótimas dicas para a avaliação de material impresso. Professores, líderes de Escola Dominical e líderes de jovens podem utilizar os quesitos de LeBar para selecionar e aprimorar o currículo. Este, porém, vai além do material impresso, de modo que sua avaliação também deve ultrapassar o material impresso. A avaliação do currículo informal, por exemplo, deve ser um procedimento constante. Embora precisem avaliar o material impresso antes de ensinar, os professores também devem avaliar os aspectos informais durante a aula e depois dela.

Eu posso, por exemplo, planejar um estudo bíblico indutivo para minha classe de iniciantes na Escola Dominical, supondo que eles trarão suas Bíblias. Se, porém, muitos deixarem de trazer suas Bíblias, terei de rapidamente encontrar mais exemplares ou mudar o planejamento do currículo. A adaptação de meu currículo será feita no momento da aula. Semana passada, ensinei o versículo: "Escondi a tua palavra no meu coração, para eu não pecar contra ti" (Sl 119.11). Eu não tinha a certeza de que as crianças compreenderiam o que significa esconder a Palavra de Deus no coração. Como era de se esperar, um garoto desabotoou sua camisa e lá enfiou sua Bíblia. Escolhi o ponto no qual precisaria investir mais tempo para ajudá-los a compreender o significado daquele versículo. Ao longo da aula, eu vinha fazendo uma avaliação do currículo. Se eu achasse que eles não estavam entendendo algum conceito importante, passaria mais tempo falando sobre aquele ponto do que originalmente planejara. Os professores precisam ter grande confiança em sua capacidade para replanejar o currículo. Professores sensíveis às necessidades de seus alunos utilizarão os materiais impressos com maior flexibilidade.

A Avaliação dos Objetivos Curriculares

Muitos especialistas em currículos seculares defendem que o professor deve ter objetivos previsíveis e mensuráveis. Desse modo, ele poderá fazer uma avaliação precisa da classe. Essa precisão é apreciada, mais adequadamente, naquilo que LeBar descreve como o "deficiente currículo tradicional". Se os especialistas estiverem primordialmente interessados no comportamento exterior ou na mera transmissão de informações bíblicas, será fácil medir a eficiência da lição. Se, contudo, a meta do currículo for "fazer o aluno andar mais um passo na direção da maturidade em Cristo", objetivos precisos e previsíveis não serão os mais adequados. Ainda assim, aqueles professores mais sensíveis podem captar melhor os efeitos da lição ao observar as reações dos alunos. Bons professores podem não ter metas previsíveis ou precisas, mas sabem quando realizam algo importante em sala de aula. Eu, por exemplo, quero que meus alunos na Escola Dominical vejam a Bíblia como um livro interessante e relevante. Um objetivo assim não é muito preciso e não existem resultados objetivos a serem previstos, mas quando um menino de minha sala ouviu a história de Davi e Golias pela primeira vez, ele se recostou na cadeira e disse: "Cara, eu não sabia que a Bíblia era tão legal!" Eu não poderia ter previsto uma reação tão animadora, mas reconheci sua relevância quando a vi. Bons professores perceberão os indicadores de sucesso ou dificuldade já no final da aula. Podemos nos tornar professores melhores com aquilo que percebemos em uma avaliação informal do currículo.

Professores que querem ser sensíveis às orientações do Espírito Santo e suficientemente flexíveis para alcançar as necessidades veladas dos alunos, devem evitar a tentação de aceitar a ênfase secular nos objetivos comportamentais. Quando a vida dos alunos for verdadeiramente transformada em virtude de um profundo entendimento das Escrituras, haverá resultados observáveis. Não teremos, porém, como saber de antemão exatamente quando esses resultados específicos virão.

A Família

Se um currículo compreende o planejamento de atividades que façam a criança "andar mais um passo na direção da maturidade em Cristo", os pais são os mais importantes formuladores de currículo. Pais e mães conhecem o poder do currículo informal. Em casa, o currículo inclui os momentos de culto em família e as histórias bíblicas contadas na hora de dormir. Ele pode também abranger a conciliação das brigas entre irmãos e irmãs ou a insistência na obediência dos filhos. Os currículos informais entram em ação quando toda a família contempla reunida a grandeza das montanhas, a beleza dos lagos, a graça das flores ou o brilho das árvores no outono.

A cada dia, os pais utilizam dezenas de situações imprevistas para ensinar. Dê alguns exemplos de como já utilizou situações inesperadas para ensinar importantes verdades. Pense em situações nas quais você deixou de aproveitar ótimas oportunidades para, em atividades informais, ajudar seus filhos a crescer. Como você vem utilizando os conceitos bíblicos para melhor aproveitar uma inesperada oportunidade de ensino? Dê exemplos de como você efetivamente utilizou a Bíblia ou de como gostaria de tê-la utilizado em uma oportunidade informal.

Um dos conceitos mais assustadores desse capítulo é provavelmente aquele que fala sobre o currículo velado. Como pais, quem somos e como agimos ensina mais do que imaginamos. Todos os pais podem dar exemplos vexatórios a seus filhos, seja por falta de amor, paciência ou mesmo honestidade. Fique à vontade para pular essa questão se lhe for muito embaraçoso, mas se não houver problemas, dê exemplos de um currículo velado negativo em sua casa, na condição de filho ou de pai. Dê exemplos positivos de como seus pais utilizaram o currículo velado ou como você, sendo pai ou mãe, influenciou mais do que imaginava a educação de seu filho por causa do currículo velado. No futuro, quais oportunidades do currículo velado você deveria estar atento em seu lar?

A Igreja

Professores da Escola Dominical, líderes de crianças e líderes de estudo bíblico para grupos pequenos sempre fazem uma avaliação informal do currículo ao fim de cada aula. Que sinais ajudam vocês a saberem que foram bem-sucedidos? Dêem exemplos das melhores aulas que já deram. Quais eram seus objetivos nessa aula? Como vocês podem ter certeza de que os efeitos foram positivos? Façam uma lista de reações dos alunos que os incentivam como professores. Que indícios sugerem que a aula não saiu como vocês esperavam? Suas próprias avaliações negativas ajudaram a preparar uma aula melhor para a vez seguinte?

Bons professores sabem como aprender com erros e fracassos. É fácil ficar desanimado quando a aula não é um sucesso. Incentivem uns aos outros! Ajudem-se mutuamente a sempre aprimorar as aulas. Não há fórmula comprovada que garanta o sucesso de professores que compreendem sua missão de, ao ensinarem a Bíblia, serem sensíveis ao Espírito e estarem sempre alerta às necessidades dos alunos. Não existe um currículo "à prova de professor". Todavia, com uma perspicaz avaliação do currículo, professores usados pelo Espírito podem se aprimorar. Incentivem uns aos outros e orem por todos aqueles que atuam em ministérios de ensino na igreja.

A Escola

Professores de escolas, faculdades e seminários lutam para aperfeiçoar a

avaliação e a estrutura dos cursos. Na condição de professor, faço mudanças sempre que assumo o ensino de uma matéria. Muitas vezes, peço que leiam livros diferentes ou solicito-os em uma seqüência distinta. Abandono exercícios que não parecem ensinar muita coisa. Modifico projetos de aulas que não foram tão eficientes quanto eu havia esperado. Anoto as exposições que aborreceram os alunos e tento pensar em atividades e exemplos que os ajudem a compreender melhor o significado daquilo que estou ensinando.

Alguns professores consideram a avaliação curricular uma perda de tempo ou uma ameaça.

Eles tiveram experiências negativas com a avaliação curricular, que foi em algum momento utilizada para criticar ou criar um clima de competição entre os professores. As avaliações curriculares precisam ser vistas como uma ferramenta para o aprimoramento do ensino. Uma reflexão direcionada, ainda que informal, pode ajudar a melhorar o próximo curso.

Como estudante, medite nas melhores matérias que você tem cursado. Como os trabalhos, projetos, palestras e debates têm contribuído para o sucesso do curso? Pense no que tornou essas características tão benéficas para você. Qual tem sido o ganho mais relevante do curso? Quais são as coisas mais importantes que você tem aprendido? O que esse tipo de reflexão ensina sobre como ser um bom professor?

9

O PROFESSOR HUMANO TRABALHANDO COM O MESTRE DIVINO

Ao longo dos capítulos anteriores, muito foi dito sobre o lugar crucial do Espírito de Deus na educação cristã. A maioria dos professores cristãos não tem dificuldades para reconhecer que, se o Espírito não realizar sua graciosa obra no coração do aluno, nossos esforços humanos serão absolutamente inúteis. Todavia, bem poucos sabem, na teoria ou na prática, como trabalhar com o Espírito. A tendência natural é acabar em um ou outro extremo: deixar tudo para o Espírito ou fazer tudo sem levá-lo em conta.

Às vezes, usa-se a seguinte sentença para deixar claro qual é a parte dEle e qual é a nossa:

> Ore como se tudo dependesse de Deus;
> trabalhe como se tudo dependesse de você.

Que proveito extraímos desse conselho? Tudo depende de Deus? Se depende, por que o mundo inteiro não é salvo? Por que o Todo-poderoso não usa seu poder infinito para desbaratar todos os seus inimigos de um golpe só? Ele poderia facilmente fazer isso, mas escolheu limitar-se naquilo que nós podemos fazer e, assim, operar por meio de nós, *apesar* de nós. Não podemos orar como se tudo dependesse de Deus, pois essa não é sua vontade.

E, certamente, não depende tudo de nós. Essa falácia é bem pior que a primeira. Deus pode operar em sua soberana graça independente de nós, apesar de Ele raramente escolher fazê-lo. Se trabalharmos como se tudo dependesse de nós, daremos voltas e desperdiçaremos nosso tempo e energia em vão. É como se puséssemos todas as nossas forças no cabo de um machado sem cabeça, pois o Espírito Santo é a lâmina.

Muito de nosso ensino cristão pouca diferença faz para a eternidade, pois não sabemos diferenciar a parte do Mestre Divino da parte do professor humano. Somos plenamente conscientes de que os métodos em si não são capazes de atrair o homem a Cristo, apesar de algum método ser intrínseco a todo e qualquer processo. Se não estivermos ensinando por determinado método, estamos ensinando por outro. Não há como eliminar os métodos. A questão é descobrir como Deus opera e trabalha com ele, não tentar fazer com que Deus abençoe nossos próprios planos. Ora, visto que o ensino cristão pode ser definido em função do resultado de descobrir o modo como Deus age e com Ele trabalha bem, precisamos aprender, pelas Escrituras e pela experiência, tudo o que Deus quer que saibamos sobre os caminhos do seu Espírito. Não que devêssemos bisbilhotar o inescrutável, mas "as [coisas] reveladas são para nós e para nossos filhos" (Dt 29.29).

Após ler o último capítulo deste livro, sugiro que você, professor, passe alguns dias ou semanas nos capítulos 14-16 do Evangelho de João, em que Cristo Jesus tanto nos falou sobre o Espírito Santo que Ele enviaria ao seu povo. Versões mais modernas dos Evangelhos freqüentemente trazem traduções mais precisas para a palavra *Paracletos* como a palavra "*Consolador*" que é encontrada na Almeida Revista e Corrigida (ARC). O termo *Consolador* é bem mais limitado que a idéia original de "aquele que é chamado em socorro". Quando enfrentamos problemas, precisamos de consolo, mas a todo momento precisamos de um ser que habite em nós para contrabalançar nossa ignorância e fraqueza, bem como para interceder por nós. A Nova Tradução na Linguagem de Hoje (NHTL) utiliza o termo *Auxiliador* para traduzir Paracletos, enquanto que a Nova Versão Internacional (NVI) utiliza *Conselheiro*, termo um tanto sugestivo.

Eis as declarações exatas que João 14-16 faz sobre o Espírito:

> O Conselheiro, o Espírito da Verdade, o Espírito Santo
>
> A quem Cristo enviará da parte do Pai
> A quem vocês conhecem, pois Ele habita em vocês. Ele estará em vocês e com vocês para todo o sempre.
>
> Ele testificará de Cristo
> Fará com que lembrem de todas as coisas ditas por Cristo.
> Glorificará a Cristo

Ele lhes ensinará todas as coisas
Guiá-los-á em toda verdade
Anunciará o que é de Cristo
Declarará todas as coisas que estão por vir.

Convencerá o mundo do pecado,
da justiça
e do juízo.

Com a divina capacitação do Espírito Santo, o povo de Deus deveria assumir o maravilhoso relacionamento de amizade que tem com Ele, não de servo ou escravo. Cristo disse: "Vós sereis meus amigos, se fizerdes o que eu vos mando. Já não vos chamarei servos, porque o servo não sabe o que faz o seu senhor; mas tenho-vos chamado amigos, porque tudo quanto ouvi de meu Pai vos tenho dado a conhecer" (Jo 15.14,15). Espera-se que os servos obedeçam a seu mestre a partir de um senso de dever, muitas vezes cegamente. Já os amigos desfrutam de confiança e, em virtude do amor que Cristo enfatiza, cooperam inteligentemente com os objetivos e métodos do Mestre.

Não que esperamos compreender todas as coisas. Todavia, assim como sua Palavra nos traz a grandiosa mensagem da Salvação, ela também tem muito a ensinar no que diz respeito ao método, bastando procurarmos. Embora tentemos trabalhar com Ele de forma ponderada, haverá muita coisa que jamais entenderemos. Seus caminhos são muito mais elevados que os nossos, pois Ele é Deus. Por vezes, não somos capazes de compreender nem os seus propósitos; e são os propósitos dEle que devemos perseguir, não os nossos. Nossa maior preocupação precisa ser sempre a manutenção do nosso relacionamento com Ele, de modo que não devemos nos concentrar exclusivamente em nossas tarefas. Além disso, o relacionamento que temos com Ele está sempre sofrendo ataques. Quando não compreendemos seus caminhos elevados, resta-nos apenas descansar na união íntima que temos com Ele. O próprio Deus deve nos dá a segurança de que precisamos. Se não tivermos isso, sucumbiremos.

É o Senhor que toma a iniciativa de escolher e designar seus discípulos, mas eles devem ir e produzir frutos que permaneçam, pois o Pai lhes concede o que pedem. Nos textos que falam sobre discipulado, podemos observar um complexo entrelaçamento de elementos divinos e humanos.

Em 1 Coríntios 2.1; 4.7, vemos o mesmo delicado equilíbrio no ministério do apóstolo Paulo.

1 CORÍNTIOS 2.1–4.7

Nossa Parte

Não nos apresentamos com ostentação de
linguagem ou de sabedoria;

Concentramo-nos em Cristo
e em sua Cruz;

Não nos apoiamos em palavras persuasivas
ou em sabedoria humana, mas

Todavia, expomos a sabedoria espiritual
aos maduros na fé;

Nós apresentamos essas verdades
Espirituais em palavras;

Nós as compreendemos;

Nós temos os mesmos
pensamentos de Cristo;

Somos meros servos;

Alguns de nós plantam, alguns regam;
Nós mesmos, não somos nada;

A Parte de Deus

Na demonstração do poder
do Espírito que tem sido
revelado por Deus;

O Espírito revela coisas que jamais
foram vistas, ouvidas ou mesmo
imaginadas pelo homem natural;

Ele perscruta até mesmo as verdades mais
profundas de Deus;

Somente Ele compreende
os pensamentos de Deus;

Ele nos mostra a graça de Deus,
que o Espírito ensina
por revelação espiritual;

Aquele a quem o Senhor deu uma tarefa
mas é Deus que dá o crescimento;

É Deus, que dá o crescimento,
porém cada um recebe sua recompensa
segundo o que realizou
conforme a comissão de Deus

1 CORÍNTIOS 2.1–4.7

Nossa Parte	A Parte de Deus
Tanto o que planta como o que rega têm o mesmo objetivo;	
Somos os cooperadores de Deus; Somos sua lavoura, sua casa;	
Um é o construtor que lança o fundamento, Cristo, e outro edifica sobre Ele;	
Cada um tenha cuidado de como Edifica	O caráter da obra de cada homem, será testado pelo fogo no Dia do Juízo;
	Se a obra passar no teste, ele será recompensado, onde o Espírito habita permanentemente;
nós somos o santuário de Deus a sabedoria do mundo é loucura para Deus;	
não podemos nos gloriar em homens mas tudo (espiritual) pertence a vós em Cristo, em Deus somos servos de Cristo, despenseiros ou mordomos das verdades de Deus, e devemos provar que somos dignos dessa confiança	
	Nosso único e verdadeiro Juiz é o próprio Deus que porá às claras as coisas ocultas e dará louvor a quem o merecer;
	Tudo o que temos é um dom de Deus, que coloca de lado toda vanglória.

O Espírito Santo É o Próprio Mestre

1- O Espírito Santo procura assumir nossa vida, indo além de pensamentos ou sentimentos.

Jamais cessaremos de nos maravilhar com o fato de que Deus, Todo-poderoso, eterno e infinito, consentiu em habitar um frágil e corrompido corpo humano! Que Ele, criador desse vasto universo, com planetas, sóis e estrelas, preocupa-se tanto com o macrocosmo como com o microcosmo, tanto com o indivíduo como com a Igreja, Corpo de Cristo. Que Ele procura nos dar plenitude de vida; ou seja, uma vida abundante e eterna aqui e agora, se tão somente lhe permitirmos permear cada célula do nosso ser com sua gloriosa saúde e energia. Quem não preferiria uma pessoa radiante, iluminada e entusiasmada, a alguém angustiado, recalcitrante e cansado? Além disso, quantos de nós não conhecemos por experiência própria o regozijo da plenitude do Espírito? Quantos de nós fomos libertos de nosso maior inimigo, nosso próprio eu corrompido e deformado?

É lógico que nossos corações humanos e corrompidos não são um templo adequado ao Espírito Santo de Deus. É Cristo, que agora vive em nós, que recebe o Espírito; assim como foi Ele a recebê-lo quando, em seu batismo, a terceira pessoa da Trindade desceu na forma de uma pomba. Somente unidos a Cristo somos capazes de receber o Espírito, pois Ele é o Espírito de Cristo.

A principal maneira de Deus operar e nosso dia é assumir o controle do interior de um homem e ser refletida pela sua vida. No âmago de nosso ser, Ele procura estabelecer seu trono e reinar soberano, a fim de assumir o controle da vontade do homem em benefício do próprio homem. Ultrapassando nossa consciência, o Espírito age nos mais profundos abismos de nossa personalidade. O íntimo do nosso ser, nosso inconsciente, é importante, mas as respostas não podem ser encontradas no freudismo. É nosso divino Conselheiro que, sozinho, sonda nossos motivos e desejos. De dentro para fora, Ele opera o milagre da redenção em todos os aspectos de nossa vida. Ele nos santifica por inteiro, e ora em nós com clamores que não podem ser expressos.

Andrew Murray, em sua clássica obra, *The Spirit of Christ* (O Espírito de Cristo), insiste que o Espírito e as palavras de Cristo não se destinam apenas ao entendimento, mas à vida como um todo. Como consideramos o Espírito e as palavras de Cristo em função do ensino, nós naturalmente os relacionamos ao raciocínio. Todavia, eles se destinam à vida por inteiro, indo além de pensamentos ou sentimentos. Ele diz:

> Queremos que o Espírito prenuncie alguns conceitos de como Jesus será conosco e em nós. Isso, contudo, não é o que Ele faz. O Espírito não habita na mente, mas na vida. O Espírito não começa sua obra naquilo que sabemos, mas naquilo que somos. Não devemos buscar ou esperar uma clara e imediata compreensão, um novo discernimento, dessa ou daquela verdade divina. Conhecimento, raciocínio, sentimento, ação: tudo isso é parte daquela religião exterior que a presença física de Jesus já havia forjado nos discípulos. O Espírito agora devia vir e, muito mais profundamente que todo o resto, Ele devia se tornar a presença oculta de Jesus no âmago de suas personalidades. A Vida Divina vinha em novidade de poder para se tornar a vida deles. E o ensino do Espírito começaria, não em palavras ou pensamentos, mas em Poder.[1]

2- O Espírito opera por intermédio da palavra escrita para exaltar o Cristo vivo da cruz. Mais uma vez, Andrew Murray diz:

Suas palavras são Espírito e Vida. Elas não se destinam à compreensão (no sentido exclusivo de cognição), mas à vida. Elas vêm no poder do Espírito Invisível, mais elevado e profundo que qualquer pensamento, penetrando as raízes da própria vida e trazendo em si mesmas uma vida divina. Com essa unção divina, elas agem com eficácia e, para aqueles que as recebem, transformam a verdade que expressam em experiência. Por causa de seu caráter espiritual — e essa é uma outra lição que Cristo quis ensinar aos seus discípulos — tais palavras precisam ser recebidas por uma natureza espiritual. A semente precisa de um solo compatível; ou seja, deve haver vida tanto no solo como na semente. Não são absorvidas apenas racionalmente, nem de modo emotivo ou volitivamente, mas por intermédio desses fatores, pela própria vida. E o centro dessa vida é a natureza espiritual do homem, cuja voz é a consciência. Nela, a autoridade da palavra deve ser reconhecida. Mesmo assim, porém, não é suficiente. A consciência habita o homem como um prisioneiro em meio a poderes que não pode controlar. É o Espírito que vem de Deus, o Espírito enviado por Cristo, que se torna nossa vida, recebe a palavra, incorpora-a a nós e faz com que ela se torne a Verdade e o Poder em nós.[2]

O Espírito utiliza a revelação escrita para mostrar a realidade espiritual às pessoas: o Cordeiro de Deus, imolado na eternidade passada, que tira o pecado do mundo. Quando o Espírito ilumina as páginas sagradas, elas se tornam mais que palavras e frases em uma folha de papel, tornam-se a voz de Deus falando ao coração do homem. Cristo se torna mais que um bom homem, um bom exemplo ou um personagem histórico, mas o próprio Filho de Deus tentando ganhar o pecador para si. Uma pessoa real sentada à direita de Deus no céu, mas ainda assim realizando sua obra neste mundo. Então a criatura humana se prostra aos seus pés, reconhecendo que somente Ele possui o direito de salvar, governar e julgar o mundo.

3- A única obra que conta é a obra do Espírito por nosso intermédio. Como são numerosos os serviços cristãos que não passam de ocupações estéreis na energia da carne! A maioria das agências e organizações foi sem dúvida formada para atender necessidades reais. O impulso inicial para fazê-las surgir provavelmente exigiu mais que mero esforço humano, mas, uma vez que a estrutura e a rotina estejam estabilizadas, elas só continuam funcionando porque contam com trilhos firmes nos quais se movem Com reunião após reunião e semana após semana, as ações passam a ser realizadas de forma mecânica e o senso de responsabilidade e urgência é perdido. A chama original vai diminuindo seu brilho e, por fim, apaga. Quando a energia do Espírito desaparece, é hora de os obreiros começarem tudo de novo — e de joelhos.

Paulo disse: "Trabalhei muito mais do que todos eles; todavia, não eu, mas a graça de Deus comigo" (1 Co 15.10). E também: "E para isto também trabalho, combatendo segundo a sua eficácia, que opera em mim poderosamente" (Cl 1.29). O Espírito utiliza nossos talentos, percepções, entusiasmo e esforços, mas é o uso dEle que faz toda a diferença entre um fracasso completo e uma colheita gigante. Ele mesmo poderia trabalhar diretamente nas almas, levando-as a buscar e encontrar seu Salvador, o que por vezes Ele faz; mas via de regra, limita-se ao é possível fazer em cooperação conosco.

Vamos supor que, em sua juventude, Billy Graham tivesse dito: "Algum dia eu bem que gostaria de me dedicar ao serviço de Deus, mas antes, queria satisfazer alguns de meus próprios desejos. Primeiro, eu gostaria de ter algumas aventuras em viagens ao exterior e conhecer algumas pessoas interessantes". Como poderiam ser as aventuras de seu próprio coração, se comparadas àquelas que Deus tinha para Ele?

Para cada um de nós, Deus tem mundos maravilhosos a serem conquistados, com muitas emoções acompanhando as dificuldades do caminho. Basta que não nos contentemos com os planos mesquinhos que imaginamos para nós mesmos. Ele busca para nós nada menos que o poder da sua ressurreição e a comunhão com os seus sofrimentos. Ele diz: "Operai a vossa salvação com temor e tremor; porque Deus é quem opera em vós tanto o querer como o efetuar, segundo a sua boa vontade" (Fp 2.12,13).

4- Nossa parte é estar de prontidão para receber a orientação divina e o poder que o Espírito Santo vem para nos dar.

Esteja sempre de prontidão para receber! Quem não deveria se preparar para isso? Muitos de nós, porém, não estamos preparados por estarmos cheios de nós mesmos. Simplesmente, não há espaço para Ele. Nossos próprios planos, propósitos e atividades não nos deixam tempo para esperarmos no Senhor. Precisamos esperar nEle para recebermos nEle. Não podemos "dar uma passada" na sua presença para pegar uma orientação a caminho de uma reunião. Não podemos acionar o interruptor quando a iluminação espiritual começa a escurecer.

Quando pensamos estar esperando por Deus, via de regra, é Ele que está esperando por nós: esperando que nos preparemos para receber o que precisamos. Temos a tendência de confiar em nossos próprios recursos, até que Ele nos leva a uma crise com a qual não conseguimos lidar. Somente quando ficamos realmente desesperados e sentimos na pele nossa impotência, estamos realmente prontos para esperar nEle. Nossas necessidades essenciais são para o próprio Deus, nada menos que isso. Recebemos dEle quando temos sede dEle com todo o nosso ser. "Cheguemo-nos com verdadeiro coração, em inteira certeza de fé" (Hb 10.22). Quando percebemos o quão desidratados e sedentos estamos, nós o procuramos e bebemos até que Ele possa infundir sua própria vida em nós. Quando somos saciados e ficamos cheios do que Ele nos dá, sentimo-nos ansiosos para compartilhá-lo com as outras pessoas. Temos então uma realidade para compartilhar.

"No Antigo Testamento", diz Andrew Murray, "o homem fazia o melhor que podia com a ajuda de Deus. Agora, Deus se oferece para assumir toda a responsabilidade. Ele não nos culpa pelo que não fazemos, mas por aquilo que não deixamos que Ele faça por nós". Não há nenhuma outra explicação para os homens que têm sido poderosamente usados por Deus. Seus esboços de sermões ou seus planejamentos de aulas podem ser bastante semelhantes aos de pessoas que têm atingido poucos resultados. Billy Graham disse: "Se Deus tirasse suas mãos de minha vida, meus lábios se transformariam em barro. Eu não sou um grande intelectual e existem milhares de homens que pregam melhor que eu. Você não tem como explicar a minha pessoa fora do sobrenatural. Sou tão somente uma ferramenta de Deus".

5- Precisamos ser ativos em nossa submissão ao Espírito Santo e passivos em relação à luta pela vida.

Somente uma ferramenta, apenas um canal nas mãos de Deus. Sim, em certo sentido. Ambas as figuras, porém, são inadequadas, pois canais e ferramentas são dispositivos sem vida e mecânicos, enquanto que instrumentos humanos possuem vontade própria. O Senhor não tem a intenção de entorpecer nossos desejos ou torná-los mecânicos, mas sim ativá-los sob seu controle. Ele não quer quebrar nossa força de vontade, pois precisaremos dela revigorada em nossa luta contra o Maligno. Ele quer que deliberadamente identifiquemos nossa vontade com a dEle.

Isso significa uma total submissão do eu natural, com seus anseios e aspirações. Significa que deveremos estar constantemente olhando para Ele e não ao nosso redor; sempre lhe dando ouvidos, quando o mais natural é falar; e sempre obedecendo suas mais sutis orientações sem questionar. "Eis que, como os olhos dos servos *atentam* para as mãos do seu senhor, e os olhos da serva, para as mãos de sua senhora, assim os nossos olhos atentam para o Senhor, nosso Deus" (Sl 123.2). Estamos sempre prontos a abraçar novas oportunidades, confiando nEle sem qualquer restrição, para que Ele possa continuamente derramar sua própria vida criativa por meio de nós?

O Espírito Santo no Processo de Ensino

1- Devemos manter o foco na pessoa de Cristo e não na obra. "O maior adversário de nossa devoção a Jesus é o serviço que prestamos a Ele." Sempre começamos um projeto tomados do mais absoluto amor por Ele e com as mais puras motivações. Todavia, conforme o processo vai se tornando mais complexo, começam a ocorrer atritos de personalidade e as pessoas, ainda que inconscientemente, passam a proteger seus próprios egos e a defender seus direitos. Como conseqüência, Cristo é afastado do foco do trabalho pela pressão do próprio trabalho. Quando o Espírito de Deus se entristece, porque

Cristo merece preeminência em todas as coisas, o trabalho se arrasta e as pessoas ficam desanimadas.

Se Cristo for efetivamente real para nós, todo o resto ficará menos real. Se permanecermos nEle, como o ramo permanece na videira, os frutos serão um resultado natural. Para darmos fruto, nossas raízes devem estar profundamente fincadas no Senhor. Mais do que servos que trabalhem para Ele, o Senhor busca filhos que tenham comunhão com Ele. Concentrar-se no trabalho produz infertilidade. Nossa principal tarefa é refletir a Cristo. O Espírito zelosamente guarda a centralidade de Cristo, a menos que seu ministério seja sufocado.

2- Uma inspiração tanto espiritual como educacional capacita o líder a penetrar profundamente na personalidade. Em nosso estudo dos evangelhos, vimos que Cristo era capaz de alcançar os recônditos do homem com a verdade eterna, porque Ele conhecia os homens de forma geral e individualmente. A partir desse conhecimento, Ele aplicava a verdade de forma precisa à necessidade íntima de cada homem. Como Cristo pode ensinar por nosso intermédio, se não somos capazes de sondar as profundezas de um outro ser humano? O Espírito Santo é a resposta. Ele sabe o que nossos alunos estão pensando e sentindo naquele momento, Ele conhece seus desejos e ambições.

Quando oramos no Espírito, pedindo que Cristo assuma a vida de nossos alunos, o Espírito ora em conformidade com a vontade de Deus. Apesar de orar em nós, seu discernimento é divino. Em conseqüência, a oração será respondida por meio de nós. Nesse caso, muitas vezes acontece que, depois de um sermão ou uma aula, alguém procura o líder cristão e diz: "Como você sabia disso ou daquilo a meu respeito? Quem contou para você?" O líder cristão provavelmente responderá: "Eu não sabia nada específico sobre você, mas o Espírito sabia. Eu, por minha vez, procuro agir no Espírito".

Não que a orientação do Espírito invalide o estudo e a preparação que devemos ter. Devemos fazer o melhor que pudermos no Espírito. Precisamos estudar nossos alunos o mais diligentemente possível, pois o Espírito não nos dá o que podemos fazer por nós mesmos. Ele, sendo um Espírito de amor, poder e disciplina, não trabalha com cristãos preguiçosos. Juntos, porém, podemos possuir o entendimento da personalidade humana que precisamos.

Encontramos um exemplo dessa extraordinária inspiração em Atos 8.9-24. Depois de presenciar as impressionantes demonstrações de poder realizadas pelo Espírito Santo, Simão, o mágico, ofereceu dinheiro aos apóstolos para que eles lhe dessem o mesmo poder. Pedro severamente o repreendeu, dizendo: "O teu dinheiro seja contigo para perdição, pois cuidaste que o dom de Deus se alcança por dinheiro. Tu não tens parte nem sorte nesta palavra, porque o teu coração não é reto diante de Deus. Arrepende-te, pois, da tua iniqüidade e ora a Deus, para que, porventura, te seja perdoado o pensamento do teu coração; pois vejo que estás em fel de amargura e em laço de iniqüidade" (vv.21-23).

3- Transformar o mundo externo em uma experiência interna faz parte do ministério peculiar do Espírito Santo.

Nenhum outro professor pode ser um fator tanto externo como interno. Nenhum outro professor pode entrar no aluno e realizar uma operação íntima e pessoal nas profundezas do ser. Como método ou agente ativo de Deus, o Espírito faz subjetivamente, no interior do aluno, o que Cristo fez objetivamente no exterior. O método de ensino, portanto, resume-se em descobrir como o Espírito age e coopera com ele, em vez de trabalhar em oposição a ele; como tão freqüentemente o fazemos, ainda que com as melhores intenções. Conforme o professor humano vai trabalhando com o Mestre Divino, os registros bíblicos se tornam mais que sons e palavras, tornam-se a voz ativa de Deus falando ao coração do homem.

À medida que o professor humano, no poder do Espírito, procura a estrada que levará a Palavra ao interior da "Alma Humana" (a cidadela interna da vida), o Espírito age como um guarda de trânsito, que controla o tráfego a fim de proporcionar livre acesso à Palavra. Com a aproximação do cortejo real, a "Alma Humana" contempla o Rei em pessoa e se prostra perante Ele em deferência. A "Alma Humana" fica de tal forma encantada com a nobreza do Rei, que o convida, juntamente com sua corte, a viver permanentemente na cidade. O Soberano, antes conhecido só de ouvir falar, agora governa a cidade. A nova administração começa imediatamente a mudar a vida na cidade. Sem chamar muito a atenção, o terceiro membro da Trindade age como um despachante, removendo todos os entraves e possibilitando que a Palavra escrita e viva tenha trânsito livre na vida. O professor humano é um mero aprendiz do Executivo divino, um suplente que semelhantemente procura levar o aluno a interagir com a Palavra.

Em Atos 10.44, lemos que, quando Pedro pregou a Palavra na casa de Cornélio, o Espírito Santo veio sobre todos os que ouviam. Por outro lado, Estevão repreendeu os judeus, dizendo: "Homens de dura cerviz e incircuncisos de coração e ouvido, vós sempre resistis ao Espírito Santo; assim, vós sois como vossos pais" (At 7.51).

4- Todos os problemas têm sua raiz no plano espiritual, embora eles também precisem de solução no plano humano.

Certa feita, enquanto a igreja em Antioquia orava e jejuava, disse o Espírito Santo: "Apartai-me a Barnabé e a Saulo para a obra a que os tenho chamado" (At 13.2). Esse chamado envolveu detalhes, como para onde deviam ir, se deviam viajar juntos ou separados e se alguém devia acompanhá-los. Depois da primeira parte da viagem, eles se separaram: Barnabé levou consigo a Marcos e Paulo escolheu a Silas (At 15.39,40). Tendo sido impedidos pelo Espírito Santo de anunciar a Palavra na Ásia, eles passaram pela Frígia e pela Galácia. Quando intentaram ir para a Bitínia, o Espírito os impediu, de modo que desceram para Trôade. Ali, Paulo teve a visão de um homem da Macedônia que lhe rogava que fosse ao seu país para ajudá-los (At 16.6-9).

> As viagens missionárias de Paulo exibem uma extraordinária combinação de planejamento estratégico e aguda sensibilidade às orientações do Espírito de Deus .[3]

Mesmo após descobrirem os princípios da Palavra de Deus, os alunos ficam muitas vezes confusos quanto a como colocá-los em prática em suas próprias vidas no mundo de hoje. As situações de hoje em dia parecem tão distintas das registradas nos tempos bíblicos, que eles não conseguem ver qualquer correlação. Alguns buscam com sinceridade a vontade de Deus, mas não têm a menor idéia de qual seja essa vontade. A fim de escolher entre as muitas alternativas, eles precisam de uma orientação clara do Espírito, tal qual ocorreu com Saulo e Barnabé, que foram conduzidos da Ásia e da Bitínia para a Macedônia. Talvez precisem de ajuda para refletir em quais passos eles, no lugar dos apóstolos, teriam dado para seguir ao campo missionário. Certamente não estariam prontos para tomar a decisão de seguir em frente, até que tivessem visualizado tudo o que estaria envolvido em obedecer à vontade de Deus e como receberiam sua provisão espiritual.

5- Apesar de nos prepararmos no Espírito, com diligência e antecedência, para a aula a ser dada, devemos também estar prontos para receber as orientações do Espírito durante a lição. Sem dúvida, o Espírito nos conduz tanto antes como durante a lição, apesar de não podermos prever todas as situações que possam surgir. Se Cristo estiver verdadeiramente ensinando segundo sua própria vontade por nós, Ele utilizará largamente as necessidades, perguntas e comentários espontâneos que surgirem no grupo em que as pessoas estiverem interagindo com a Palavra de Deus. Se a Palavra de Deus estiver fazendo a obra de Deus, as coisas começarão a acontecer e nós, por nossa vez, queremos estar prontos para conduzir o grupo na velocidade em que Ele puder seguir. Precisamos da liberdade do Espírito para incorporar essas idéias ao longo do processo.

Muitas vezes, é em meio a uma situação dinâmica que professores e alunos têm as melhores idéias. No decorrer de uma interessante pesquisa, novas relações são percebidas e novos propósitos são desenvolvidos. É estimulante ver os alunos declararem: "Nós deveríamos nos esforçar mais para manter a unidade do Espírito em laços de paz. Por que não mandamos um grupo ao comitê administrativo para discutir nossa parte do orçamento, em vez de criticá-lo?" Problemas aparentemente insolúveis, quando considerados por uma só pessoa, são vistos sob uma ótica muito mais otimista quando o Espírito de Deus tem liberdade para levar um grupo na direção da vontade de Deus.

A interação alcançada por Cristo em seu ensino foi resultado de sua união e identificação com o Pai. Sua capacidade para começar onde quer que o aluno estivesse e de utilizar os comentários do próprio aluno para, passo a passo, conduzi-lo à verdade eterna e a atitudes práticas, eram conseqüência do fato de que a verdade fazia parte de seu ser. Ele podia utilizar, a qualquer momento, algum aspecto da verdade eterna e, o tempo todo, demonstrar essa verdade em sua pessoa. Se nos aplicarmos diligentemente à Palavra e à oração, o Espírito também nos dará poder e sabedoria sobrenaturais para utilizar toda e qualquer oportunidade. À medida que somos conduzidos pelo Espírito, a estrutura da lição se torna mais rica e profunda que a originalmente projetada, não obstante a grande importância de nossa preparação prévia como fundamento de tudo o que acontece.

Quando reparamos em todas as características sobrenaturais que o cercam, percebemos o quão excelentes deviam ser todas as formas de ensino cristão! Há a infalível Palavra escrita, que revela nosso Deus Criador e Redentor, o qual enviou seu Filho para ser o Rei dos reis; além do Espírito Santo, que trabalha no aluno tanto interna como externamente, para exaltar o Salvador por meio das Escrituras! Se nós, professores, começarmos a nos envolver com nossa herança em Cristo, refletindo o Senhor em nossa vida, continuamente veremos os resultados que Jesus viu: pessoas crendo, testemunhando, seguindo e obedecendo. É um crime que uma aula seja tediosa, quando poderia ser estimulante; trivial, quando deveria ser extraordinária; maçante, quando deveria ser uma grande aventura!

Os recursos infinitos do céu estão à nossa disposição, esperando que estejamos prontos para receber plenitude de vida e poder para ensinar. Pense no prejuízo que será causado se falharmos com nossa geração, deixando de transmitir o evangelho com todo o seu impacto e de demonstrar a superioridade do ensino cristão sobre o ensino secular. Um evangelho revolucionário em uma era revolucionária exige um ensino revolucionário que revolucione vidas! A solução para os problemas atuais não está em atrações mais glamourosas nas igrejas, em mais recursos audiovisuais ou em mais concursos com prêmios mais caros, porém em uma maior quantidade de líderes cristãos com os quais Cristo possa trabalhar de sua própria maneira no poder do Espírito.

> Aquele que quiser ser um verdadeiro professor cristão deve negar seus próprios preconceitos, adotar os métodos de Cristo, apesar de eles não serem os mais fáceis, e seguir o Mestre dos mestres.
>
> Pois aquele que quiser salvar a si mesmo, perderá a verdadeira emoção de ensinar; e aquele que se dedicar totalmente ao ensino segundo o caráter cristão, auferirá resultados eternos.
>
> Pois de que adianta o professor repassar toda a verdade e perder o aluno?
>
> O Salvador, porém, se fará conhecer pelo Espírito, quando lhe for novamente permitido ensinar, de sua própria maneira, por meio do professor.
>
> (texto inspirado em Marcos 8.34-36)

Implicações e Questões para Discussão em Grupo

As pessoas freqüentemente reclamam de seus companheiros de trabalho. "Você não acreditaria no tipo de pessoas com quem trabalho." Ou "Como é possível gostar de trabalhar com algumas das pessoas irascíveis com quem tenho de passar o dia?" As pessoas com quem trabalhamos podem ser nossa maior frustração ou nossa maior alegria.

Você gostaria de trabalhar com *Deus*? Embora essa relação de trabalho tenha tudo para ser maravilhosa, é muitas vezes difícil chegar a um equilíbrio entre o trabalho do professor humano e a atuação do Mestre Divino. Algumas pessoas dizem: "Já que estou trabalhando com Deus, e por Ele ser muito mais competente do que eu, o melhor é não pegar muita coisa para fazer". Outros podem dizer: "Eu tão somente ensino a doutrina bíblica e deixo que Deus aplique a lição no coração do aluno".

O outro extremo também é comum. Professores humanos esquecem que devem trabalhar *com* o Mestre Divino e imaginam ser capazes de produzir uma vida cristã por seus próprios esforços. Os pais estão sempre ansiosos por resultados positivos. Enquanto os professores buscam garantias de resultados, alguns autores de livros didáticos às vezes falam sobre materiais "à prova de professores". Por mais que invistam seus conhecimentos e habilidades, professores humanos não são capazes de produzir resultados por conta própria. Por alguma razão, Deus escolheu trabalhar com os professores humanos. Ele poderia ter enviado seus anjos ou tomado para si a tarefa de ensinar, mas escolheu nos chamar. Que excelso chamado!

Entretanto, também é possível trabalhar contra o Mestre divino. Quando os professores supõem deter todo o controle do processo de ensino ou imaginam não ter nenhum papel relevante nesse processo, eles estão em verdade trabalhando contra o Espírito Santo. Quando bem-sucedidos, os pais ou professores tendem a assumir o crédito por sua sabedoria ou capacidade de ensino. Quando, porém, o processo de ensino é um fracasso, eles tendem a buscar desculpas e a pensar que os alunos "endureceram seus corações" contra a Palavra de Deus.

Uma parábola do evangelho de Marcos ilustra a interdependência entre o humano e o divino:

> E dizia: O Reino de Deus é assim como se um homem lançasse semente à terra, e dormisse, e se levantasse de noite ou de dia, e a semente brotasse e crescesse, não sabendo ele como. Porque a terra por si mesma frutifica; primeiro, a erva, depois, a espiga, e, por último, o grão cheio na espiga. E, quando já o fruto se mostra, mete-lhe logo a foice, porque está chegada a ceifa. (Mc 4.26-29)

Até mesmo os melhores lavradores não sabem tudo o que há para saber sobre o crescimento das plantas, mas eles ainda assim podem ser bons lavradores. Um bom lavrador não pode fazer a semente crescer mais rápido que o planejado por Deus, mas um mau lavrador pode dificultar seu crescimento. O mesmo vale para o professor. Por mais que aprendamos sobre a psicologia do desenvolvimento e por maior que seja nossa habilidade no uso dos métodos de ensino, não podemos acelerar o processo de crescimento além do que Deus planejou. Todavia, assim como o lavrador pode trabalhar contra o que Deus planejou e dificultar o crescimento da planta, também o professor pode trabalhar contra o processo de crescimento estabelecido por Deus e atrapalhar o desenvolvimento espiritual.

Um lavrador preguiçoso poderia dizer: "Visto que Deus está no controle do processo de crescimento, limito-me a lançar a semente. Ao Senhor cabe manejar a foice na hora da sega". Não causa surpresa que a colheita de tal lavrador seja escassa. Um professor indolente pode dizer: "Como é Deus quem controla o processo de ensino, limito-me a ensinar a Bíblia e deixo que Ele aplique a lição ao coração dos alunos". Um professor assim não devia ficar surpreso com resultados parcos. Apesar de não ter um controle total do processo, tanto fazendeiros como professores possuem uma tarefa muito importante.

Um lavrador arrogante poderia pensar: "Eu conheço tanto de lavouras que, independente do clima, serei bem-sucedido". Da mesma forma, um professor orgulhoso poderia pensar: "Com uma personalidade tão poderosa como a minha, as melhores técnicas de ensino e a mais moderna tecnologia didática, sei que serei eficaz". Tais tipos de professores e lavradores precisam ser lembrados da parábola: "Quer ele esteja acordado, quer esteja dormindo, ela [a semente] brota e cresce, sem ele saber como isso acontece" (Mc 4.27 – ntlh). Lavradores sábios devem ser humildes e trabalhar duro. Professores inteligentes precisam depender do Senhor e agir com fidelidade no uso dos dons que receberam de Deus.

A Obra do Espírito Santo

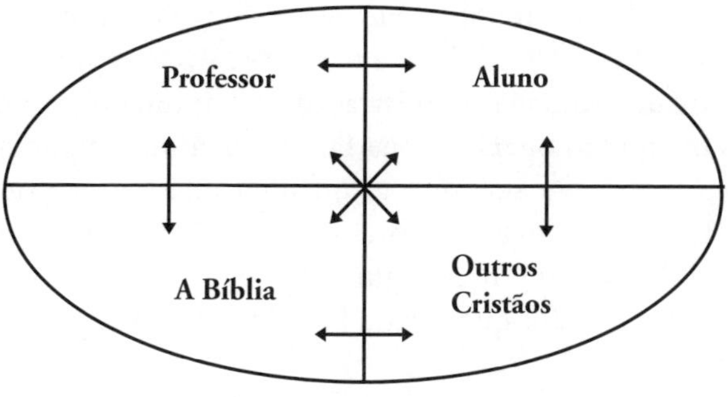

Como o Espírito Santo Trabalha no processo de ensino e aprendizado? Ele trabalha por intermédio do professor, através da Palavra de Deus, por meio de outros cristãos usados por Deus e no coração do aluno. Aos *professores*, o Espírito Santo concede um dom especial para ensinar (Ef 4.11). No *aluno*, o Espírito Santo opera com o fim de produzir os frutos do Espírito (Gl 5.22). A *Palavra de Deus* é a espada utilizada pelo Espírito (Ef 6.17). E *todos os crentes* recebem a manifestação do Espírito para o bem comum do Corpo de Cristo (1Co 12.6-31).

A tarefa do professor espiritualmente capacitado é estimular o uso de todas as quatro partes do círculo. Ele auxilia o aluno, também dirigido pelo Espírito, a compreender e aplicar a Palavra de Deus no contexto de sua comunidade, junto a outros cristãos também capacitados pelo Espírito. Ensinar é a arte de engendrar uma interação entre as quatro partes do círculo no poder do Espírito.

A Família

Os pais muitas vezes sofrem por se sentirem excessivamente responsáveis por seus filhos. Não raro, sentem-se culpados quando os filhos não seguem ao Senhor. Ainda assim, por mais fiéis e sábios que os pais sejam, eles não detêm o controle de todos os fatores que promovem ou estorvam o crescimento espiritual. Nem mesmo o Mestre dos mestres obriga as pessoas a obedecer. Os pais, todavia, querem fazer o possível para ajudar as crianças a conhecer e amar ao Senhor.

Dê exemplos de coisas que seus pais fizeram e que ajudaram você a conhecer e a amar ao Senhor.

A partir de sua experiência, ou daquilo que você viu outras pessoas fazendo, mencione algumas coisas específicas que os pais fazem para atrapalhar o Mestre divino. Que recomendações você faria a esses pais?

Dê mais uma olhada na ilustração que apresenta as quatro áreas nas quais o Espírito opera em sua família. Há mais alguma coisa que você possa fazer para ser um pai ou uma mãe sob a orientação do Espírito? Existem formas melhores de você usar a Bíblia para ensinar sua família? Poderia orar mais regularmente por seus filhos ou cônjuge? Existem outros cristãos que seriam boas influências espirituais para os seus filhos?

A Igreja

Os líderes de jovens passam longas horas visitando adolescentes e planejando seus programas. Podem facilmente cair na tentação de pensar que seus ministérios dependem fundamentalmente de seus esforços. Os professores da Escola Dominical se apressam para arrumar as cadeiras, os cartazes e escrever os versículos no quadro-negro. Em seguida, repassam a lição mais uma vez nos minutos que antecedem a entrada dos alunos em sala de aula, minutos que deveriam ser aplicados em orações por cada aluno. Para trabalharmos com o Mestre dos mestres, precisamos estar em oração a cada passo do caminho. Precisamos orar por nós mesmos durante a preparação da lição. Ao longo da semana, precisamos orar para que os alunos lembrem e obedeçam ao que foi aprendido no último fim-de-semana e estejam receptivos à Palavra de Deus na aula seguinte. Sabemos que o Espírito Santo é ativo em todos os aspectos do ensino, mas isso não significa que podemos ser indolentes na preparação. Essa compreensão deveria trazer mais confiança e alegria à prática do ensino.

Separem agora algum tempo para orar uns pelos outros. Conversem sobre respostas de oração na vida dos alunos e louvem a Deus por isso. Então passem mais um tempo orando de forma específica por cada criança, adolescente ou adulto em suas classes.

A Escola

São os professores e doutores dos seminários que devem sentir maior dificuldade para trabalhar com o Mestre dos mestres. O ambiente acadêmico pode não ser propício ao sentimento de dependência em relação a Deus. Não raro, supõe-se que os "verdadeiros" estudiosos são peritos em seu campo de estudos e não precisam se preocupar com o modo pelo qual os estudantes utilizam a informação para seu próprio enriquecimento. Os professores, porém, em todos os níveis da educação formal, são tão dependentes do auxílio do Mestre Divino quanto os pais e os professores das Escolas Dominicais.

Ore ao preparar as palestras. Ore para que o Senhor coloque em sua boca aquelas palavras de que seus alunos mais precisam. Ao se preparar para a próxima aula, separe um tempo para orar por cada nome em sua lista de chamada. Peça ajuda ao Senhor para que você se torne um veículo da graça de Deus na vida deles.

Os alunos também precisam se sentir como colaboradores do Mestre dos mestres. Eles corretamente se preocupam em alcançar boas notas, terminar suas tarefas a tempo e estudar para as provas. Poucos estudantes oram por seus professores, colegas ou atividades específicas de sala de aula. Os estudantes também devem permanecer em oração enquanto realizam suas tarefas fora da sala de aula. Observe novamente o círculo representando as quatro formas de ação do Espírito Santo no ensino. Separe também um tempo para orar por si mesmo como estudante, pelos colegas e pelos professores. Como membros do Corpo de Cristo, o Espírito Santo pode usar sua vida para ajudá-los e usá-los para ajudar você.

NOTAS

[1] Murray, Andrew, *The Spirit of Christ*. London: Nisbet and Co., 1888, pp. 101,102.

[2] *Ibid.*, p. 44.

[3] Bruce, F.F., *Commentary on the Book of the Acts*. Grand Rapids, William B. Eerdmans Publishing Co., 1954, p. 325.

Bibliografia

"Advice to Evangelicals", *United Evangelical Action,* 11 de fevereiro de 1950.

BARNHOUSE, Donald Grey, "Keswick", *Eternity*, setembro de 1954.

BETTEX, F., *The Bible the Word of God.* Cincinnati: Jennings and Graham, 1904.

BLOOM, Allan, *The Closing of the American Mind.* Nova York: Simon and Schuter, 1987.

BRUCE , F.F. *Commentary on the Book of the Acts.* Grand Rapids, Willianm B. Eerdmans Publishing Co., 1954.

CALKINS, Raymond, *How Jesus Dealt with Men.* Nova York: Abingdon-Cokesbury Press, 1942.

CHAMBRES, Oswald, *My Utmost for His Higbest.* Nova York: Dodd, Mead and Co., 1935.

DEWEY, John, "The Child and the Curriculum", em *Curriculum and Evaluation*, editado por A.S. BELLACK e H.M. KLIEBARD. Berkeley: McCutchan, 1977.

DEWEY, John, *Experience and Education.* Nova York: Collier Books, 1938.

DUSKA, Ronald e WHELAN, Mariellen, *Moral Development: A Guide to Piaget and Kohlberg.* Nova York: Paulist Press, 1975.

EDMAN, V. Raymond, *Storms and Starlight.* Wheaton, Illinois: Van Kempen Pres, 1953.

EISNER, Elliot W, *The Educational Imagination: On the Design and Evaluation of School Programs*. Nova York: Macmillan, 1985.

ETECHT, Matilda F., *Christian Index*. Citado na edição de outubro de 1929 da *Moody Monthly*.

FOWLER, James, *Becoming Adult, Becoming Christian: Adult Development and Christian Faith*. São Francisco: Harper and Row, 1984.

FOWLER, James, *Life Maps: Conversations on the Journey of Faith*, editado por BERRYMAN, Jerome. Waco, Texas: Word, 1978.

FREIRE, Paulo. *Ação Cultural para a Liberdade*.Rio de Janeiro: Editora Paz e Terra, 1997.

FREIRE, Paulo. *Pedagogia do Oprimido*. Rio de Janeiro: Editora Paz e Terra, 1997.

GAEBELEIN, Frank E., *The Pattern of God's Truth*. Nova York: Oxford University Press, 1954.

GIBB, J.R., PLATTS, Grace N., e MILLER, Lorraine F., *Dynamics of Participative Groups*. St. Louis: John S. Swift Co., 1951.

GROOME, Thomas, *Christian Religious Education*. São Francisco: Harper and Row, 1980.

HAVNER, Vance, "Are You a Firsthander?". *Christian Life*, abril de 1954.
HENRY, Carl F.H., *Twilight of Great Civilization: The Drift Toward Neo-Paganism*. Westchester, Illinois: Crossway, 1988.

HIRSCH, E.D. Jr., *Cultural Literacy: What Every American Needs to Know*. Boston: Houghton Mifflin, 1987.

Entrevista com Roberta Hestenes, "Can Spiritual Maturity be Taught?" em *Leadership* n.º 9, outono de 1988.

ISSAC, Stephen e MICHAL, William B., *Handbook in 4esearch and Evaluation*. San Diego: EdITS, 1971.

KOHLBERG, Lawrence e MAYER, Rochelle, "Development as the Aim of Education" em *Harvard Educational Review* n.º 42, 1972.

MAGER, Robert F., *Preparing Instructional Objectives.* Palo Alto, Califórnia: Fearon, 1962.

MARSH, Daniel L., "The Place of Religion in Education" em *Personal Growth Leaflet* n.º 150. Washington: National Education Association.

MURRAY, Andrew, *The Spirit of Christ.* Londres: Nisbet and Co., 1888.

PAZMIÑO, Robert W., *Foundational Issues in Christian Education: An Introduction in Evangelical Perspective.* Grand Rapids: Baker Book House, 1988.

PECK, Kathryn Blackburn, "Jottings" em *Church School Builder*, março de 1953.

PESHKIN, Alan, *God's Choise: The Total World of a Fundamentalist Christian School.* Chicago: University of Chicago Press, 1986.

PETERSON, Michael L., *Philosophy of Education: Issues and Options.* Downers Grove, Illinois: InterVarsity Press, 1986.

PIAGET, Jean, *To Understand Is To Invent.* Nova York: Grossman, 1973.

PIAGET, Jean e INHELDER, Bärbel, *The Psychology of the Child.* Nova York: Basic Books, 1969.

PLUEDDEMANN, James E., "Dilemmas of an Evangelical Curriculum Educator" em *Religious Education* n.º 7, 1984.

PLUEDDEMANN, James E., "The Disease of the Sunday School: Rail Fence Analogy for Curriculum Design" em *Evangelical Missions Quarterly* n.º 7, 2, 1972.

PLUEDDEMANN, James E., *Ready! Set! Grow!* Wheaton, Illinois: Harold Shaw Publishers, 1987.

PLUEDDEMANN, James E., *Keeping Cool in a Crazy World.* Wheaton, Illinois: Harold Shaw Publishers, 1988.

SKINNER, BF., *Beyond Freedom and Dignity*. Nova York: Bantam, 1971.

TENNEY, Merrill C., *The Genius of the Gospels*. Grand Rapids: William B. Eerdmans Publishing Co., 1951.

TOZER, A.W., *The Pursuit of God.* Harrisburg, Pennsylvania: Christian Publications Inc., 1948.

TOZER, A.W., "We Need Sanctified Thinkers" em *The Alliance Weekly* n.º 9, novembro de 1955.

WADSWORTH, Barry J., *Piaget's Theory of Cognitive development.* Nova York: David McKay Company, 1971.

WILHOIT, Jim, *Christian Education and the Search for Meaning*. Grand Rapids: Baker, 1986.

WINTER, Ralph D., "The Task Remaining: All Humanity in Mission Perspective" em *Perspectives on the World Christian Movement*, editado por Ralph D. Winter e Steven C. Hawthorne. Pasadena: William Carey Library, 1981.

WRIGHT, J. Eugene, Jr., *Erikson: Identity and Religion*. Nova York: Seabury press, 1982.

WUEST, Kenneth, *Philippians in the Greek New Testament.* Grand Rapids: William B. Eerdmans Publishing Co., 1953.